QUE FAZER?
A organização como sujeito político

Vladimir Ilich Lenin

QUE FAZER?
A organização como sujeito político

Tradução
RUBIA PRATES GOLDONI

Escrito do outono de 1901 a fevereiro de 1902.
Primeira edição em livro: março de 1902.

A presente edição é uma tradução feita a partir
da versão revista (publicada pela Ediciones Luxemburg,
de Buenos Aires) da tradução para o castelhano de
Que fazer?, publicada, por sua vez, em Moscou, em 1948,
pela Ediciones en Lenguas Extranjeras.

Martins Fontes

O original desta obra foi publicado com o título
¿Qué hacer? Problemas candentes de nuestro movimiento – V. I. Lenin
Estudio Introductorio. Actualidad del ¿Qué hacer? – Atilio A. Boron
© 2004, Ediciones Luxemburg, Argentina
© 2006, Livraria Martins Fontes Editora Ltda.,
São Paulo, para a presente edição.

Tradução
Rubia Prates Goldoni

Preparação
Rodrigo Gurgel

Revisão
Edison Urbano

Projeto gráfico e capa
Joana Jackson

Produção gráfica
Lívio Lima de Oliveira

Dados Internacionais de Catalogação na Publicação (CIP)
(Câmara Brasileira do Livro, SP, Brasil)

Lenin, Vladimir Ilich, 1870-1924.
  Que fazer? : A organização como sujeito político
Vladimir Ilich Lenin ; tradução Rubia Prates Goldoni. --
São Paulo : Martins, 2006. -- (Coleção Dialética)

  Título original: ¿Qué hacer? : Problemas candentes de nuestro movimiento
  85-99102-24-9

  1. Leninismo 2. Socialismo I. Título.

06-4444   CDD-320.5322

Índices para catálogo sistemático:
1. Marxismo-leninismo : Ciência política   320.5322

Todos os direitos desta edição para o Brasil reservados à
Livraria Martins Fontes Editora Ltda. *para o selo* **Martins**.
Rua Conselheiro Ramalho, 330
01325-000   São Paulo SP Brasil
Tel. (11) 3241.3677   Fax (11) 3115.1072
info@martinseditora.com.br
www.martinseditora.com.br

Sumário

Estudo introdutório – Atualidade de *Que fazer?* 9
Excerto do prefácio à recopilação *Em doze anos* 81
Prefácio 91
Por onde começar? 95

QUE FAZER?

I. DOGMATISMO E "LIBERDADE DE CRÍTICA" 107
  a) O que significa a "liberdade de crítica"? 107
  b) Os novos defensores da "liberdade de crítica" 111
  c) A crítica na Rússia 117
  d) Engels e a importância da luta teórica 126

II. A ESPONTANEIDADE DAS MASSAS E A CONSCIÊNCIA DA SOCIALDEMOCRACIA 133
  a) O início da marcha ascensional espontânea 134
  b) O culto à espontaneidade. O *Rabótchaia Mysl* 139
  c) O "Grupo de Auto-Emancipação" e o *Rabótcheie Dielo* 150

III. POLÍTICA TRADE-UNIONISTA E POLÍTICA SOCIALDEMOCRATA   163
   a) A agitação política e sua restrição pelos economicistas   164
   b) Como Martynov aprofundou Plekhanov   176
   c) As denúncias políticas e a "educação para a atividade revolucionária"   180
   d) O que há de comum entre o "economicismo" e o terrorismo?   187
   e) A classe operária como combatente de vanguarda pela democracia   191
   f) Mais uma vez "caluniadores", mais uma vez "mistificadores"   210

IV. OS MÉTODOS ARTESANAIS DE TRABALHO DOS ECONOMICISTAS E A ORGANIZAÇÃO DOS REVOLUCIONÁRIOS   215
   a) Que são os métodos artesanais de trabalho?   216
   b) Os métodos artesanais de trabalho e o economicismo   221
   c) A organização dos operários e a organização dos revolucionários   230
   d) Envergadura do trabalho de organização   248
   e) A organização "de conspiradores" e o "democratismo"   256
   f) O trabalho em escala local e em toda a Rússia   267

V. "PLANO" DE UM JORNAL POLÍTICO PARA TODA A RÚSSIA   281
   a) Quem se ofendeu com o artigo "Por onde começar?"   282
   b) Um jornal pode ser um organizador coletivo?   288
   c) De que tipo de organização necessitamos?   303

Conclusão   313

Anexo
Tentativa de fusão do *Iskra* com o *Rabótcheie Dielo*   317
Emenda a *Que fazer?*   325
Notas   327
Índice remissivo   339

Nota da edição brasileira

Neste volume há cinco tipos de notas: as de Atilio Boron, que figuram em seu estudo introdutório; as notas inseridas no original em castelhano pelas Ediciones Luxemburg, identificadas por "(N. de E.)"; as notas do próprio Lenin, "(N. do A.)"; as notas de tradução desta edição, "(N. de T.)", e um conjunto de notas explicativas ao final do volume (também originais da edição argentina), cujas chamadas aparecem entre colchetes no corpo do texto.

Estudo introdutório
Atualidade de *Que fazer?*

Atilio A. Boron

Merece aplausos a decisão da Ediciones Luxemburg de reeditar um texto da importância teórica e prática de *Que fazer?*. Trata-se, sem dúvida, de uma iniciativa ao mesmo tempo oportuna e arrojada. Segundo Marcel Liebman – autor de um excelente estudo sobre o pensamento político de Lenin que, trinta anos depois de sua publicação, continua sendo referência obrigatória sobre o assunto –, quem se interessa pelo revolucionário russo esbarra "na extrema indigência de uma bibliografia vasta, mas, em geral, muito estéril" (Liebman, 1978: 9). Um dos principais motivos dessa lamentável situação encontra-se na inerradicável politicidade de toda sua obra. Pronunciar-se a favor ou contra ela não é uma simples questão acadêmica, mas um ato de vontade política. Em função disso, criou-se uma polarização cujos extremos – sua sacralização na União Soviética, que transformou "uma teoria subversiva em um sistema apologético de certa ordem estabelecida", e sua satanização na literatura acadêmica do Ocidente – são igualmente negativos para a compreensão do significado do legado leninista (Liebman, 1978: 10-11). É preciso, portanto, restabelecer o equilíbrio histórico e político em torno do livro que o leitor tem nas mãos, evitando os extremos esterilizantes. A conjuntura política da América Latina, neste início do século XXI, exige uma releitura séria, crítica e criativa da obra de Lenin.

Desnecessário dizer que uma proposta desse tipo coloca-se na contramão dos lugares-comuns e dos arraigados preconceitos prevalecentes, hoje, na esquerda latino-americana, entre os quais se destacam a negação irracional, e politicamente suicida, de uma série de problemas fundamentais em nossa época – tais como as questões relativas à organização das forças populares e à árdua construção de uma cultura política e de uma consciência autenticamente revolucionárias – e dos desafios postos pela conquista do poder nas sociedades contemporâneas. Teria o texto clássico de Lenin algo a nos dizer sobre todas essas questões? Acreditamos que sim, pois uma releitura de *Que fazer?* (de agora em diante, *QF*) pode trazer iluminações instigantes que nos ajudem a melhor enfrentar esses desafios. Não queremos dizer com isso que este livro tem resposta para as perguntas que hoje nos afligem, mas nele encontraremos elementos valiosos para construir as soluções práticas que o momento exige.

O espelho latino-americano

Nossa leitura de Lenin se dá a partir da América Latina, e o exame de alguns acontecimentos recentes de nossa história reafirma a pertinência de suas reflexões. De fato, nos últimos anos, a região foi sacudida por uma série de grandes mobilizações populares provocadas pelo fracasso do neoliberalismo em cumprir sua promessa de promover o crescimento da economia e a distribuição de seus frutos, bem como pelo efeito desestabilizador do descontrole dos mercados sobre nossas sociedades. Já abordamos esse tema em outro lugar, de modo que não reiteraremos aqui nossa argumentação (Boron, 2003). É suficiente lembrar que, nos últimos anos, a insurgência popular pôs fim a governos neoliberais: no Equador, em 1997 e em 2000; no Peru, em 2000, acabando com a autocracia fujimorista; na Argentina, em dezembro de 2001, derrubando o governo impopular, ineficaz e de legitimidade duvidosa – pelo exercício do poder, não por sua origem – da Alianza; e, finalmente, na Bolívia, onde, em outubro de 2003, as massas camponesas e indígenas apearam do poder Gonzalo Sánchez de Losada. No entanto, esses feitos dos dominados foram tão impressionantes quanto ineficazes. As massas, lançadas às ruas numa demonstração de espontaneísmo e indiferentes aos problemas de organização, não conseguiram instaurar governos de orientação contrária aos que derrubaram com suas lutas, nem construir um sujeito político capaz de alterar em um sentido progressista a correlação de forças existentes em suas respectivas sociedades. Daí que, pouco depois dessas revoltas, tenha se produzido a rápida rearticulação das forças políticas claramente identificadas com o neoliberalismo – como aconteceu no Equador e no Peru – ou, como ocorre, sobretudo, na Argentina, que alardeiam seu repúdio a tal ideologia sem, no entanto, sinalizar, até agora, a implementação uma política econômica alternativa. O caso da Bolívia é mais ou menos similar ao argentino. Situação diferente, mas que, de qualquer modo, se inscreve no mesmo campo de problemas, é a que se configurou no Brasil: um partido de esquerda, organizado em bases claramente "antileninistas" – justamente para superar alguns dos empecilhos da concepção clássica do partido revolucionário –, chega ao poder com o respaldo de 52 milhões de votos para jogar pela janela suas promessas, sua história e sua própria identidade e acabar se tornando o campeão da ortodoxia do Consenso de Washington, na opinião de toda a mídia financeira internacional e dos intelectuais orgânicos do capital financeiro. Sua capitulação ficou evidente desde o primeiro dia, quando o "superministro" da Fazenda, Antonio Palocci, depositário do poder político real no Brasil, pronunciou esta frase patética: "Vamos mudar a economia, sem mudar a política econômica". O que aconteceu naquele país [Brasil] desde então, dispensa maiores comentários.

É possível dar conta dessa seqüência de grandes frustrações, recorrendo à "hipótese leninista", isto é, argumentando que sua origem se encontra no abandono das principais teses de QF? Não, obviamente, porque são muitos os fatores que explicam tão lamentável desenlace. Mas, sem dúvida, alguns deles têm a ver com o fato de que certas lições que o revolucionário russo plasmou nesse livro foram esquecidas. Por isso mesmo a ausência dos temas da consciência e da organização nas discussões latino-americanas sobre conjuntura é motivo de grande preocupação. Parte-se do pressuposto de que o heroísmo das massas e a notável abnegação com que lutaram eximem-nas de qualquer reflexão crítica. Pode parecer antipático ou arrogante afirmar isso, mas nem o heroísmo nem a abnegação justificam a ausência de um debate sério sobre esse assunto. Costuma-se dizer que a chamada "forma partido" está em crise, o que é verdade. O mesmo poderia ser dito, por várias razões, quanto à "forma sindicato". Mas o que surpreende, na atual conjuntura, não só latino-americana, mas também mundial, é que as forças sociais que impulsionam a resistência ao neoliberalismo parecem ter se conformado em proclamar a obsolescência das formas tradicionais de representação política, furtando-se por completo à necessidade de discutir o tema e buscar novos caminhos e modelos organizativos. Ao contrário, ganhou espaço uma espécie de romantismo político consistente em exaltar a combatividade dos novos sujeitos contestadores que substituem o moribundo proletariado clássico, elogiar a criatividade que demonstram em suas lutas e a originalidade de suas táticas e apregoar a caducidade das concepções teóricas preocupadas com as questões do poder, do Estado e dos partidos. As classes sociais diluem-se nos nebulosos contornos da "multidão"; os problemas do Estado desaparecem com o auge da crítica ao "Estado-centrismo" ou com os reiterados anúncios do fim do Estado-Nação; e a questão crucial e inadiável do poder se desvanece diante das teorizações do "contrapoder" (Hardt e Negri: 2000) ou da demonização de que é objeto nas concepções do "antipoder" que brotam da pena de John Holloway (2002), um dos representantes intelectuais do zapatismo.

Essa carência contrasta negativamente com a intensidade e a profundidade do debate sobre esses mesmos problemas ocorrido na Europa há pouco mais de um século e do qual *QF* é um dos mais brilhantes expoentes. A aceitação da dominação do capital pelas massas e sua crescente rebeldia em alguns países – principalmente na Rússia czarista – deu lugar a uma das mais extraordinárias polêmicas da história do movimento socialista internacional, a que personagens como Edouard Bernstein, Karl Kautsky, Rosa Luxemburgo, Vladimir I. Ulianov, mais conhecido por Lenin, e posteriormente Antón Pannekoek, Karl Korsch e Antonio Gramsci deram importantes contribuições. No caso de que nos ocupamos, é preciso dizer que Lenin supera todos por sua preocupação sistemática com os problemas organizativos. Nas palavras de Liebman,

> a própria idéia de *organização* ocupa no leninismo um lugar essencial: *organização* do instrumento revolucionário, *organização* da própria revolução, *organização* da sociedade surgida com a revolução (1978: 20, grifo do original).

Essa verdadeira obsessão, explicável, sem dúvida, pela enorme desorganização que imperava no campo popular sob o czarismo, já aparece com total clareza na primeira obra importante de Lenin, *Quem são os amigos do povo?*, escrita quando ele mal completara 24 anos. Nesse pequeno livro, Lenin coloca o tema da organização no centro da agenda da nascente socialdemocracia russa. Pouco depois da publicação do QF escreveria que "a organização é a única arma do proletariado em sua luta pelo poder", afirmação que é mais verdadeira hoje que ontem. Daí o impiedoso ataque de Lenin ao que, como veremos mais adiante, chamava as "formas artesanais" de organização dos círculos socialdemocratas russos. Citando fontes testemunhais da época, Liebman comenta que, entre 1895 e 1902, o tempo que a polícia política precisava para identificar os membros de um círculo socialdemocrata em Moscou, surpreendê-los em seu local de reunião e efetuar sua prisão e eventual deportação para a Sibéria era de apenas três meses. De fato, em 1898 é fundado em Minsk o Partido Operário Socialdemocrata da Rússia (POSDR), mas "o fato não teve nenhuma conseqüência prática porque quase todos os delegados foram presos logo depois do encerramento do congresso" (Liebman, 1978: 22-25). Fontes coincidentes assinalam que, pouco depois, mais de quinhentos ativistas socialdemocratas foram detidos em toda a Rússia e o movimento terminou completamente esmagado pela repressão policial (Harding, 1977: 189). A ênfase tão grande de Lenin na constituição de uma organização partidária sólida, duradoura, resistente às razias policiais, às infiltrações dos serviços de inteligência do czarismo e às suas diferentes operações, não obedece a um viés autoritário do autor de *QF*, como diz com suposta inocência a historiografia liberal, mas era uma resposta absolutamente racional e apropriada às condições particulares em que se desenvolvia a luta de classes na Rússia dos Czares. Além disso, vale lembrar que a centralidade do problema da organização era, em Lenin, acima de outras considerações de qualquer espécie, uma questão política estreitamente ligada à sua concepção da estratégia revolucionária. Não se tratava, portanto, de uma opção meramente técnica, mas profundamente política.

A importância da problemática organizativa no início do século XX europeu estimulou um debate cujas vozes, apesar da profunda e constante vigência de seus argumentos, mal se ouvem em nossos dias. O que parece caracterizar o momento atual da América Latina, com pequenas diferenças em cada país, é uma incompreensível aversão a qualquer tentativa de revisar ou discutir as frustrações colhidas nos últimos anos, aversão que se revela maior ainda se tal iniciativa tiver como pano de fundo uma releitura dos clássicos do pensamento socialista. O que predomina, antes, é uma espécie de hiperativismo que se materializa na exaltação da ação por si mesma e, em todo caso, na busca obsessiva de novos enfoques, conceitos e categorias que permitam capturar as situações supostamente inéditas que as lutas emancipadoras devem enfrentar em nosso continente. O pressuposto implícito dessa atitude – cujo viés antiteórico é evidente – é que pouco ou nada se pode aprender do debate que eclodiu há pouco mais de um século na Europa. A intensa propaganda sobre a chamada "crise do marxismo" fez estragos nas forças populares e se expressa na recusa – visceral em alguns casos – ou na indiferença mais ou menos generalizada diante de qualquer tentativa de discutir a problemática da organização, a estratégia política e a conquista do poder, tendo como referências teóricas os elementos abordados no clássico debate do início do século XX europeu. Em vez disso, prosperam na região, principalmente na Argentina, mas também no México e em muitos outros países, reflexões que colocam para a esquerda a inutilidade e, mais do que isso, a inconveniência da conquista do poder[1].

A ausência dessa discussão constitui um erro muito grave se levamos em conta que, na atual conjuntura, o cenário latino-americano oferece uma riqueza e variedade de experiências populares realmente notáveis, mas nem por isso isentas de crítica. Fenômenos com o Movimento dos Trabalhadores Rurais Sem Terra, do Brasil, o zapatismo mexicano, as organizações indígenas e camponesas no Equador e na Bolívia, os *piqueteros* na Argentina, a formidável mobilização do povo venezuelano no marco da Revolução Bolivariana do presidente Hugo Chávez e outras manifestações parecidas, muito importantes na América Central e no Caribe, constituem um laboratório político muito importante e complexo que merece não só o apoio militante de toda esquerda, como também a contribuição dos nossos melhores esforços intelectuais. É preciso examinar todos os aspectos e as facetas da luta de classes, na atual conjuntura, e a relevância que, para sua adequada compreensão e orientação, contêm as mais diversas teorizações políticas, tanto as "clássicas", do início do século XX, como as contemporâneas, a que aludíamos mais acima.

Pensando concretamente no caso de *QF* de Lenin, a cena latino-americana oferece exemplos instrutivos. A história argentina, caracterizada pela força excepcional de um protesto social – expresso intermitentemente na segunda metade do século XX, sobretudo a partir de 1945 – propõe problemas práticos e teóricos bem interessantes. Quando irrompe na vida estatal, desencadeia um avassalador ativismo de massas, como o visto nas jornadas

---

[1] É o caso da notável repercussão que tiveram, nesta parte do mundo, as teorizações de John Holloway (2002) sobre o "antipoder" e a evaporação metafísica que o tema do "contrapoder" sofreu nas mãos de Michael Hardt e Antonio Negri (Hardt & Negri, 2002; Boron, 2002).

de 19 e 20 de dezembro de 2001, capaz de derrubar governos e produzir um notável vazio de poder, que precipitou a nomeação de cinco presidentes em pouco mais de uma semana. No entanto, tamanha demonstração de força se dilui na hora de se tomar "o céu de assalto", permitindo a rápida recomposição do poder burguês e a estabilização da dominação política e social, sem deixar sequer como herança desse fenomenal feito de massas a constituição de um grande partido de esquerda ou, pelo menos, de uma grande coalizão em que o arquipélago de pequenas organizações dessa orientação possa unir seus esforços. Uma conclusão mais ou menos parecida pode-se tirar do "Outubro boliviano" de 2003. Como dar conta dessa situação?

Se o caso argentino poderia ser sintetizado na fórmula "fraqueza do partido, força do ativismo de base", nos casos do Brasil e do Chile ocorre o contrário, principalmente neste último: força da organização partidária, fraqueza ou quase ausência do impulso social de baixo. O caso do Brasil é bem ilustrativo: esse grande país sul-americano não sabe ainda o que é uma greve geral nacional; nunca, em toda sua história, houve um acontecimento desse tipo, o que não é um dado trivial, pois nos diz algo sobre o estado de consciência das massas e sua capacidade de organização. O Brasil, que é uma das sociedades mais desiguais e injustas do planeta, apresenta uma paisagem política marcada pela impressionante passividade de suas classes e estratos populares. No entanto, apesar disso foi capaz de gerar um dos partidos de esquerda mais importantes do mundo. No caso chileno, a combatividade de sua sociedade parece ter se esgotado, depois do longo inverno do regime de Augusto Pinochet e da prolongada vigência do "pinochetismo sociológico" no período da "democracia" que se inicia em 1990, cujas diretrizes econômicas, sociais e políticas apresentam notável continuidade com as do período precedente. Uma vez mais: terá Lenin algo a dizer sobre tudo isso? Poderá nos ajudar a decifrar as atuais complexidades da política em nossa região e, mais importante ainda, nos ajudar a mudar essa situação?

Lenin, o leninismo e o "marxismo-leninismo"

A resposta às perguntas anteriores é afirmativa. Claro que, para isso, se requer um trabalho prévio de depuração. Ou, se se preferir, é preciso organizar uma espécie de expedição arqueológica que nos permita recuperar a herança leninista subjacente a esse amontoado de falsificações, tergiversações e manipulações, perpetradas pelos ideólogos stalinistas e seus epígonos, conhecido como "marxismo-leninismo".

Não é segredo para ninguém que Lenin sofreu nas mãos de seus sucessores soviéticos um duplo embalsamamento. O de seu corpo, exposto por longos anos como uma relíquia sagrada na entrada do Kremlin, e o de suas idéias, "codificadas" por Stalin em *Os fundamentos do leninismo* (1924) e na *História do Partido Comunista (Bolchevique) da URSS* (1953) porque, segundo ele mesmo dizia, a obra que Lenin deixara inacabada devia ser concluída por seus discípulos, e ninguém mais preparado que ele para empreender semelhante tarefa. O certo é que a codificação do leninismo, sua transformação de marxismo vivo e "guia para a ação" em um manual de auto-ajuda para revolucionários confusos, teve lamentáveis conseqüências para várias gerações de ativistas e lutadores sociais. A canonização do leninismo como doutrina oficial do movimento comunista internacional acarretou gravíssimas conseqüências tanto no plano teórico como no prático. Por um lado, porque esterilizou o início de uma autêntica reflexão marxista em várias latitudes e precipitou a configuração do que Perry Anderson chamou de "o marxismo ocidental", quer dizer, um marxismo inteiramente voltado para a problemática filosófica e epistemológica, que renuncia à análise histórica, econômica e política, transformando-se, por isso mesmo, em um saber esotérico encerrado em escritos quase herméticos que o afastaram irremediavelmente das urgências e necessidades das massas. Um marxismo que se esqueceu da décima primeira tese sobre Feuerbach e de seu apelo a transformar o mundo e não só a pensar sobre a melhor forma de interpretá-lo (Anderson, 1979). Por outro, porque a adoção do cânone "marxista-leninista" pelos principais movimentos de esquerda e, fundamentalmente, pelos partidos comunistas adiou por décadas a apropriação coletiva das importantes contribuições vindas do marxismo do século XX. Basta lembrar o atraso com que se teve acesso ao imprescindível aporte de Antonio Gramsci ao marxismo, cujos *Cadernos do cárcere* só ficaram disponíveis, na íntegra, em meados da década de 1970, ou seja, quarenta anos depois da morte do autor. Ou a demora em incorporar a sugestiva recriação do marxismo produzida a partir da experiência chinesa por Mao Tse-tung. Ou o ostracismo em que caiu a recriação do materialismo histórico, surgida da pena de José Carlos Mariátegui, que disse, com razão, que "entre nós o marxismo não pode ser imitação e cópia". Ou a absurda condenação da obra, altamente refinada, de Georg Lukács, na Hungria. Mais recentemente, essa codificação antileninista dos ensinamentos de Lenin (e de Marx) fez Fidel e o Che parecerem aventureiros irresponsáveis, até o peso da realidade e da história esmagar as monumentais tolices engendradas pelos ideólogos soviéticos e seus principais divulgadores daqui e de lá. É difícil calcular o dano causado por tanta tergiversação. Quantos erros práticos não foram cometidos por vigorosos movimentos populares ofuscados pelas receitas do "marxismo-leninismo"?[2].

---

[2] Um exame do impacto negativo do marxismo-leninismo sobre o pensamento revolucionário cubano e sobre o vigoroso socialismo desse país encontra-se no excelente texto de Martinez Heredia (2001). Consultar especialmente o capítulo intitulado "Izquierda y marxismo en Cuba".

Um tema polêmico ao qual gostaríamos de nos referir aqui, ainda que brevemente, é o que abordaremos a seguir. Os críticos do marxismo, e em geral de qualquer proposta de esquerda, não poupam esforços para assinalar que as deformações cristalizadas no "marxismo-leninismo" são apenas o produto inevitável das sementes fortemente dogmáticas e autoritárias contidas na obra de Marx e potencializadas pelo "despotismo asiático" supostamente alojado na personalidade de Lenin. Para eles, o stalinismo, com todos os seus horrores, é apenas o resultado natural do totalitarismo inerente ao pensamento de Marx e à teorização e à obra prática de Lenin. Nada mais distante da verdade. Na realidade, o "marxismo-leninismo" é um produto antimarxista e antileninista por natureza. Que Lenin tenha apresentado, no Terceiro Congresso da Internacional Comunista, as famosas "21 condições" para aceitar os partidos que pediam seu ingresso nela, e que tais condições tivessem uma linhagem que em alguns casos conduzia diretamente ao QF, não constitui evidência suficiente para avaliar tal interpretação, se se levar em conta, como o próprio Lenin reiterou ao longo de toda sua vida política, que tais formulações adquiririam um caráter necessário apenas em determinadas condições políticas e que, em nenhuma hipótese, tratava-se de formulações doutrinárias ou axiológicas de validade universal em qualquer tempo e lugar. E isso vale, muito especialmente, como o próprio Lenin afirma, para o caso das teses expostas no QF[3].

Uma oportuna e necessária "volta a Lenin" não tem nada a ver, portanto, com um retorno ao leninismo codificado pelos acadêmicos soviéticos, e sim com uma nova releitura do brilhan-

---

[3] Contudo, convém não esquecer que, como assinala Marcel Liebman, houve um período (1908-1912) em que Lenin adotou uma atitude extremamente sectária (1978: 75-6).

te político, intelectual e estadista que, com a Revolução Russa, inaugurou uma nova etapa na história universal. Voltar a Lenin não significa, pois, o retorno a um texto sagrado, mumificado e encarquilhado, mas o regresso a uma fonte inesgotável de que brotam perguntas e questões que conservam sua atualidade e importância ainda hoje. Interessam menos as respostas concretas e pontuais que o revolucionário russo possa oferecer em sua obra do que as sugestões, perspectivas e recortes nela contidos. Não se trata de voltar a um Lenin canonizado, porque este não existe mais. Voou pelos ares com o desmanche do Estado que o erigiu em um ícone tão tosco quanto inofensivo, abrindo a oportunidade, a primeira em muitos anos, de se chegar ao Lenin original, sem a ultrajante mediação de seus intérpretes, comentadores e codificadores. Claro que o desmanche do mal chamado "socialismo real" arrastou consigo, em um movimento muito vigoroso, toda a tradição teórica do marxismo, da qual Lenin é um dos máximos expoentes. Felizmente, já estamos assistindo à reversão de tal processo, mas ainda resta um longo caminho a percorrer. Por outro lado, não se trata de simples retorno, porque nós, os que voltamos às fontes, já não somos os mesmos de antes; se a história varreu as excrescências stalinistas que impediram de captar adequadamente a mensagem de Lenin, fez o mesmo com os dogmas que nos aprisionaram durante décadas. Não a certeza fundamental sobre a superioridade ética, política, social e econômica do comunismo como forma superior de civilização, abandonada pelos fugitivos autodenominados "pós-marxistas", mas as certezas marginais, com diz Imre Lakatos, como as que instituíam uma única forma de organizar o partido da classe operária, ou uma determinada tática política ou que, no auge da irracionalidade, consagravam um novo Vaticano com sede em Moscou e dotado dos dons papais da infalibilidade em tudo o que se relaciona com a luta de classes. Tudo isso desapareceu. Vivemos o início de uma nova era. É possível, e, além disso, necessário, realizar uma nova leitura da obra de Lenin, na certeza de que ela constitui uma contribuição valiosíssima para nos orientar nos desafios de nosso tempo. Trata-se de um retorno criativo e promissor: não voltamos ao mesmo, nem somos os mesmos, nem temos a mesma atitude. O que permanece é o compromisso com a criação de uma nova sociedade, com a superação histórica do capitalismo. Permanece também a idéia da superioridade integral do socialismo, da incurável injustiça e desumanidade do capitalismo e a vigência da décima primeira tese de Marx sobre Feuerbach que nos convidava não só a interpretar o mundo, mas a mudá-lo radicalmente.

O contexto de produção de Que fazer?

Um texto não pode ser entendido fora de seu contexto. *A república* de Platão e a *Política* de Aristóteles são incompreensíveis sem a referência à decadência da pólis grega e à derrota de Atenas nas mãos de seus inimigos. *O príncipe* e *Os discursos* de Maquiavel também só ganham sentido quando situados no quadro das lutas republicanas e populares dos florentinos contra o papado e a aristocracia toscana.

Convém então indagar-se pelo contexto de produção de *QF*. Aqui é possível distinguir dois elementos principais, de natureza bastante diversa, mas igualmente importantes. De um lado, as influências ideológicas e políticas originadas da nova situação por que passava o capitalismo na Europa, depois da grande depressão do início de 1870 e que se estenderia por duas décadas. De outro, as resultantes das especificidades do desenvolvimento do capitalismo na Rússia e das peculiaridades de seu regime político, o czarismo.

a) O auge do revisionismo

Lenin publica seu texto em 1902 e a referência ideológica imediata e explícita é o chamado "economicismo". O que era o "economicismo"?[4] Tratava-se de uma corrente dentro da esquerda russa e do próprio Partido Operário Socialdemocrata da Rússia, inspirada nas teses revisionistas que, em 1899, Edouard Bernstein formulou em *As premissas do socialismo* e em *As tarefas da socialdemocracia*. "Economicistas" era, portanto, o nome que os marxistas russos davam aos revisionistas. O livro de Bernstein exerceu, desde sua publicação, uma enorme influência no interior da socialdemocracia alemã, o "partido guia", na época, da Segunda Internacional. Como se sabe, o texto citado apresentava uma radical revisão, em chave fortemente economicista, das concepções de Marx sobre o curso do desenvolvimento capitalista e as (cada vez mais desfavoráveis) condições da revolução proletária. Como não podia deixar de ser, esse debate se disseminou por todo o conjunto de organizações políticas ligadas, de uma ou outra forma, à Segunda Internacional.

A discussão dentro do partido é um precipitante imediato para a redação de *QF*. Lenin se entrega à tarefa, pouco depois da publicação do livro de Bernstein, em um dos primeiros números do jornal *Iskra*, primeira publicação marxista clandestina da Rússia, fundada pelo próprio Lenin em 1900 e cuja redação tinha sede em Munique. Pouco depois, Vladimir I. Ulianov adotaria em seus diversos artigos para o citado periódico o pseudônimo de Lenin, com o qual passaria à posteridade. Por diversas razões ligadas à intensa atividade política de nosso autor, o texto prometido aos leitores do *Iskra* em maio de 1901 viria à luz somen-

---

[4] "Economismo" na tradução para o castelhano de *QF?*, das Ediciones en Lenguas Extranjeras.

te em março de 1902[5]. Ele o escreve em Stuttgart, na Alemanha, com o pseudônimo já mencionado.

A influência do chamado *Bernstein-debatte* foi tão grande que o primeiro capítulo de *QF* trata diretamente do problema, perguntando-se, já de início, sobre o significado da liberdade de crítica na socialdemocracia. Lenin parte do reconhecimento da formação de duas tendências e afirma que

> Em que consiste a "nova" tendência que assume uma postura "crítica" diante do "velho e dogmático" marxismo, foi *explicado* por Bernstein e *demonstrado* por Millerand[6] com suficiente clareza" (*QF*: 108, grifo do original).

E nosso autor prossegue com um parágrafo que sintetiza de forma brilhante e inapelável o significado histórico e teórico do revisionismo bernsteiniano:

> a socialdemocracia deve se transformar, de partido da revolução social, em partido democrático de reformas sociais. Bernstein respaldou essa reivindicação política com toda uma bateria de

---

[5] Na tradução em língua espanhola da edição de *Que fazer?*, esgotada há muitos anos, compilada e anotada pelo marxista italiano Vittorio Strada, diz-se que o primeiro número do *Iskra* saiu em Lipsia em 11 (24) de dezembro de 1900; os seguintes, em Mônaco; a partir de abril de 1902, em Londres, e, em Genebra, a partir da primavera de 1902". Note-se que a extrema mobilidade do periódico estava perfeitamente relacionada à crescente coordenação das polícias secretas européias e às pressões do governo czarista para impedir a publicação de materiais considerados "subversivos" pelos governantes de plantão. Lenin, membro do Comitê de Redação da revista, estava atento a tais movimentações. A surpreendente referência a Mônaco como a cidade onde o *Iskra* é publicado por um período de pouco mais de dois anos é um simples erro de tradução do italiano para o espanhol. Acontece que Munique é, em italiano, Monaco di Baviera, ou simplesmente Monaco. O principado banhado pelas águas do Mediterrâneo não era então, como não é hoje, um lugar propício para editar um jornal revolucionário como o *Iskra*.

[6] Alexander Millerand era um dos dirigentes do socialismo francês. Ficou provado que a desconfiança de Lenin para com ele era plenamente justificada. Assumiu o cargo de Ministro da Guerra às vésperas da Primeira Guerra Mundial, em 1912, e se manteve nele, com um rápido intervalo, até 1915. Foi presidente da França entre 1920 e 1924.

"novos" argumentos e considerações harmoniosamente orquestrados. Negaram a possibilidade de fundamentar cientificamente o socialismo e de demonstrar, segundo a concepção materialista da história, sua necessidade e inevitabilidade; negaram a crescente miséria, a proletarização e o acirramento das contradições capitalistas; declararam inconsistente o próprio conceito de "*objetivo final*" e rejeitaram completamente a idéia da ditadura do proletariado; negaram a oposição de princípios entre o liberalismo e o socialismo; negaram a *teoria da luta de classes*, dando-a como não aplicável a uma sociedade de fato democrática, governada conforme a vontade da maioria etc. (*QF*: 108, grifo do original).

O que Lenin observa é que a guinada política que vai da revolução à reforma implica uma ofensiva sem precedentes contra as idéias centrais do marxismo. O revisionismo, longe de ser uma reflexão original produzida no interior do pensamento marxista, não é outra coisa senão a importação dos conteúdos da literatura burguesa para dentro do movimento socialista internacional. Não é de estranhar, portanto, que a intervenção de Bernstein tenha provocado um extraordinário debate de que participaram, além de seu iniciador e de Lenin, Kautsky, Plekhanov, Rosa Luxemburgo – com seu célebre *Reforma ou revolução?* – e outras figuras menores do pensamento socialista. Mas, sustenta Lenin, não se tratava apenas de questões teóricas.

> Em vez de teorizar, os socialistas franceses puseram mãos à obra; as condições políticas da França, mais desenvolvidas no sentido democrático, permitiram-lhes passar imediatamente ao "bernsteinismo prático", com todas as suas conseqüências (*QF*: 109).

Dado que a socialdemocracia é um partido reformista, por que deveriam os socialistas franceses abster-se de participar de um governo burguês, ou de exaltar a colaboração de classes que torna possível o fim da dominação social supostamente garantido pelo advento da democracia?

As idéias de Bernstein sobre as transformações sofridas pelo capitalismo no final do século XIX poderiam ser resumidas, conforme a interpretação de Umberto Cerroni, a três teses principais, resultantes da refutação prática que as transformações recentes do capitalismo haviam trazido ao *corpus* teórico do marxismo. Seriam elas: primeiro, a rejeição da teoria do "fim automático" do capitalismo como resultado de suas próprias contradições econômicas. Segundo Bernstein e a maior parte da opinião ilustrada no quadro da Segunda Internacional, havia em Marx uma concepção "colapsista" do capitalismo que redundaria na inexorabilidade de seu próprio fim. Se a grande depressão das décadas de 1870 e 1880 parecia confirmar a validade dessa interpretação – equivocada, é bom que se diga –, a surpreendente recuperação do sistema no início da década de 1890 foi interpretada pelos principais teóricos da socialdemocracia como uma inapelável refutação da tese atribuída a Marx[7]. Em segundo lugar, as transformações recentes do capitalismo, que já tinham provocado interessantes reflexões de Friedrich Engels em seus últimos anos de vida, também demonstravam, segundo os revisionistas, a falsidade da tese da pauperização do proletariado. O aparecimento das novas "classes médias" e a tenaz persistência de uma pequena-burguesia que resistia teimosamente em aceitar seu destino proletário eram uma evidência incontestável para Bernstein, que refutava a teoria da pauperização progressiva da sociedade bur-

---

[7] O debate sobre esse tema foi amplo e profundo, e dele participaram importantes teóricos. Ver uma excelente síntese sobre o assunto em Colletti (1978). Consulte-se também Sweezy (1974) e Grossmann (1979), autor talvez da obra mais importante, escrita nos anos 20, sobre o suposto "colapsismo" do autor de *O capital*.

guesa[8]. Terceiro e último, as transformações políticas e o avanço constante do sufrágio universal e da democratização tinham desmentido as teses clássicas do "caminho do poder", para usar uma expressão kautskiana, centradas na insurreição e na revolução (Cerroni, 1976: 56-57).

Em suma: o capitalismo chegara a configurar uma estrutura com capacidade de auto-regulação que rebatia um argumento central da análise marxista: a natureza cíclica da produção capitalista e sua tendência crônica às crises periódicas. Por outro lado, a consolidação das liberdades públicas e da democracia burguesa apareciam como um contrapeso efetivo às tendências polarizantes e pauperizadoras do capitalismo originário, o que abria o promissor caminho de um socialismo que, para triunfar, podia prescindir do banho de sangue revolucionário, utilizando de forma inteligente o gradualismo parlamentar. Toda essa construção intelectual inspirou Bernstein a cunhar uma metáfora náutica que iria fazer história: de fato, em virtude das mudanças assinaladas em sua obra, a transição do capitalismo ao socialismo seria no futuro algo tão imperceptível como cruzar a linha do equador em alto-mar. Tem razão Cerroni quando, referindo-se às teses atribuídas a Marx, diz que elas eram "mais dos comentadores" que do autor de *O capital*. Em todo caso, o certo é que foram essas as idéias que animaram o debate e motivaram as críticas da ala marxista da socialdemocracia européia, entre elas as de Lenin em *QF*. O significado contra-revolucionário do socialismo evolucionista bernsteiniano não passou inadvertido apenas para Lenin e seus companheiros da esquerda radical. Na famosa conferência pronunciada por Max Weber – famosa pelo desca-

---

[8] Examinamos esse assunto em nosso "Friedrich Engels y la teoría marxista de la política", em *Tras el búho de Minerva. Mercado contra democracia en el capitalismo de fin de siglo* (2000).

rado reacionarismo de que se vangloria o fundador da teoria da "neutralidade valorativa" das ciências sociais – para um público pouco simpático às doutrinas socialistas ou democráticas, o sociólogo alemão proclamava satisfeito que

> as patéticas esperanças que o *Manifesto comunista* fundara no desmoronamento da sociedade burguesa foram substituídas por expectativas muito mais modestas [...] a teoria de que o socialismo amadurece automaticamente no caminho da evolução. [...] Estes argumentos demonstram, em todo caso, que a velha esperança apocalíptica revolucionária que conferiu ao *Manifesto comunista* sua força de convicção cedeu lugar a [...] uma concepção evolucionista. [...] Esse estado de espírito evolucionista [...] que agora substituiu a velha teoria catastrofista já fora desde antes da guerra amplamente difundido nos sindicatos e entre muitos intelectuais socialistas. Desse estado de espírito evolucionista derivaram as conseqüências que todos conhecemos: nasceu o chamado "revisionismo" (Weber, 1982: 240-243)[9].

Em todo caso, hoje, passado pouco mais de um século desde o *Bernstein-debatte*, a experiência histórica demonstrou o equívoco das teses tão elogiadas por Weber. Marx nunca afirmou que o capitalismo ruiria automaticamente. O que ele fez foi constatar a natureza contraditória e autodestrutiva das tendências que se

---

[9] A conferência, com o título de "O socialismo", foi dada para cerca de trezentos altos oficiais do duramente derrotado exército austríaco, no verão austral de 1918, ou seja, depois da vitória da Revolução Russa. O texto weberiano incorre em algumas grosserias que desmerecem sua estatura intelectual. O clima político dominante naquele momento, indubitavelmente pouco propício para a direita, e a natureza de seu público, parecem ter potencializado as tendências mais reacionárias latentes (às vezes, nem tanto) no pensamento de Weber.

agitavam em seu interior e a impossibilidade, a longo prazo, de resolver esse conflito. Um modo de produção que transforma os homens e a natureza em meras mercadorias sujeitas à voracidade dos mercados não só não tinha precedentes no passado como também não deveria ter muito futuro pela frente. A capacidade de auto-regulação do sistema foi superestimada por Bernstein, e, como dramaticamente o demonstrou o século XX, para sobreviver, o capitalismo teve que promover uma carnificina de proporções inéditas sob a forma de contínuas guerras e o silencioso extermínio de milhares de seres humanos que, hoje em dia, morrem por causa da fome ou de doenças perfeitamente preveníveis e curáveis. Marx antecipou genialmente essas tendências, viu a catástrofe para a qual nos conduziam, mas também previu que o triunfo do socialismo não era inelutável e que na impossibilidade de seu advento o resultado poderia ser a barbárie mais desenfreada, o que já estamos começando a ver em nossos dias.

Tinha razão Bernstein em sua crítica à, segundo ele, malograda tese de Marx sobre o empobrecimento das classes populares e a polarização social? Sim e não. Sim, porque nos países europeus – e lembremos que no final do século XIX o capitalismo era um fenômeno essencialmente da Europa e seus "fragmentos" ultramarinos, Estados Unidos, Canadá, Austrália, algumas partes da América do Sul e a exceção japonesa – as tendências pauperizadoras e polarizantes do capitalismo foram neutralizadas por um conjunto de fatores: a imigração para as Américas e, em muito menor medida, para a Oceania; a instituição de formas embrionárias, mas efetivas, de "Estado de bem-estar" nos países mais adiantados da Europa; e, por último, o crescente peso do sindicalismo operário e dos partidos socialistas. Ao mesmo tempo, as contínuas transformações das forças produtivas e o surgimento de novas áreas de atividade mercantil estimularam a expansão das "novas classes médias". Estas, ao lado de uma recém-surgida "aristocracia operária", pareciam refutar as previsões originais de Marx sobre a matéria, e foi justamente isso o que Bernstein salientou cuidadosamente em sua obra. Mas dizíamos acima que Bernstein também se equivocou. Onde foi que ele errou? Ele errou porque generalizou a partir de situações idiossincráticas, próprias dos países mais adiantados da Europa, e porque não soube captar as tendências mais profundas e de longa duração. Cem anos depois, as tendências pauperizadoras e polarizantes do capitalismo são axiomas que não requerem demonstração alguma, pois saltam aos olhos. E isso se dá tanto no plano internacional, pela ação do imperialismo, como no plano doméstico, onde a pobreza e a exclusão social se apresentam com traços absolutamente claros e definidos. No caso latino-americano houve, nos anos 1960, uma discussão muito interessante sobre o que Torcuato di Tella (1963) chamava a teoria do primeiro impacto do crescimento econômico. Segundo essa teoria, nos países em desenvolvimento se verificava, pouco depois da plena introdução do capitalismo, um significativo aumento da polarização social e do empobrecimento de massas de origem pré-capitalista. Mas isso se dava em uma primeira etapa, porque, depois, prosseguia o argumento, ativavam-se mecanismos de diversos tipos que "suavizavam" a polarização social e melhoravam a situação dos pobres, dando lugar a uma estrutura social cujo perfil distributivo denotava uma crescente presença de setores médios e de uma classe operária relativamente satisfeita do ponto de vista de seu acesso aos bens materiais. Entretanto, as quatro décadas posteriores à formulação dessa teoria demonstraram irrefutavelmente que as tendências para um maior equilíbrio social não conseguiram consolidar-se e que as previsões marxianas conservam todo seu vigor.

Por último, podemos concluir que o entusiasmo de Bernstein pelo parlamentarismo socialista também era injustificado. Embora os partidos socialistas e comunistas tenham instituído uma legislação operária e, em geral, cidadã, que se cristalizou no chamado "Estado de bem-estar social", não é menos certo que nesses países não se avançou um milímetro na direção do socialismo e que, tal como o prognosticara sagazmente Rosa Luxemburgo, as sucessivas reformas não serviram para mudar o sistema e sim para consolidá-lo e dotá-lo de uma inédita legitimidade popular. Para essa autora, o que o impulso reformista faz é empurrar até seus limites as potencialidades históricas contidas na última revolução triunfante. O reformismo construído a partir do triunfo da revolução burguesa não transcende seus próprios limites. Em certas condições muito especiais, entretanto, o reformismo pode estabelecer as bases para um salto revolucionário. Mas tal possibilidade está indissoluvelmente ligada a uma mudança radical na consciência das massas e à sua capacidade de organização e de ação. E esse é justamente o desafio prático com que Lenin tropeçava na Rússia czarista (Luxemburgo, 1989)[10].

Em todo caso os "economicistas", à refutação de cujos argumentos Lenin dedica seu livro, eram os porta-vozes russos dessas tendências em voga na socialdemocracia alemã, desatada logo depois da morte de Friedrich Engels, em 1895. Tratava-se de uma leitura superficial de Marx, transformado em férreo determinista que, para cúmulo, estava equivocado, que concluía com a postulação de um otimismo economicista completamente infundado, mas cujas conseqüências eram claras: o triunfo do socialismo, esse socialismo de cunho liberal e kantiano que Bernstein queria,

---

[10] Examinamos *in extenso* a questão do reformismo, suas condições e potencialidades em *Estado, capitalismo y democracia* (2003) e em *Tras el búho de Minerva* (2000).

era inelutável e, portanto, não havia necessidade alguma de criar o sujeito político, um proletariado consciente e organizado, nem muito menos de embrenhar-se nos labirintos violentos da revolução. Era uma convocação à passividade e ao imobilismo que, claro, não podia ter boa acolhida entre os marxistas. E Lenin, Rosa Luxemburgo e Karl Kautsky reagiram imediatamente.

b) As particularidades da situação política na Rússia czarista

Agora, algumas breves palavras para nos referirmos a outro fator que influiu na redação de *QF*. Breves não porque se trate de um elemento pouco relevante, mas porque, como veremos, Lenin se refere constantemente a ele ao longo do texto. Com muita freqüência se esquece que *QF* foi concebido como um instrumento político em um contexto completamente diferente do que prevalecia nos países mais adiantados da Europa. É interessante constatar como muitos críticos, de então e de hoje, parecem não se lembrar de um assunto tão elementar como esse e consideram a obra de Lenin como se fosse um simples texto de sociologia dos partidos políticos.

QF tinha basicamente dois objetivos. De um lado, evitar que o revisionismo acabasse se apoderando do, por si só, complexo e altamente instável, tanto no sentido ideológico como no sociológico, partido russo. Um partido em que conviviam tendências populistas, social-liberais, certos remanescentes do anarquismo e alguns setores marxistas, e que Lenin concebia como o instrumento fundamental para a derrocada do czarismo e a construção do socialismo. Mas, para isso, era preciso resguardar o legado marxista tanto das novidades introduzidas no partido alemão por Bernstein como da persistente herança do populismo na intelectualidade russa. O segundo objetivo era muito concreto e imediato: diante da situação política imperante na Rússia, como construir um partido que pudesse levar adiante seu programa revolucionário? A simples pergunta implicava um ponto de partida que dispensava maiores demonstrações: a metodologia política posta em prática pelas forças socialistas da Alemanha, França e Itália era completamente inaplicável na Rússia dos Czares. Havia uma questão de fundo: a "dura" clandestinidade a que devia submeter-se a atividade do partido russo era completamente inassimilável à total legalidade de que gozava na Europa ou à clandestinidade "branda" existente na Alemanha de Bismarck, durante os anos em que vigia a legislação anti-socialista. Mas, se neste último caso o partido tinha uma existência semilegal e várias de suas atividades colaterais podiam desenvolver-se sem maiores inconvenientes, no caso russo a clandestinidade era "dura" e impunha restrições praticamente insuperáveis, como as que assinalamos nas páginas iniciais deste trabalho.

Tratava-se, portanto, de construir um instrumento político adequado para lutar contra a autocracia mais feroz e atrasada, o último grande bastião da reação aristocrática e feudal que sobrevivia na Europa do Novecentos. Um regime despótico no qual as liberdades públicas eram virtualmente inexistentes e brilhavam por sua ausência. Partidos e sindicatos estavam proibidos, e a greve era considerada um delito comum. A perseguição política dos opositores era uma norma, tanto quanto seu confinamento nas longínquas prisões da Sibéria. A censura à imprensa era total e os críticos do sistema deviam editar suas publicações no estrangeiro e introduzi-las com sérios riscos na Rússia. Muitos opositores não só eram condenados à prisão, mas à pena capital, como ocorreria com o admirado irmão mais velho de Lenin, Alexandr Ulianov, executado em 1887, quando contava apenas dezenove anos de idade e nosso autor completava dezessete. Conseqüentemente, o terrorismo como fato isolado e individual era a resposta desesperada ante uma autocracia que só em 1905, quer dizer, séculos depois do que ocorreu em outros países europeus e como produto da irrupção revolucionária desse mesmo ano, autorizaria a criação de um parlamento, a Duma, dotado de mínimos, quase meramente decorativos, poderes de intervenção política. Octavio Paz diz em um de seus escritos que o "festim civilizatório" da Ilustração, isto é, o excepcional florescimento das artes e letras, o florescer dos direitos e liberdades individuais reafirmados contra os absolutismos monárquicos, o avanço da tolerância e da igualdade, o pensamento científico e as novas idéias políticas e sociais que finalmente se materializaram nas duas grandes revoluções com que termina o Século das Luzes, a Revolução Norte-Americana de 1776 e a Revolução Francesa, não teve entre seus privilegiados comensais a Rússia dos Czares. "A Rússia não teve século XVIII. Seria inútil procurar em sua tradição intelectual, filosófica e moral um Hume, um Kant ou um Diderot" (Paz, 1979: 254)[11]. Para além da exagerada admiração professada por Paz pelas conquistas da Ilustração, hoje em dia submetidas a duras críticas, o certo é que a Rússia se manteve à margem de tudo isso: do secularismo, do republicanismo, do laicismo e, é claro, da democracia. Daí que os ocasionais impulsos democráticos que afloravam em sua geografia fossem impiedosamente truncados pelas autoridades. A vida política legal era de uma absoluta inoperância, e tudo o que não podia ser ventilado nas elegantes reuniões da corte era subversivo e, portanto, devia ser declarado ilegal. Daí que o Partido Operário Sociademocrata da Rússia declarasse que sua tarefa imediata era a derrubada da autocracia czarista, e para isso era preciso desenvolver um instrumento político apropriado para

---

[11] Criticamos essa exaltação em que Paz incorre, por momentos ingênua, à luz da história do século XX, em Boron (1997).

atuar em um meio social dominado pelo atraso, pela superstição e pela ignorância. Era preciso, no fim das contas, encontrar a famosa "alavanca de Arquimedes" para transformar o mundo: é esse o desafio que Lenin enfrenta com singular sucesso tanto no plano teórico, escrevendo *QF*, onde exclama "Dêem-nos uma organização de revolucionários, e abalaremos as estruturas da Rússia!", como no plano prático, com sua irresistível ascensão à direção do POSDR e à condução do processo revolucionário russo que culminaria com a grande Revolução de Outubro de 1917.

Principais teses

O que Lenin se propôs ao escrever *QF*? Essa pergunta já foi respondida, em parte e em termos muito gerais, nas páginas anteriores. Examinemos agora alguns temas mais pontuais da obra.

Primeiramente, devemos dizer que Lenin escreve seu texto num momento em que cresce na Europa a preocupação com os problemas da organização no seio da sociedade capitalista. Biaggio de Giovanni assinalou, em um texto instigante, a conexão entre o pensamento político de Lenin e a produção teórica de Max Weber (De Giovanni, 1981). Sua observação é acertada, mas convém esclarecer, em todo caso, que a preocupação leniniana com a problemática da organização é bastante anterior à do grande teórico alemão. Com efeito, o *locus* clássico no qual este desenvolve sua teoria é a famosa conferência de janeiro de 1919, "A política como vocação", feita depois da derrota da Alemanha na Primeira Guerra Mundial, da derrocada do Império Alemão e do triunfo da Revolução Russa[12]. E também o é em relação à obra de um dos discípulos de Weber, Robert Michels, autor do célebre

---

[12] Posterior também aos assassinatos de Rosa Luxemburgo e Karl Liebknecht, em janeiro de 1918, nas mãos da guarda branca do antigo regime. Não recordo que Weber, em sua longa conferência, tenha mencionado essa atrocidade.

estudo sobre os partidos políticos (a partir do caso exemplar da socialdemocracia alemã), do qual tirou como uma de suas principais conclusões "a lei de ferro da oligarquia". Quer dizer, Lenin é um importante precursor de toda uma série de reflexões que viriam a se popularizar em meados da década seguinte centradas na profissionalização da política (e dos políticos), processo em que Max Weber, um dos maiores pensadores burgueses do século XX, desempenharia um papel de grande importância. Apesar disso, as teses de Lenin continuam provocando escândalo entre seus adversários e o retraimento entre quem compartilha com ele sua adesão a um projeto revolucionário.

O *QF* consta de cinco capítulos. No primeiro se examina o problema da luta ideológica contra o revisionismo e o oportunismo, e o impacto dessas tendências sobre os conflitos sociais e o papel da classe operária. O segundo se refere ao tema crucial do espontaneísmo das massas e da consciência socialdemocrata. O terceiro versa sobre a política "trade-unionista" e suas diferenças com a política socialdemocrata e os objetivos que cada uma delas persegue. O quarto capítulo se volta ao estudo dos métodos de organização e de ação políticas e desenvolve a concepção do revolucionário profissional. O quinto e último esboça um projeto de um jornal político e sua função no processo de conscientização das massas.

Não é nosso propósito proceder a uma análise integral de cada um dos capítulos. Limitar-nos-emos, então, a assinalar algumas teses que, no nosso entender, constituem o *corpus* central do livro.

a) *Revisionismo, luta teórica e revolução*

São esses os temas centrais do primeiro capítulo, que podem ser resumidos em duas teses principais:

O revisionismo é menos uma tendência crítica que uma nova variedade do oportunismo e deve, portanto, ser energicamente combatido pelas forças revolucionárias.

Segundo Lenin, o revisionismo corrompeu a consciência socialista, aviltou o marxismo, pregando a teoria da colaboração de classes e a atenuação das contradições sociais, tachou de absurda a revolução social e a ditadura do proletariado e reduziu a luta de classes a um trade-unionismo tacanho e à luta "realista" por reformas pequenas e graduais que traem o ideal revolucionário (*QF:* 119-120).

Sem teoria revolucionária, não pode haver prática revolucionária.

Esta é, provavelmente, uma das teses mais conhecidas e debatidas do livro, de atualidade e importância indiscutíveis em nossos dias. Em seu livro, assim como em várias intervenções ao longo de sua vida, Lenin dá uma enorme importância à teoria. Por isso diz que o que os revisionistas querem não é substituir uma teoria por outra, e sim prescindir de toda teoria coerente e promover um ecletismo totalmente desprovido de princípios (*QF*: 128).

Em apoio a suas teses, Lenin cita Marx em sua famosa carta sobre o programa de Gotha, onde o fundador do materialismo histórico aconselhava os companheiros do partido alemão a não barganhar com os princípios nem fazer nenhuma espécie de concessão teórica.

Ao referir-se à importância da teoria, Lenin aponta que esta é maior no caso russo por três razões: em primeiro lugar, pela juventude do POSDR e pela grande variedade de correntes que coexistem dentro dele, com destaque para o populismo. Como se sabe, este defendia a tese da absoluta originalidade do desenvolvimento econômico russo. Assim sendo, concluía-se que o capitalismo nunca poderia ser implantado na terra dos czares. Isso tinha profundas implicações políticas, uma vez que redefinia aliados e adversários de um modo completamente distinto dos conhecidos no desenvolvimento do capitalismo europeu e impunha tarefas totalmente diferentes para o jovem partido russo. Em função disso, a luta teórica adquiria enorme importância (*QF*: 128-129). Não surpreende, portanto, que o jovem Lenin produzisse dois textos dedicados justamente a refutar as teses dos populistas, demonstrando como o capitalismo se transformou no modo de produção dominante na Rússia: o ensaio juvenil intitulado "Quem são os 'amigos do povo' e como lutam contra os socialdemocratas?", já citado, e o magnífico estudo publicado com o nome de "O desenvolvimento do capitalismo na Rússia", escrito em 1898 e publicado, também sob pseudônimo, no ano seguinte.

A importância da teoria era corroborada ainda por duas circunstâncias adicionais. No primeiro caso, devido ao caráter internacional do movimento socialdemocrata, que obrigava não tanto a conhecer outras experiências de lutas nacionais como a assumir uma atitude crítica diante das mesmas. No segundo, pelas responsabilidades especiais que recaíam sobre o partido russo, pois este devia liberar seu povo do jugo czarista e, ao mesmo tempo, derrubar o mais poderoso baluarte da reação, não só européia, como também asiática. Essa responsabilidade única do proletariado russo o colocava objetivamente, segundo Lenin, na vanguarda do proletariado revolucionário internacional. E essa tarefa mal podia ser cumprida sem a ajuda de uma teoria correta (*QF*: 129-131). Em apoio à sua alta valoração do papel da teoria, Lenin remete à distinção que Engels faz, em seu livro *As guerras camponesas na Alemanha*, entre lutas políticas, econômicas e teóricas. Nesse texto, Engels comemora o fato de que os operários alemães pertençam ao povo mais teórico da Europa, preservando esse senso quando as chamadas "classes cultas" da Alemanha o perderam há tempo. É esse pendor teórico que impede que prosperem nesse país as correntes "trade-unionistas", que, devido à indiferença teórica dos ingleses, por exemplo, se arraigaram na Grã-Bretanha; ou a confusão e o desconcerto semeado pelas teorias de Proudhon na França e na Bélgica; ou o anarquismo caricato predominante na Espanha e na Itália. Engels acrescenta que essa paixão pela teoria é reforçada pelo fato de o alemão ter sido o último a se incorporar ao movimento socialista internacional e que pôde aprender com suas lutas, seus enganos e fracassos. Engels concluía essa análise, citada longamente por Lenin, dizendo que

> Principalmente os chefes deverão instruir-se cada vez mais sobre todas as questões teóricas, desvencilhando-se cada vez mais da influência da fraseologia tradicional, própria da velha visão de mundo, sem nunca esquecer que o socialismo, desde que se tornou uma *ciência*, exige ser tratado como tal, ou seja, *ser estudado*. A consciência assim conquistada, e cada vez mais lúcida, deverá ser difundida entre as massas operárias com zelo cada vez maior (*QF*: 131, grifo nosso).

O ensino e a divulgação da teoria revolucionária se transformam, então, em uma das tarefas primeiras do partido. Daí a importância do debate teórico, ou do que, em nossos dias, Fidel Castro chamou "a batalha de idéias". Compreende-se que essa valoração dos componentes teóricos seja incompatível com um modelo organizativo que, como acontecia com os ingleses, se vangloriava de sua indiferença para com a teoria ou, como ocorre em nosso tempo, transforma o ecletismo teórico em sinal de maturidade política. Voltaremos a este assunto mais adiante.

b) *A questão da consciência socialista: espontaneísmo e direção consciente*

O segundo capítulo de *QF* é dedicado ao exame desta questão. Nele se formula uma das teses mais radicais e que mais discussões suscitou desde sua formulação, que, resumidamente, pode ser expressa da seguinte forma:

> A consciência socialista não brota espontaneamente das lutas do proletariado (e de outros sujeitos políticos).

Ao contrário de muitos esquerdistas, Lenin era extremamente cético quanto ao impulso revolucionário das massas. Não acreditava, como alguns na sua época e muitos na nossa, que elas abrigam de modo permanente uma paixão irresistivelmente subversiva e contestadora da ordem social. Trata-se de uma convicção presente ao longo de toda sua obra e não apenas do produto de uma observação circunstancial. Vale lembrar, com relação a este tema, que em *O "esquerdismo", doença infantil do comunismo*, Lenin descreve o estado "normal" das massas (quer dizer, fora da conjuntura revolucionária) em termos surpreendentemente similares aos utilizados por Robert Michels em seu clássico estudo sobre os partidos políticos. Num e no outro caso, aquelas são retratadas quase sempre como apáticas, inertes e embotadas, e só excepcionalmente saem de seu estupor e se lançam à ativa construção de um novo mundo. Daí a importância do partido de vanguarda e dos revolucionários profissionais, para incitá-las e orientá-las a se mobilizar e a agir[13]. Para chegar a essa tese, eco de observações parecidas feitas por Maquiavel em *O príncipe*, Lenin analisa tanto os desenvolvimentos históricos das lutas de classes na Rússia como no resto da Europa e utiliza os argumentos esgrimidos pela ala esquerdista no debate da socialdemocracia alemã. Num de seus parágrafos mais perfeitos, e provavelmente o mais citado tanto por seus partidários como por seus caluniadores, Lenin observa que:

> Dissemos anteriormente que, na época, os operários *não podiam ter* consciência socialdemocrata. Esta só poderia ser introduzida de fora. A história de todos os países demonstra que, contando apenas com as próprias forças, a classe operária só está em condições de atingir uma consciência trade-unionista, isto é, a convicção de que é preciso agrupar-se em sindicatos, lutar contra os patrões, reivindicar ao governo a promulgação desta ou daquela lei necessária aos operários etc. A doutrina socialista, ao contrário, nasceu das teorias filosóficas, históricas e econômicas elaboradas pelos representantes instruídos das classes proprietárias, pelos intelectuais. Por sua origem e posição social, também os fundadores do socialismo científico contemporâneo, Marx e Engels, pertenciam à intelectualidade burguesa.
>
> Exatamente do mesmo modo, a doutrina teórica da social-democracia surgiu na Rússia sem nenhuma ligação com o crescimento espontâneo do movimento operário, surgindo como resultado natural e inevitável do desenvolvimento do pensamento entre os intelectuais revolucionários socialistas (*QF*: 135-136, grifo do original).

---

[13] Cf. a introdução de S. M. Lipset a Robert Michels (1962).

A partir dessa análise, Lenin lança um ataque ao que chama "o culto à espontaneidade". Trata-se de um tema que, como veremos mais adiante, longe de ter perdido vigência, assumiu hoje proporções inéditas, especialmente na América Latina. O pressuposto desse culto é que as massas têm um conhecimento especial de sua própria situação e da sociedade na qual se acham inseridas, de sua estrutura e dos traços que definem sua conjuntura, o que confere a suas iniciativas espontâneas uma certeira direção revolucionária. As raízes desse culto se encontram, no caso russo, na tradição populista que estabelece a hegemonia das massas sobre a elite e a superioridade de seu saber "natural" sobre o conhecimento "artificial" e livresco dos dirigentes. Consciente da debilidade dessa argumentação, Lenin advertia que a celebração do espontaneísmo redundava, "independentemente da intenção de quem o faz, no fortalecimento da influência da ideologia burguesa sobre os operários" (*QF*: 144).

Em apoio a sua posição, Lenin convoca aquele que, na época, era considerado o guardião da ortodoxia marxista no interior da socialdemocracia alemã, Karl Kautsky, e cita *in extenso* parágrafos de um artigo publicado na *Neue Zeit*, onde ele critica o novo programa da socialdemocracia austríaca. Kautsky contesta nesse trabalho a tese bernsteiniana de que o desenvolvimento capitalista, além de criar as condições para o socialismo (em clara alusão ao título do livro de Bernstein), engendra diretamente a consciência de sua necessidade. O socialismo e a luta de classes, continua ele,

> nascem de premissas diferentes. A consciência socialista moderna só pode se desenvolver sobre a base de um profundo conhecimento científico [...]. Mas não é o proletariado o porta-

dor da ciência, e sim a *intelectualidade burguesa*" (*QF*: 145, grifo do original)[14].

A conclusão de Kautsky é inexorável:

a consciência socialista é um elemento introduzido de fora na luta de classe do proletariado, e não um elemento nascido espontaneamente [dentro] dela. [...] Não haveria necessidade de fazê-lo se essa consciência resultasse naturalmente da luta de classes (*QF*: 145-146).

Lenin conclui esse raciocínio da seguinte maneira: dado que no capitalismo há duas ideologias, e só duas, burguesa ou socialista (e não há nenhuma "terceira" ideologia em uma sociedade de classes), qualquer concessão que nos afaste do socialismo acaba favorecendo a burguesia. A luta espontânea dos trabalhadores termina no "trade-unionismo", na luta exclusivamente sindical; quer dizer, sucumbe ante a dominação ideológica da burguesia e os leva, fatalmente, a renunciar ao socialismo.

c) *Política "trade-unionista" e política socialdemocrata*

O terceiro capítulo aprofunda os elementos tratados no anterior, procurando diferenciar muito claramente a política social-

---

[14] Lenin esclarece: "Evidentemente, isso não quer dizer que os operários não participem dessa elaboração. Mas não participam na qualidade de operários, e sim na qualidade de teóricos do socialismo, como Proudhon e Weitling; em outras palavras, só participam no momento e na medida em que conseguem, em maior ou menor grau, dominar a ciência de seu tempo e fazê-la avançar. E para que os operários *consigam isso com mais freqüência* é preciso empenhar-se ao máximo em elevar o nível de consciência dos operários em geral; é preciso que os operários não se limitem ao quadro artificialmente restrito da '*literatura para operários*', mas que aprendam a assimilar cada vez mais a *literatura geral*. Seria até mais exato dizer, em vez de 'não se limitem', não sejam limitados [por] alguns intelectuais (de ínfima categoria) [que] pensam que, 'para os operários', basta descrever a ordem de coisas nas fábricas e repisar o que já se sabe há muito tempo." (*QF*: 146, nota; grifo do original).

democrata da política proposta pelos economicistas ao exaltar as lutas econômicas e rebaixar a transcendência das lutas políticas. Parece-nos que há duas teses principais nesse capítulo:

> A tarefa da socialdemocracia é transformar a luta sindical em uma luta política socialdemocrata.

A luta pelas reformas econômicas, as batalhas "trade-unionistas" pela melhora das condições de vida dos trabalhadores, são imprescindíveis, mas insuficientes. É preciso lutar também pela liberdade e pelo socialismo, para que o governo deixe de ser autocrático e abra as portas à democracia. A transformação da luta econômica e sindical em luta política socialdemocrata exige "aproveitar os lampejos de consciência política que a luta econômica fez penetrar no espírito dos operários para elevá-los à consciência política *socialdemocrata*" (*QF*: 185, nota).

> O partido deve ser a vanguarda do desenvolvimento político.

Se o socialismo deve ser introduzido "de fora", o partido deve "ir a todas as classes da população" para difundir as idéias socialistas. Esse "ir a todas as classes" supõe que os socialdemocratas assumam o papel de propagandistas, agitadores e organizadores; de educadores que expõem a todo o povo os objetivos democráticos gerais de sua luta. Mas se o partido quer ser vanguarda "é preciso justamente atrair outras classes" (*QF*: 195-196; 204).

d) *Sobre os métodos de organização e o revolucionário profissional*

No quarto capítulo de sua obra, Lenin apresenta o esboço organizativo de um partido socialdemocrata capaz de enfrentar a imensa tarefa que tem pela frente. Começa criticando o que chama de métodos artesanais de trabalho político e a profunda improvisação e desorganização que predominavam nos círculos políticos da Rússia do final do século XIX e início do XX. O que havia ali? Entusiasmo, paixão, despreparo e uma impressionante improvisação cujos efeitos destrutivos mal podiam ser compensados pelo heroísmo e abnegação da militância. "Partiam para a guerra", diz ele, "como autênticos mujiques, armados apenas de um bordão" (QF: 216). A tese principal do capítulo poderia ser expressa nos seguintes termos:

> A socialdemocracia requer uma organização de revolucionários profissionais.

A improvisação e a desorganização são o reflexo do "culto ao espontaneísmo" operário. Assim como se celebra sua tendência espontânea e pouco reflexiva à luta, do mesmo modo se consente na existência de formas rudimentares de organização. Dado que a luta política é muito mais ampla e complexa que a luta econômica dos operários contra o patronato, a organização da socialdemocracia revolucionária deve ser diferente da organização dos trabalhadores para a luta econômica. Lenin esboça as grandes linhas dessas diferenças. A organização dos operários deve ser em primeiro lugar sindical, portanto, o mais extensa e o menos clandestina possível. A organização do partido deve englobar "acima de tudo e principalmente" revolucionários profissionais, com o que desaparece por completo a distinção entre operários e intelectuais. Dadas as condições imperantes na Rússia, essa estrutura não deve ser muito extensa e "deve ser o mais clandestina possível" (QF: 231).

Vejamos como Lenin descreve o modelo "amador" de dirigente revolucionário:

> Um revolucionário frouxo, vacilante nas questões teóricas, com horizontes estreitos, que justifica sua inércia com a espontaneidade do movimento de massas, que mais parece um secretário de *trade-union* que um tribuno popular, incapaz de apresentar um plano amplo e audacioso, que imponha respeito aos próprios adversários, um revolucionário inexperiente e inepto em seu ofício (a luta contra a polícia política) não é um revolucionário, mas um mísero artesão! (*QF*: 247-248).

Por isso termina essa seção com a entusiasmada exortação já citada: "Dêem-nos uma organização de revolucionários, e abalaremos as estruturas da Rússia". Uma organização em que, vale a pena esclarecer, dadas as reiteradas distorções de que foi objeto esse apelo, não só os intelectuais possam transformar-se em revolucionários profissionais. Por isso Lenin diz, um pouco mais adiante, que "todo agitador operário com algum talento, que 'prometa', *não deve* trabalhar onze horas na fábrica. Devemos fazer de tudo para que ele seja sustentado pelo partido e possa, quando necessário, passar à clandestinidade, mudar de localidade..." (*QF*: 255). Uma organização, enfim, de pessoas "que dediquem à revolução não suas horas vagas, mas sua vida inteira". Não se derrota a autocracia, e muito menos o capitalismo, sem que alguns se dediquem total e integralmente a essa tarefa.

A organização revolucionária deve ser altamente centralizada.

A última tese importante que encontramos em *QF* se refere justamente à natureza organizativa do partido revolucionário. Neste último ponto Lenin é igualmente taxativo. A especialização de funções e a divisão do trabalho que implica a invenção da figura do revolucionário profissional têm como contrapartida um elevado grau de centralização organizativa. Em suas próprias palavras, "a especialização implica necessariamente a centralização, a exige de forma absoluta" (*QF*: 252). Esse esquema organizativo pode ser chamado, por sua *forma*, de uma "organização de conjuradores", e seu caráter conspirativo vem das necessidades impostas em um regime autocrático em que as atividades da oposição estão terminantemente proibidas e são objeto de implacável perseguição.

> E o caráter conspirativo [...] é a tal ponto uma condição imprescindível dessa organização, que todas as demais (número de filiados, sua escolha, suas funções etc.) devem ajustar-se a ela (*QF*: 259).

Lenin reconhece que uma organização tão centralista se expõe a vários perigos. Um deles é que se descole das massas e se lance com muita facilidade a iniciativas que não encontrem eco no campo popular. O outro é que um modelo desse tipo pode se mostrar incompatível com os princípios democráticos. É óbvio que estes pressupõem duas condições inexistentes na Rússia. De um lado, a possibilidade de criar uma organização que possa participar da vida política aberta e publicamente; do outro, a possibilidade de que todos os cargos da mesma sejam eletivos. "Sem transparência pública, seria ridículo falar em democratismo", mas na Rússia czarista não há publicidade possível. Bem diferente é a situação da socialdemocracia alemã, onde essas duas condições são plenamente satisfeitas. No caso russo, devido às condições impostas pela clandestinidade, o controle democrático da direção repousará sobre "a mais plena e fraternal confiança entre os revolucionários" (*QF*: 265).

As críticas a Que fazer?

É fácil imaginar a comoção que o texto de Lenin causou não apenas no movimento socialista russo, mas também no europeu.

No POSDR choveram críticas de toda parte. Axelrod, Martov e Plekhanov, até então intimamente ligados a Lenin, fustigaram em termos duros sua proposta, e o mesmo fizeram, até com maior ênfase e a partir de posturas próximas de uma suposta ortodoxia marxista, Trotski e Riazánov. Fora da Rússia, as teses leninistas também foram objeto de severos questionamentos, entre os quais se destaca o formulado por Rosa Luxemburgo.

Antes de examinar esse assunto, é preciso ampliar o foco e examinar o papel do leninismo no desenvolvimento do pensamento marxista. Porque, efetivamente, quando da morte dos fundadores dessa tradição não existia em seu legado uma teorização acabada sobre o partido político. Existiam fragmentos dispersos, reflexões isoladas ou referências ocasionais, mas não havia uma teorização séria sobre o instrumento político que devia levar a revolução proletária a bom porto. Citemos mais uma vez Cerroni para concordar com ele quando diz que

> a autêntica originalidade de Lenin, seu anticonformismo teórico, sua audácia intelectual [...] lhe permitiram [...] ampliar e inovar a análise marxista da sociedade moderna, enquanto no Ocidente a tradição marxista se estagna.

São três os campos em que se produz a radical inovação leninista: um deles é a aliança operário-camponesa, posterior à primeira revolução russa (1905); o outro, a teoria do capitalismo monopolista e do imperialismo, é contemporâneo da triunfante revolução de outubro. Mas, cronologicamente falando, a primeira grande recriação da teoria marxista da política está relacionada justamente à concepção de partido e da organização política do proletariado, e é a que se cristaliza em *Que fazer?* (Cerroni, 1976: 92).

É muito significativo que as críticas da época à formulação leniniana recaíssem de forma muito mais intensa sobre a acentuada centralização proposta para o partido do proletariado do que sobre o tema da origem "exterior" da consciência revolucionária das massas, que hoje provoca reações muito mais fortes. Leon Trotski, por exemplo, escreve um ácido artigo para criticar as concepções leninistas, não só as do livro que estamos apresentando, mas também as de um breve opúsculo posterior, *Um passo à frente, dois passos atrás*, onde se desenvolvem algumas das idéias sistematizadas em *QF*. Lenin aparece em seu artigo intitulado "Jacobinismo e socialdemocracia", publicado em Genebra em 1904, como "o chefe da ala reacionária de nosso partido", criador de "métodos intensivos de substitucionismo político" (por sua tese sobre os revolucionários profissionais) e principal responsável pelo inevitável fracasso do "fetichismo organizativo", que arrastará em sua queda todo o marxismo ortodoxo, reduzido, para Lenin e seus companheiros, a "algumas fórmulas organizativas primitivas". Surpreende, nesse artigo, o caráter abstrato e fortemente teórico da argumentação de Trotski, como se o debate sobre as questões de organização pudesse prescindir da análise das condições concretas em que se desenvolvia a atuação da socialdemocracia na Rússia dos Czares. Em certos momentos, a impressão do leitor é de que se trata de uma intervenção em um seminário acadêmico sobre a história das revoluções na idade burguesa e não de uma contribuição a uma polêmica muito concreta sobre problemas de organização e tática política de um partido numa determinada conjuntura. Em todo caso, a tese sobre a "origem exterior" da consciência socialista não suscitou objeção alguma (Trotski, em Strada, 1977: 438, 447 e 448)[15].

Em um texto de 1904, "De cima ou de baixo", também publicado em Genebra, onde se achava exilado, Riazánov sustenta que

---

[15] Vale lembrar que essa não foi a última vez que Trotski criticou Lenin tão duramente. Ele o fez até fevereiro de 1917, às vésperas da Revolução Russa. Apesar de seu prolongado enfrentamento teórico e político com Lenin, Trotski acabaria dando-lhe a razão, pedindo humildemente sua filiação ao Partido Bolchevique, dirigido por seu adversário.

uma "organização conspiratória de socialdemocratas é um absurdo lógico... A socialdemocracia não organiza nenhuma 'conspiração', não prepara a insurreição, não faz a revolução". Embora Riazánov se abstenha de afirmar positivamente qual deve ser a tarefa política da socialdemocracia russa, não tem a menor dúvida do que não se deve fazer. E o que não se deve fazer é justamente preparar a insurreição popular (Strada, 1977: 449-450).

Em todo caso, a crítica mais importante é formulada pela revolucionária polonesa Rosa Luxemburgo em seu artigo "Problemas de organização da socialdemocracia russa", publicado em 1904. A autora reconhece desde o primeiro parágrafo a tarefa sem precedentes que compete à socialdemocracia russa: definir uma tática socialista em um país subjugado por uma monarquia absoluta. Levando em conta as condições políticas concretas em que essa empreitada deve se realizar, Rosa Luxemburgo começa por estabelecer as grandes diferenças existentes entre o regime político dos czares na Rússia e o período da legislação anti-socialista na Alemanha de Bismarck. Conclusão: ante a ausência de garantias formais que oferece a democracia burguesa, o centralismo aparece como uma alternativa realista e razoável. E é isso o que Lenin propõe tanto em *Um passo adiante, dois passos atrás* como em *QF*, só que neste caso, segundo nossa autora, trata-se de uma tendência "ultracentralista" que confere "intervenção decisiva" à autoridade central do partido em todas as atividades dos grupos partidários locais (Strada, 1977: 463-466).

Rosa constata que a socialdemocracia apresenta, em toda parte, uma forte tendência à centralização, o que, no seu entender, se explica pelo fato de que, nascida no interior de um sistema centralizador por excelência como é o capitalismo e devendo desenvolver suas lutas no marco de Estados burgueses caracterizados por tendências ainda mais pronunciadas, a socialdemocracia reflete, em sua estrutura e organização, essas mesmas características. Daí que observe com especial hostilidade qualquer forma organizativa que apareça a seus olhos como expressão particularista ou federalista (Strada, 1977: 465). A proposta de Lenin leva a limites nunca antes alcançados a centralização organizativa da socialdemocracia. "A disciplina que Lenin tem presente", observa Rosa, "é inculcada ao proletariado não só pela fábrica, mas também pelo quartel e pelo burocratismo atual; em síntese, por todo o mecanismo do Estado burguês centralizado" (Strada, 1977: 468).

Isto posto, a socialdemocracia tal como a concebe Lenin será incapaz de adequar suas táticas de luta à grande diversidade de condições que brotam da vastidão geográfica e da complexidade econômica e social da Rússia. Os enormes poderes da autoridade central do partido, um Comitê Central onisciente e onipotente, são incompatíveis com a flexibilidade requerida para enfrentar as múltiplas peripécias da luta de classes. Por isso denuncia em seu artigo que:

> o ultracentralismo defendido por Lenin nos aparece como impregnado não já de um espírito positivo e criador, mas antes do espírito estéril do guarda noturno. Toda sua preocupação está voltada a controlar a atividade do partido e não a fecundá-la; a restringir o movimento mais que a propiciá-lo, a destroçá-lo mais que a unificá-lo (Strada, 1977: 471).

Alinhada às críticas formuladas no interior do partido russo, que viam nas teses leninistas uma tentativa de substituir o movimento real dos trabalhadores por um aparelho partidário transformado pela magia da organização em demiurgo da história, o veredicto de Rosa é lapidar, pois Lenin:

nem sequer percebe que o único "sujeito" a que corresponde hoje o papel de dirigente é o eu coletivo da classe operária, que reclama resolutamente o direito de cometer ela mesma os erros e de aprender ela própria a dialética da história. E, enfim, digamos com todas as letras: os erros cometidos por um verdadeiro movimento operário revolucionário são, do ponto de vista histórico, de uma fecundidade e de um valor incomparavelmente maiores que a infalibilidade do melhor dos comitês centrais (Strada, 1977: 479).

De qualquer modo vale lembrar, para finalizar esta recapitulação, que, para além dessas discrepâncias, as teses de Lenin a respeito da formação de uma consciência revolucionária e do papel central dos intelectuais em sua promoção eram compartilhadas não só por Kautsky, na condição de principal teórico marxista da Segunda Internacional, mas também, como diz Kolakowski, por "Viktor Adler e a maioria da direção socialdemocrata" da época. A diferença é que Lenin expôs em toda sua radicalidade uma concepção que permanecia latente, e até certo ponto culposamente oculta, na maioria das formulações dominantes nesse tempo (Kolakowski, 1978: II, 388-390).

Aprofundando um pouco mais esse ponto é bom que se diga que a contraposição Lenin-Rosa não deveria ser exagerada, pois, como muito bem o demonstraram Daniel Bensaïd e Alan Nair em um trabalho inspirado pelas grandes mobilizações operárias e estudantis européias do final da década de 60, "em Rosa Luxemburgo só se pode encontrar um contraponto fragmentário das elaborações leninistas". Sua construção, por mais brilhante que seja, "de modo algum pode ser considerada como uma teoria da organização. Em um debate onde as modas passageiras substituem o rigor político, é sempre útil voltar aos textos" (Bensaïd e Nair, 1969: 9-10). É justamente disso que se trata e nisso colocamos nosso empenho: voltar aos textos clássicos do pensamento marxista como uma forma de rearmar ideologicamente quem hoje, com grande abnegação, mas sem o benefício da memória histórica e o conhecimento dos grandes debates que nos precederam, resiste à dominação do capital[16].

A autocrítica de Lenin

Para além da radicalidade de seu estilo polêmico, não há como negar que Lenin foi, na história do socialismo e, muito particularmente, na história do pensamento socialista, um dos poucos autores capazes de submeter suas próprias idéias a uma crítica rigorosa e, por vezes, impiedosa.

Quando a revolução de 1905 eclodiu e se formaram os primeiros sovietes em São Petersburgo, as teses expostas em *QF* mereceram, de parte de seu autor, uma série de comentários que, por um lado, as reafirmavam e, por outro, as retificavam. É que os acontecimentos de 1905 demonstraram que na ausência de um estímulo tão crucial para Lenin como o partido revolucionário, "capaz de provocar, orientar e dirigir a ação das massas, estas desenvolveram um movimento revolucionário essencialmente político e de enorme amplitude" (Liebman, 1978: 66). Obviamente, a ductilidade teórica de Lenin, contrário a todo dogmatismo, fez com que ele aprendesse rapidamente as lições deixadas pela revolução de

---

[16] Bensaïd e Nair também sugerem que as colocações luxemburguianas deixam transparecer preocupantes reminiscências hegelianas (um proletariado alienado que se realiza no transcorrer da história); confundem o sujeito teórico e o sujeito político, prático, da emancipação operária; e são tributárias de uma concepção espontaneísta de organização que não tem respaldo na experiência histórica concreta das lutas populares (cf. Bensaïd e Nair, 1969: 31-36).

1905. Suas idéias estão no prefácio a um texto – *Em doze anos*, esse era seu título provisório – que pretendia ser a introdução a uma recopilação de artigos escritos por ele e que sairia em três volumes em 1907. Apesar da modesta liberalização concedida pelo czarismo depois do ensaio revolucionário de 1905 e da derrota das tropas do czar na guerra russo-japonesa, o certo é que esses livros foram confiscados pela censura e nunca vieram a público. O prefácio, no entanto, foi salvo e nos fornece chaves importantes para compreender o pensamento de Lenin (*QF*: 81-90).

Nessas páginas, Lenin sustenta que

> o principal erro dos que hoje polemizam com *QF* reside em dissociá-lo por completo de determinadas condições históricas, de determinada fase do desenvolvimento do nosso Partido que já foi superada há muito tempo.

Não se tratava, portanto, de uma fórmula organizativa geral, tirada de um manual de sociologia e com pretensões de universalidade e eternidade, mas do "resumo da tática do *Iskra*, da política de organização do *Iskra* em 1901 e 1902" (*QF*: 82-83). Essa tática acabou revelando-se eficaz, e,

> apesar da cisão, o Partido Socialdemocrata foi o primeiro a aproveitar a brisa de liberdade para implantar o regime democrático ideal de uma organização aberta, com um sistema eletivo e representação nos congressos proporcional ao número de membros organizados" (*QF*: 84).

Lenin não compara a situação do POSDR apenas com a de outros partidos de esquerda, mas até com a de partidos burgueses, e constata a superioridade da atuação dos socialdemocratas em relação ao resto. É interessante notar aqui como a concepção desenvolvida em *QF* não implica, de modo algum, o desconhecimento da importância da legalidade e de uma organização pública e democrática sempre que estas sejam possíveis. Não há endeusamento algum de uma forma organizativa, mas adequação tática às circunstâncias imperantes. Continuar sustentando que em 1901 e 1902 o *Iskra* cometera excessos

> no que tange à idéia de organização dos revolucionários profissionais equivale a, *depois* da guerra russo-japonesa, recriminar os nipônicos por superestimarem as forças armadas russas, por se preocuparem exageradamente com elas antes do confronto. [...] Infelizmente, muitos tecem juízos sobre nosso Partido de maneira leviana, sem conhecerem o problema, sem verem que *hoje* a idéia de organização dos revolucionários profissionais *já* triunfou por completo. Mas tal vitória teria sido impossível se, na época, a idéia mesma do Partido não fosse colocada em *primeiro plano*, não fosse "exageradamente" inculcada àqueles que duvidavam de sua realização (*QF*: 82-83, grifo do original).

Segundo nosso autor, essas críticas, feitas sobretudo depois que a batalha pela instauração da socialdemocracia estava ganha, são simplesmente ridículas. No prefácio, Lenin aproveita para esclarecer mais uma vez a questão, tão arduamente debatida desde então, dos "revolucionários profissionais" e sua vinculação com a classe. Para nosso autor, a classe operária possui maior capacidade de organização que as demais classes da sociedade capitalista, afirmação que não deixa de ser contraditória diante de outras feitas por Lenin não só no *QF*, mas também ao longo de toda sua extensa obra. Em todo caso, e para não nos desviarmos para outro tipo de consideração, Lenin prossegue, dizendo que, sem essa capacidade, "a organização dos revolucionários profissionais não passaria de uma brincadeira, de uma aventura, de um simples cartaz" e que "a organização proposta só tem sentido se ela trabalhar com 'uma classe realmente revolucionária, com uma classe que se levante de forma espontânea para a luta'" (*QF*: 85).

Uma última reflexão sobre as autocríticas de Lenin. Estas são de dois tipos: algumas explícitas, como a que acabamos de resenhar, e outras implícitas e silenciosas. Entre estas últimas há algumas que são pertinentes ao objeto de nosso trabalho. Como bem se sabe, logo depois de ter redigido um texto tão importante sobre os problemas de organização das forças populares, Lenin nunca retomou explicitamente essa problemática. Esse silêncio é tão significativo quanto suas palavras. Nossa interpretação desse fato, exposta de forma abreviada, é a seguinte: *QF* foi uma resposta a um momento especial no desenvolvimento da luta de classes na Rússia. Quando do estouro da revolução de 1905 e da modesta abertura política decretada pelo czarismo, a simples idéia de um partido clandestino e organizado de maneira ultracentralizada caiu na obsolescência. A dialética histórica russa deu origem ao aparecimento de uma nova forma política, os sovietes, que assumiram uma centralidade insuspeitada poucos anos antes e acabaram por deslocar a que até então estava reservada ao partido. É mais que significativo o fato de que, nas jornadas que se estendem entre fevereiro e outubro de 1917, Lenin quase não faça menção alguma à questão do partido às vésperas da revolução. Com seu certeiro instinto sabia que o protagonismo passava pelos sovietes e não pelo partido. Que este tinha uma missão a cumprir, mas que o ritmo e o rumo do processo revolucionário seriam ditados pelos sovietes e que as tarefas do partido só adquiririam sentido e peso no interior dos sovietes e não de fora ou na vanguarda. Daí a surpreendente radicalidade de suas famosíssimas *Teses de abril*, nas quais, para estupor de seus próprios companheiros de partido, expõe a palavra de ordem que seria o "guia para a ação" durante todo esse tormentoso período revolucionário: "Todo poder aos sovietes!". Atitude que é reiterada numa de suas obras mais importantes, *O Estado e a revolução*, escrita na vertigem final da revolução e onde a referência ao partido está ausente ou tem um caráter absolutamente marginal. Parece-nos que esse crepúsculo teórico e prático do partido está relacionado ao fato de que, no entender de Lenin, sua função histórica fora assumida por essa nova forma organizativa, os sovietes, sobre a qual repousaria o êxito da iminente revolução. De algum modo esse silêncio também constitui uma eloqüente autocrítica.

Elementos para uma avaliação, um século depois

Hoje temos condições de avaliar mais serenamente – e com a sabedoria que nos confere o conhecimento do processo histórico, esse eterno enigma tão difícil de decifrar no presente – as contribuições e as limitações do texto clássico de Lenin. E, para sermos congruentes com as orientações epistemológicas do materialismo histórico, passaremos à avaliação final de *QF*, levando em conta tanto seu contexto de produção como as condições de recepção que o presente nos impõe.

Devemos dizer, de saída, que se trata de um livro de uma densidade teórica pouco comum. Apesar de Lenin qualificá-lo mais de uma vez como "uma brochura", trata-se, na verdade, de uma obra de extraordinária envergadura teórica e ideológica. E isso para além de seus equívocos. É um livro altamente polêmico, mas que se dá ao trabalho de examinar minuciosamente cada um dos argumentos de seus adversários. Um livro que, além disso, responde a uma preocupação concreta: a emergência de um grande movimento de massa chamado a mudar o curso da história da humanidade, cuja importância e cujo destino Lenin intuiu em toda sua extensão antes e mais profundamente que qualquer outro. Um Lenin que, vale lembrar, como tantos outros de sua geração, não conheceu, porque ainda estavam inéditos, alguns textos fundamentais do marxismo, o que torna mais louvável ainda sua cuidadosa aplicação do *corpus* do materialismo histórico às mais diversas empreitadas intelectuais e práticas. De fato, Lenin fez do marxismo "um guia para a ação", embora não tenha tido acesso à *Crítica à filosofia do direito de Hegel*, aos *Manuscritos de 1844*, *A ideologia alemã* e, é claro, aos *Grundrisse*, todos publicados depois de sua morte, ocorrida em 1924. Apesar disso, sua fidelidade ao fundamental do legado de Marx é impressionante e seria faltar à justiça não reconhecer feito tão singular.

a) Corrigindo Marx

Mas essa fidelidade não o eximiu de manter sempre uma atitude crítica em relação à tradição teórica herdada. Lenin levava muito a sério a máxima que ele mesmo cunhou, segundo a qual "o marxismo não é um dogma, mas um guia para a ação". Sua recusa à canonização que o marxismo vinha sofrendo nas mãos da Segunda Internacional levou-o a adotar uma atitude de "revisionismo permanente" que, como dissemos antes, resultou em três importantes contribuições teóricas nas áreas das alianças de classes, do imperialismo e da teoria do partido político.

Examinando as teses leninistas sobre esse último tema, o intelectual hispano-mexicano Adolfo Sánchez Vázquez, um dos mais eminentes marxistas de nosso tempo, sustenta que, em relação à práxis transformadora do proletariado, Lenin introduz uma revisão radical nas formulações clássicas do marxismo. Com efeito, as colocações originais estabelecem que as contradições do capitalismo criam as condições que possibilitam a tomada de consciência do proletariado, que se organiza em diferentes partidos operários e se lança à conquista do poder político. Isso pode ocorrer pela via revolucionária ou, como diria o Engels da década de 1890, eventualmente, pela via gradual e pacífica. Como bem observa Sánchez Vázquez, no esquema clássico de Marx predomina uma confiança excessiva na capacidade do proletariado, dada sua posição objetiva no sistema, de elevar-se por si mesmo no curso de sua própria práxis e de chegar a uma plena consciência de classe, que lhe permita conhecer sua verdadeira situação no modo de produção e, a partir dessa aquisição, atuar revolucionariamente[17].

Entretanto, as lições da história real desmentem essa dupla confiança na elevação do proletariado à sua consciência de classe e em sua conseqüente atuação revolucionária (Sánchez Vázquez, 2003). É aqui que Lenin entra para corrigir os dois pressupostos do marxismo clássico. A partir da análise da experiência histórica européia na segunda metade do século XIX e dos próprios acontecimentos ocorridos na Rússia em anos recentes, Lenin conclui que a classe operária por si mesma – quer dizer, no curso de sua própria práxis e isolada de outras influências externas – não pode elevar-se ao nível de sua consciência de classe e atuar revolucionariamente. Necessita para isso de um agente externo que lhe permita superar os limites que a ideologia burguesa impõe à sua consciência e à sua ação. Esse agente só pode ser o partido que, por possuir o privilégio epistemológico de conhecer a análise científica da sociedade capitalista e o sentido da história, pode introduzir a consciência socialista na classe operária, organizá-la

---

[17] Uma discussão extremamente esclarecedora sobre a concepção original de Marx e Engels sobre o partido se encontra em Cerroni, Magri e Johnstone (1969) e na recopilação Engels-Marx (1973) sobre o mesmo tema. Remetemos nossos leitores a esses livros.

e dirigi-la em suas lutas. Esse é, segundo Sánchez Vázquez, o cerne do argumento leninista. Assim, o verdadeiro sujeito histórico deixaria de ser a classe operária, como pensava Marx, e passaria a ser o partido. Essa teoria leninista, de tradição kautskiana, criticada desde o início por Plekhanov, Trotski e Rosa Luxemburgo, iria se transformar, com a morte de Lenin e a ascensão de Stalin, na concepção excludente de partido da Terceira Internacional. Em sua versão stalinista, o "substitutivismo" se completa à perfeição: o protagonismo da classe passa ao partido, para passar depois a seu Comitê Central e, finalmente, a seu secretário-geral, cumprindo-se assim a sombria previsão de Trotski (Sánchez Vázquez, 2003: 417)[18].

A crítica de Sánchez Vázquez parece-nos pertinente, embora pensemos que, em certos momentos, corre o risco de atribuir a Lenin algumas das deformações que seu pensamento e seu programa político sofreram sob o stalinismo com a conformação do "marxismo-leninismo". Gostaríamos de considerar, por exemplo, o tema do agente histórico da luta contra a sociedade capitalista. É certo que a tentação substitutivista está presente no modelo leninista de partido. Mas também o é o fato de que, tal como escrevia Lenin no citado prefácio acima citado a *QF*, a "capacidade objetivamente máxima do proletariado para unir-se numa classe é realizada pela ação de pessoas vivas, só mediante determinadas formas de organização" (*QF*: 85). O protagonismo da classe não existe se não se expressa através de algum tipo de ação coletiva, e isso supõe o desenho de uma organização com todos os riscos de substitutivismo que ela comporta. Nesse sentido, poderíamos dizer que Lenin veio corrigir um certo "otimismo antropológi-

---

[18] Vaticínio que, a rigor, foi formulado não apenas por Trotski, mas também pelo próprio Lenin em vários de seus escritos. Ver o "Diario de las secretarias de Lenin", em *Cuadernos de pasado y presente* (Córdoba).

co" presente de forma muito evidente em Marx nesse e em vários outros temas que não cabe examinar aqui. O "pessimismo antropológico" de um Maquiavel, que pensava que as massas eram dominadas por um humor quietista e ficavam contentes por não serem humilhadas nem exploradas demais, pareceria estar mais próximo da verdade histórica que a visão ativista e propensa à rebeldia adotada por Marx. A própria experiência de Marx e Engels na Primeira Internacional evidenciou, por outra parte, não só os problemas que obstaculizavam a formação de uma consciência socialista – a apropriação de uma bagagem teórica capaz de desvelar a estrutura íntima e os mecanismos de exploração da sociedade capitalista – entre os setores operários, mas também as enormes dificuldades que devia enfrentar a constituição de uma expressão política unitária das classes populares que superasse as fragmentações políticas preexistentes. Nesse sentido, propor a existência de vários "partidos operários", como de fato fizeram Marx e Engels no *Manifesto do Partido Comunista*, não parece um caminho confiável para garantir o triunfo da tão ansiada revolução socialista que eles desejavam. De fato, se a história contemporânea da América Latina nos ensina alguma coisa é que a existência de vários partidos operários, longe de potencializar as perspectivas de um salto revolucionário, parece condenar as forças populares a uma interminável sucessão de derrotas e frustrações de todo tipo. De qualquer modo, Sánchez Vázquez conclui que se o partido não é um fim em si, mas um meio ou instrumento para a realização do projeto socialista em determinadas condições históricas, não se pode aceitar – como não aceitou Marx – a tese de um modelo universal e único de partido, menos ainda dentro do pluralismo político e social de uma sociedade verdadeiramente democrática (Sánchez Vázquez, 1998). Afirmação acertada, sem dúvida, mas que, em nosso entender, foi antecipada pelo próprio Lenin no prefácio à recopilação *Em doze anos*, aqui já examinada.

b) *Lenin, Weber, Michels*

Deixemos de lado as instigantes observações de Sánchez Vázquez e voltemos nossa atenção, agora, para os importantes desenvolvimentos teóricos produzidos pelas ciências sociais nessa mesma época. Lenin encara o problema do partido e de sua organização, antecipando-se em mais de uma década ao que depois seria um lugar-comum na sociologia burguesa, principalmente na esteira de Max Weber e Robert Michels. E cabe lembrar que as conclusões a que chegam esses grandes sociólogos não são diferentes das que emergem de *QF*: na sociedade burguesa, a política se transformou numa profissão. Um partido político moderno requer políticos profissionais. Um partido revolucionário exige revolucionários profissionais; um partido "da ordem" também requer políticos em tempo integral, dedicados a preservar os fundamentos de uma sociedade injusta. A dominação política na sociedade capitalista transformou-se em algo extremamente complexo e importante demais para ficar nas mãos de amadores. Poucos autores foram mais longe que Weber na condenação do diletantismo dos políticos improvisados, principalmente os que têm sobre suas costas a responsabilidade de garantir a perpetuação da ordem social vigente. Note-se a duplicidade de critérios: o profissionalismo político que provocou escândalo na obra do revolucionário russo aparece como uma razoável conclusão empírica na obra dos acadêmicos alemães inimigos do socialismo.

Michels acrescenta um elemento a mais nessa caracterização das novas formas da política, ao insistir na importância da organização e ao sentenciar que, no fundo, a organização é poder. Um poder concentrado numa pequena oligarquia dirigente, qualquer que seja a natureza da organização. Daí que esse autor formule a "lei de ferro da oligarquia", que estabelece que, devido a um conjunto de mecanismos intra e extra-organizacionais, o grupo dirigente de um partido ou sindicato tenderá a perpetuar-se no poder e a concentrá-lo cada vez mais em um círculo mais reduzido de integrantes. Terá sido uma mera coincidência que Michels tenha chegado a essa conclusão logo depois de um detalhado estudo da socialdemocracia alemã? De modo algum. O Partido Socialdemocrata Alemão era "o partido", não só para os socialistas do início do século XX, como Lenin, mas também para os sociólogos acadêmicos que o consideravam, às vésperas da Primeira Guerra Mundial, o protótipo mais bem-sucedido de partido político, na nascente era da democracia de massas. Sob esse ponto de vista, portanto, ousaríamos dizer que o que Lenin faz é traduzir para o russo o formato organizativo já posto em prática na socialdemocracia alemã. Mas o que na Alemanha era considerado um fato normal, no país dos czares era motivo de santa indignação. Ou não havia políticos profissionais no partido alemão? Não havia, por acaso, uma impressionante burocracia profissional que imprimia sua marca em todas as atividades do partido, tanto no *front* da luta econômica como na política? Quanto a isso os trabalhos mais sérios sobre a matéria, principalmente o de Schorske (1983), não deixam a menor dúvida. E o próprio Weber referiu-se ao tema em sua análise sobre a burocracia nas sociedades modernas, propondo teses extremamente pessimistas a respeito da inexorabilidade da organização e a possibilidade de ela se constituir em uma verdadeira "jaula de ferro" onde sucumbiriam todas as liberdades. Uma visão igualmente pessimista se encontra na obra de Michels, principalmente em relação às perspectivas de uma organização que seja eficiente do ponto de vista burocrático e, ao mesmo tempo, democrática em seu funcionamento.

As considerações de Weber sobre Lenin e sobre a liderança comunista em geral merecem algumas palavras finais. Como se sabe, aquele autor não nutria muita simpatia pelas idéias socialistas. Em seus vários escritos sobre a Rússia, a propósito da revolução de 1905 e, depois, sobre o período revolucionário iniciado em fevereiro de 1917, Weber ignora olimpicamente o papel desempenhado por Lenin. E, apesar de ter demonstrado uma especial sensibilidade para compreender e valorizar o papel da organização e o profissionalismo político, é inútil procurar alguma referência bibliográfica, por mínima que seja, à densa produção teórica do revolucionário russo. Em sua volumosa obra, abundam expressões muito críticas, quando não abertamente depreciativas, sobre os processos revolucionários e seus dirigentes, principalmente os alemães. Assim, na biografia cuidadosamente compilada por sua esposa, Weber aparece dizendo que os sovietes de Munique e Berlim eram um "carnaval sangrento que não merece o nome honorável de revolução"; fala do "êxtase revolucionário" e diz que era uma espécie de narcótico que se apoderara das massas alemãs (que teria ele pensado dessas massas completamente histéricas e fanatizadas que, poucos anos depois, saudariam com ardor patriótico o *Führer*?). Quando eclodem as insurreições naquelas cidades, Weber qualifica-as de "quadrilhas insensatas" lideradas por Karl Liebknecht e Rosa Luxemburgo, que, segundo suas palavras, mereceriam estar, o primeiro num jardim zoológico e a segunda num manicômio. Frente ao turbilhão revolucionário, aconselhava que "o importante era que (seus líderes) fossem presos o mais rápido possível, sem lhes deixar sequer a possibilidade de defender-se de forma desesperada". Quando pouco depois soube dos assassinatos de ambos, limitou-se a comentar que "Liebknecht incitou a rua à luta; a rua o matou" (Weber, 1926: 481-482, 642; Beetham, 1977: 277-278). Apesar de tão lamentáveis comentários é possível afirmar que há um fio subterrâneo que liga as preocupações de Weber, Michels e Lenin, embora as conclusões de cada um sejam muito diferentes.

c) *Origem da consciência socialista*

Examinaremos, em seguida, de forma breve, o tema da origem da consciência socialista. Sabe-se que a tese kautskiano-leninista recebeu inúmeras críticas. Não obstante, os desafios dela derivados continuam em pé. É razoável supor que, numa sociedade como a capitalista, a consciência socialista possa florescer como resultado da luta de classes? Apesar da santa indignação que provoca a idéia do agente exterior que introduz o socialismo na consciência popular, o assunto precisa ser examinado o mais detidamente possível. Por ser esse um tema cuja análise ultrapassa de muito os objetivos do presente escrito, iremos nos limitar a formular algumas poucas questões concebidas para estimular uma reflexão sistemática sobre o assunto.

Convém começar fazendo um breve apanhado da história das lutas sociais sob o capitalismo no século XIX. O *locus classicus* em que isso se dá é a Europa, pátria do capitalismo. O que nos ensina essa história? Que o proletariado europeu adquiriu uma forte consciência de classe socialista? Demonstra por acaso que setores crescentes da classe trabalhadora "aprenderam" em suas lutas e com suas lutas a conhecer melhor o capitalismo? Produto de um século de grandes confrontações sociais, surgiu dos próprios operários uma concepção sobre a natureza da ordem social capitalista, dos dispositivos mediante os quais se produz a exploração e uma visão clara dos mecanismos integrais da dominação de classe? A resposta a todas essas perguntas é negativa. Se fizermos uma análise parecida do século XX, os resultados seriam ainda mais decepcionantes, levando-se em conta a perfeição a que chegou a trama da dominação ideológica das classes dominantes. E se, além disso, deixarmos o entorno europeu e voltarmos nosso olhar para a América Latina, com suas prolongadas batalhas pela libertação de nossos povos, o veredicto não seria menos pessimista.

Que conclusões tirar daí? Que o desenvolvimento da luta de classes ensina, indubitavelmente, mas que tais ensinamentos não são suficientes para adquirir uma consciência socialista que, ao mesmo tempo, assinale com clareza as características opressivas, espoliadoras e predatórias do capitalismo e identifique os contornos de uma boa sociedade considerada não só desejável, mas também possível e acessível num prazo razoável. Rebelar-se contra o amo não necessariamente transforma o escravo em um inimigo da escravidão; a resistência à exploração capitalista não faz necessariamente seus protagonistas adquirirem uma concepção socialista do mundo e da vida. Acreditar que só a luta basta para a construção da consciência de classe, com tudo o que ela implica, é uma profissão de fé romântica que pouco tem a ver com a vida política real.

Isso nos coloca frente a dois problemas, dado que tais resultados se produzem apesar do incansável trabalho de organizações de esquerda que tentaram, por diversos meios, acelerar uma tomada de consciência socialista entre as massas. Primeiro, porque nos coloca ante a necessidade de avaliar realisticamente os mecanismos e os dispositivos de manipulação e controle ideológico de que dispõe a burguesia e que lhe permitem neutralizar as tentativas de conscientização promovidas pelos sujeitos políticos contestadores e, simultaneamente, consolidar um "senso comum" congruente com as necessidades da reprodução capitalista. Parece-nos que as visões do marxismo clássico subestimavam muito esses fatores, em boa medida porque seu desenvolvimento é, em termos gerais, um fenômeno que adquire dimensões especiais com o passar do século XX. É nesse momento que os "aparelhos ideológicos" da dominação burguesa adquirem uma gravitação excepcional, que os transforma em formidáveis obstáculos ao desenvolvimento da consciência de classe dos explorados e oprimidos. Todo o tema da hegemonia e da "direção intelectual e moral", explorado por Gramsci, e o papel da indústria cultural, examinado pela Escola de Frankfurt, apontam precisamente nessa direção e põem em relevo a atualidade da tese kautskiano-leninista. Se, antes, a empreitada de adquirir uma consciência de classe socialista era árdua e extremamente laboriosa, no capitalismo do século XXI tal processo tornou-se muitíssimo mais complicado. Os meios de comunicação de massas tiveram, nesse sentido, um papel de extraordinária importância no bloqueio do desenvolvimento de uma consciência socialista em massas cada vez mais exploradas da população.

Segundo, a constatação a que chegamos aqui nos leva a reconsiderar o papel dos intelectuais. Não nos parece temerário afirmar que no pensamento do jovem Marx encontram-se algumas raízes do que depois seria a tese plenamente desenvolvida por Lenin em *QF*. Com efeito, para o autor de *O capital* a sociedade capitalista é opaca. Diferentemente de suas predecessoras, em que os mecanismos de dominação e a exploração eram transparentes e explícitos, no capitalismo eles se encontram ocultos sob o véu do fetichismo da mercadoria e da alienação consubstancial à vida política no marco do Estado burguês. Em seus textos da juventude, Marx fala do "raio do pensamento" que fecunda "o cândido chão popular", isto é, a consciência do proletariado. Uma célebre passagem de sua obra diz que, "assim como a filosofia encontra no proletariado suas armas *materiais*, o proletariado encontra na filosofia suas armas *espirituais*" (Marx, 1982: 502, grifo do original). Como bem observa Strada, Lenin "traduzirá a 'filosofia' (a 'consciência') em 'organização', arma intelectual à qual é indispensável a 'espontaneidade material' do proletariado" (Strada, 1977: 74). Ou será que alguém pensa que essa metade da espécie humana que sobrevive com menos de dois dólares por dia reúne as mínimas condições para refletir sobre as causas profundas de sua desgraça e chegar a uma visão cientificamente fundada da natureza da sociedade capitalista e de suas vias de superação? Alguém pode acreditar seriamente que essa humanidade, bombardeada 24 horas do dia pelos meios de comunicação de massas – cuja esmagadora maioria é controlada por grandes monopólios capitalistas –, e com centenas de milhões de analfabetos e bilhões de analfabetos funcionais, pode elevar-se ao nível de reflexão e consciência exigidos para enfim virar esta página da história? Por outro lado, quem disse que a consciência socialista pode surgir "do nada", desvinculada das lutas operárias? E mais, poderíamos objetar até que ponto a tese kautskiano-leninista não exagera a "externalidade" do suposto agente externo. Porque, na verdade, até que ponto poderíamos considerar a obra de Marx e Engels um "elemento externo" ao proletariado europeu? Sem as lutas sociais que agitaram a Europa durante grande parte do século XIX, teria sido possível a criação dos fundadores do materialismo histórico? Então, até que ponto essa produção no campo da teoria e da ideologia pode realmente ser considerada uma "influência externa" ao universo proletário?

d) Ensinamentos da história recente da América Latina

Por último, examinemos a situação das lutas de classes na América Latina. O caso de vários partidos e movimentos sociais populares da região demonstra a pertinência das teses leninistas. Isso não quer dizer, obviamente, que o modelo de partido proposto por Lenin em 1902 possa ser o paradigma organizativo de um grande movimento de massas ou de um grande partido político, em 2004. O próprio Lenin descartava essa possibilidade depois de 1905, de modo que é inimaginável supor que seríamos fiéis a seu legado teórico-político, propondo essa fórmula mais de um século depois e em condições tão diferentes das predominantes na sua época. Mas, se o modelo de partido ultracentralizado e obrigado a agir na clandestinidade já é anacrônico e por isso mesmo impraticável, há ainda algum elemento resgatável das páginas de *QF*?

Vejamos. É ou não necessário para as forças de esquerda contar com políticos profissionais? Os grandes partidos e movimentos populares da região, como não poderia deixar de ser, contam com eles. Seria uma ingenuidade supor que as forças contestadoras devessem se conformar com dirigentes que atuassem como tais em seus momentos de ócio ou logo depois de uma exaustiva jornada de trabalho, e que pudessem, desse modo, fazer frente à gigantesca tarefa de organizar uma alternativa que supere o capitalismo. Por outro lado, se a burguesia conta com um exército de políticos profissionais, entendendo por tais não só quem está diretamente envolvido com seu partido, mas também toda a multidão de funcionários, acadêmicos, publicitários, comunicadores sociais, técnicos e peritos que operam politicamente, com dedicação exclusiva, para viabilizar e reforçar a dominação do capital, por que as classes subalternas e suas organizações políticas não deveriam fazer o mesmo? De fato, encontramos políticos profissionais no MST e no PT brasileiros, no PRD mexicano e na grande maioria dos partidos e movimentos sociais populares e de esquerda da região, mesmo que em muitos deles se cultive uma fervorosa profissão de fé antileninista!

A experiência de diversas organizações demonstra, por sua vez, a importância atribuída à educação política das massas. Isso é particularmente verdadeiro no Movimento de Trabalhadores Rurais Sem Terra do Brasil, sem dúvida o mais importante movimento social da América Latina e, por sua projeção nacional e internacional e pela índole e extensão de suas realizações, um dos mais importantes do mundo. A permanente campanha para educar seus seguidores e o público em geral foi um elemento decisivo para elevar a rebeldia espontânea de alguns setores populares do campo a um nível de consciência e organização que lhes permita constituir-se como sujeito político relevante na vida política brasileira.

Na América Latina, de modo geral, a questão da organização foi, infelizmente, menosprezada, enquanto a burguesia aperfeiçoa sem cessar suas estruturas organizativas e estende por todo o planeta o alcance de suas operações coordenadas. Não deixa de ser um cruel paradoxo a direita realizar permanentes esforços para repensar e renovar seus desenhos organizativos, enquanto alguns intelectuais de esquerda aconselham arquivar definitivamente toda reflexão sobre o poder e o Estado e caem no que Lenin muito apropriadamente chamava em sua época, e podemos usar essa expressão ainda hoje, de ingênuo "culto à espontaneidade". Um paradoxo que em boa medida explica, ao menos parcialmente, as sucessivas derrotas experimentadas pela esquerda nas mais diversas latitudes. Não há dúvida de que é necessária uma nova fórmula política para enfrentar os desafios do nosso tempo. O velho modelo de partido leninista, concebido para lutar na clandestinidade contra o czarismo ou sua canonização nas mãos de Stalin, na época da Terceira Internacional, é hoje visivelmente inadequado. Mas, infelizmente, o "partido de novo tipo" esboçado nos escritos de Antonio Gramsci para as sociedades que constituem o que se chama Ocidente ainda não surgiu. E se o fez, coisa de que duvidamos, sua concretização mais acabada, o Partido Comunista Italiano fundado pelo próprio Gramsci, demonstrou de forma cabal os limites de uma construção apoiada na ênfase unilateral de um de seus instrumentos estratégicos: a conquista da hegemonia no seio da sociedade civil. A história italiana da década de 1970 é uma prova contundente de que não existe uma alquimia capaz de fazer com que uma esmagadora hegemonia no terreno do social e da cultura se transforme em poder político, sem a mediação de uma estratégia muito clara – radical e revolucionária – de poder. Na ausência desta, a formidável hegemonia que o PCI conseguiu construir na sociedade italiana continuou seu processo de amadurecimento até que, diante da postergação indefinida do momento vivificante da tomada do poder, iniciou o processo de decadência que levou o partido à sua própria desintegração e ao vergonhoso espetáculo do governo D'Alemma, êmulo tardio do tatcherismo aplicado em nome de um suposto comunismo *aggiornado*. Voltando ao nosso tema, devemos dizer, para concluir, que embora existam elementos embrionários "de novo tipo" em alguns partidos políticos e movimentos sociais, incluindo o "movimento de movimentos" que resiste à globalização neoliberal, o certo é que ainda há muito caminho a percorrer. Assim como temos a firme convicção de que hoje é impossível aplicar o modelo organizacional proposto em *QF*, muitas das reflexões ali contidas continuam sendo valiosas fontes de inspiração para pensar essa problemática no momento atual.

Infelizmente, na América Latina, o debate sobre a herança de *QF* ainda está por ser feito. Um livro muito interessante é o escrito pelo dirigente comunista uruguaio Rodney Arizmendi, nos anos 1970. Apesar de seu apego a certas fórmulas do "marxismo-leninismo", o livro de Arizmendi tem o mérito de examinar um amplo leque de problemas – a questão dos caminhos da revolução, os problemas de estratégia e tática dos movimentos insurgentes, a problemática da organização política etc. – que não podem continuar sendo ignorados (Arizmendi, 1974). Não se resolve a questão do poder simplesmente proclamando sua natureza pecaminosa ou antidemocrática, ou negando sua existência, assim como o imperialismo não se dilui porque mudamos seu nome para "império". Mais recentemente, foi publicada uma compilação muito interessante organizada por Werner Bonefeld e Sergio Tischler (2002), onde diversos autores examinam diferentes aspectos do legado teórico-político leninista e chegam a conclusões bastante diferentes em cada caso. Para além das críticas que possam ser feitas a essa iniciativa, o certo é que os trabalhos reunidos nesse livro abrem uma discussão séria sobre uma herança teórica e prática irrenunciável que seria mais que conveniente continuar aprofundando. No momento em que existe um otimismo às vezes tão ilusório como desenfreado em relação à produtividade dos novos modelos organizativos do campo popular, uma reflexão séria em torno de *QF* é um imperativo inescapável. A discussão de suas teses pode nos ensinar muitas coisas que, certamente, potencializarão a clareza dos objetivos a perseguir por meio da mobilização de massas cada vez mais amplas da população.

O lugar de Lenin na história da teoria marxista

Gostaríamos de concluir com uma última reflexão sobre o lugar de Lenin na história da teoria marxista. Nas páginas anteriores fizemos um resumo de suas principais contribuições teóricas, de modo que não é o caso de voltar de novo ao assunto. Convém, sim, insistir em que os desenvolvimentos teóricos que devemos ao leninismo não estão apenas em seus livros. Se há algo que caracteriza a obra de Lenin é a inseparável unidade entre sua atividade teórica e sua prática política. Como bem demonstrou Georg Lukács, em seu livro sobre Lenin, o fundador do Estado soviético é o "grande teórico da prática e o grande prático da teoria". Suas contribuições teóricas fundamentais sobre o partido revolucionário, o imperialismo e a aliança operário-camponesa foram, por sua vez, verdadeiros "guias para a ação" em três conjunturas políticas muito concretas: no início do século XX, para combater o revisionismo; no período próximo à primeira revolução russa, em 1905; e, é obvio, na crise revolucionária geral que estala em fevereiro de 1917 e culmina com o triunfo da insurreição soviética em outubro do mesmo ano. Essa íntima relação entre os imperativos da ação revolucionária e a reflexão teórica de grande fôlego, realizada em meio à vertigem revolucionária, é que nos dá uma das chaves de sua permanência como um clássico do pensamento não só marxista, mas também do pensamento político em seu sentido mais amplo.

Uma nota dos *Cadernos do cárcere*, de Antonio Gramsci, alerta sobre as dificuldades que cercam a difícil tentativa de delinear a natureza da relação Lenin/Marx. Numa passagem brilhante de sua obra, Gramsci sustenta que:

> Fazer um paralelo entre Marx e Ilich para estabelecer uma hierarquia é errôneo e ocioso. Eles expressam duas fases: ciência/ação que são ao mesmo tempo homogêneas e heterogêneas. Assim, historicamente seria absurdo um paralelo entre Cristo e São Paulo: Cristo-*Weltanschauung* [visão de mundo]; São Paulo organização, ação, expansão da *Weltanschauung*. Ambos são

necessários na mesma medida e, portanto, são da mesma estatura histórica. O cristianismo poderia ser chamado, historicamente, cristianismo-paulinismo e essa seria a expressão mais exata (só a crença na divindade de Cristo impediu isso, mas essa crença é também ela um elemento histórico e não teórico) (Gramsci, 1975: 882 [tradução nossa]).

A proposta gramsciana, aguda como sempre, dá lugar, no entanto, a uma desnecessária incerteza. Uma leitura enviesada de seu texto (e temos de reconhecer que a obra de Gramsci, por ter sido escrita na prisão, precisando burlar a censura carcerária, prestou-se a leituras deturpadas) poderia servir para corroborar uma tese que rebaixaria Lenin à condição, nada desprezível, aliás, de um grande organizador revolucionário, um praxista extraordinariamente eficaz, mas indiferente às exigências e aos desafios da teoria. O conjunto da obra de Gramsci – em particular, suas referências a Lenin na elaboração de sua teoria da hegemonia e da estratégia revolucionária – jamais autorizaria semelhante conclusão, mas é preciso reconhecer que na passagem acima mencionada há uma ambigüidade nada conducente. Em todo caso, conviria insistir em dois pontos: em primeiro lugar, na idêntica estatura histórica atribuída por Gramsci a Marx e, a Lenin, algo absolutamente inaceitável para muitos marxistas; e, em segundo, que a idéia de um "cristianismo-paulinismo" não deveria ser entendida como a aceitação de Gramsci do "marxismo-leninismo" que, enquanto ele estava na prisão, ia tomando corpo na União Soviética graças à obra de Stalin.

Em todo caso, e voltando à comparação feita por Gramsci, parece-nos importante finalizar este estudo introdutório examinando a interpretação que um dos mais importantes teóricos conservadores do século XX faz sobre o tema. Referimo-nos a Samuel P. Huntington, que numa de suas principais obras apresenta um esclarecedor contraste entre Marx e Lenin (1968: 334-343). Sua visão é esclarecedora principalmente porque da sua perspectiva de direita destaca certas dimensões de análise que costumam passar despercebidas para a esquerda. Obviamente, não se trata de aceitar seu peculiar olhar sobre a relação entre Marx e Lenin, mas de explorar facetas inusitadas, passíveis de afinar nossa compreensão do legado deste último.

Segundo Huntington, o marxismo é uma teoria da mudança social que foi refutada pela história. O leninismo, em compensação, demonstrou ser uma teoria correta da ação política. Em suas próprias palavras:

> O marxismo não pode explicar a conquista do poder pelos comunistas em países atrasados como a Rússia ou China, mas o leninismo pode. [...] O partido leninista que exige a conquista do poder não é necessariamente dependente de nenhuma combinação especial de forças sociais. Lenin pensou sobretudo numa aliança de intelectuais e operários; Mao, numa coalizão de intelectuais e camponeses (Huntington, 1968: 338).

Na visão de Huntington, a superioridade do leninismo sobre o marxismo é flagrante. "A chave para Marx é a classe social; a chave para Lenin é o partido político." A partir disso, chega a uma conclusão tão surpreendente quanto instigante:

> Lenin não foi discípulo de Marx; antes, este foi precursor daquele. Lenin transformou o marxismo numa teoria política e no processo pôs Marx sobre seus ombros. [...] Marx foi politicamente primitivo e não pôde desenvolver uma ciência po-

lítica ou uma teoria política, porque não reconhecia a política como um campo de atividade autônomo. [...] Lenin, ao contrário, elevou uma instituição política, o partido, sobre as classes e as forças sociais (Huntington, 1968: 336).

Até onde Lenin chegou nesse processo? Segundo nosso autor, o revolucionário russo sabia muito bem que a consciência de classe não brotaria espontaneamente da cabeça dos proletários: a consciência revolucionária é produto da inteligência teórica, assim como um movimento revolucionário é filho da organização política. Para Lenin, o partido era a instituição crucial para que o proletariado conquistasse seus fins históricos. Por isso não era só idealizado. Segundo Huntington, o partido, para Lenin, era divinizado (1968: 339). E nosso autor conclui que a preocupação obsessiva de Lenin com a problemática da organização cria um verdadeiro paradoxo: enquanto a maioria da esquerda subestima os problemas organizativos, Lenin os glorificava a ponto de dizer que "nosso método de luta é a organização". Esse é seu balanço. O balanço de um refinado intelectual das classes dominantes. Seria conveniente registrar suas instigantes conclusões e lançar um novo olhar, enriquecido pela densidade histórica do século XX, sobre a obra de Lenin e, muito particularmente, sobre *Que fazer?*. Esperemos que esta introdução possa motivar os leitores a empreender essa tarefa.

Buenos Aires, setembro de 2004

Bibliografia

ANDERSON, Perry. *Consideraciones sobre el marxismo occidental* (México, Siglo XXI, 1979).

ARIZMENDI, Rodney. *Lenin, la revolución y América Latina* (México, Grijalbo, 1974).

BEETHAM, David. *Max Weber y la teoría política moderna* (Madri, Centro de Estudios Constitucionales, 1977).

BENSAÏD, Daniel; NAIR, Alan. "A propos de la question de l'organization: Lénine et Rosa Luxemburg". *Partisans* (Paris, 1969), nº 45. [Reproduzido em LENIN; LUXEMBURGO, Rosa; LUCÁKS, Georg. *Teoría marxista del partido político/2 (Problemas de organización)* (Córdoba, Cuadernos de Pasado y Presente, 1969) nº 12.] [As referências remetem à edição em castelhano.]

BONEFELD, Werner; TISCHLER, Sergio (comp.). *A 100 años del ¿Qué hacer?. Leninismo, crítica marxista y la cuestión de la revolución hoy* (Buenos Aires/Puebla, Herramienta e Universidad Autónoma de Puebla, 2002).

BORON, Atilio A. *Estado, capitalismo y democracia en América Latina*. Edição revista e ampliada (Buenos Aires, CLACSO, 2003).

—— "Imperio: dos tesis equivocadas". *OSAL – Observatorio Social de América Latina* (Buenos Aires, CLACSO, 2002), nº 7, junho.

—— *Imperio & imperialismo. Una lectura crítica de Michael Hardt y Antonio Negri* (Buenos Aires, CLACSO, 2001). [Edição em português: *Império & imperialismo. Uma leitura crítica de Michael Hardt e Antonio Negri* (Buenos Aires, CLACSO, 2002).]

—— *Tras el búho de Minerva. Mercado contra democracia en el capitalismo de fin de siglo* (Buenos Aires, Fondo de Cultura Económica, 2000).

—— *Long-term historical – Structural and conjunctural authoritarian legacies in democratic transitions: A reflection on recent Latin American history.* Simpósio Internacional Democracia e Autoritarismo na América Latina (separata) (Universidade de Columbia, 1997).

CERRONI, Umberto. *Teoría política y socialismo* (México, Era, 1976).

CERRONI, Umberto; MAGRI, Lucio; JOHNSTONE, Monty. *Teoría marxista del partido político* (Córdoba, Cuadernos de Pasado y Presente, nº 7, 1969).

COLLETTI, Lucio (comp.). *El marxismo y el "derrumbe" del capitalismo* (México, Siglo XXI, 1978).

DE GIOVANNI, Biaggio. "Teoría marxista de la política". *Cuadernos de Pasado y Presente* (México, Siglo XXI, 1981).

DI TELLA, Torcuato S. *La teoría del primer impacto del crecimiento económico* (Paraná, Universidad Nacional del Litoral, 1963).

ENGELS, Friedrich; MARX, Karl. *Le parti de classe*. Seleção, introdução e notas de Roger Dangeville (Paris, Maspero, 1973). 4 t.

GRAMSCI, Antonio. *Quaderni del carcere*. Ed. Valentino Gerratana (Turim, Einaudi, 1975).

GROSSMANN, Henryk. *La ley de la acumulación y del derrumbe del sistema capitalista* (México, Siglo XXI, 1979).

HARDING, Neil. *Lenin's political thought* (Londres, Macmillan, 1977). Tomo I: *Theory and practice in the democratic revolution*.

HARDT, Michael; NEGRI, Antonio. *Empire* (Cambridge, Mass., Harvard University Press, 2000). [Tradução argentina: *Imperio* (Buenos Aires, Paidós, 2002).]

HOLLOWAY, John. *Cambiar el mundo sin tomar el poder* (Buenos Aires, Universidad Autónoma de Puebla/Herramienta, 2002).

HUNTINGTON, Samuel P. *Political order in changing societies* (New Haven, Yale University Press, 1968).

KOLAKOWSKI, Leszek. *Main currents of marxism* (Oxford, Oxford University Press, 1978). 3 t.

LENIN, V. I. "Diario de las secretarias de Lenin". *Cuadernos de Pasado y Presente* (Córdoba, s/d.).

LIEBMAN, Marcel. *La conquista del poder. El leninismo bajo Lenin. I* (México, Editorial Grijalbo, 1978).

Luxemburgo, Rosa. *Reforma o revolución social y otros escritos contra los revisionistas* (México, Fontamara Ediciones, 1989 [1889]).

Martínez Heredia, Fernando. *El corrimiento hacia el rojo* (Havana, Letras Cubanas, 2001).

Marx, Karl. "En torno a la crítica de la filosofía del derecho de Hegel. Introducción". Em Marx, Karl; Engels, Friederich. *Marx. Escritos de juventud* (México, Fondo de Cultura Económica, 1982).

Michels, Robert. *Political parties. A sociological study of oligarchical tendencies of modern democracy* (Nova York, The Free Press, 1962). [Primeira edição alemã: 1911.]

Paz, Octavio. *El ogro filantrópico* (México, Joaquín Mortiz, 1979).

Sanchez Vázquez, Adolfo. "Marxismo y praxis". Em *A tiempo y destiempo* (México, Fondo de Cultura Económica, 2003).

—— *Filosofía, praxis y socialismo* (Buenos Aires, Tesis Once, 1998).

Schorske, Carl E. *German social democracy, 1905-1917. The development of the great schism* (Cambridge, United States Harvard University Press, 1983).

Stalin, Josef. *Historia del Partido Comunista (Bolchevique) de la URSS* (Moscou, Ediciones en Lenguas Extranjeras, 1953).

—— *Los fundamentos del leninismo* (Córdoba, Lautaro, 1946).

Strada, Vittorio (comp.). *¿Qué hacer? Teoría y práctica del bolchevismo* (México, ERA, 1977).

Sweezy, Paul. *Teoría del desarrollo capitalista* (México, Fondo de Cultura Económica, 1974).

Weber, Marianne. *Lebensbild* (Tubingen, 1926).

Weber, Max. *Escritos políticos, II* (México, Folios, 1982).

Excerto do prefácio à recopilação *Em doze anos*[1]

A obra *Que fazer?* foi publicada fora da Rússia no início de 1902. É dedicada à crítica das tendências de direita, não mais dentro das correntes literárias, mas das organizações socialdemocratas. Em 1898, foi celebrado o I Congresso dos Socialdemocratas e foram assentadas as bases do Partido Operário Socialdemocrata da Rússia. No exterior, o partido se organizou como "União dos Socialdemocratas Russos", abrangendo também o grupo "Emancipação do Trabalho". Mas os organismos centrais do partido foram desmantelados pela polícia e não puderam ser reorganizados. De fato, a unidade do partido não passava de uma idéia, de um projeto. O deslumbramento com as greves e com a reivindicação econômica deu origem a uma forma peculiar de oportunismo socialdemocrata que ficou conhecido pelo nome de "economicismo". Quando, no final de 1900, o grupo do *Iskra* iniciou suas atividades no exterior, a cisão nesse terreno já era um fato. Na *primavera* de 1900, Plekhanov abandonou a "União dos Socialdemocratas Russos no Estrangeiro" para fundar outra organização, chamada "O Socialdemocrata".

Em termos formais, o *Iskra* desenvolvia suas atividades independentemente das duas facções, mas na verdade apoiava o

---
[1] Publicamos o trecho referente a *Que fazer?*. (N. de E.)

grupo de Plekhanov contra a "União". A tentativa de fusão fracassou (junho de 1901, Congresso da "União" e de "O Socialdemocrata", em Zurique). A brochura *Que fazer?* expõe de forma sistemática as razões das discrepâncias, bem como o caráter da tática do *Iskra* e de sua atividade no terreno da organização.

Tanto os atuais adversários dos bolcheviques, os mencheviques, como os escritores do campo da burguesia liberal (cadetes, *bessaglavtsi* [1] do jornal *Tovarisch* e outros) têm citado esta brochura com freqüência. Por isso decidi reimprimi-la com o menor número possível de alterações, suprimindo apenas alguns detalhes referentes a aspectos de organização e polêmicas secundárias. Mas vale chamar a atenção do leitor contemporâneo para algumas questões de fundo desta obra.

O principal erro dos que hoje polemizam com *Que fazer?* reside em dissociá-lo por completo de determinadas condições históricas, de determinada fase do desenvolvimento do nosso partido que já foi superada há muito tempo. Um exemplo flagrante desse erro é dado por Parvus (para não falar de numerosos mencheviques), que, muitos anos depois da publicação da obra, insistia em afirmar que ela continha idéias falsas ou exageradas sobre a organização dos revolucionários profissionais.

No momento atual, declarações como essa causam uma impressão de completo ridículo: é como se se quisesse ignorar toda uma fase de desenvolvimento do nosso partido, das conquistas que na época provocaram disputas que já há muito se estabilizaram, que já cumpriram sua missão.

Dissertar neste momento sobre os excessos do *Iskra* (de 1901 e 1902!) no que tange à idéia de organização dos revolucionários profissionais equivale a, *depois* da guerra russo-japonesa, recriminar os nipônicos por superestimarem as forças armadas russas, por se preocuparem exageradamente com elas antes do confronto. Para vencer, os japoneses tinham de mobilizar todo o seu contingente contra o máximo possível das forças russas. Infelizmente, muitos tecem juízos sobre nosso partido de maneira leviana, sem conhecerem o problema, sem verem que *hoje* a idéia de organização dos revolucionários profissionais *já* triunfou por completo. Mas tal vitória teria sido impossível se, na época, a própria idéia do partido não fosse colocada em *primeiro plano*, não fosse "exageradamente" inculcada àqueles que duvidavam de sua realização.

Que fazer? é um resumo da tática do *Iskra*, da política de organização do *Iskra* em 1901 e 1902. É apenas isso, um *resumo*, nem mais, nem menos. Quem se der ao trabalho de ler os números do *Iskra* de 1901 e 1902 não terá dúvidas a esse respeito. E quem tecer juízos sobre este resumo sem conhecer nem entender a luta do *Iskra* contra o economicismo então *predominante* não fará mais que lançar palavras ao vento. O *Iskra* lutava pela criação de uma organização de revolucionários profissionais e o fez com especial energia em 1901 e 1902. Conseguiu vencer o economicismo dominante; *criou* definitivamente aquela organização em 1903 e, apesar de todas as vicissitudes de uma época conturbada e violenta, apesar da cisão dos "iskristas" ocorrida mais tarde, conseguiu preservá-la durante toda a revolução russa, desde 1901-1902 até 1907.

E agora, quando a luta por essa organização é, há muito, uma página virada, agora que os grãos maduros daquela semeadura já foram colhidos, alguém vem proclamar: "eles deram uma importância exagerada à idéia de organização dos revolucionários profissionais!". Não é ridículo?

Vejamos em conjunto todo o período anterior à revolução e seus primeiros dois anos e meio (1905-1907). Comparemos nosso Partido Socialdemocrata com outras agremiações contemporâneas, em termos de coesão, organização, coerência. Teremos de reconhecer que, nesses aspectos, nosso partido é *indiscutivelmente* superior a *todos* os demais, tanto ao dos cadetes como ao dos social-revolucionários etc. Antes da revolução, o Partido Socialdemocrata havia elaborado um programa, aceito formalmente por todos seus membros, e, apesar das alterações nele introduzidas, não se verificou nenhuma cisão por questões programáticas. Apesar da cisão, o Partido Socialdemocrata forneceu à opinião pública, de 1903 a 1907 (formalmente, de 1905 a 1906), o máximo de notícias sobre sua situação interna (atas do II Congresso Comum, do III Congresso Bolchevique e do IV, ou Congresso de Unificação de Estocolmo). Apesar da cisão, o Partido Socialdemocrata foi o primeiro a aproveitar a brisa de liberdade para implantar o regime democrático ideal de uma organização aberta, com um sistema eletivo e representação nos congressos proporcional ao número de membros organizados. Nada disso se viu até agora nem entre os social-revolucionários, nem entre os cadetes, o mais bem organizado dentre os partidos burgueses, um partido quase legal, que, comparado ao nosso, dispõe de recursos financeiros infinitamente maiores, que conta com enormes possibilidades de utilizar a imprensa e vive na legalidade. De resto, as eleições para a II Duma, das quais participaram todos os partidos, por acaso não mostraram que a coesão orgânica do nosso partido e da nossa minoria parlamentar é superior à de todas as demais agremiações?

Cabe perguntar quem possibilitou, quem deu vida a essa máxima coesão, solidez e estabilidade do nosso partido. A organização de revolucionários profissionais, criada sobretudo pelo *Iskra*. Para quem conhece bem a história do nosso partido, quem acompanhou seu período de estruturação, basta uma vista-d'olhos na delegação de qualquer grupo – por exemplo, no

Congresso de Londres –, para se convencer disso, para logo reconhecer o núcleo velho, fundamental, que com mais empenho trabalhou na criação e consolidação do partido. Claro que a pré-condição essencial desse êxito é o fato de a classe operária, cujos melhores elementos foram sendo criados pela socialdemocracia, destacar-se, por razões econômicas objetivas, de todas as demais classes da sociedade capitalista por sua maior capacidade de organização. Sem essa condição, a organização dos revolucionários profissionais não passaria de uma brincadeira, de uma aventura, de um simples cartaz. A brochura *Que fazer?* insiste em que a organização proposta só tem sentido se ela trabalhar com "uma classe realmente revolucionária, com uma classe que se levante de forma espontânea para a luta". Essa capacidade objetivamente máxima do proletariado para unir-se numa classe é realizada pela ação de pessoas vivas, só mediante determinadas formas de organização. Nenhuma organização exceto a do *Iskra poderia* ter criado, em nossas condições históricas, na Rússia de 1900-1905, um partido operário socialdemocrata como o que existe na atualidade. O revolucionário profissional cumpriu sua missão na história do socialismo proletário russo. Nenhuma força pode agora destruir sua obra, que há muito ultrapassou os estreitos "círculos" de 1902-1905; nenhuma queixa tardia de exagero nas tarefas urgentes, nenhuma acusação contra aqueles cuja luta garantiu o oportuno cumprimento dessas tarefas poderá reduzir a importância das conquistas obtidas.

Mencionei acima o estreito marco dos círculos do velho *Iskra* (desde fins de 1903, a partir do nº 51, o *Iskra* tendeu para o menchevismo, proclamando "existir um abismo entre o velho e o novo *Iskra*" – palavras de Trotski na brochura aprovada pela redação menchevique do *Iskra*). Vale abrir aqui um breve parêntese para explicar ao leitor contemporâneo a desarticulação entre esses círculos isolados. Tanto em *Que fazer?* como, mais tarde, em *Um passo adiante, dois passos atrás*, oferece-se a visão de uma luta acirrada, às vezes encarniçada e destrutiva, entre os *círculos no estrangeiro*. É inegável que essa luta tem muitos aspectos deploráveis. Mas é também inegável que essa luta resulta de uma necessidade de o movimento operário contemporâneo romper com muitas tradições desses círculos, de repudiar e banir muitas das mesquinharias e querelas da vida desses círculos, para poder enfrentar com energia os novos desafios da socialdemocracia. Somente a ampliação do partido baseada em elementos *proletários*, pela atividade legal junto às massas, é que pode acabar com todos os vestígios da desarticulação entre esses círculos isolados, uma herança incompatível com as tarefas do momento atual. E o passo para a organização democrática do partido operário, proclamado pelos bolcheviques no jornal *Novaia Jizn* em novembro de 1905, tão logo se ofereceram as condições para a atividade legal, já equivalia, no fundo já significava uma ruptura definitiva com tudo o que aqueles velhos círculos isolados tinham de caduco...

Isso mesmo, *com tudo o que tinham de caduco*. Porque não basta condenar a desarticulação dos círculos isolados, deve-se entender o que eles significaram nas condições específicas daquela época. Os círculos foram indispensáveis em seu tempo e desempenharam um papel positivo. Em geral, em um país de regime autocrático, nas condições criadas por toda a história do movimento revolucionário *russo* em particular, o partido operário socialista *só poderia* se desenvolver a partir dos círculos. Os círculos, isto é, grupos reduzidos, fechados, apoiados quase sempre em relações de amizade de um número muito reduzido de pessoas, foram uma etapa indispensável no desenvolvimento do socialismo e do movimento operário na Rússia. À medida que o movimento foi crescendo, apresentou-se o problema da unificação daqueles círculos, da criação de um sólido laço de união entre eles, de uma continuidade. Era impossível resolver esse problema sem criar uma firme base de operações fora do alcance da autocracia, *isto é, no estrangeiro*. Foi, portanto, por força da necessidade que surgiram esses *círculos no estrangeiro*. Não havia relação entre eles, nem havia acima deles a autoridade do partido russo, o que tornava inevitáveis as divergências quanto às tarefas fundamentais do movimento naquele momento, sobretudo quanto a *como* construir esta ou aquela base de operações e em que sentido se deveria trabalhar para a estruturação geral do partido. Nessas condições, era inevitável o conflito entre aqueles círculos. Agora, olhando para trás, vemos claramente qual daqueles grupos estava de fato em condições de desempenhar o papel de base de operações. Mas na época, quando a atividade dos vários círculos era ainda incipiente, ninguém podia dizê-lo, e o conflito só podia ser resolvido com o confronto. Lembro que, mais tarde, Parvus recriminou o velho *Iskra* por desencadear uma luta fratricida entre os círculos e os conclamou à conciliação. É muito fácil fazer isso retrospectivamente, mas quem o faz revela uma gritante incompreensão da conjuntura da época. Em primeiro lugar, não havia nenhum critério para avaliar a força ou a *seriedade* deste ou daquele círculo. Muitos deles eram fictícios, tanto que acabaram relegados ao esquecimento, mas na época tentavam provar sua razão de ser por meio do confronto. Em segundo lugar, as divergências entre os círculos diziam respeito à *orientação* de um trabalho ainda novo. Já na época assinalei (em *Que fazer?*) que, embora as divergências pudessem parecer irrelevantes, na prática tinham enorme importância, pois, como se tratava de um trabalho novo, de dar os primeiros passos do movimento socialdemocrata, a definição do caráter geral desse trabalho e desse movimento refletiria de maneira essencial na propaganda, na agitação e na organização. Todas as discussões posteriores entre socialdemocratas se referiram à orientação da atividade política do partido operário em cada caso particular. Na época, contudo, tratava-se de definir os princípios mais gerais e as tarefas capitais de *toda* a política socialdemocrata em geral.

Os círculos isolados cumpriram sua missão e, agora, não resta dúvida de que estão caducos. Mas se eles caducaram foi porque o conflito entre uns e outros trouxe à tona os problemas fulcrais da socialdemocracia, resolvendo-os com um espírito revolucionariamente intransigente e criando, assim, uma base sólida para um amplo trabalho partidário.

Entre as questões específicas levantadas a partir da publicação de *Que fazer?*, comentarei apenas duas. Em 1904, Plekhanov, pouco depois da publicação de *Um passo adiante, dois passos atrás*, declarou no *Iskra* que, em princípio, discordava de mim na questão do espontâneo e do consciente. Não respondi, nem àquela declaração (a não ser em um pequeno artigo no jornal *Vpériod*, de Genebra), nem a nenhuma das muitas voltas ao assunto nas publicações mencheviques; e não o fiz porque a crítica de Plekhanov tinha todas as características de uma polêmica vazia, baseada em frases fora de contexto e em expressões soltas que eu talvez não tenha formulado com a devida exatidão, ignorando assim o conteúdo geral e todo o espírito da obra. *Que fazer?* foi publicado em março de 1902. O esboço do programa do partido (assinado por Plekhanov, com emendas da redação do *Iskra*), em junho ou julho do mesmo ano. A relação entre o espontâneo e o consciente foi formulada naquele projeto por acordo unânime da redação do *Iskra* (houve discussões entre mim e Plekhanov sobre o programa, mas não acerca desse ponto específico, e sim da substituição da pequena propriedade pela grande – eu exigia uma fórmula mais precisa que a de Plekhanov –, e das diferenças entre o ponto de vista do proletariado e das classes trabalhadoras em geral, questão sobre a qual eu insistia em que se definisse com mais rigor o caráter estritamente proletário do partido).

Por isso não se poderia falar em diferenças de princípios entre o esboço de programa e *Que fazer?* quanto a esse problema. No segundo Congresso (agosto de 1903), Martynov, então economicista, contestou nossa concepção de espontâneo e consciente expressa no programa. Todos os iskristas se opuseram a Martínov, como eu relato em *Um passo adiante...* A principal divergência, portanto, era entre iskristas e economicistas, sendo que estes atacavam *o que havia em comum* entre *Que fazer?* e os projetos do programa. Nunca pretendi, no entanto, aproveitar o segundo Congresso para transformar minhas propostas apresentadas em *Que fazer?* em algo "programático", calcado em princípios particulares. Pelo contrário, usei uma expressão, depois citada muitas vezes, sobre a "nota forçada". Em *Que fazer?*, corrigiu-se a nota forçada pelos economicistas, foi isso que eu declarei (ver as atas do segundo Congresso do POSDR realizado em 1903, Genebra, 1904); e é justamente por corrigirmos energicamente toda deformação que nossa "nota" será sempre a mais justa.

O sentido dessas palavras é bem claro: *Que fazer?* corrige polemicamente o economicismo, e seria um equívoco interpretar o conteúdo da brochura sem levar em conta esse objetivo. Devo observar que o artigo de Plekhanov contra *Que fazer?* não foi reimpresso na antologia do novo *Iskra*, e por isso não falo agora de seus argumentos, mas limito-me a explicar o fundo do problema ao leitor contemporâneo, que poderá achar referências a essa questão em muitos textos mencheviques.

A segunda observação refere-se à luta econômica e aos sindicatos. Não raro, meu ponto de vista sobre essa questão aparece falseado nas publicações. Por isso é imprescindível frisar que muitas páginas de *Que fazer?* são dedicadas a explicar a *enorme* importância da luta econômica e dos sindicatos. Então me declarei claramente partidário da *neutralidade* dos sindicatos. De lá para cá, *nunca expressei outra posição*, nem em brochuras nem em artigos jornalísticos, ao contrário do que meus adversários insistem em afirmar. Só o Congresso de Londres do POSDR e o Congresso socialista internacional de Stuttgart me levaram a concluir que não se pode defender *por princípio* a neutralidade dos sindicatos. O único princípio justo é o do contato mais estreito entre os sindicatos e o partido. Nossa política deve tender à aproximação e ao vínculo entre os sindicatos e o partido, e temos de aplicá-la com perseverança e firmeza em toda a nossa propaganda, em nossa agitação, em nossa atividade de organização, sem buscar o puro e simples "reconhecimento" nem expulsar dos sindicatos aqueles que não pensam como nós.

Prefácio

Segundo o plano inicial do autor, esta brochura deveria trazer apenas o desenvolvimento detalhado das idéias expostas no artigo "Por onde começar?" (*Iskra*, nº 4, maio de 1901)[1]. Antes de mais nada, nossas desculpas ao leitor pela demora em cumprir a promessa feita naquele artigo (e repetida em resposta a muitos pedidos e cartas particulares). Essa demora resultou, em parte, da tentativa de unificação de todas as organizações socialdemocratas no estrangeiro, realizada em junho do ano passado, 1901. Era natural esperar os resultados desse esforço, pois, se bem-sucedido, as concepções do *Iskra* em matéria de organização talvez tivessem de ser expostas sob outra luz; em todo caso, tal êxito teria prenunciado para logo a fusão das duas tendências da socialdemocracia russa. Como já é do conhecimento do leitor, porém, tal tentativa fracassou, e tentaremos demonstrar que não poderia ser diferente, depois da nova guinada do *Rabótcheie Dielo* rumo ao economicismo, evidenciada em seu número 10. Tornou-se absolutamente necessário empreender uma luta decidida contra essa tendência vaga e amorfa, mas, por isso mesmo, tão renitente e capaz de ressuscitar sob várias formas. Em função

---

[1] Ver V. I. Lenin, *Obras completas*, t. V. (N. de E.)

disso, o plano original deste trabalho foi consideravelmente alterado e ampliado.

Seu tema principal deveria abranger três problemas expostos no artigo "Por onde começar?", a saber: o caráter e o conteúdo essencial de nossa agitação política; nossas tarefas de organização; e o plano de criar, simultaneamente e em diversos lugares, uma organização combativa de alcance nacional. Não é de hoje que essas questões interessam ao autor, que buscou desenvolvê-las na *Rabótchaia Gazeta*, numa das tentativas frustradas de retomar a publicação dessa revista (ver cap. V). Contudo, o propósito inicial de nos limitarmos à análise desses três problemas e expor nossos pontos de vista de forma positiva, evitando, sempre que possível, recorrer à polêmica, revelou-se absolutamente impraticável, por duas razões. Por um lado, o economicismo se revelou mais vigoroso do que supúnhamos (empregamos o termo "economicismo" em sentido amplo, conforme explicamos no artigo "Uma conversa com os defensores do economicismo", publicado no *Iskra*, n° 12 [dezembro de 1901], texto que, por assim dizer, foi um esboço da brochura[2] que ora oferecemos ao leitor). Já não restava dúvida de que as diferenças quanto ao modo de resolver esses três problemas se explicam muito mais por uma incompatibilidade radical entre as duas tendências da socialdemocracia russa do que por divergências menores. Por outro, a perplexidade dos economicistas, ao verem nossas posições sustentadas no *Iskra*, evidenciou que muitas vezes falamos línguas literalmente diferentes; que, por isso, *não podemos* chegar a nenhum acordo se não começarmos *ab ovo*[3]; que é preciso tentar uma "explicação" sistemática e da forma mais popular possível, baseada no maior

---

[2] Ver V. I. Lenin, *Obras completas*, t. V. (N. de E.)
[3] Desde o início. (N. de E.)

número possível de exemplos concretos, junto a *todos* os economicistas, sobre *todos* os pontos essenciais de nossas divergências. E resolvi fazer essa tentativa de "explicação" com plena consciência de que ela aumentaria em muito a extensão desta brochura, atrasando sua publicação; mas não encontrei nenhuma *outra* possibilidade de cumprir a promessa feita no artigo "Por onde começar?". Portanto, além das desculpas pela demora, devo pedir compreensão quanto às enormes deficiências desta brochura no que se refere a sua forma literária: tive de trabalhar com *extrema pressa* e, por outro lado, muitos outros trabalhos demandavam minha atenção.

A análise dos três problemas apontados acima continua a ser o tema principal. Mas tive de começar por duas questões de caráter mais geral: por que um lema tão "inocente" e "natural" como "liberdade de crítica" significa para nós uma verdadeira declaração de guerra? Por que não podemos chegar a um acordo nem sequer sobre a questão fundamental do papel da socialdemocracia em relação ao movimento espontâneo de massas? A partir desse ponto, a exposição dos conceitos sobre o caráter e o conteúdo da agitação política levou a uma explicação da diferença entre a política trade-unionista e a socialdemocrata; à exposição dos conceitos sobre as tarefas de organização, a uma explicação das diferenças entre os métodos primitivos de trabalho, que os economicistas tanto prezam, e à organização dos revolucionários, que nós consideramos indispensável. Depois, insisto no "plano" de um jornal político para toda a Rússia, tanto mais porque as objeções feitas a ele eram inconsistentes e porque, no fundo, não se respondeu à questão exposta em "Por onde começar?": como poderíamos construir, por toda a parte e ao mesmo tempo, a organização de que necessitamos? Finalizando, na última parte da brochura espero demonstrar que fizemos tudo o que estava ao nosso alcance para evitar o definitivo rompimento com os economicistas, mas que ele se revelou inevitável; que o *Robótcheie Dielo* adquiriu um significado especial, "histórico" se quiserem, por refletir, da maneira mais clara e cabal, não o economicismo conseqüente, mas a dispersão e as vacilações que, na história da socialdemocracia russa, constituíram o traço distintivo de *todo um período*; que por isso mesmo a polêmica com o *Rabótcheie Dielo*, à primeira vista demasiado minuciosa, também ganha importância, pois não podemos avançar sem virar essa página de uma vez por todas.

N. Lenin
Fevereiro de 1902

Por onde começar?

Nos últimos anos, a pergunta "que fazer?" vem-se impondo com particular insistência aos socialdemocratas russos. Não se trata de escolher um caminho (como em fins dos anos 1880 e início dos 1890), mas de saber que passos práticos devemos dar num rumo determinado e como devemos dá-los. Trata-se de um sistema e de um plano de atividade prática. E devemos reconhecer que, entre nós, esse problema do caráter e dos métodos de luta – fundamental para um partido prático – continua sem solução; continua suscitando sérias divergências, revelando uma lamentável instabilidade e vacilação de idéias. Por um lado, ainda está muito longe de ter sido extinta a tendência "economicista", uma tendência que defende restringir e reduzir ao máximo o trabalho de agitação e organização políticas. Por outro, a tendência do ecletismo sem princípios continua a levantar a cabeça com soberba, adaptando-se a cada nova "corrente" sem diferenciar as exigências circunstanciais das tarefas fundamentais e necessidades permanentes do movimento em seu conjunto. Como se sabe, essa tendência se instalou no *Rabótcheie Dielo*. Sua última declaração "programática" – um pomposo artigo sob o retumbante título de *Guinada histórica* (nº 6 do *Listok* do *Rabótcheie*

Dielo[1]) – confirma plenamente a caracterização que acabamos de fazer: ainda ontem flertávamos com o "economicismo"; protestávamos com indignação contra a forte censura feita ao *Rabótchaia Mysl*; tentávamos "amenizar" a forma como Plekhanov expôs a questão da luta contra a autocracia; e hoje já citamos as palavras de Liebknecht[2] – "se as circunstâncias mudarem em 24 horas, teremos de mudar de tática em 24 horas" –; agora falamos em uma "forte organização de luta", para a ação direta, para a investida contra a autocracia; em uma "ampla agitação política revolucionária entre as massas" (reparem o ardor como que dizem *política* e *revolucionária*!); em um "constante chamamento ao protesto nas ruas", em "organizar nas ruas manifestações de caráter marcadamente *(sic!)* político" etc., etc.

Talvez devêssemos nos alegrar com o fato de o *Rabótcheie Dielo* ter assimilado tão rapidamente o programa exposto por nós logo no primeiro número do *Iskra*, defendendo a formação de um partido forte e organizado com o objetivo de conquistar não apenas concessões isoladas, mas a própria fortaleza da autocracia. Contudo, a falta de um mínimo de firmeza no ponto de vista de quem o assimilou basta para aguar por completo nossa alegria.

O *Rabótcheie Dielo*, naturalmente, invoca o nome de Liebknecht em vão. Em 24 horas pode-se até mudar a tática no que se refere a algum detalhe isolado da organização partidária, mas só indivíduos sem nenhum princípio são capazes de mudar em 24 horas, ou até em 24 meses, as próprias convicções quanto à necessidade geral, permanente e absoluta de uma organização de combate e da agitação política junto às massas. É ridículo afir-

---

[1] Boletim do *Rabótcheie Dielo*. (N. de E.)
[2] Refere-se a Wilhelm Liebknecht. (N. de E.)

mar que a situação, por mais "morna e pacífica" que seja em um dado período de "esmorecimento do espírito revolucionário", exclui a obrigação de trabalhar pela criação de uma organização de luta e de empreender a agitação política. E mais: é justamente nessas circunstâncias e nesses períodos que se faz mais necessário tal trabalho, pois nos momentos de conflagração e explosão é tarde para criar uma organização; ela já tem de estar pronta para desenvolver sua atividade imediatamente. "Mudar a tática em 24 horas!"; ora, para mudar a tática é necessário ter antes uma tática, e sem uma organização forte, provada na luta política em todas as circunstâncias e em todos os períodos, não se pode nem sequer falar em um plano de atividade sistemática, elaborado com base em princípios firmes e aplicado com perseverança, que é o único plano que merece o nome de tática. Reparem bem: agora vêm dizer que "o momento histórico" coloca nosso partido diante de um problema "absolutamente novo": o do terror. Ontem, o problema "absolutamente novo" era o da agitação e organização políticas; hoje, o problema do terror. Não é estranho ouvir dessa gente tais raciocínios sobre uma radical mudança de tática?

Felizmente, o *Rabótcheie Dielo* não tem razão. O problema do terror está longe de ser novo, e basta lembrar brevemente o ponto de vista já estabelecido da socialdemocracia russa a esse respeito.

Em princípio, nunca renunciamos nem podemos renunciar ao terror. O terror é uma das formas da ação militar que pode ser perfeitamente aplicável, e até indispensável, em um momento dado da luta, em um determinado estado das forças e em determinadas condições. Mas o problema reside justamente em que agora o terror não é defendido como uma das operações de um exército em ação, como uma operação estreitamente ligada a todo o sistema de luta e coordenada com ele, mas como meio de ataque individual, independente e isolado de todo exército. Por outro lado, carecendo de uma organização revolucionária central e sendo as organizações locais fracas, o terror não pode ser outra coisa. Essa é a razão que nos leva a declarar, com toda energia, que essa medida de luta, nas circunstâncias atuais, não é oportuna nem adequada a seu fim; que só serve para desviar os militantes mais ativos de sua verdadeira tarefa, da tarefa mais importante do ponto de vista dos interesses de todo o movimento; que não contribui a desorganizar as forças governamentais, e sim as revolucionárias. Lembremos os recentes acontecimentos: diante de nossos olhos, grandes massas de operários urbanos e da "plebe" das cidades ansiavam por lançar-se à luta, mas os revolucionários careciam de um Estado-maior de dirigentes e organizadores. Se nessas circunstâncias os revolucionários mais enérgicos passassem à clandestinidade para se dedicar ao terror, não se correria o risco de enfraquecer justamente aqueles destacamentos de combate que ensejam mais sérias esperanças? Isso não ameaça romper os laços de união existentes entre as organizações revolucionárias e a massa dispersa de descontentes que protestam e querem lutar, mas que são fracos justamente porque estão dispersos? E, no entanto, esses laços de união são a única garantia de nosso êxito. Longe de nós negar todo valor aos golpes isolados realizados com heroísmo, mas é nosso dever prevenir com veemência contra o excessivo entusiasmo pelo terror, contra a tendência de considerá-lo um procedimento de luta principal e fundamental, idéia que tem atraído muitíssima gente. O terror nunca será uma ação militar de caráter ordinário: no melhor dos casos, só pode ser considerado um dos meios para o ataque decisivo. Cabe perguntar: nós podemos, no momento atual, *conclamar* a semelhante ataque? O *Rabótcheie Dielo*, pelo visto, pensa que sim. Ao menos exclama: "Formem em colunas de ataque!". Mas isso também é um desatino. A massa principal de nossas forças de combate são os voluntários e os insurretos. Como exército regular, temos apenas alguns poucos e pequenos destacamentos, e mesmo estes estão desmobilizados, desarticulados, são tropas que, em geral, nem sequer sabem formar em colunas militares, que dirá em colunas de ataque. Nessas circunstâncias, toda pessoa que tenha uma visão abrangente das condições gerais de nossa luta, sem deixar de levá-las em conta a cada "guinada" da marcha histórica, deve ter claro que nossa palavra de ordem no momento atual não pode ser "ao ataque!", e sim "organizar devidamente o cerco da fortaleza inimiga". Em outras palavras: a tarefa imediata do nosso partido não deve ser conclamar ao ataque, agora mesmo, todas as forças com que conta, mas chamá-las a construir uma organização revolucionária capaz de unificar todas as forças e de dirigir o movimento não só de palavra, mas de fato. Isto é, uma organização pronta para apoiar todo protesto e toda deflagração, aproveitando-os para multiplicar e fortalecer os contingentes revolucionários a utilizar no combate decisivo.

A lição dos eventos de fevereiro e de março é tão instrutiva que dificilmente se poderão levantar objeções de princípio contra esta conclusão. Mas, no momento atual, o que se exige de nós é a solução do problema do ponto de vista prático, e não do ponto de vista dos princípios. Não só devemos ter clareza sobre qual é o tipo de organização de que necessitamos e qual deve ser exatamente seu trabalho, mas temos de elaborar um *plano* determinado para estruturar essa organização em todos os seus aspectos. Dada a urgência do problema, decidimos por nossa conta oferecer à atenção dos camaradas o esboço de um plano cujo conteúdo logo exporemos detalhadamente numa brochura em preparação.

No nosso entender, o ponto de partida para a atividade, o primeiro passo prático para a criação da organização que desejamos e, enfim, o fio fundamental que nos permitiria desenvolver, aprofundar e ampliar incessantemente essa organização deve ser a criação de um jornal político para toda a Rússia. Antes de mais nada, precisamos de um jornal; sem ele não será possível realizar de maneira sistemática um trabalho de propaganda e agitação múltiplo, baseado em princípios sólidos, que em geral constitui a tarefa principal e permanente da socialdemocracia e que é particularmente vital no momento atual, quando o interesse pela política, pelos problemas do socialismo, vem crescendo nas mais amplas camadas da população. Nunca antes se sentiu com tanta força a necessidade de completar essa agitação dispersa – insuflada pela influência pessoal, por meio de panfletos, libelos etc. – com a agitação sistemática e geral, que só pode ser realizada por meio da imprensa periódica. Não me parece um exagero afirmar que o grau de freqüência e regularidade da publicação (e difusão) de um jornal pode ser o índice mais exato para avaliar a solidez com que conseguimos organizar esse setor, que é o mais elementar e urgente da nossa luta. E mais: o jornal deve ser, necessariamente, para toda a Rússia. Enquanto não conseguirmos unificar nossa influência sobre o povo e sobre o governo por meio da palavra impressa, continuará a ser uma utopia a unificação de outras formas de influência, mais complexas, mais difíceis, mas também mais decisivas. Nosso movimento, tanto no sentido ideológico como no prático e organizativo, ressente-se sobretudo de sua dispersão, porque a imensa maioria dos socialdemocratas está quase totalmente absorvida por um trabalho puramente local que limita seu horizonte, bem como a amplitude de seu campo de ação e de sua formação e preparação para o trabalho conspirativo. Justamente nessa dispersão devem ser buscadas as raízes mais profundas da instabilidade e das oscilações de que falamos acima. E o *primeiro* passo para eliminar essas deficiências, para transformar os diversos movimentos locais em um só movimento de toda a Rússia, deve ser a publicação de um jornal único para todo o país. Finalmente, precisamos de um jornal que seja um órgão indefectivelmente *político*. Sem um órgão político é inconcebível, na Europa contemporânea, um movimento que mereça o nome de político. Sem ele, nossa tarefa, a tarefa de concentrar todos os elementos de descontentamento político e de protesto, de fecundar com eles o movimento revolucionário do proletariado, é totalmente irrealizável. Já demos o primeiro passo, despertamos na classe operária a paixão pela denúncia das arbitrariedades nas fábricas, das arbitrariedades de ordem "econômica". Agora devemos dar o passo seguinte: despertar em todos os estratos populares medianamente conscientes a paixão por denunciar as arbitrariedades de ordem *política*. Não devemos nos deixar abalar pelo fato de as vozes que se levantam para denunciar as arbitrariedades políticas serem agora tão fracas, esparsas e tímidas. A razão disso não é, de modo algum, um conformismo generalizado com as arbitrariedades da polícia. O motivo reside no fato de as pessoas capazes e dispostas a denunciar carecerem de uma tribuna onde possam falar e de um auditório que escute com avidez os oradores e os anime; não vêem no povo nenhuma força à qual valha a pena dirigir uma queixa contra o "onipotente" governo russo. Mas tudo isso vem mudando com enorme rapidez. Essa força existe: é o proletariado revolucionário, que já se mostrou disposto, não apenas a escutar e responder ao chamado à luta política, mas também a lançar-se corajosamente à luta. Agora podemos – e devemos – criar uma tribuna para denunciar perante todo o povo o governo czarista; e essa tribuna tem de ser um jornal socialdemocrata.

A classe operária russa, diferentemente das outras classes e setores da sociedade russa, mostra um constante interesse pela aquisição de conhecimentos políticos, oferecendo permanentemente (não apenas em períodos de particular efervescência) uma enorme demanda por publicações clandestinas. Levando em conta essa demanda, mais a crescente formação de lideranças na prática revolucionária e o alto grau de concentração da classe operária – que, de fato, faz dela dona da situação nos bairros operários das grandes cidades, nas vilas industriais e nas povoações fabris –, percebe-se que a organização de um jornal político é uma tarefa perfeitamente ao alcance do proletariado. E, por meio do proletariado, o jornal penetrará nas fileiras da pequena burguesia urbana, dos artesãos de aldeia e dos camponeses, e será um jornal político de raízes autenticamente populares.

O papel do jornal, porém, não se restringe à difusão de idéias, à educação política e à conquista de aliados políticos. O jornal é mais do que um propagandista e um agitador coletivo, é também um organizador coletivo. Nesse sentido, pode ser comparado ao andaime erguido em torno de um edifício em construção, que marca seus contornos, facilita o contato entre os diversos grupos de trabalhadores, ajuda-os a distribuir as tarefas e a ver o resultado final obtido graças a um trabalho organizado. Com a ajuda do jornal e em relação com ele, aos poucos se construirá a organização permanente, que cuidará não apenas do trabalho local, mas também do trabalho geral e regular, que habituará seus membros a acompanhar os acontecimentos políticos com atenção, a avaliar seu significado e sua influência sobre os vários setores da população, a elaborar os métodos adequados que permitam ao partido revolucionário interferir nesses acontecimentos. Já a simples tarefa técnica, de garantir o abastecimento material do jornal e sua devida distribuição, obrigará a criar uma rede de agentes locais de um partido único, que manterão entre si um contato vivo, que conhecerão o estado geral das coisas, que se acostumarão a exercer regularmente funções parciais dentro do trabalho geral de toda a Rússia, que irão provando suas forças na organização de diversas ações revolucionárias.

Essa rede de agentes[3] *servirá* como a andaimaria perfeita para a organização de que necessitamos: será grande o bastante para envolver todo o país; ampla e multiforme o bastante para estabelecer uma rigorosa e detalhada divisão do trabalho; firme o bastante para cumprir *seu* trabalho sem esmorecer em nenhuma circunstância, nem nas mais inesperadas situações ou "guinadas"; flexível o bastante para evitar o confronto em campo aberto contra um inimigo esmagadoramente superior quando concentra suas forças em um ponto e, por outro lado, para tirar proveito da lerdeza de movimentos desse inimigo e atacá-lo no lugar e no momento em que ele menos espera. A tarefa que hoje temos pela frente é relativamente fácil: apoiar os estudantes que tomaram as ruas nas grandes cidades. Amanhã talvez tenhamos uma tarefa mais difícil; por exemplo, apoiar um movimento de operários em greve em uma determinada região. E devemos estar preparados para, depois de amanhã, participar como revolucionários de um levante camponês. Hoje devemos aproveitar o agravamento da situação política, causada pelo governo em sua campanha contra os *zemstva*[4]. Amanhã teremos de respaldar a re-

---

[3] Subentende-se que o trabalho desses agentes será eficaz somente se atuarem estreitamente vinculados aos comitês locais (grupos, círculos) do nosso partido. E, de maneira geral, todo o plano por nós esboçado será realizável sob a condição de que conte com o apoio ativo dos comitês, que já trabalharam pela unificação do partido e que – temos certeza disso –, mais dia, menos dia, de um jeito ou de outro, conseguirão seu intento. (N. do A.)

[4] *Zemstva* (plural de *zemstvo*): conselhos locais eletivos – com maior peso para o voto dos nobres – que fizeram as vezes de governo distrital ou provincial na Rússia czarista, de 1864 até a revolução de 1917. (N. de T.)

volta popular contra algum *bachibuzuque*[5] czarista desenfreado e, por meio de boicotes, denúncias, manifestações etc., dar-lhe tamanha lição que se veja forçado a bater em retirada. Tal grau de disposição combativa só pode ser alcançado mediante um trabalho constante nas fileiras do exército. Conjugando nossas forças para a publicação e difusão de um único jornal de abrangência nacional, contribuiremos a preparar e promover, não apenas os propagandistas mais habilidosos, mas também os organizadores mais capazes, os dirigentes partidários mais talentosos, que saibam, no momento oportuno, dar a ordem para o combate decisivo e comandá-lo.

Para terminar, duas palavras para evitar possíveis equívocos. Temos falado sempre numa preparação sistemática e metódica, mas não quisemos dizer com isso, de modo algum, que a autocracia pode cair somente com o assédio ou o assalto bem organizado. Esse ponto de vista seria de um doutrinarismo insensato. Ao contrário, é perfeitamente possível, e historicamente muito mais provável, que a autocracia caia sob a pressão de uma dessas explosões espontâneas ou complicações políticas imprevistas, que a ameaçam de todo lado, permanentemente. Mas nenhum partido político pode, sem cair no aventureirismo, nortear sua ação pela oportunidade dessas explosões ou complicações. Nós temos de marchar no nosso caminho, realizar sem descanso nosso trabalho sistemático, e, quanto menos contarmos com o inesperado, menor será o risco de sermos surpreendidos por alguma "guinada histórica".

---

[5] *Bachibuzuque* (palavra turca que, literalmente, significa "cortador de cabeças"). Nome com que eram conhecidas certas tropas irregulares turcas, famosas pela brutalidade com que executavam funções repressivas. (N. de E.)

QUE FAZER?
Vladimir Ilich Lenin

I. Dogmatismo e "liberdade de crítica"

a) O que significa a "liberdade de crítica"?

"Liberdade de crítica" é, sem dúvida, o lema mais em voga no momento, o que aparece com mais freqüência nas discussões entre socialistas e democratas de todos os países. À primeira vista, parece difícil imaginar algo mais estranho que essas solenes alusões à liberdade de crítica na boca das partes em conflito. Por acaso se ouviu, nos partidos avançados, alguma voz se levantar contra o princípio constitucional que, na maioria dos países europeus, garante a liberdade da ciência e da pesquisa científica? "Aí tem coisa!", pensará qualquer pessoa alheia à questão que tenha ouvido esse lema tão em voga, repetido por toda parte, mas que ainda não tenha compreendido o âmago das divergências. "Pelo jeito, esse lema é uma dessas expressões convencionais que, assim como os apelidos, são consagradas pelo uso e acabam se transformando quase em substantivos comuns."

De fato, não é segredo para ninguém que, no interior da socialdemocracia internacional[1] contemporânea, formaram-

---

[1] A propósito. É talvez um fato único na história do socialismo moderno, e, em seu gênero, muito consolador, que uma disputa entre diferentes tendências tenha passado, pela primeira vez, de nacional a internacional. Anteriormente,

se duas tendências, cuja luta ora se reaviva e se inflama, ora se acalma e adormece sob as cinzas de pomposos "tratados de armistício". Em que consiste a "nova" tendência que assume uma postura "crítica" diante do "velho e dogmático" marxismo foi *explicado* por Bernstein[2] e *demonstrado* por Millerand[3] com suficiente clareza.

Para eles, a socialdemocracia deve se transformar, de partido da revolução social, em partido democrático de reformas sociais. Bernstein respaldou essa reivindicação política com toda uma bateria de "novos" argumentos e considerações harmoniosamente orquestrados. Negaram a possibilidade de fundamentar cientificamente o socialismo e de demonstrar, segundo a concepção materialista da história, sua necessidade e inevitabilidade; negaram a crescente miséria, a proletarização e o acirramento das contradições capitalistas; declararam inconsistente o próprio conceito de "objetivo final" e rejeitaram completamente a idéia da ditadura do proletariado; negaram a oposição de princípios entre o liberalismo e o socialismo; negaram a *teoria da luta de classes*, dando-a como não aplicável a uma sociedade de fato democrática, governada conforme a vontade da maioria etc.

---

as discussões entre *lassallianos* e *eisenachianos* [2], entre *guesdistas* e *possibilistas* [3], entre *fabianos* [4] e socialdemocratas, entre partidários da "Vontade do Povo" e socialdemocratas eram discussões estritamente nacionais, refletiam particularidades claramente nacionais, desenvolvendo-se em diferentes planos, por assim dizer. Atualmente (agora isso ficou bem claro), os fabianos ingleses, os ministerialistas franceses, os bernsteinianos alemães, os críticos russos formam uma única família; elogiam-se mutuamente, aprendem uns com os outros e lutam juntos contra o marxismo "dogmático". Será que, nesse primeiro enfrentamento realmente internacional com o oportunismo socialista, a socialdemocracia revolucionária internacional conseguirá se fortalecer o suficiente para acabar com a reação política há tempos imperante na Europa? (N. do A.)

[2] Edouard Bernstein (1850-1932). Ver o artigo de V. I. Lenin "Marxismo e revisionismo". (N. de E.)

[3] Refere-se à participação do socialista francês Alexandre Millerand em um governo burguês reacionário (1899). (N. de E.)

Assim, a exigência de que a socialdemocracia revolucionária desse uma guinada decisiva para o social-reformismo burguês foi acompanhada de uma mudança não menos decisiva no sentido da crítica burguesa de todas as idéias fundamentais do marxismo. E como essa crítica do marxismo já vinha sendo feita havia muito tempo do alto da tribuna política e da cátedra universitária, em numerosos panfletos e numa série de tratados científicos; como toda a nova geração das classes instruídas vem, há décadas, sendo sistematicamente educada à base dessa crítica, não estranha que a "nova" tendência "crítica" no interior da socialdemocracia tenha surgido de repente, totalmente acabada, como Minerva da cabeça de Júpiter. Por seu conteúdo, essa tendência não teve de se desenvolver nem de se formar; foi diretamente transplantada da literatura burguesa para a literatura socialista.

Continuemos. Se a crítica teórica de Bernstein e suas ambições políticas ainda não estavam suficientemente claras para algumas pessoas, os franceses se encarregaram de demonstrar, de modo patente, o que é o "novo método". A França tornou a confirmar sua antiga reputação de "país que, mais do que qualquer outro, leva a luta de classes a seu ponto decisivo em cada momento de sua história" (Engels, prefácio a *Der 18 Brumaire,* de Marx) [5]. Em vez de teorizar, os socialistas franceses puseram mãos à obra; as condições políticas da França, mais desenvolvidas no sentido democrático, permitiram-lhes passar imediatamente ao "bernsteinismo prático", com todas as suas conseqüências. Millerand deu um exemplo brilhante desse bernsteinismo prático. (Não por acaso Bernstein e Vollmar se apressaram e se empenharam tanto em defender e elogiar Millerand!) De fato, se a social-democracia, em essência, não passa de um partido reformista – e deve ter a coragem de reconhecê-lo abertamente –, um socialista não apenas tem o direito de participar de um ministério burguês, mas deve sempre aspirar a isso. Se a democracia implica, no fundo, a supressão da dominação de classes, por que um ministro socialista não deveria encantar o mundo burguês com discursos sobre a colaboração de classes? Por que não deveria continuar no ministério, mesmo após as matanças de operários pela polícia terem evidenciado pela enésima vez o verdadeiro caráter da colaboração democrática das classes? Por que não deveria somar-se às congratulações ao czar, que os socialistas franceses agora chamam de "herói da forca, do cnute e da deportação" (*knouteur, pendeur et déportateur*)? E em troca desse imenso rebaixamento e dessa autoflagelação do socialismo perante o mundo inteiro, da corrupção da consciência socialista das massas operárias – única base que pode assegurar a vitória –, em troca de tudo isso, alguns rimbombantes *projetos* de míseras reformas; tão míseras que estão aquém do que se poderia conseguir dos governos burgueses!

Quem não fechar deliberadamente os olhos não poderá deixar de ver que a nova tendência "crítica", surgida no interior do socialismo, nada mais é que uma nova variante do oportunismo. E se tais pessoas forem julgadas, não pelo brilhante uniforme que vestiram, nem pelo título pomposo que se atribuíram, mas por seus atos e pelo tipo de propaganda que estão fazendo, veremos claramente que "a liberdade de crítica" é a liberdade da tendência oportunista na socialdemocracia, a liberdade de transformar a socialdemocracia num partido democrata reformista, a liberdade de introduzir no socialismo as idéias burguesas e os elementos burgueses.

A liberdade é uma grande palavra, mas foi sob a bandeira da liberdade de indústria que foram feitas as piores guerras de pilhagem e é sob a bandeira da liberdade de trabalho que os trabalhadores são espoliados. A expressão "liberdade de crítica", tal como é usada atualmente, encerra a mesma falsidade intrínseca. Pessoas realmente convencidas de terem contribuído para o progresso da ciência não pediriam liberdade para as novas concepções ao lado das antigas, e sim a substituição destas por aquelas. Os gritos atuais de "Viva a liberdade de crítica!", ao contrário, lembram muito a fábula do tonel vazio[4].

Caminhamos num pequeno grupo unido por uma estrada escarpada e difícil, segurando-nos fortemente pela mão. Estamos cercados de inimigos por todos os lados, e é preciso caminhar quase sempre sob fogo cruzado. Estamos unidos por uma decisão tomada livremente, para precisamente lutar contra o inimigo e não cair no pântano ao lado, cujos habitantes nos acusam, desde o início, de termos formado um grupo à parte, preferindo o caminho da luta ao da conciliação. Então, de repente, alguns dos nossos começam a gritar: "Vamos para o pântano!". E, quando os repreendemos, dizem: "Como vocês são atrasados! Não têm vergonha de nos negar a liberdade de convidá-los a seguir um caminho melhor?!". Sim, senhores, vocês são livres não apenas para nos convidar, mas para ir aonde bem entenderem, até para o pântano; achamos mesmo que seu verdadeiro lugar é justamente no pântano e estamos dispostos a fazer todo o possível para ajudar *vocês* a se mudarem para lá. Mas, então, soltem das nossas mãos, não nos agarrem, nem maculem a grande palavra "liberdade", porque também nós somos "livres" para ir aonde quisermos, livres para lutar não apenas contra o pântano, mas também contra quem se desvia para lá!

b) Os novos defensores da "liberdade de crítica"

É justamente esse lema ("liberdade de crítica") que tem sido solenemente proclamado nos últimos tempos pelo *Rabótcheie Dielo* (nº 10), órgão da "União dos Socialdemocratas Russos no

---

[4] Alusão a uma fábula de Krylov. O tonel vazio, ao rolar, faz um barulho ensurdecedor, ao passo que o tonel cheio rola suavemente. (N. de T.)

Estrangeiro", não como um postulado teórico, mas como uma reivindicação política, como resposta à questão: "É possível a união das organizações socialdemocratas que atuam no estrangeiro?" – "Para uma união sólida, é indispensável a liberdade de crítica" (p. 36).

Dessa declaração podemos tirar duas conclusões bem claras: 1ª) o *Rabótcheie Dielo* assume a defesa da tendência oportunista na socialdemocracia internacional em geral; 2ª) o *Rabótcheie Dielo* exige a liberdade do oportunismo no interior da socialdemocracia russa. Examinemos essas conclusões.

O *Rabótcheie Dielo* deplora, "acima de tudo", a "tendência do *Iskra* e da *Zariá* para prever a ruptura entre a *Montanha* e a *Gironda* da socialdemocracia internacional"[5].

> Em geral – escreve B. Kritchévsky, redator-chefe do *Rabótcheie Dielo* – a parolagem sobre *Montanha* e *Gironda* nas fileiras socialdemocratas parece-nos uma analogia histórica superficial, estranha à pena de um marxista: a *Montanha* e a *Gironda* não representavam dois temperamentos ou correntes intelectuais diferentes, como pode parecer aos historiadores-ideólogos, mas diferentes classes ou estratos sociais: de um lado, a média burguesia; do outro, a pequena burguesia e o proletariado. Mas no movimento socialista contemporâneo não há choque de interesses de classe; ele inteiro, em *todas* [grifado por B. Kr.] as suas variantes, incluída a dos bernsteinianos mais declarados, colo-

---

[5] A comparação das duas tendências existentes no proletariado revolucionário (a revolucionária e a oportunista) com as duas tendências da burguesia revolucionária do século XVIII (a jacobina – a "Montanha"– e a girondina) foi feita no editorial do número 2 do *Iskra* (fevereiro de 1901). O autor desse texto foi Plekhanov. Os cadetes, os *bessaglavtsi* e os mencheviques, ainda hoje, gostam muito de falar em "jacobinismo" na socialdemocracia russa. Mas eles preferem silenciar ou... esquecer o fato de que Plekhanov utilizou pela primeira vez esse conceito contra a ala direita da socialdemocracia. (Nota do autor à edição russa de 1907 – N. de E.)

ca-se no campo dos interesses de classe do proletariado, de sua luta de classe pela emancipação política e econômica" (*Rabótcheie Dielo*, pp. 32-33).

Que afirmação ousada! Será que B. Kritchévsky não sabe do fato, há muito observado, de que foi justamente a ampla participação dos estratos "acadêmicos" no movimento socialista dos últimos anos que permitiu a rápida propagação do bernsteinismo? Mas em que o autor fundamenta sua opinião, para dizer que os "bernsteinianos mais declarados" colocam-se, também eles, no campo da luta de classe para a emancipação política e econômica do proletariado, ninguém sabe. Essa defesa resoluta dos bernsteinianos mais declarados não encontra nenhum argumento, nenhuma razão para apoiá-la. Pelo visto, o autor acredita que o simples fato de repetir o que os bernsteinianos mais declarados dizem de si próprios o dispensa de provar suas afirmações. Mas pode-se imaginar algo mais "superficial" do que julgar toda uma tendência a partir do que dizem de si mesmos seus próprios representantes? Pode-se imaginar algo mais superficial do que a moral que acompanha esses dois tipos ou caminhos diferentes, e mesmo diametralmente opostos, do desenvolvimento do partido (*Rabótcheie Dielo*, pp. 34-35)? Os socialdemocratas alemães, diz-se, admitem a completa liberdade de crítica; os franceses, ao contrário, não o fazem, e é justamente o seu exemplo que demonstra todo o "mal da intolerância".

O exemplo de B. Krichévsky – respondemos nós – vem justamente mostrar que às vezes se reivindica marxista quem vê a história literalmente "à maneira de Ilováiski" [6]. Para explicar a unidade do Partido Socialista Alemão e a fragmentação do francês é totalmente desnecessário buscar as especificidades da história de cada país, comparar as condições do semi-absolutismo militar e do parlamentarismo republicano, analisar as conseqüências da Comuna e da lei de exceção contra os socialistas[6], comparar a situação e o desenvolvimento econômico dos dois países, lembrar que o "crescimento ímpar da socialdemocracia alemã" foi acompanhado de uma enérgica luta sem precedentes na história do socialismo, não apenas contra as aberrações teóricas (Mühlberger, Dühring[7], os "socialistas de cátedra" [7]), mas também contra as aberrações táticas (Lassalle) etc., etc. Nada disso interessa! Os franceses se desentendem porque são intolerantes, os alemães estão unidos porque são bons rapazes.

E note-se que, por meio dessa incomparável profundidade de pensamento, "refuta-se" um fato que lança por terra a defesa dos bernsteinianos. Somente por meio da experiência histórica pode se resolver definitiva e irrevogavelmente a questão de eles *se colocarem* ou não no campo da luta de classe do proletariado. Por isso é tão importante, nesse sentido, o exemplo da França, por ser o único país onde os bernsteinianos tentaram *agir* de forma independente, com a calorosa aprovação de seus colegas alemães (e, em parte, dos oportunistas russos: ver R. D., nº 2-3, pp. 83-84). A alusão à "intransigência" dos franceses – para além da sua significação "histórica", no sentido "nosdrievano" do ter-

---

[6] A lei de exceção contra os socialistas na Alemanha foi promulgada pelo chanceler Bismarck, em 1878, com o intuito de sufocar a socialdemocracia alemã. Foi revogada em 1890. (N. de E.)

[7] Quando Engels atacou Dühring, muitos representantes da socialdemocracia alemã se inclinaram pelos conceitos do segundo, acusando Engels, até publicamente, em um congresso do partido, de violência, intolerância, falta de camaradagem na polêmica etc. Most e seus camaradas propuseram (no congresso de 1877) suprimir os artigos de Engels dos *Vorwärts* (ver, a seguir, N. de E.) por "não apresentarem interesse para a grande maioria dos leitores". Vahlteich, por seu turno, declarou que a inclusão desses artigos prejudicara muito o partido, que Dühring também prestara serviços à socialdemocracia: "Temos de aproveitar a contribuição de todos no interesse do partido, e, se há divergências entre os professores, o *Vorwärts* não tem por que se transformar em arena para suas disputas" (*Vorwärts* 1877, nº 65, 6 de junho). Aí está outro bom exemplo de defesa da "liberdade de crítica", e seria bom que nossos críticos legais e oportunistas ilegais refletissem sobre ele, já que tanto gostam de citar o exemplo dos alemães! (N. do A.)

mo[8] – não passa de uma tentativa de disfarçar fatos extremamente desagradáveis usando palavras fortes.

Quanto aos alemães, também não temos a menor intenção de abandoná-los a B. Kritchévsky e a outros inúmeros defensores da "liberdade de crítica". Se os "bernsteinianos mais declarados" ainda são tolerados nas fileiras do partido alemão, é apenas porque *acatam* a resolução de Hannover [8], que rejeitou veementemente as "emendas" de Bernstein, assim como a de Lübeck [9], que contém (apesar de toda a diplomacia) uma advertência direta a Bernstein. Pode-se discutir até que ponto essa diplomacia é oportuna, do ponto de vista dos interesses do partido alemão, ou se, nesse caso, vale mais um mau acordo do que um bom pleito; numa palavra, pode-se discordar na avaliação da conveniência deste ou daquele *procedimento* de repúdio do bernsteinismo, mas não se pode negar que o partido alemão o *repudiou* duas vezes. Por isso, acreditar que o exemplo dos alemães confirma a tese de que "os bernsteinianos mais declarados colocam-se no campo da luta de classe do proletariado para sua emancipação econômica e política" significa que não se compreende absolutamente nada do que acontece aos olhos de todos nós[9].

---

[8] Nosdriev: latifundiário violento e trapaceiro descrito na obra de N. Gógol, *Almas mortas*. Gógol qualificava Nosdriev de homem "histórico" porque, onde quer que ele aparecesse, logo surgiam "histórias" e escândalos. (N. de E.)

[9] Cumpre observar que, ao tratar da questão do bernsteinismo no partido alemão, o *Rabótcheie Dielo* sempre se limitou a relatar os fatos, "abstendo-se" totalmente de fazer uma apreciação própria. Ver, por exemplo, o número 2-3, p. 66, sobre o congresso de Stuttgart [10]; todas as divergências se reduzem a questões de "tática", registrando-se apenas que a grande maioria permanece fiel à tática revolucionária anterior. Ou o número 4-5, p. 55 e seguintes, que é uma simples repetição dos discursos pronunciados no congresso de Hannover, com a resolução de Bebel; a exposição das concepções de Bernstein e sua crítica são novamente adiadas (assim como no número 2-3) para um "artigo especial". O curioso é que, na página 33 do número 4-5, lê-se: "as concepções expostas por Bebel contam com o apoio da imensa maioria do Congresso", e um pouco mais adiante: "David defendia as concepções de Bernstein [...] Tentava demonstrar, acima de tudo, que Bernstein e seus amigos, apesar de tudo (sic!), colocavam-se no terreno da luta de classes". Isso foi escrito em dezembro de 1899, e em setembro de 1901 o *Rabótcheie Dielo*, pelo visto, deixou de acreditar que Bebel tenha razão e repete a opinião de David como se fosse sua! (N. do A.)

E não é só. Como vimos, o *Rabótcheie Dielo* apresenta a reivindicação da "liberdade de crítica" à socialdemocracia russa e defende o bernsteinismo. Pelo visto, deve ter-se convencido de que nossos "críticos" e nossos bernsteinianos foram injustamente maltratados. Mas quais? Por quem, onde e quando? Em que, exatamente, consistiu a injustiça? Sobre isso, o *Rabótcheie Dielo* não diz nada; não menciona uma única vez um crítico ou um bernsteiniano russo! Só nos resta escolher entre as duas hipóteses possíveis. *Ou* a parte injustamente ofendida não é senão o próprio *Rabótcheie Dielo* (o que é confirmado pelo fato de os dois artigos do nº 10 citarem somente as ofensas infligidas pela *Zariá* e pelo *Iskra* ao *Rabótcheie Dielo*). E, nesse caso, como explicar o estranho fato de o *Rabótcheie Dielo*, que sempre negou obstinadamente qualquer solidariedade com o bernsteinismo, não ter podido se defender, sem intervir a favor dos "bernsteinianos mais declarados" e da liberdade de crítica? *Ou* terceiros foram injustamente ofendidos. Por que, então, não mencioná-los?

Vemos, portanto, que o *Rabótcheie Dielo* continua o jogo de esconde-esconde, ao qual se dedica (como demonstraremos mais adiante) desde sempre. Além disso, note-se esta primeira aplicação prática da tão propalada "liberdade de crítica". De fato, essa liberdade logo se reduziu não somente à ausência de toda crítica, mas também à ausência de todo julgamento independente. O próprio *Rabótcheie Dielo*, que guarda silêncio sobre o bernsteinismo russo como se fosse uma doença secreta (segundo a feliz expressão de Starovier [11]), propõe para sua cura *copiar pura e simplesmente* a última receita alemã para o tratamento da variedade alemã dessa doença! Ao invés de liberdade de crítica, imitação servil... pior ainda: simiesca! Um idêntico conteúdo social e político do oportunismo internacional contemporâneo se manifesta numas ou noutras variedades, de acordo com as peculiaridades nacionais. Num país, um grupo de oportunistas atua há muito tempo sob uma bandeira especial; noutro, os oportunistas, desdenhando a teoria, seguem na prática a política dos socialistas radicais; num terceiro, alguns membros do partido revolucionário passaram para o campo do oportunismo e tentam atingir seus objetivos, não através de uma luta aberta por princípios e novas táticas, mas valendo-se de uma corrupção gradual, imperceptível e, se é que se pode dizer, impune de seu partido; num quarto país, esses mesmos desertores usam procedimentos idênticos nas trevas da escravatura política, relacionando de forma totalmente original a atividade "legal" com a "ilegal" etc. Mas falar da liberdade de crítica e do bernsteinismo como de uma condição para unir os socialdemocratas *russos*, sem uma análise das manifestações concretas e dos resultados particulares do bernsteinismo russo, é falar à toa.

Tentemos, então, nós mesmos dizer, ainda que em poucas palavras, o que o *Rabótcheie Dielo* não quis dizer (ou talvez nem sequer tenha conseguido entender).

c) A crítica na Rússia

A particularidade fundamental da Rússia, no aspecto que aqui examinamos, consiste em que já o *próprio início* do movimento operário espontâneo, por um lado, e a guinada da opinião pública progressista em direção ao marxismo, por outro, foram marcados pela combinação de elementos notadamente heterogêneos sob uma bandeira comum e para lutar contra um inimigo comum (as concepções políticas e sociais obsoletas). Estamos nos referindo à lua-de-mel do "marxismo legal", um fenômeno extremamente original, que, na década de 1880, ou no início da década de 1890, ninguém acreditaria ser possível. Num país autocrático, com uma imprensa completamente subjugada, numa época de terrível reação política, em que as menores manifestações de descontentamento e de protesto político eram reprimidas com rigor, de repente, a teoria do marxismo revolucionário, exposta na linguagem de Esopo, mas compreensível a todos os "interessados", abre caminho na literatura submetida à censura. O governo se habituara a considerar perigosa apenas a teoria de "A Vontade do Povo" (revolucionária), sem perceber, como de costume, sua evolução interna, regozijando-se com *toda crítica* dirigida contra ela. Muito tempo se passou (muito para nós, russos) antes de o governo se dar conta do novo inimigo, antes de o pesado exército de censores e policiais descobri-lo e atirar-se sobre ele. E, enquanto isso, as obras marxistas foram editadas sucessivamente, fundaram-se jornais e revistas marxistas; todo o mundo, como por contágio, tornou-se marxista; os marxistas eram elogiados, adulados; os editores estavam entusiasmados com a extraordinária rapidez com que as obras marxistas eram vendidas. É compreensível que entre os marxistas principiantes, embriagados com o sucesso, houvesse mais de um "escritor envaidecido" [12].

Hoje é possível falar desse período, com tranqüilidade, como de uma coisa do passado. Não é segredo para ninguém que o efêmero afloramento do marxismo na superfície de nossa literatura teve sua origem na aliança de elementos extremistas com elementos muito moderados. No fundo, esses últimos eram democratas burgueses, e essa conclusão (claramente confirmada pelo posterior desenvolvimento "crítico" dessa gente) já se impunha a alguns na época em que a "aliança" ainda estava intacta[10].

---

[10] Alusão ao artigo de K. Tulin contra Struve [ver V. I. Lenin, *Obras completas*, t. I – N. de E.], redigido com base na conferência intitulada "Influência do marxismo na literatura burguesa" (nota de Lenin para a edição de 1907 – N. de E.).

Mas, nesse caso, a responsabilidade maior pela "confusão" subseqüente não caberia justamente aos socialdemocratas revolucionários, que selaram essa aliança com os futuros "críticos"? Essa pergunta, seguida de uma resposta afirmativa, se ouve, às vezes, na boca de pessoas que têm uma visão muito rígida do problema. Mas essas pessoas estão completamente equivocadas. Só quem não confia muito em si próprio teme as alianças temporárias, mesmo com elementos incertos, e nenhum partido político poderia existir sem essas alianças. Ora, a união com os marxistas legais foi uma espécie de primeira aliança verdadeiramente política realizada pela socialdemocracia russa. Essa aliança permitiu alcançar uma vitória surpreendentemente rápida sobre o populismo e assegurou a prodigiosa difusão das idéias marxistas (embora de forma vulgarizada). Além disso, essa aliança não foi selada "incondicionalmente". Prova disso é a antologia marxista *Documentos sobre o desenvolvimento econômico da Rússia* [13], queimada pela censura em 1895. Se é possível comparar o acordo literário com os marxistas legais a uma aliança política, pode-se comparar essa obra a um acordo político.

Claro que a ruptura não foi provocada pelo fato de os "aliados" serem democratas burgueses. Ao contrário, os representantes dessa tendência são aliados naturais e desejáveis da socialdemocracia quando se trabalha por objetivos democráticos, objetivos que a situação atual da Rússia coloca em primeiro plano. Mas é condição indispensável para essa aliança preservar a possibilidade de os socialistas informarem a classe operária sobre o conflito de fundo entre seus interesses e os da burguesia. Ocorre, porém, que tanto o bernsteinismo como a tendência "crítica" à qual aderiu a maioria dos marxistas legais cancelaram essa possibilidade e corromperam a consciência socialista, aviltando o marxismo, pregando a teoria da colaboração de classes e a atenuação das contradições sociais, tachando de absurda a idéia da revolução social e da ditadura do proletariado, reduzindo o movimento operário e a luta de classes a um trade-unionismo tacanho e à luta "realista" por reformas pequenas e graduais. Com isso, a democracia burguesa simplesmente negava o direito do socialismo à independência e, por conseguinte, à sua própria existência, o que, na prática, significava reduzir o incipiente movimento operário a um apêndice do movimento liberal.

Nessas condições, naturalmente, a ruptura foi inevitável. Mas aqui, na "original" Rússia, essa ruptura se traduziu na pura e simples exclusão dos socialdemocratas da literatura "legal", a mais acessível ao público e a mais amplamente difundida. Isso permitiu aos "ex-marxistas" fortalecer-se nela, abrigando-se "sob o signo da crítica" e obtendo o quase-monopólio da "execução" do marxismo. Os lemas "abaixo a ortodoxia" e "viva a liberdade de crítica" (agora repetidos pelo *Rabótcheie Dielo*) logo entraram na moda. E uma moda tão forte que nem mesmo os censores e a polícia puderam resistir a ela, como atesta a publicação de *três* edições russas do livro do famoso (famoso à maneira de Eróstrato) Bernstein, ou a recomendação, por Zubátov[11], das obras de Bernstein, do senhor Prokopovitch e outros (*Iskra*, nº 10). Aos socialdemocratas impõe-se agora uma tarefa que, se em si já seria árdua, é absurdamente dificultada pelos obstáculos exteriores: a tarefa de combater a nova corrente. E uma corrente que não se limita ao terreno da literatura, já que a guinada rumo à "crítica" foi acompanhada de um movimento contrário: a sedução dos socialdemocratas práticos pelo "economicismo".

---

[11] Chefe da Okhrana, a temível polícia secreta do regime czarista, de Moscou, inspirador do chamado "socialismo policial". Zubátov criava falsas organizações operárias, sob a tutela da polícia, a fim de afastar o operariado do movimento revolucionário. (N. de E.)

Essa interessante questão daria assunto para um artigo específico: como surgiu e se estreitou o laço de união e interdependência entre a crítica legal e o economicismo ilegal. Para nós, aqui, basta registrar a inegável existência desse laço. Justamente por isso o famoso "Credo"[12] logo ganhou sua merecida celebridade, por formular abertamente essa ligação e divulgar a premissa política do "economicismo": os operários que cuidem da luta econômica (ou, mais exatamente, da luta trade-unionista, que abrange também a política especificamente operária); e a intelectualidade marxista que se una aos liberais para a "luta" política. Acontece que a ação trade-unionista "junto ao povo" significou a realização da primeira parte da tarefa, e a crítica legal, a segunda. Essa declaração de princípios foi uma arma tão perfeita contra o economicismo que, se o "Credo" não tivesse vindo a público, teria valido a pena inventá-lo.

Mas o "Credo" não é uma invenção, e sim um texto publicado sem o consentimento e talvez até contra a vontade de seus autores. Ao menos quem escreve estas linhas, que contribuiu para a divulgação do novo "programa"[13], teve de ouvir queixas e recriminações pelo fato de o resumo dos pontos de vista dos oradores ter sido transcrito e copiado, por ter recebido o título de "Credo" e até publicado na imprensa junto com esse protesto! Se recordamos esse episódio, é porque ele revela um traço muito curioso do nosso economicismo: o medo à publicidade. É exatamente esse o traço

---

[12] Símbolo de crença, programa e exposições da concepção de mundo (N. de E.)

[13] Trata-se do *Protesto dos 17* contra o "Credo". O autor destas linhas participou da redação desse protesto (em fins de 1899) [14]. O texto foi publicado no estrangeiro, junto com o "Credo", na primavera de 1900 [ver V. I. Lenin, *Obras completas*, t. II – N. de E.] Hoje se sabe, graças ao artigo da senhora Kuskova (publicado, salvo engano, na revista *Byloé* [15]), que foi ela a autora do "Credo" e que, entre os economicistas que na época se encontravam no exterior, M. Prokopovitch ocupava uma posição proeminente. (Nota de Lenin para a edição de 1907 – N. de E.)

diferencial, não apenas dos autores do Credo, mas do economicismo em geral – manifestado tanto no *Rabótchaia Mysl*, o órgão mais franca e honestamente adepto do economicismo, e no *Rabótcheie Dielo* (que protestou contra a publicação de documentos economicistas no *Vade-mécum*)[14], como no Comitê de Kiev, que há cerca de dois anos se negou a autorizar a publicação de sua *Profession de Foi*[15] [*Profissão de Fé*] junto com a refutação[16] escrita contra esse texto – e de muitos, muitos outros representantes do economicismo.

Esse medo da crítica manifestado pelos adeptos da liberdade de crítica não se explica apenas pela astúcia (ainda que em parte se deva à astúcia, sim: não convém expor ao adversário os brotos ainda frágeis de uma nova tendência!). Não, a maioria dos economicistas é absolutamente sincera em desaprovar (até pela própria essência do economicismo) todo tipo de discussão teórica, dissensão faccionária, amplos questionamentos políticos, projetos de organização dos revolucionários etc. "Deveríamos deixar tudo isso no estrangeiro", ouvi certa vez de um economicista dos mais conseqüentes, expressando a seguinte idéia, muito difundida (e também puramente trade-unionista): do que devemos nos ocupar é do movimento operário, das organizações operárias que temos aqui, na nossa localidade; o resto não passa de invenção dos doutrinários, uma "superestimação da ideologia", como diziam os autores da carta publicada no número 12 do *Iskra*, ecoando o número 10 do *Rabótcheie Dielo*.

Agora cabe perguntar: em vista dessas peculiaridades da "crítica" e do bernsteinismo russos, qual devia ser a tarefa daqueles que, de fato e não apenas de palavra, queriam contrapor-se

---

[14] Em *O guia* [16]. (N. de E.)
[15] Símbolo de crença, programa e exposições da concepção de mundo [17]. (N. de E.)
[16] Até onde sabemos, a composição do comitê de Kiev foi alterada posteriormente. (N. do A.)

ao oportunismo? Primeiramente, era necessário contribuir para a retomada do trabalho teórico, que mal começara à época do marxismo legal e que agora voltava a recair sobre os militantes ilegais; sem um trabalho dessa índole, seria impossível o incremento normal do movimento. Em segundo lugar, era necessário empreender uma luta ativa contra a "crítica" legal que corrompia profundamente os espíritos. Em terceiro lugar, era preciso combater com energia a dispersão e as vacilações do movimento prático, denunciando e refutando toda tentativa de, consciente ou inconscientemente, rebaixar nosso programa e nossa tática.

Sabe-se que o *Rabótcheie Dielo* não cumpriu nenhuma dessas três tarefas, e mais adiante teremos de esmiuçar essa notória verdade, em seus mais diversos aspectos. Por ora, queremos apenas mostrar a flagrante contradição entre a reivindicação da "liberdade de crítica" e as particularidades da crítica e do economicismo russos. Vale aqui uma olhada na resolução em que a "União dos Socialdemocratas Russos no Estrangeiro" confirmou o ponto de vista do *R. Dielo*:

> No interesse do ulterior desenvolvimento ideológico da social-democracia, reputamos absolutamente necessária a liberdade de criticar a teoria socialdemocrata nas publicações do partido, contanto que essa crítica não contrarie o caráter de classe e o caráter revolucionário dessa teoria (*Dois congressos*, p. 10).

Os motivos alegados são dois: 1) A resolução "coincide, em sua primeira parte, com a resolução do congresso do Partido em Lübeck a propósito de Bernstein"... Em sua estupidez, os "aliados" nem sequer percebem o *testimonium paupertatis* (atestado de pobreza) que passam a si próprios com essa transcrição!...

2) "Mas [...], na segunda parte, restringe a liberdade de crítica com mais rigor que no congresso de Lübeck".

Quer dizer que a resolução da "União" tem como alvo os bernsteinianos russos? Do contrário, a referência a Lübeck seria completamente absurda! Mas não é verdade que ela "restringe a liberdade de crítica com mais rigor". Em sua resolução de Hannover, os alemães rejeitaram, ponto por ponto, *justamente* as emendas propostas por Bernstein, e na de Lübeck fizeram uma *advertência pessoal a Bernstein*, citando seu nome no texto. Entretanto, nossos plagiários "livres" não fazem *a menor alusão a nenhuma* das manifestações da "crítica" e do economicismo especificamente russos, uma vez que, se guardando tal silêncio, a referência abstrata ao caráter de classe e ao caráter revolucionário da teoria dá muito mais liberdade para falsas interpretações, sobretudo quando a "União" se recusa a qualificar o "chamado economicismo" como oportunismo (*Dois congressos*, p. 8, parágrafo 1). Mas isso não tem tanta importância aqui. O principal é registrar que a posição dos oportunistas diantes dos socialdemocratas revolucionários é diametralmente oposta na Alemanha e na Rússia. Na Alemanha, os socialdemocratas revolucionários, como se sabe, são favoráveis à preservação do que existe: o velho programa e a velha tática, que todo mundo conhece e que já foram explicados em todos seus detalhes pela experiência de decênios. Já os "críticos" querem introduzir alterações, mas, como eles representam uma ínfima minoria e suas aspirações revisionistas são muito tímidas, é fácil entender os motivos pelos quais a maioria limita-se apenas a rejeitar as "inovações". Na Rússia, ao contrário, são os críticos e os economicistas que querem preservar o que existe: os "críticos" querem continuar a ser considerados marxistas e que se lhes seja garantida a "liberdade de crítica" que exercem em todos os sentidos (pois, no fundo, nunca reconheceram qualquer laço de união *com o partido*[17]; de mais a mais, não havia entre nós um órgão partidário reconhecido por todos e habilitado a "restringir" a liberdade de crítica, nem sequer por meio de um conselho); os economicistas querem que os revolucionários reconheçam "a plenitude de direitos do movimento no presente" (*R. D.*, nº 10, p. 25), ou seja, a "legitimidade" da existência do que existe; que os "ideólogos" não tentem "desviar" o movimento do caminho "determinado pela interação recíproca dos elementos materiais e do meio material" ("Carta" no número 12 do *Iskra*); que se considere desejável empreender a luta "que os operários podem empreender nas atuais circunstâncias", dando como possível aquela "que eles empreendem no momento atual" (Suplemento especial do *R. Mysl* [18], p. 14). Nós, socialdemocratas revolucionários, ao contrário, rejeitamos esse culto da espontaneidade, ou daquilo que existe "no momento presente". Exigimos que se modifique a tática que tem prevalecido nos últimos anos; declaramos que, "antes de nos unificarmos, e para que nos unifiquemos, devemos antes deslindar os campos com clareza e decisão" (do prospecto sobre o *Iskra*[18]). Trocando em miúdos: os alemães se contentam com o que existe no presente, repudian-

---

[17] Já a falta de vínculos claros com o partido e de tradições partidárias representa uma diferença tão fundamental entre a Rússia e a Alemanha que deveria deixar todo socialista sensato de sobreaviso contra qualquer imitação cega. Mas eis aqui uma amostra do ponto a que chegou a "liberdade de crítica" na Rússia. Um crítico russo, o senhor M. Bulgákov, lança a seguinte reprimenda contra o crítico austríaco Herz: "A despeito de toda a independência de suas conclusões, nesse ponto (na cooperação) Herz continua por demais preso às opiniões de seu partido e, embora discorde nos detalhes, não arrisca se afastar do princípio geral" (*O capitalismo e a agricultura*, t. II, p. 287). Um súdito de um Estado politicamente escravizado, no qual 99,9% da população está corrompida até a medula pelo servilismo político e pela absoluta incompreensão dos valores e dos laços do partido, vem censurar com soberba um cidadão de um Estado constitucional por ser excessivamente "preso às opiniões do partido"! Só faltaria as nossas organizações ilegais pegarem a redigir resoluções sobre a liberdade de crítica... (N. do A.)

[18] Ver V. I. Lenin, *Obras completas*, t. IV. (N. de E.)

do as mudanças; nós reclamamos a mudança, repudiando essa crença e essa resignação.

É exatamente essa a "pequena" diferença que nossos "livres" plagiários das resoluções alemãs não perceberam!

d) Engels e a importância da luta teórica

"Dogmatismo", "doutrinarismo", "fossilização do partido, castigos inevitáveis pela restrição violenta do pensamento": esses são os inimigos que os paladinos da "liberdade de crítica" desafiam no *Rabótcheie Dielo*. Muito nos agrada saber que a questão foi posta na ordem do dia, e apenas proporíamos completá-la com esta outra:

– Quem serão os juízes da contenda?

Temos aqui diante de nós dois prospectos de publicações. O primeiro é o "programa do *Rabótcheie Dielo*, órgão periódico da 'União dos Socialdemocratas Russos'" (separata do número 1 do R. D.). O segundo é o "anúncio da retomada das edições do grupo 'Emancipação do Trabalho'". Ambos datam de 1899, quando a "crise do marxismo" estava, já havia muito, na ordem do dia. Mas é perda de tempo procurar na primeira dessas brochuras qualquer alusão a esse fenômeno e uma exposição definida da postura que o novo órgão pensa assumir a respeito. Nem esse programa, nem seus suplementos, aprovados no Terceiro Congresso da "União", em 1901, mencionam o trabalho teórico nem seus objetivos imediatos no presente (*Dois congressos*, pp. 15-18). Durante todo esse tempo, a redação do *Rabótcheie Dielo* passou ao largo das questões teóricas, embora elas interessem apaixonadamente aos socialdemocratas do mundo inteiro.

O outro prospecto, ao contrário, aponta logo de saída que, nos últimos anos, vem sendo observada uma diminuição do interesse pela teoria, reclama com insistência "uma atenção vigilante para o aspecto teórico do movimento revolucionário do proletariado" e exorta a uma "crítica implacável das tendências bernsteinianas e outras tendências anti-revolucionárias" no nosso movimento. Os números publicados da *Zariá* provam que esse programa foi de fato cumprido.

Vê-se aí que, sob o disfarce das frases retumbantes contra a fossilização do pensamento etc., esconde-se o tíbio desinteresse pelo desenvolvimento do pensamento teórico. O exemplo dos socialdemocratas russos ilustra com particular evidência esse fenômeno europeu geral (também registrado há muito pelos marxistas alemães): a famosa liberdade de crítica não implica a substituição de uma teoria por outra, e sim a liberdade de prescindir de toda teoria coerente e estudada; significa ecletismo e ausência de princípios. Quem conhece, por pouco que seja, a real situação do nosso movimento, há de concordar em que a ampla difusão do marxismo foi acompanhada de certo rebaixamento do nível teórico. Muitas pessoas com pouco ou nenhum preparo têm aderido ao movimento, atraídas por seu significado prático e suas conquistas práticas. Daí pode-se avaliar quanta falta de tato o *Rabótcheie Dielo* demonstrou ao brandir com ar vitorioso a sentença de Marx: "Cada passo efetivo do movimento prático vale mais que uma dúzia de programas" [19]. Repetir essas palavras nesta época de dissensão teórica equivale a gritar à passagem de um cortejo fúnebre: "Tomara que nunca lhes falte o que levar!". De mais a mais, essas palavras de Marx foram pinçadas de sua carta sobre o programa de Gotha, na qual ele *censura duramente* o ecletismo admitido na declaração de princípios: se a união é mesmo necessária – escrevia Marx aos dirigentes do partido –, busquem acordos para atingir os objetivos práticos do movimento, mas não caiam no mercadejo de princípios, não façam "concessões" teóricas. Esse era o pensamento de Marx, e em nome dele vêm agora tentar diminuir a importância da teoria!

Sem teoria revolucionária não pode haver movimento revolucionário. Nunca é demais repisar essa idéia nesta época em que a defesa do oportunismo em voga anda de mãos dadas com a sedução das formas mais estreitas da ação prática. Para a social-democracia russa em particular, a importância da teoria é maior ainda, por três razões muitas vezes esquecidas, a saber: primeiro, pelo fato de o nosso partido ainda estar no início de sua formação, mal tendo definido sua fisionomia, e muito longe de ter ajustado contas com as demais tendências do pensamento revolucionário que ameaçam desviar o movimento do bom caminho. Ao contrário, nestes últimos tempos tem-se assistido (como Axelrod há muito predissera aos economicistas) ao reavivamento das tendências revolucionárias não-socialdemocratas. Nessas condições, um erro à primeira vista "sem importância" pode ter conseqüências das mais desastrosas, e só alguém muito míope pode achar inoportunas ou supérfluas as discussões "faccionárias" e a rigorosa definição dos matizes. Da consolidação deste ou daquele "matiz" pode depender o futuro da socialdemocracia russa por muitos e muitos anos.

Em segundo lugar, o movimento socialdemocrata é, pela sua própria natureza, internacional. Isso não significa apenas que devemos combater o chauvinismo nacional. Significa também que um movimento incipiente em um país jovem só poderá se desenvolver com êxito se assimilar a experiência dos outros países. Mas para isso não basta apenas conhecer essa experiência ou limitar-se a copiar as últimas resoluções adotadas; é preciso saber assumir uma postura crítica em relação a essa experiência e testá-la por conta própria. Basta pensar no gigantesco grau de crescimento e ramificação já atingido pelo movimento operário contemporâneo para ter uma idéia da reserva de forças teóricas e de experiência política (além de revolucionária) necessárias para empreender essa tarefa.

Em terceiro lugar, tarefas nacionais como as que a socialdemocracia se propõe realizar nunca foram assumidas por nenhum outro partido socialista do mundo. Mais adiante falaremos dos deveres políticos e de organização impostos por essa tarefa de liberar todo um povo do jugo da autocracia. Por ora, queremos apenas registrar que *só um partido dirigido por uma teoria de vanguarda é capaz de cumprir a missão de combatente de vanguarda*. E para que se tenha uma vaga idéia do que isso significa, lembre-se o leitor dos precursores da socialdemocracia russa, como Hertzen, Belinski, Tchernichévski e a brilhante plêiade de revolucionários da década de 1870; pense na importância universal que a literatura russa vem ganhando; e pense... mas já basta com isso!

Citaremos as observações feitas por Engels em 1874 acerca da importância da teoria no movimento socialdemocrata. Engels reconhecia, na grande luta da socialdemocracia, *não duas* formas (política e econômica) – como é comum entre nós – *mas três, pondo a par daquelas a luta teórica*. Suas recomendações ao movimento operário alemão, já então prática e politicamente robusto, são tão instrutivas do ponto de vista dos problemas e discussões atuais que, acreditamos, o leitor não lamentará a citação de um longo excerto do prefácio ao livro *Der deutsche Bauernkrieg*[19], obra que há muito se tornou uma raridade bibliográfica:

> Os operários alemães têm duas vantagens essenciais sobre os operários dos demais países da Europa. Primeiro, pertencem

---

[19] Dritter Abdruck, Leipzig, 1875. *Verlag der Genoßenschaftsbuchdruckerei* (*A guerra camponesa na Alemanha*), terceira edição, Leipzig, 1875, edição da Editorial Cooperativa. (N. de E.)

ao povo mais teórico da Europa e conseguiram conservar para si esse senso teórico já quase completamente desaparecido nas classes, por assim dizer, "cultas" da Alemanha. Sem a filosofia alemã que o precedeu, notadamente a de Hegel, jamais teria nascido o socialismo alemão, o único socialismo científico que já existiu. Se os operários carecessem desse senso teórico, o socialismo científico nunca chegaria a ser, como é hoje, carne da sua carne e sangue do seu sangue. Prova dessa imensa vantagem é, por um lado, a indiferença do movimento operário inglês em relação a qualquer teoria, que está entre as principais causas da lentidão do seu desenvolvimento, apesar da excelente organização dos diferentes ofícios; por outro lado, o desnorteio e a confusão provocadas pelo proudhonismo, em sua forma primitiva, entre os franceses e os belgas e, na forma caricaturesca que lhe deu Bakunin, entre os espanhóis e os italianos.

A segunda vantagem consiste no fato de os alemães terem sido praticamente os últimos a se incorporar no movimento operário. Assim como o socialismo teórico alemão nunca se esquecerá de que se sustenta sobre os ombros de Saint-Simon, de Fourier e Owen – três pensadores que, apesar de toda a fantasia e todo o utopismo de suas doutrinas, estão entre as maiores mentes de todos os tempos, tendo-se antecipado genialmente a uma infinidade de verdades cuja exatidão estamos demonstrando de forma científica –, assim também o movimento operário prático alemão nunca deve se esquecer que se desenvolveu sobre os ombros dos movimentos inglês e francês, que apenas teve a possibilidade de tirar partido de sua penosa experiência, de evitar no presente os erros que, na maior parte dos casos, eram então inevitáveis. Onde estaríamos agora sem o precedente das *trade-unions* inglesas e da luta política dos operários franceses, sem o colossal impulso dado sobretudo pela Comuna de Paris?

Há que fazer justiça aos operários alemães e reconhecer que aproveitaram com rara inteligência as vantagens de sua situação. Pela primeira vez desde que existe o movimento operário, a luta se desenvolve de forma metódica em três direções, coordenadas e inter-relacionadas: teórica, política e econômico-prática (resistência aos capitalistas). É justamente nesse, por assim dizer, ataque concêntrico que reside a força e a invencibilidade do movimento alemão.

Essas vantagens, por um lado, e as peculiaridades insulares do movimento inglês e a violenta repressão sofrida pelo movimento francês, por outro, permitiram aos operários alemães se encontrarem hoje na vanguarda da luta proletária. É impossível prever durante quanto tempo os fatos lhes permitirão ocupar esse lugar de honra. Mas, enquanto o ocuparem, é de se esperar que cumpram seu dever a contento. Para tanto, deverão redobrar seus esforços em todos os aspectos da luta e da agitação. Principalmente os chefes deverão instruir-se cada vez mais sobre todas as questões teóricas, desvencilhando-se cada vez mais da influência da fraseologia tradicional, própria da velha visão de mundo, sem nunca esquecer que o socialismo, desde que se tornou uma ciência, exige ser tratado como tal, ou seja, ser estudado. A consciência assim conquistada, e cada vez mais lúcida, deverá ser difundida entre as massas operárias com zelo cada vez maior, cada vez mais fortemente alicerçado na organização do partido e dos sindicatos [...]

[...] Se os operários alemães continuarem a avançar desse modo, não é que marcharão à frente do movimento – e de fato não é bom para o movimento que os operários de uma determinada nação marchem à sua frente –, mas ocuparão um lugar de honra na primeira linha de combate e estarão bem armados e equipados se, de repente, duras provas ou grandes acontecimentos exigirem deles mais coragem, mais decisão e energia [20].

Essas palavras de Engels revelaram-se proféticas. Poucos anos depois, os operários alemães foram inesperadamente submetidos a duras provas. E, de fato, eles se mostraram prontos para enfrentá-las e sair vitoriosos.

O proletariado russo tem pela frente provas incomensuravelmente mais duras; terá de lutar contra um monstro perto do qual a lei de exceção num país constitucional parece um verdadeiro pigmeu. A história coloca-nos diante de uma tarefa imediata que é a *mais revolucionária* de todas as tarefas *imediatas* do proletariado de qualquer país. A realização dessa tarefa, a derrubada do baluarte mais poderoso, não apenas da reação européia, mas também (podemos dizê-lo agora) da reação asiática, levará o proletariado russo à vanguarda do proletariado revolucionário internacional. E teremos direito a esse título de honra, já merecido por nossos predecessores, os revolucionários da década de 1870, desde que saibamos inspirar a nosso movimento, mil vezes mais vasto e profundo, o mesmo ardor e a mesma decisão abnegada.

II. A espontaneidade das massas e a consciência da socialdemocracia

Dissemos aqui que é preciso inspirar em nosso movimento, muito mais vasto e profundo que o da década de 1870, a mesma decisão abnegada e a mesma energia que naquela época. De fato, parece que até agora ninguém havia posto em dúvida que a força do movimento contemporâneo reside no despertar das massas (e principalmente do proletariado industrial); e, sua debilidade, na falta de consciência e de iniciativa dos dirigentes revolucionários.

Recentemente, porém, fez-se uma descoberta assombrosa, que ameaça pôr de pernas para o ar todos os conceitos que até agora dominavam a questão. Essa descoberta foi feita pelo *R. Dielo*, que, ao polemizar com o *Iskra* e a *Zariá*, não se limitou a apresentar objeções particulares e tentou reduzir o "desacordo geral" à sua raiz mais profunda: à "diferente apreciação do significado *relativo* do elemento espontâneo e do 'elemento' conscientemente 'metódico'". O *Rabótcheie Dielo* nos acusa de "*subestimar a importância do elemento objetivo ou espontâneo do desenvolvimento*"[1]. Nossa resposta é: se a polêmica com o *Iskra* e a *Zariá* não tivesse resultado em nada além de levar o *Rabótcheie Dielo* a descobrir esse "desacordo geral", só por isso já teria valido a pena: tão significativa é essa acusação, que ela ilustra com clareza a es-

---
[1] *Rabótcheie Dielo*, nº 10, setembro de 1901, pp. 17-18. Grifos do jornal. (N. do A.)

sência das atuais discrepâncias teóricas e políticas entre os social-democratas russos.

É por isso que a questão das relações entre o consciente e o espontâneo é de enorme interesse geral, exigindo nossa análise minuciosa.

a) O início da marcha ascensional espontânea

No capítulo anterior, comentamos o entusiasmo *geral* da juventude intelectualizada russa pela teoria marxista em meados da última década do século XIX. Foi também nessa mesma época que as greves operárias, depois da famosa guerra industrial de 1896, em São Petersburgo, adquiriram um caráter geral. Sua extensão por toda a Rússia atestava claramente a profundidade do movimento popular que então renascia, e, ao falar do "elemento espontâneo", é natural que se pense nesse movimento grevista. Mas há diferentes tipos de espontaneidade. Também durante a década de 1870, e também na de 1860 (e até na primeira metade do século XIX), houve greves na Rússia que foram acompanhadas da destruição "espontânea" de máquinas etc. Comparadas com esses "motins", as greves da década de 1890 poderiam até ser qualificadas de "conscientes", tal foi o progresso do movimento operário nesse período. Isso nos mostra que o "elemento espontâneo", no fundo, não é senão a *forma embrionária* do consciente. Aqueles primitivos motins já refletiam certo despertar da consciência: os operários iam perdendo sua fé tradicional na imobilidade da ordem das coisas; começavam... não direi a entender, mas a sentir a necessidade de uma resistência coletiva e a romper decididamente com a submissão servil às autoridades. Isso, no entanto, mais do que uma *luta*, era uma expressão de desespero e de vingança. Já nas greves da última década do século XIX, vemos muitas mais eclosões de consciência: formulam-se reivindicações precisas, calcula-se de antemão o momento mais favorável, discutem-se os casos e exemplos conhecidos de outros lugares etc. Se os motins não passavam de levantes de gente oprimida, as greves sistemáticas já representavam embriões da luta de classes, mas apenas isso: embriões. Por si sós, essas greves constituíam uma luta trade-unionista, ainda não eram uma luta socialdemocrata; assinalavam o despertar do antagonismo entre operários e patrões, mas os operários não tinham, nem podiam ter, consciência do antagonismo irreconciliável entre seus interesses e os de todo o regime político e social vigente; ou seja, não tinham consciência socialdemocrata. Nesse sentido, as greves da última década do século passado, embora significassem um enorme avanço em relação aos "motins", continuavam sendo um movimento essencialmente espontâneo.

Dissemos anteriormente que, na época, os operários *não podiam ter* consciência socialdemocrata. Esta só poderia ser introduzida de fora. A história de todos os países demonstra que, contando apenas com as próprias forças, a classe operária só está em condições de atingir uma consciência trade-unionista, isto é, a convicção de que é preciso agrupar-se em sindicatos, lutar contra os patrões, reivindicar ao governo a promulgação desta ou daquela lei necessária aos operários etc.[2]. A doutrina socialista, ao contrário, nasceu das teorias filosóficas, históricas e econômicas elaboradas pelos representantes instruídos das classes proprietárias, pelos intelectuais. Por sua origem e posição social, também os fundadores do socialismo científico contemporâneo, Marx e Engels, pertenciam à intelectualidade burguesa.

---

[2] O trade-unionismo de modo algum descarta completamente a "política", como às vezes se pensa. As *trade-unions* sempre promoveram certo tipo de agitação e de luta política (embora não socialdemocrata). No próximo capítulo mostraremos a diferença entre a política trade-unionista e a política socialdemocrata. (N. do A.)

Exatamente do mesmo modo, a doutrina teórica da social-democracia surgiu na Rússia sem nenhuma ligação com o crescimento espontâneo do movimento operário, sendo o resultado natural e inevitável do desenvolvimento do pensamento entre os intelectuais revolucionários socialistas. À época de que falamos, isto é, meados da última década do século XIX, essa doutrina não apenas já constituía um programa perfeitamente estabelecido do grupo "Emancipação do Trabalho", mas também conquistara para si a maioria da juventude revolucionária da Rússia.

Portanto, ao lado das massas operárias que despertavam para a vida consciente e para a luta consciente, havia uma juventude revolucionária que, armada da teoria socialdemocrata, tendia com todas as suas forças para o lado do operariado. Além disso, é muito importante lembrar o fato, muitas vezes esquecido (e relativamente pouco conhecido), de que os *primeiros* socialdemocratas desse período, *ao se dedicarem com ardor à agitação econômica* (e tendo bem presentes as indicações realmente úteis da brochura *Sobre a agitação,* na época ainda um manuscrito), não a consideravam, de modo algum, tarefa exclusiva, mas já desde o início assumiam como suas as grandes tarefas históricas da socialdemocracia russa em geral e, em particular, a tarefa de derrubar a autocracia. Assim, por exemplo, o grupo dos socialdemocratas de Petersburgo, fundador da "União de Luta pela Emancipação de Classe Operária", redigiu, já em fins de 1895, o primeiro número de um jornal intitulado *Rabótcheie Dielo*. Quando já estava pronto para ser impresso, esse número foi apreendido pelos policiais que revistaram a casa de um dos membros do grupo, A. A. Vaneiev[3], invadida na madrugada de 8 para 9 de dezembro de 1895. Portanto, o

---

[3] Anatoli Alexeievitch Vaneiev morreu em 1899, na Sibéria Oriental, de tuberculose, contraída quando se encontrava incomunicável em prisão preventiva. Por isso consideramos pertinente publicar as informações que constam no texto, cuja autenticidade garantimos, pois foram fornecidas por pessoas que o conheceram pessoal e intimamente. (N. do A.)

Rabótcheie Dielo do primeiro período não teve a sorte de vir à luz. O editorial desse jornal (que talvez uma revista como *Russkaia Starina* [21] venha a exumar dos arquivos do departamento de polícia daqui a trinta anos) esboçava as tarefas históricas da classe operária russa, colocando em primeiro plano a conquista da liberdade política. Em seguida, vinha o artigo "Em que pensam nossos ministros?"[4], dedicado à violenta dissolução dos Comitês de Instrução Elementar pela polícia, e uma série de artigos de correspondentes, não apenas de S. Petersburgo, mas de outros locais da Rússia (por exemplo, sobre o massacre de operários na província de Iaroslavl). Portanto, esse – salvo engano – "primeiro ensaio" dos socialdemocratas russos da década de 1890 não foi um periódico de caráter estritamente local, muito menos de caráter economicista; tendia a interligar a luta grevista ao movimento revolucionário contra a autocracia e atrair todas as vítimas da opressão política do obscurantismo reacionário para que apoiassem a socialdemocracia. E qualquer pessoa que conheça minimamente o estado do movimento nessa época não duvidará que um jornal como esse teria sido acolhido com grande simpatia, tanto pelos operários da capital como pelos intelectuais revolucionários, e teria desfrutado da mais ampla difusão. O fracasso desse intento apenas provou que os socialdemocratas da época não estavam em condições de satisfazer às vitais exigências daquele momento, por falta de experiência revolucionária e de preparo prático. Cabe dizer o mesmo do *San Petersburgski Rabotchi Listok* [22] e, sobretudo, da *Rabótchaia Gazeta* [23] e do "Manifesto" do Partido Operário Socialdemocrata da Rússia, fundado na primavera de 1898. Evidentemente, nem sequer nos passa pela cabeça assacar essa falta de preparo aos militantes da época. Mas, para aproveitar a experiência do movimento e daí extrair lições práticas, é preciso consi-

---

[4] Ver V. I. Lenin, *Obras completas*, t. II. (N. de E.)

derar a fundo as causas e o significado deste ou daquele defeito. Por isso é extremamente importante registrar que uma parte (talvez a maioria) dos socialdemocratas em ação no período de 1895 a 1898, com justa razão, considerava possível já naquela época, no despontar do movimento "espontâneo", trabalhar por um programa e uma tática de combate mais amplos[5]. A falta de preparo da maior parte dos revolucionários, sendo um fenômeno perfeitamente natural, não devia provocar nenhuma apreensão particular. Se a definição dos objetivos era justa, se havia energia suficiente para insistir na tentativa de alcançá-los, os momentâneos reveses eram um mal menor. A experiência revolucionária e a habilidade de organização são coisas que se adquirem com o tempo. Basta querermos desenvolver as qualidades necessárias! Basta termos consciência de nossos defeitos, o que no trabalho revolucionário já é mais de meio caminho andado para sua correção.

Mas aquele mal menor se transformou em um enorme mal quando essa consciência começou a se ofuscar (e vale notar que ela era muito viva entre os militantes dos grupos acima citados), quando surgiram elementos, e até órgãos, socialdemocratas dispostos a erigir os defeitos em virtudes, tentando até fornecer um fundamento *teórico a seu elogio servil e seu culto da espontaneidade.*

---

[5] "Ao criticar a atividade dos socialdemocratas dos últimos anos do século XIX, o *Iskra* não leva em conta que, na época, faltavam condições para qualquer trabalho que não fosse a luta por pequenas reivindicações." Assim falam os economicistas em sua "Carta aos órgãos socialdemocratas russos" (*Iskra*, nº 12). Os fatos citados no texto provam que essa afirmação sobre a "falta de condições" *é diametralmente oposta à verdade*. Não apenas em fins da década de 1890, mas já nos seus meados, estavam plenamente dadas todas as condições para *outro* trabalho que fosse além da luta por pequenas reivindicações; todas as condições, exceto um preparo satisfatório dos dirigentes. Mas, em vez de reconhecer abertamente essa falta de preparo entre nós, ideólogos e dirigentes, os economicistas pretendem pôr toda a culpa na "ausência de condições", na influência do meio material que determina o caminho do qual o movimento não poderá ser desviado por nenhum ideólogo. Que é isso senão elogio servil da espontaneidade, senão o fascínio dos "ideólogos" por seus próprios defeitos? (N. do A.)

Já é tempo de fazer o balanço dessa tendência, o mal-chamado "economicismo", termo inexato e por demais estreito para exprimir seu conteúdo.

b) *O culto à espontaneidade.* O Rabótchaia Mysl

Antes de passarmos às manifestações literárias desse culto, apontaremos um fato característico (informado pela fonte acima citada), que lança alguma luz sobre a forma como o desacordo entre as duas futuras tendências da socialdemocracia russa surgiu e cresceu entre os camaradas militantes de Petersburgo. No início de 1897, A. A. Vaneiev e alguns de seus camaradas tiveram a oportunidade de participar, antes de sua deportação, de uma reunião privada [24] de "velhos" e "jovens " membros da "União de Luta pela Emancipação da Classe Operária". A conversa girou principalmente em torno da organização e, em particular, do "Estatuto das caixas operárias", publicados em sua forma definitiva no número 9-10 do *Listok Rabótnika* [25] (p. 46). Entre os "velhos" (os "dezembristas", como eram chamados em tom de chacota pelos socialdemocratas petersburgueses) e alguns dos "jovens" (que mais tarde colaboraram ativamente no *Rabótchaia Mysl*) de imediato se manifestou uma divergência muito clara e se desencadeou uma acalorada polêmica. Os "jovens" defendiam os principais fundamentos do Estatuto, da forma como foi publicado. Os "velhos" diziam que não era o mais urgente e necessário, e sim fortalecer a "União de Luta" como organização de revolucionários, à qual se deveriam subordinar as diversas caixas operárias, os círculos de propaganda da juventude estudantil etc. Desnecessário dizer que as duas partes estavam longe de ver nessa divergência um motivo para ruptura; pelo contrário, ambos a consideravam uma diferença isolada e casual. Esse fato, porém, prova que também na Rússia o economicismo não se espalhou sem conflitos com os "velhos" socialdemocratas (coisa que os economicistas de hoje muitas vezes esquecem). E, se essa luta praticamente não deixou vestígios "documentais", isso se deve *apenas* à inacreditável rapidez com que se alterava a composição dos círculos em atividade, à falta de continuidade, razão pela qual as divergências tampouco ficavam registradas em documento.

O aparecimento do *Rab. Mysl* trouxe o economicismo à luz do dia, mas isso tampouco aconteceu de uma hora para outra. É preciso pensar muito concretamente nas condições de militância e na extrema brevidade de numerosos círculos russos (e só quem viveu aquela situação é que pode fazê-lo), para entender que o êxito ou o fracasso da nova tendência em diversas cidades foi, mais do que nada, obra do acaso; e por isso mesmo tanto os partidários como os adversários dessa coisa "nova" passaram tanto tempo sem, nem sequer de longe, poder determinar se ela era realmente uma tendência diferente ou apenas a expressão da falta de preparo de elementos isolados. Assim, os primeiros números do *Rabótchaia Mysl*, impressos em hectógrafo, permaneceram completamente desconhecidos da imensa maioria dos socialdemocratas, e, se agora podemos citar o editorial de seu primeiro número, é somente porque o texto foi reproduzido no artigo de V. I.-n. [26] (*Listok Rabótnika*, nº 9-10, p. 47 e seguintes), que evidentemente não deixou de elogiar com entusiasmo (um entusiasmo descabido) aquele novo jornal, tão nitidamente diferente das publicações e projetos aqui já comentados[6]. Esse editorial ex-

---

[6] Diga-se de passagem que esse elogio do *Rabótchaia Mysl* em novembro de 1898, quando o economicismo já estava completamente definido, sobretudo no estrangeiro, partia do próprio V. I.-n, que logo integraria a redação do *Rab. Dielo*. Mas o *Rabótcheie Dielo* continua negando até hoje a existência de duas tendências no interior da socialdemocracia russa! (N. do A.)

pressa com tanta clareza *todo o espírito* do *Rabótchaia Mysl*, e do economicismo em geral, que vale a pena examiná-lo.

Depois de afirmar que o braço de punho azul[7] jamais poderá deter o avanço do movimento operário, o editorial continua: "O movimento operário deve essa vitalidade ao fato de o próprio operário, enfim, tomar seu destino nas próprias mãos, arrancando-o das de seus dirigentes". Essa tese fundamental é logo desenvolvida em detalhe. Na realidade, os dirigentes (isto é, os socialdemocratas organizadores da "União de Luta") foram praticamente arrancados pela polícia das mãos dos operários[8], e agora as coisas são contadas como se os operários estivessem em luta contra esses dirigentes e se tivessem libertado de seu jugo! Em vez de exortar o avanço, de consolidar a organização revolucionária e de ampliar a atividade política, começaram a incitar o *retrocesso* para a luta exclusivamente trade-unionista. Proclamou-se que "a base econômica do movimento é encoberta pela constante aspiração de não negligenciar o ideal político", que o lema do movimento operário deve ser: "luta pela situação econômica" (!), ou, melhor ainda, "os operários para os operários"; declarou-se que as caixas de greve "valem mais para o movimento do que uma centena de outras organizações" (compare-se essa afirmação, feita em outubro de 1897, com a discussão entre os "dezembristas" e os jovens no início de 1897) etc. Frasezinhas como essas, defendendo a necessidade de pôr em primeiro plano, não a "nata" dos operários, mas o operário "médio", o

---
[7] O uniforme dos guardas czaristas caracterizava-se pelos punhos azuis. (N. de E.)

[8] O seguinte fato, muito característico, demonstra o acerto dessa comparação. Quando, depois da prisão dos "dezembristas", espalhou-se entre os operários da estrada de Schlüsselburg a notícia de que o provocador N. Mikhailov (um dentista), membro de um grupo ligado aos "dezembristas", tinha ajudado a polícia, a revolta daqueles operários foi tamanha, que eles decidiram matar Mikhailov. (N. do A.)

operário da massa, afirmando que "a política sempre segue docilmente a economia"[9] etc., etc., hoje estão na moda e gozam de uma influência irresistível sobre a massa dos jovens alistada ao movimento, juventude que, na maioria dos casos, não conhecia mais do que fragmentos do marxismo em sua versão legal.

Isso significava a completa subordinação da consciência à espontaneidade; à espontaneidade daqueles "socialdemocratas" que repetiam as "idéias" do Senhor V. V.; à espontaneidade dos operários que se deixavam levar pelo argumento de que até um aumento de um copeque por rublo valia muito mais que todo socialismo e toda política, de que eles deviam "lutar não por incertas gerações futuras, mas por eles próprios e por seus filhos" (editorial do nº 1 do *R. Mysl*). Frases do gênero sempre foram a arma preferida dos burgueses da Europa ocidental, que, em seu ódio pelo socialismo, se empenhavam (no estilo do "social-político" alemão Hirsch) em transplantar o trade-unionismo inglês para seus países, dizendo aos operários que a luta exclusivamente sindical[10] é uma luta por eles próprios e por seus filhos, não por incertas gerações futuras com vistas a um incerto socialismo futuro. E agora os "V. V. da socialdemocracia russa" pegaram a repetir essa fraseologia burguesa. O que nos importa assinalar aqui são três pontos de grande valia para a continuação de nossa análise sobre as divergências *atuais*[11].

---

[9] Extraído do mesmo editorial do primeiro número do *Rabótchaia Mysl*. Nessas frases pode-se avaliar o preparo teórico desses "V. V. da socialdemocracia russa" [27], que repetiam a tosca banalização do "materialismo econômico", enquanto os marxistas, em suas publicações, combatiam o verdadeiro senhor V. V., havia muito apelidado de "mestre em assuntos reacionários" por causa desse *mesmo modo* de entender as relações entre a política e a economia. (N. do A.)

[10] Os alemães têm até uma palavra específica, *Nur-Gewerkschaftler*, para designar os partidários da luta "estritamente sindical". (N. do A.)

[11] Grifamos "atuais" para aqueles que farisaicamente derem de ombros, dizendo: é fácil denegrir o *Rabótchaia Mysl* agora que ele é coisa do passado. *Mutato nomine, de te fabula narratur* ["com outro nome, a fábula fala de ti" – N. de E.], respondemos aos fariseus contemporâneos, cuja submissão servil e completa às idéias do *Rab. Mysl* será *demonstrada* mais adiante. (N. do A.)

Primeiro: a subordinação da consciência à espontaneidade, que comentamos aqui, também se deu *pela via espontânea*. Parece um jogo de palavras, mas, infelizmente, é uma amarga realidade. Ela não resultou de uma luta aberta entre duas concepções diametralmente opostas, nem da vitória de uma sobre a outra, mas do desaparecimento de um número crescente de "velhos" revolucionários, "ceifados" pela polícia, e da entrada em cena de um número crescente de "jovens" "V. V. da socialdemocracia russa". Qualquer pessoa que, se não participou do movimento russo *contemporâneo*, ao menos respirou seus ares, sabe muito bem que a situação é exatamente essa. E se, não obstante, insistimos em que o leitor se conscientize plenamente desse fato notório; se, por assim dizer, para maior evidência apresentamos informações sobre o *Rabótcheie Dielo* do primeiro período e sobre as discussões entre "jovens" e "velhos" no início de 1897, é porque as pessoas que se jactam de democratas se aproveitam da ignorância do grande público (ou dos mais jovens) sobre aqueles fatos. Mais adiante, ainda voltaremos a esse ponto.

Segundo: já na primeira manifestação literária do economicismo podemos observar um fenômeno extremamente peculiar e muito útil para entender todas as divergências internas da socialdemocracia contemporânea: os partidários do "movimento puramente operário", os defensores de um contato mais estreito e mais "orgânico" (expressão do *Rab. Dielo*) com a luta proletária, os adversários de todos os intelectuais não-operários (mesmo que sejam intelectuais socialistas) são obrigados a recorrer, na defesa de sua posição, aos argumentos dos "trade-unionistas puros" *burgueses*. Isso prova que, desde sua primeira publicação, o *R. Mysl* começara – sem se dar conta disso – a realizar o programa do "Credo". Isso prova (coisa que o *R. Dielo* é absolutamente incapaz de entender) que todo culto à espontaneidade do movimento operário, toda depreciação do papel do "elemento consciente", do papel da socialdemocracia, redunda – independentemente da intenção de quem o faz – no fortalecimento da influência da ideologia burguesa sobre os operários. Todos aqueles que falam de "supervalorização da ideologia"[12], de exagero do papel do elemento consciente[13] etc. imaginam que o movimento operário puro pode por si só elaborar, e certamente elaborará, uma ideologia independente, assim que os operários "arranquem sua sorte das mãos dos dirigentes". Mas isso é um erro crasso. Para completar o que acabamos de dizer, citaremos ainda as palavras, muito justas e significativas, de K. Kautsky a propósito do projeto do novo programa do Partido Socialdemocrata Austríaco[14]:

> Alguns dos nossos críticos revisionistas atribuem a Marx a afirmação de que o desenvolvimento econômico e a luta de classes não apenas criariam as condições para a produção socialista, mas gerariam diretamente a *consciência* [grifo de K. K.] de sua necessidade. E, para refutar essa suposta concepção marxista ortodoxa, esses mesmos críticos afirmam que a Inglaterra, país do mais avançado desenvolvimento capitalista, está mais longe dessa consciência que qualquer outro. A julgar pelo novo projeto, poderíamos entender que a comissão que elaborou o programa austríaco compartilha a crença nessa tese, refutada do modo indicado. O projeto afirma: Quanto mais o proletariado cresce, a par do desenvolvimento capitalista, maior

---

[12] Carta dos economicistas no nº 12 do *Iskra*. (N. do A.)
[13] *Rabótcheie Dielo*, nº 10. (N. do A.)
[14] *Neue Zeit* (*Novos Tempos*), 1901-1902, XX, 1, nº 3, p. 79. O projeto da comissão citado por K. Kautsky foi adotado pelo Congresso de Viena (no final do ano passado) com algumas alterações. (N. do A.)

sua obrigação e sua capacidade de empreender a luta contra o capitalismo. O proletariado pode então adquirir "consciência" da possibilidade e da necessidade do socialismo. Nessa ordem de idéias, a consciência socialista seria o resultado necessário e imediato da luta de classes do proletariado. Nada mais falso, porém. É verdade que tanto a doutrina do socialismo como a luta de classes do proletariado têm suas raízes nas relações econômicas atuais, e ambos resultam da luta contra a miséria e a pobreza das massas produzidas pelo capitalismo. Ocorre, porém, que o socialismo e a luta de classes surgem de forma paralela, e não um como resultado da outra, uma vez que nascem de premissas diferentes. A consciência socialista moderna só pode se desenvolver sobre a base de um profundo conhecimento científico. Com efeito, a ciência econômica contemporânea constitui uma condição da produção socialista, assim como, por exemplo, a tecnologia moderna; e o proletariado, por mais que o deseje, não pode criar nem uma nem outra: ambas surgem do processo social contemporâneo. Mas não é o proletariado o portador da ciência, e sim a *intelectualidade burguesa* [grifo de K. K.]: é da mente de certos indivíduos desse estrato que nasceu o socialismo moderno, e foram eles que o transmitiram aos proletários destacados por sua capacidade intelectual, e estes então o introduziram na luta de classes do proletariado, quando e onde as condições o permitiram. Assim, a consciência socialista é um elemento introduzido de fora [*von Außen Hineingetragenes*] na luta de classe do proletariado, e não um elemento nascido espontaneamente [*ur wüchsig*] dela. Nessa mesma linha, já o velho programa de Heinfeld dizia, com toda razão, que a tarefa da socialdemocracia é infundir no proletariado [literalmente, "preencher o proletariado com"] a *consciência* de sua situação e a de sua missão. Não haveria necessidade de fazê-lo se essa consciência resultasse naturalmente da luta de classes. O novo projeto, ao contrário, tomou essa tese emprestada do velho programa e lhe acrescentou a tese acima citada. Mas isso interrompeu completamente o curso do pensamento...

Uma vez que é impensável uma ideologia independente, elaborada pelas próprias massas operárias no curso de seu movimento[15], o problema se apresenta *somente assim*: ideologia burguesa ou ideologia socialista. Não há meio-termo (pois a humanidade não elaborou uma "terceira" ideologia; além disso, de maneira geral, numa sociedade dilacerada pelos antagonismos de classe não seria possível existir uma ideologia à margem ou acima dessas classes). Por isso, *tudo que redunde* em rebaixar a ideologia socialista, *tudo que redunde em afastar-se* dela equivale a fortalecer a ideologia burguesa. Fala-se em espontaneidade, mas o desenvolvimento espontâneo do movimento operário aponta justamente para a subordinação deste à ideologia burguesa, *aponta justamente para o caminho do programa* do "Credo", pois o movimento operário es-

---

[15] Evidentemente, isso não quer dizer que os operários não participem dessa elaboração. Mas não participam na qualidade de operários, e sim na qualidade de teóricos do socialismo, como Proudhon e Weitling; em outras palavras, só participam no momento e na medida em que conseguem, em maior ou menor grau, dominar a ciência de seu tempo e fazê-la avançar. E para que os operários *consigam isso com mais freqüência* é preciso empenhar-se ao máximo em elevar o nível de consciência dos operários em geral; é preciso que os operários não se limitem ao quadro artificialmente restrito da *"literatura para operários"*, mas que aprendam a assimilar cada vez mais a *literatura geral*. Seria até mais exato dizer, em vez de "não se limitem", "não sejam limitados", já que os próprios operários lêem e gostariam de ler tudo o que se escreve para os intelectuais, e somente alguns intelectuais (de ínfima categoria) pensam que, "para os operários", basta descrever a ordem de coisas nas fábricas e repisar o que já se sabe há muito tempo. (N. do A.)

pontâneo não passa de trade-unionismo, de *Nur-Gewerkschaftlerei*, e o trade-unionismo implica exatamente a escravização ideológica dos operários pela burguesia. É por isso que nossa tarefa, a tarefa da socialdemocracia, consiste em combater a espontaneidade, em afastar o movimento operário dessa tendência espontânea do trade-unionismo a procurar refúgio sob as asas da burguesia e atraí-lo para as asas da socialdemocracia revolucionária. Portanto, a frase dos autores da carta "economicista", publicada no nº 12 do *Iskra*, afirmando que nenhum esforço dos mais inspirados ideólogos poderá desviar o movimento operário do caminho ditado pela ação recíproca dos elementos materiais e do meio material, *equivale plenamente* a uma *renúncia ao socialismo*, e, se esses autores fossem capazes de levar sua tese até as últimas conseqüências, com lógica e coragem, como cumpre a todo militante na ação literária e pública, não teriam outro remédio senão "cruzar sobre o peito vazio seus braços inúteis" e... deixar o caminho livre para os senhores Struve e Prokopovitch, que arrastam o movimento operário "pela linha de menor resistência", isto é, pela linha do trade-unionismo burguês, ou ao senhor Zubátov, que o arrasta pela linha da "ideologia" clero-policial.

Recordemos o caso da Alemanha. Em que consistiu o mérito histórico de Lassalle à frente do movimento operário alemão? Apenas em afastar esse movimento do caminho do trade-unionismo progressista e do cooperativismo, para onde rumava espontaneamente (*com a benévola ajuda dos Schulze-Delitzsch e que tais*)[16]. Para realizar essa missão foi necessário muito mais do que a parolagem sobre a subestimação do elemento espontâneo, so-

---

[16] Shulze-Delitzsch (1808-1883): ideólogo da pequena burguesia alemã, que defendia a criação de associações cooperativas, capazes, segundo ele, de garantir a independência econômica não só dos artesãos e dos pequenos produtores em geral, mas também dos operários. (N. de E.)

bre a tática-processo, sobre a ação recíproca dos elementos e do meio etc. Foi necessário manter *uma luta encarniçada contra a espontaneidade*, e só como resultado dessa luta, que se estendeu por longos anos, foi que se conseguiu, por exemplo, transformar a população operária de Berlim, de esteio do partido progressista, em um dos melhores baluartes da socialdemocracia. E essa luta ainda está muito longe de terminar (como poderiam crer os estudiosos da história do movimento alemão, por meio de Prokopovitch, e de sua filosofia, à maneira de Struve). Também no momento presente a classe operária alemã está, por assim dizer, dividida entre diversas ideologias: uma parte dos operários está agrupada nos sindicatos operários católicos e monarquistas; outra, nos sindicatos de Hirsch-Duncker [28], fundados pelos admiradores burgueses do trade-unionismo inglês; uma terceira, nos sindicatos socialdemocratas. Esta última parte é incomparavelmente maior que as outras, mas a ideologia socialdemocrata só pôde conquistar essa supremacia, e só poderá conservá-la, mediante uma luta incansável contra todas as outras ideologias.

Mas por que – perguntará o leitor – o movimento espontâneo, o movimento pela linha de menor resistência, leva justamente à supremacia da ideologia burguesa? Pela simples razão de que a ideologia burguesa é muito mais antiga que a ideologia socialista, porque está completamente elaborada; porque conta com meios de difusão *incomparavelmente mais poderosos*[17]. E,

---

[17] Não raro, ouve-se dizer que a classe operária tende *espontaneamente* para o socialismo. A afirmação é procedente no sentido de que a teoria socialista aponta, de maneira mais profunda e precisa que qualquer outra, as causas das calamidades que assolam a classe operária, e justamente por isso os operários a assimilam com tanta facilidade, *desde que* essa teoria não se renda à espontaneidade, *desde que* ela se imponha sobre essa espontaneidade. Trata-se de algo que em geral se dá por subentendido, mas o *Rab. Dielo* oculta e distorce esse subentendido. A classe operária tende de maneira espontânea ao socialismo, mas, não obstante, a ideologia burguesa, que é a mais difundida (e permanentemente ressuscitada sob as mais variadas formas), impõe-se espontaneamente sobretudo ao operário. (N. do A.)

quanto mais jovem é o movimento socialista de um país, mais enérgica tem de ser sua luta contra toda tentativa de reforçar a ideologia não-socialista, mais resolutamente os operários têm de ser postos em guarda contra os maus conselheiros que bradam contra a "superestimação do elemento consciente" etc. Os autores da carta dos economicistas, ecoando o *Rab. Dielo*, atacam com sanha a intolerância, própria da etapa infantil do movimento. A isso respondemos: de fato, nosso movimento ainda se encontra na infância e, para atingir a maturidade com mais rapidez, deve justamente ser intransigente com aqueles que retardam seu desenvolvimento, ajoelhando-se aos pés da espontaneidade. Não há nada mais ridículo e nocivo que se arvorar em velho militante que há muito superou todas as fases decisivas da luta!

Em terceiro lugar, o primeiro número do *Rab. Mysl* mostra-nos que a denominação de "economicismo" (à qual, evidentemente, não pretendemos renunciar, pois, seja como for, trata-se de um termo já consagrado pelo uso) não expressa com suficiente exatidão o espírito da nova tendência. O *Rab. Mysl* não repudia por completo a luta política: nos estatutos das caixas, publicados em seu primeiro número, fala-se da luta contra o governo. Mas o *Rab. Mysl* entende apenas que "a política sempre vai a reboque da economia" (já o *Rabótcheie Dielo* fornece uma variante dessa tese, afirmando em seu programa que "na Rússia, mais do que em qualquer outro país, a luta econômica está *indissociavelmente ligada* à luta política"). Essas teses do *Rabótchaia Mysl* e do *Rabótcheie Dielo* são completamente falsas, *se por política entendermos a política socialdemocrata*. Como já vimos, a luta econômica dos operários muitas vezes está ligada (ainda que não de modo indissociável) à política burguesa, clerical etc. As teses do *Rabótcheie Dielo* são justas se por política entendermos a política trade-unionista, isto é, a aspiração de todos os operários a obter do Estado uma ou outra medida, a fim de remediar os males inerentes à sua situação, mas que não acabam com essa situação, isto é, não suprimem a sujeição do trabalho ao capital. Essa aspiração é, de fato, comum tanto aos trade-unionistas ingleses, que mantêm uma atitude hostil perante o socialismo, como aos operários católicos e aos operários "de Zubátov" etc. Há diferentes tipos de política. Vemos, portanto, que o *Rab. Mysl*, mesmo no tocante à luta política, mais do que repudiá-la, ajoelha-se aos pés de sua *espontaneidade*, rendendo culto à sua falta de consciência. Ao reconhecer plenamente a luta política nascida de forma espontânea do próprio movimento operário (ou, mais exatamente, das aspirações e reivindicações políticas dos operários), abdica por completo a *elaborar de maneira independente uma política socialdemocrata específica*, que responda às tarefas gerais do socialismo e às condições atuais da Rússia. Mais adiante, mostraremos que o *Rabótcheie Dielo* incorre nesse mesmo erro.

c) O *"Grupo de Auto-Emancipação"* e o Rabótcheie Dielo

Se acima examinamos com tanta minúcia o editorial do primeiro número do *Rabótchaia Mysl*, um texto pouco conhecido e hoje quase esquecido, foi porque ele expressou, muito antes e com maior relevo do que qualquer outro, essa corrente geral que mais tarde afloraria em pequenos e numerosos riachos. V. I.-n tinha toda a razão quando, elogiando esse primeiro número do *Rab. Mysl* e esse editorial, disse que fora escrito "com energia e brio" (*Listok Rabótnika*, nº 9-10, p. 49). Qualquer pessoa com convicções firmes, que acredite oferecer algo de novo, escreve "com brio", destacando e dando relevo a seus pontos de vista. Só quem costuma nadar entre duas águas carece de todo "brio"; só gente dessa índole é capaz, tendo ainda ontem elogiado o brio do *Rab. Mysl*, de hoje atacar os adversários do *Rab. Mysl* por causa de seus "brios polêmicos".

Sem nos determos no "suplemento especial do *Rab. Mysl*" (mais adiante, por diferentes motivos, voltaremos a esse texto, que expõe da maneira mais conseqüente as idéias dos economicistas), por ora nos limitaremos a registrar brevemente o "chamamento do 'Grupo de Auto-Emancipação dos Operários'" (março de 1899, reproduzido na *Nakanunie* [29] de Londres, nº 7, julho de 1899). Os autores desse chamamento dizem, com toda a razão, que "a Rússia operária *apenas começou a despertar*, a olhar a seu redor, e *aferra-se instintivamente aos primeiros* meios de luta *que encontra ao alcance das mãos*", mas daí tiram a mesma conclusão equivocada que o *R. Mysl*, esquecendo-se de que o elemento instintivo é justamente o inconsciente (o espontâneo), aquele em cujo socorro devem acudir os socialistas; que os primeiros meios de luta "que encontra ao alcance das mãos" sempre serão, na sociedade contemporânea, os meios de luta trade-unionistas, e que a primeira ideologia "que encontra ao alcance das mãos" é a ideologia burguesa (trade-unionista). Esses autores tampouco "negam" a política, mas, na linha do senhor V. V., e somente (somente!) dele, sustentam que ela é uma superestrutura e, portanto, "a agitação política deve ser uma superestrutura da agitação em prol da luta econômica, deve surgir no campo dessa luta e seguir em sua esteira".

Quanto ao *R. Dielo*, a publicação iniciou suas atividades como franca "defensora" dos economicistas. Depois de *afirmar falsamente*, em seu primeiro número (nº 1, pp. 141-142), que "ignorava a que jovens camaradas se referia Axelrod", quando em sua famosa brochura[18] ele dirigira uma advertência aos econo-

---

[18] Em torno da questão das tarefas atuais e da tática dos socialdemocratas russos. Genebra, 1898. Duas cartas à *Rabótchaia Gazeta*, escritas em 1897. (N. do A.)

micistas, o *Rabótcheie Dielo* teve de reconhecer, durante a polêmica com Axelrod e Plekhanov, provocada por essa falsidade, que, "fingindo não saber de quem se tratava, tentou *defender* todos os emigrados socialdemocratas mais jovens contra essa acusação injusta" (Axelrod acusava os economicistas de estreiteza de visão). Na realidade, essa acusação era muito procedente, e o *R. Dielo* sabia muito bem que ela visava, entre outros, a V. I.-n, membro de sua redação. Aqui vale comentar de passagem que nessa polêmica, no que tange à interpretação da minha brochura *As tarefas dos socialdemocratas russos*[19], Axelrod estava coberto de razão, e o *R. Dielo* completamente equivocado. Esse texto foi escrito em 1897, antes da publicação do *Rab. Mysl*, quando eu entendia, com toda razão, que a tendência inicial da "União de Luta" de São Petersburgo, já citada aqui, era a força predominante. E, de fato, essa tendência prevaleceu pelo menos até meados de 1898. Por isso não fazia o menor sentido o *Rab. Dielo* citar, para desmentir a existência e o risco do economicismo, uma brochura que expunha concepções suplantadas, em São Petersburgo, em 1897-98, pela concepção economicista[20].

---

[19] Ver V. I. Lenin, *Obras completas*, t. II. (N. de E.)

[20] Ao se defender, o *Rabótcheie Dielo* completou sua primeira mentira ("ignoramos a que jovens camaradas P. B. Axelrod se referiu") com uma segunda, ao escrever em sua *Resposta*: "Desde a publicação da crítica a *As tarefas…*, têm surgido ou se definido mais ou menos claramente, entre alguns socialdemocratas russos, certas tendências ao unilateralismo economicista que significam um retrocesso em relação ao estado do nosso movimento, tal como esboçado em *As tarefas…*" (p. 9). É o que diz a "Resposta", publicada em 1900. Ora, o primeiro número do *Rabótcheie Dielo* (que traz a crítica) veio a público em abril de 1899. Por acaso o economicismo surgiu somente em 1899? Não; o que ocorreu em 1899 foi que, pela primeira vez, se ouviu a voz de protesto dos socialdemocratas russos contra o economicismo (o protesto contra o "Credo"). Mas o economicismo já havia nascido em 1897, como o *Rabótcheie Dielo* sabe muito bem, pois *já em novembro de 1898* (*Listok Rabótnika*, n⁰ 9-10) V. I.-n se desmanchava em elogios ao *Rabótchaia Mysl*. (N. do A.)

O *R. Dielo*, porém, não apenas "defendia" os economicistas, mas ele próprio incorria constantemente em suas principais aberrações. Isso se devia à ambigüidade da seguinte tese de seu programa: "O *movimento operário de massas* [grifo do *R. D.*] surgido nos últimos anos constitui, no nosso entender, um fenômeno da maior importância na vida russa, chamado sobretudo a *determinar as tarefas* [grifo meu] e o caráter da atividade literária da União". Não resta dúvida de que o movimento de massas é um fenômeno da maior importância. A questão, porém, é como interpretar a "definição das tarefas" por esse movimento de massas. Há duas interpretações possíveis: *uma,* no sentido do culto à espontaneidade desse movimento, isto é, reduzindo o papel da socialdemocracia ao de simples serviçal do movimento operário (essa é a concepção do *Rab. Mysl,* do "Grupo de auto-emancipação" e dos demais economicistas); *outra,* no sentido de que o movimento de massas nos impõe *novas* tarefas, teóricas, políticas e de organização, muito mais complexas do que as tarefas com que nos podíamos contentar antes da irrupção do movimento de massas. O *Rab. Dielo* tendia, e ainda tende, a interpretar a questão no primeiro sentido, pois não diz nada de concreto sobre as novas tarefas, e até raciocina como se esse "movimento de massas" nos eximisse da necessidade de conceber com clareza e resolver as tarefas que ele impõe. Basta lembrar que o *Rab. Dielo* considerava impossível propor como *primeira* tarefa do movimento operário de massas a derrubada da autocracia, rebaixando essa tarefa (em nome do movimento de massas) à luta por reivindicações políticas imediatas (*Resposta,* p. 25).

Deixando de lado o artigo "A luta econômica e política no movimento russo", escrito por B. Kritchévsky, redator-chefe do *Rab. Dielo* e publicado em seu número 7, uma vez que repete esses mesmos erros[21], passaremos diretamente ao número 10 do *R. Dielo*. Claro que não examinaremos cada uma das objeções de B. Kritchévsky e de Martynov contra a *Zariá* e o *Iskra*. O que nos interessa aqui é apenas a posição de princípios adotada pelo *Rabótcheie Dielo* em seu número 10. Não examinaremos, por exemplo, o fato curioso de o *R. Dielo* enxergar uma "contradição flagrante" entre esta tese:

> A socialdemocracia não amarra as próprias mãos, não restringe suas atividades a um plano ou a um procedimento de luta política preconcebido; admite todos os meios de luta, contanto que correspondam às forças efetivas do Partido etc. (*Iskra*, nº 1)[22]

---

[21] A "teoria das fases" ou a teoria do "tímido ziguezague" na luta política, por exemplo, é exposta nesse artigo nos seguintes termos: "As reivindicações políticas que, por seu caráter, são comuns a toda a Rússia devem, no entanto, durante o primeiro período (isso foi escrito em agosto de 1900!), corresponder à experiência adquirida na luta econômica por uma determinada camada (sic!) de operários. Somente [!] com base nessa experiência é que se pode e se deve iniciar a agitação política" etc. (p. 11). Na página 4, indignado ante as acusações de heresia economicista, a seu juízo totalmente infundadas, o autor exclama pateticamente: "Algum socialdemocrata por acaso ignora que, de acordo com a doutrina de Marx e Engels, os interesses econômicos das diversas classes desempenham um papel decisivo na história e que, *portanto* [grifo nosso], a luta do proletariado por seus interesses econômicos deve ter uma importância primordial para seu desenvolvimento de classe e sua luta de emancipação?". Esse "portanto" está completamente fora de lugar. O fato de os interesses econômicos desempenharem um papel decisivo não quer dizer, de forma alguma, que a luta econômica (leia-se, trade-unionista) tem importância primordial, uma vez que os interesses mais essenciais, "decisivos", das classes *somente* podem ser satisfeitos por transformações políticas radicais e gerais; em particular, o interesse econômico fundamental do proletariado somente pode ser satisfeito por meio de uma revolução política que substitua a ditadura da burguesia pela ditadura do proletariado. B. Kritchévsky repete o raciocínio dos "V. V. da socialdemocracia russa" (a política segue a economia etc.) e dos bernsteinianos da socialdemocracia alemã (Woltmann, por exemplo, alegava esses mesmos argumentos para provar que, antes de pensarem na revolução política, os operários devem adquirir "força econômica"). (N. do A.)

[22] Ver V. I. Lenin, *Obras completas*, t. V. (N. de E.)

e esta outra:

> Sem uma organização forte, habilitada para a luta política em qualquer condição e qualquer período, não se pode nem sequer falar em um plano sistemático de ação, baseado em princípios firmes e aplicado de maneira inflexível, único plano que merece o nome de tática (*Iskra*, nº 4)[23].

Confundir a aceitação *em princípio* de todos os meios de luta, de todos os planos e procedimentos, contanto que sejam convenientes, com a exigência de seguir, *em um determinado momento político*, um plano rigorosamente aplicado, equivaleria, no terreno da tática, a confundir o reconhecimento pela medicina de todos os sistemas terapêuticos com a exigência de seguir um deles no tratamento de uma determinada doença. Acontece que, justamente, o próprio *Rabótcheie Dielo,* acometido de uma doença que chamamos de "culto da espontaneidade", nega-se a reconhecer todo e qualquer "sistema terapêutico" para tratar *dessa* doença. Daí sua notável descoberta de que "a tática-plano contraria o espírito fundamental do marxismo" (nº 10, p. 18); que a tática é "*um processo de crescimento das tarefas do partido, que crescem junto com ele*" (p. 11, grifo do *R. D.*). Essa máxima tem tudo para logo se tornar célebre, como um monumento indestrutível da "tendência" do *Rabótcheie Dielo*. À pergunta "aonde ir?", esse órgão dirigente responde: o movimento é o processo de variação de distância entre o ponto de partida e os pontos seguintes. Esse pensamento incomparavelmente profundo não é apenas curioso (do contrário, nem valeria a pena nos determos nele), mas representa *o programa de toda uma tendência*, qual seja, o próprio pro-

---

[23] Op. cit. (N. de E.)

grama que o *R. M.* (em seu "Suplemento especial ao *Rabótchaia Mysl*") expressou nos seguintes termos: a luta desejável é aquela que é possível, e a luta possível é a que cabe travar no momento presente. É exatamente essa a tendência do oportunismo sem limites, que se adapta passivamente à espontaneidade.

"A tática-plano contraria o espírito fundamental do marxismo!" Isso é uma calúnia contra o marxismo! É reduzi-lo àquela caricatura que os populistas faziam de nós! É debilitar a iniciativa e a energia dos militantes conscientes, exatamente ao contrário do marxismo, que dá enorme estímulo aos socialdemocratas e abre diante deles as mais amplas perspectivas, pondo à sua disposição (por assim dizer) as forças prodigiosas de milhões e milhões de operários que se preparam espontaneamente para a luta! Toda a história da socialdemocracia internacional é cheia de planos maravilhosos, propostos por este ou aquele chefe político, atestando a perspicácia e a justeza das concepções políticas e de organização de uns ou revelando a miopia e os erros políticos de outros. Quando a Alemanha conheceu uma das mais grandiosas guinadas de sua história – formação do Império, abertura do *Reichstag*, concessão do sufrágio universal –, Liebknecht tinha um plano para a política e a ação socialdemocrata em geral, e Schweitzer tinha outro. Quando a lei da exceção se abateu sobre os socialistas alemães, o plano proposto por Most e Hasselmann foi a pura e simples exortação à violência e ao terror; já o plano de Höchberg, Schramm e (em parte) Bernstein resumiu-se a arengar os socialdemocratas, dizendo-lhes que sua violência insensata e seu revolucionarismo é que provocara o rigor da lei que os atingia e agora só lhes restava obter seu perdão mediante um comportamento exemplar; e havia ainda um terceiro plano: o daqueles que estavam preparando, e então puseram em prática, a publicação de um órgão ilegal. Observando as coisas retrospectivamente, tantos anos depois de finda a luta pela escolha do rumo a seguir, agora que a história já pronunciou seu veredicto sobre a conveniência dessa escolha, nada mais fácil que desfiar profundos e sentenciosos pensamentos, como esse de que as tarefas do partido crescem ao mesmo tempo que ele. Mas nos momentos de confusão[24], quando os "críticos" e economicistas russos rebaixam a socialdemocracia ao nível do trade-unionismo e os terroristas pregam com ardor a adoção de uma "tática-plano", que apenas repete os erros antigos, ater-se em tal momento a profundos pensamentos dessa laia é passar a si próprio um "atestado de pobreza". Num momento em que muitos socialdemocratas russos padecem, justamente, de falta de iniciativa e de energia, de "amplitude na propaganda, na agitação e na organização políticas"[25], de falta de "planos" para organizar a ação revolucionária de maneira mais ampla; em um momento como este, dizer que "a tática-plano contraria o espírito fundamental do marxismo" não apenas equivale a aviltar o sentido teórico do marxismo, mas, na prática, *puxa o partido para trás*.

> O socialdemocrata revolucionário – pontifica mais adiante o *R. Dielo* – tem como tarefa apenas acelerar, mediante seu trabalho consciente, o desenvolvimento objetivo, e não suprimi-lo ou substituí-lo por planos subjetivos. Teoricamente, o *Iskra* sabe de tudo isso. Mas a enorme importância que o marxismo atribui, com razão, ao trabalho revolucionário consciente leva

---

[24] *Ein Jahr der Verwirrung* (*Um ano de confusão*) é o título que Mehring deu ao capítulo de sua *História da socialdemocracia alemã*, em que descreve as hesitações e a indecisão, demonstradas em um primeiro momento pelos socialistas alemães, na escolha de uma "tática-plano" que correspondesse às novas condições. (N. do A.)

[25] Do editorial do nº 1 do *Iskra*. (N. do A.) (Ver V. I. Lenin, *Obras completas*, t. IV – N. de E.)

o *Iskra*, em conseqüência de seu doutrinarismo em relação à tática, a *subestimar a importância do elemento objetivo ou espontâneo do desenvolvimento* (p. 18).

Mais uma enorme confusão teórica digna do senhor V. V. e companhia. Mas gostaríamos de perguntar ao nosso filósofo: em que se traduziria essa "subestimação" do desenvolvimento objetivo por parte do autor de planos subjetivos? Pelo jeito, em ignorar que esse desenvolvimento objetivo cria ou fortalece, arrasa ou enfraquece estas ou aquelas classes, estratos, grupos, estas ou aquelas nações, blocos de nações etc., condicionando assim o aparecimento deste ou daquele agrupamento político internacional de forças, esta ou aquela posição dos partidos revolucionários etc. Assim, portanto, o erro desse tal autor não estaria em subestimar o elemento espontâneo, mas, ao contrário, em subestimar o elemento *consciente*, pois o que lhe faltaria seria a "consciência" para uma justa compreensão do desenvolvimento objetivo. Por isso, a simples menção à "apreciação da importância *relativa*" (grifo do *Rabótcheie Dielo*) do elemento consciente e da espontaneidade já revela uma absoluta falta de "consciência". Se certos "elementos espontâneos do desenvolvimento" são em geral acessíveis à consciência humana, a apreciação equivocada dos mesmos equivale a uma "subestimação do elemento consciente". Caso fossem inacessíveis à consciência, simplesmente não os conheceríamos e não poderíamos falar deles. Do que é que B. Kritchévsky está falando, então? Se ele considera equivocados os "planos subjetivos" do *Iskra* (e ele de fato os declara plenamente equivocados), deveria apontar quais são exatamente os fatos objetivos que esses planos ignoram e, com base nisso, incriminar o *Iskra* por *falta de consciência*, por "subestimação do elemento consciente", para usar sua linguagem. Mas se ele, descontente com os planos subjetivos, não tem outro argumento além de invocar essa tal "subestimação do elemento espontâneo" (!!), com isso só faz demonstrar que: 1) teoricamente, entende o marxismo à maneira dos Karéiev e dos Mikhailóvski, já suficientemente ridicularizados por Beltov [30]; 2) declara-se plenamente satisfeito com os "elementos espontâneos do desenvolvimento" que empurraram nossos marxistas legais para o bernsteinismo e nossos socialdemocratas para o economicismo, manifestando uma "grande indignação" contra os que tentam *desviar* a todo custo a socialdemocracia russa dos caminhos do desenvolvimento "espontâneo".

E seguem-se outras coisas francamente cômicas:

> Assim como os homens, a despeito de todo o avanço das ciências naturais, continuarão a procriar segundo os métodos ancestrais, assim também o nascimento de uma nova ordem social, a despeito de todo o avanço das ciências sociais e do aumento do número de militantes conscientes, continuará a ser, *preeminentemente*, o resultado de explosões espontâneas (p. 19).

Assim como a velha sabedoria diz que "a ninguém falta inteligência para fazer filhos", a sabedoria dos "socialistas modernos" (à maneira de Nartsis Tuporylov) [31] diz: para participar da criação espontânea de um novo sistema social, não há de faltar inteligência a ninguém. Nós estamos plenamente de acordo em que a ninguém há de faltar inteligência, pois, para participar desse modo, basta *deixar-se levar,* seja pelo economicismo imperante, seja pelo terrorismo, quando este irrompe em cena. Assim, na primavera passada, quando era imprescindível alertar contra a fascinação exercida pelo terrorismo, o *Rabótcheie Dielo* mostrou-se perplexo diante de uma questão "nova" para ele. E agora, seis meses mais tarde, quando a questão já perdeu atualidade, ele nos brinda, ao mesmo tempo, com as duas seguintes declarações:

"Entendemos que a tarefa da socialdemocracia não pode nem deve consistir numa oposição ao crescimento do espírito terrorista" (*Rabótcheie Dielo*, nº 10, p. 23); e "O congresso reconhece como inoportuno o sistemático terror ofensivo" (resolução de *Dois congressos*, p. 18). Quanta clareza! Quanta coerência! Não nos opomos a ele, mas o declaramos inoportuno; e isso deixando de fora da "resolução" a forma assistemática e defensiva do terror. Temos de reconhecer que a tal resolução está a salvo de qualquer perigo e de todo erro, como um homem que fala para não dizer nada! E para redigir semelhante resolução basta uma coisa: saber caminhar atrás do movimento, seguindo sempre *na sua retaguarda*. Quanto o *Iskra* zombou do *Rabótcheie Dielo* por ter declarado que o terror era uma questão nova[26], o *Rabótcheie Dielo*, ofendido, acusou severamente o *Iskra* de ter "a pretensão realmente inacreditável de impor à organização do partido a solução de problemas táticos concebida há mais de quinze anos por um grupo de escritores exilados" (p. 24). De fato, que atitude mais pretensiosa e que exagero do elemento consciente: resolver os problemas de antemão e na teoria, para depois convencer a organização, o partido e as massas do acerto da solução encontrada[27]! Outra coisa é repetir lugares-comuns e, sem "impor" nada a ninguém, seguir qualquer "guinada", seja para o economicismo, seja para o terrorismo. O *Rabótcheie Dielo* acusa o *Iskra* e a *Zariá* de "opor seu programa ao movimento como um espírito pairando sobre o caos informe" (p. 29). Mas em que consiste o papel da socialdemocracia, senão em ser o "espírito" que não apenas paira sobre o movimento espontâneo, mas o *eleva ao nível de "seu programa"*? O papel que não lhe cabe, certamente, é arrastar-se *na retaguarda* do movimento;

---

[26] Ver V. I. Lenin, *Obras completas*, t. V. (N. de E.)
[27] Tampouco se deve esquecer que, ao resolver "teoricamente" a questão do terror, o grupo "Emancipação do Trabalho" *resumiu* a experiência do movimento revolucionário anterior. (N. do A.)

coisa que, no melhor dos casos, seria inútil para o movimento e, no pior, extremamente nociva. O *Rabótcheie Dielo* não apenas segue essa "tática-processo", mas pretende erigi-la em princípio, de modo que seria mais justo chamar essa tendência, não de oportunismo, mas de *seguidismo*. Há que reconhecer que quem está firmemente decidido a marchar à retaguarda do movimento permanecerá, sempre e absolutamente, a salvo do erro de "subestimar o elemento espontâneo do desenvolvimento".

* * *

Vimos, portanto, que o erro fundamental da "nova tendência" no interior da socialdemocracia russa consiste em render culto à espontaneidade, em não entender que a espontaneidade das massas exige de nós, socialdemocratas, uma elevada consciência. Quanto mais forte for o impulso espontâneo das massas, quanto mais amplo for o movimento, maior e mais urgente será a necessidade de uma elevada consciência, tanto no trabalho teórico, como no político e de organização da socialdemocracia.

O impulso espontâneo das massas, na Rússia, foi (e continua sendo) tão avassalador que a juventude socialdemocrata se mostrou despreparada para fazer frente a essas tarefas gigantescas. Esse despreparo constitui nossa desgraça comum, a desgraça de *todos* os socialdemocratas russos. O movimento das massas vem crescendo e se estendendo de forma constante e ininterrupta; longe de se limitar a seus pontos de origem, espalha-se a novas localidades, a novos estratos da população (sob a influência do movimento operário, redobrou-se a efervescência entre a juventude estudantil, entre intelectuais em geral, e até entre os camponeses). Mas os revolucionários foram *superados* por esse movimento ascendente, tanto em suas "teorias" como em sua atividade, sem conseguirem criar uma organização permanente, que funcionasse sem solução de continuidade, capaz de *dirigir* todo o movimento.

No primeiro capítulo, registramos que o *Rabótcheie Dielo* rebaixa nossas tarefas teóricas e repete "espontaneamente" o grito agora em voga: "liberdade de crítica"; aqueles que o repetem não tiveram "consciência" suficiente para compreender que as posições dos "críticos" oportunistas e dos revolucionários na Alemanha e na Rússia são diametralmente opostas.

Nos próximos capítulos, examinaremos como o culto da espontaneidade tem-se manifestado no terreno das tarefas políticas e no trabalho de organização da socialdemocracia.

III. Política trade-unionista e política socialdemocrata

Começaremos, mais uma vez, elogiando o *Rabótcheie Dielo*. "Literatura de denúncia e luta proletária" foi o título que Martynov deu a seu artigo sobre as divergências com o *Iskra*, no número 10 do *Rabótcheie Dielo*. "Não podemos nos limitar a denunciar o estado de coisas que entrava seu desenvolvimento (do partido operário). Devemos também ecoar os interesses imediatos e cotidianos do proletariado" (p. 63). É assim que Martynov formula a essência dessas divergências.

> O *Iskra* [...] é, de fato, o órgão da oposição revolucionária que denuncia o estado de coisas reinante em nosso país, principalmente no plano político... Nós, ao contrário, trabalhamos e continuaremos a trabalhar pela causa operária, em estreita ligação orgânica com a luta proletária (id.).

Não podemos deixar de agradecer a Martynov por essa formulação. Ela possui um grande interesse geral, pelo fato de abranger, no fundo, não só nossas divergências com o *Rabótcheie Dielo*, mas as divergências que existem, de modo geral, entre nós e os "economicistas" sobre a questão da luta política. Já mostramos que os "economicistas" não negam em absoluto a "política", mas desviam-se constantemente da concepção socialdemocrata para uma concepção trade-unionista da política. É exatamente isso que Martynov faz; e por isso queremos tomá-lo como *modelo* das aberrações econômicas nessa questão. Tentaremos demonstrar que ninguém têm o direito de reprovar nossa escolha: nem os autores do "Suplemento especial do *Rabótchaia Mysl*", nem os da declaração do "Grupo da Auto-Emancipação", nem os da carta economicista publicada no nº 12 do *Iskra*.

a) A agitação política e sua restrição pelos economicistas

É notório que a luta econômica[1] dos operários russos se estendeu em vasta escala e se consolidou paralelamente ao aparecimento da "literatura" de denúncia econômica (referente às fábricas e aos ofícios). O principal conteúdo dos panfletos era a denúncia da situação nas fábricas, e isso logo deu origem a uma verdadeira paixão por esse tipo de denúncia entre os operários. Quando estes viram que os círculos socialdemocratas queriam e podiam lhes fornecer um novo tipo de panfleto, que dizia toda a verdade sobre sua vida miserável, seu trabalho incrivelmente duro e sua situação de párias, começaram a chover cartas das fábricas e das oficinas. Essa "literatura de denúncia" fez grande furor não apenas nas fábricas cuja situação ela fustigava, mas em todas as fábricas a que chegavam notícias dos fatos denunciados. E como as necessidades e a miséria dos operários de diferentes empresas e profissões têm muito em comum, a "verdade sobre a vida operária" entusiasmava a *todos*. Desenvolveu-se entre os operários mais atrasados uma verdadeira paixão por "aparecer em letra de forma", uma nobre paixão por essa forma embrionária de guerra contra a ordem social moderna, baseada na pilhagem e na opressão. E os panfletos

---

[1] Para evitar interpretações equivocadas, deixamos claro que na exposição que se segue entendemos por "luta econômica" (segundo o uso consagrado entre nós) a "luta econômica prática" que Engels chamou, na citação acima transcrita, de "resistência aos capitalistas", e que nos países livres é chamada luta trabalhista, sindical ou trade-unionista. (N. do A.)

eram, de fato, na imensa maioria dos casos, uma declaração de guerra, porque a denúncia tinha forte efeito sobre todos os operários, impelindo-os a exigir o fim dos abusos mais gritantes e a sustentar suas reivindicações por meio de greves. Os próprios donos das fábricas foram obrigados, por fim, a reconhecer a tal ponto a importância desses panfletos como declaração de guerra, que muitas vezes se antecipavam à própria guerra. Como sempre, as denúncias ganhavam força pelo simples fato de serem publicadas, conquistando o valor de uma poderosa pressão moral. Muitas vezes, a simples publicação de um panfleto bastava para que as reivindicações dos operários fossem atendidas. Em uma palavra, as denúncias econômicas (das fábricas) eram e continuam a ser um poderoso motor da luta econômica. E manterão essa importância enquanto o capitalismo existir, pois ele inevitavelmente impele os operários à autodefesa. Nos países europeus mais avançados, pode-se observar, ainda hoje, que a denúncia dos abusos ocorridos em alguma "indústria" distante ou num ramo de trabalho domiciliar esquecido de todos é muitas vezes o estopim do despertar da consciência de classe, da luta sindical e da difusão do socialismo[2].

Nos últimos tempos, a imensa maioria dos socialdemocratas russos esteve quase completamente absorvida por esse trabalho de organização das denúncias nas fábricas. Basta lembrar

---

[2] Nesse capítulo falamos apenas da luta política e do conceito mais ou menos amplo que temos dela. Por isso citaremos apenas de passagem, como simples curiosidade, a acusação feita pelo *Rabótcheie Dielo* ao *Iskra* de "reserva exagerada" quanto à luta econômica (*Dois congressos*, p. 27, repetida à exaustão por Martynov em sua brochura *A socialdemocracia e a classe operária*). Se os senhores acusadores medissem por *quilo* ou folhas impressas (como gostam de fazer) a seção de economia do *Iskra*, durante um ano, e a comparassem à mesma seção do *R. Dielo* e do *R. Mysl* juntos, logo veriam que, mesmo desse ponto de vista, estão defasados. Obviamente, a consciência dessa simples verdade os obriga a recorrer a argumentos que evidenciam sua confusão. O *Iskra* – escrevem – "quer queira, quer não [!], deve [!] levar em conta as imperiosas exigências da vida e publicar, pelo menos [!!], cartas sobre o movimento operário" (*Dois congressos*, p. 27). Aí está um argumento realmente arrasador! (N. do A.)

o caso do *Rab. Mysl* para ver a que ponto chegou tal absorção e como se esqueceu de que, no fundo, essa atividade, *por si só*, ainda não era socialdemocrata, mas apenas trade-unionista. Na verdade, as denúncias se referiam somente à relação de operários de uma *determinada categoria* com seus respectivos patrões, e seu único objetivo era ensinar os vendedores da força de trabalho a vender melhor sua "mercadoria" e a lutar contra os compradores no terreno das transações estritamente comerciais. Essas denúncias poderiam vir a ser (desde que convenientemente utilizadas pela organização dos revolucionários) um ponto de partida e um elemento constitutivo da ação socialdemocrata, mas também poderiam levar (e, com o culto do espontaneísmo, forçosamente o fariam) à luta "exclusivamente sindical" e a um movimento operário não-socialdemocrata. A socialdemocracia dirige a luta da classe operária não apenas para obter condições mais vantajosas na venda da força de trabalho, mas também para destruir o regime social que obriga os pobres a venderem sua força de trabalho aos ricos. A socialdemocracia representa a classe operária não apenas em suas relações com um determinado grupo de patrões, mas com todas as classes da sociedade contemporânea, com o Estado como força política organizada. É óbvio, portanto, que os socialdemocratas não só não podem se restringir à luta econômica, mas nem sequer podem aceitar a organização das denúncias econômicas como sua principal atividade. Devemos empreender ativamente a tarefa da educação política da classe operária, do desenvolvimento de sua consciência política. *Atualmente,* depois da primeira ofensiva da *Zariá* e do *Iskra* contra o economicismo, "todo mundo concorda" com isso (embora alguns só da boca para fora, como veremos a seguir).

Cabe perguntar em que deve consistir a educação política. É possível limitar-se à propaganda da idéia de que a classe operária é hostil à autocracia? Claro que não. Não basta *explicar* a opressão política que subjuga os operários (assim como não bastaria *explicar* o antagonismo entre seus interesses e o de seus patrões). É preciso promover a agitação a cada manifestação concreta dessa opressão (como começamos a fazer com as manifestações concretas de opressão econômica). E, uma vez que as mais diversas classes da sociedade são vítimas dessa opressão, uma vez que ela se manifesta nos mais diversos aspectos da vida e da atividade sindical, civil, pessoal, familiar, religiosa, científica etc., etc., não é evidente que *não cumpriremos nossa missão* de desenvolver a consciência política dos operários se não *nos comprometermos* a organizar uma ampla campanha política de denúncia da autocracia? Porque, para fazer agitação sobre as manifestações concretas da opressão, é preciso denunciar essas manifestações (da mesma forma que, para fazer a agitação econômica, era preciso denunciar os abusos cometidos nas fábricas).

Pode parecer que a questão está esclarecida. Mas é justamente aqui que se verifica que é só da boca para fora que "todo o mundo" concorda com a necessidade de desenvolver a consciência política *em todos seus aspectos*. É aqui, justamente, que se verifica que o *Rabótcheie Dielo*, por exemplo, não apenas negligenciou a tarefa de organizar as denúncias políticas em todos os seus aspectos (ou de dar início à sua organização), como começou a puxar para trás o *Iskra*, que já a empreendera. Vejamos: "A luta política da classe operária é apenas [justamente, não é apenas] a forma mais desenvolvida, mais ampla e efetiva da luta econômica" (programa do *Rabótcheie Dielo:* ver nº 1, p. 3). "Agora, para os socialdemocratas trata-se de saber como conferir à própria luta econômica, sempre que possível, um caráter político" (Martynov, no nº 10, p. 42). "A luta econômica é o meio mais amplamente aplicável para levar as massas à luta política ativa"

(Resolução do Congresso da União e "emendas"; ver *Dois congressos*, pp. 11 e 17). Como o leitor pode perceber, o *Rabótcheie Dielo*, desde seu surgimento até as últimas "instruções à redação", sempre esteve impregnado dessas teses, que evidentemente expressam, todas elas, um único conceito da agitação e da luta política. Considerem, pois, esse conceito do ponto de vista do critério, prevalecente entre todos os "economicistas", segundo o qual a agitação política deve *seguir* a agitação econômica. Será verdade que a luta econômica é, em geral[3], "o meio mais amplamente aplicável" para levar as massas à luta política? Nada mais falso. *Todas* as manifestações da opressão policial e do arbítrio autocrático, e não apenas as manifestações ligadas à luta econômica, são meios não menos "amplamente aplicáveis" para esse fim. Por que os *zemskie nachálniki*[4] e os castigos corporais infligidos aos camponeses, a corrupção dos funcionários e o tratamento que a polícia dispensa à "plebe" das cidades, a perseguição dos famintos e o sufocamento da aspiração do povo por instrução e saber, os impostos extorsivos, a perseguição das seitas, a dura disciplina da chibata imposta aos soldados e o tratamento militar dado a estudantes e intelectuais liberais; por que todas essas manifestações de opressão, assim como uma infinidade

---

[3] Dizemos "em geral" porque no *R. Dielo* trata-se justamente dos princípios gerais e das tarefas gerais de todo o partido. Não resta dúvida de que, na prática, ocorrem casos em que a política *deve* efetivamente seguir a economia, mas só os economicistas podem afirmá-lo numa resolução destinada a toda a Rússia. Também há casos em que *é possível*, "desde o início", fazer a agitação política "apenas no terreno econômico", e, no entanto, o *Rab. Dielo* chegou, por fim, à conclusão de que isso "é absolutamente desnecessário" (*Dois congressos*, p. 11). No próximo capítulo mostraremos que a tática dos "políticos" e dos revolucionários, longe de ignorar as tarefas trade-unionistas da socialdemocracia, é, ao contrário, a única capaz de *assegurar* sua realização conseqüente. (N. do A.)

[4] Representantes do poder público no campo, escolhidos entre a elite latifundiária local e investidos de poder administrativo e judicial sobre a população camponesa. A função dos *zemskie nachálniki* foi introduzida em 1889 e persistiu até a queda do czarismo na Rússia. (N. de E.)

de outras semelhantes, não diretamente ligadas à luta "econômica", representariam meios e motivos menos "amplamente aplicáveis" de agitação política, para levar as massas à luta política? Muito pelo contrário: no cômputo geral dos casos cotidianos em que o operário sofre (ele próprio e as pessoas próximas a ele) a falta de direitos, a arbitrariedade e a violência, não há dúvida de que os casos de opressão policial aplicada especificamente contra a luta sindical representam apenas uma pequena minoria. Por que, então, *restringir* de antemão a amplitude da agitação política, proclamando como "o mais amplamente aplicável" apenas *um* dos meios, ao lado do qual, para o socialdemocrata, deveria haver outros que, em termos genéricos, não são menos "amplamente aplicáveis"?

Numa época remotíssima (há um ano!...), o *Rabótcheie Dielo* dizia: "As massas vêem suas reivindicações políticas imediatas atendidas, depois de uma, ou, na pior das hipóteses, depois de várias greves, desde que o governo faça uso da polícia e da força pública" (nº 7, p. 15, agosto de 1900). Agora, essa teoria oportunista das etapas foi repudiada pela "União", que nos faz uma concessão, declarando: "não há necessidade alguma de, desde o início, promover a agitação política exclusivamente no terreno econômico" (*Dois congressos*, p. 11). Esse repúdio da "União" de uma parte de seus antigos erros mostrará ao futuro historiador da social-democracia russa, mais do que qualquer argumentação, até que ponto nossos economicistas aviltaram o socialismo! Mas quanta ingenuidade da "União" imaginar que, em troca do abandono de uma forma de restrição da política, poderia fazer-nos aceitar a outra forma de restrição! Não teria sido mais lógico dizer, também aqui, que é preciso sustentar a luta econômica, da forma mais ampla possível? Que é preciso sempre utilizá-la para a agitação política, mas que "não há nenhuma necessidade" de se tomar a luta econômica como o meio *mais* amplamente aplicável para levar as massas à luta política ativa?

A "União" considera importante o fato de ter substituído a expressão "o meio mais amplamente aplicável" pela expressão "o melhor meio", que consta na resolução correspondente ao IV Congresso da União Operária Judaica (Bund). Na verdade, seria embaraçoso para nós dizer qual dessas duas resoluções é a melhor: em nossa opinião *as duas são piores*. Tanto a "União" como o Bund perdem-se, nesse caso, numa interpretação economicista, trade-unionista da política (em parte, talvez inconscientemente, sob a influência da tradição). No fundo, não há a menor diferença em se empregar a palavra "melhor" ou a expressão "mais amplamente aplicável". Se a "União" afirmasse que "a agitação política no terreno econômico" constitui o meio mais amplamente aplicado (e não "aplicável"), teria razão quanto a certo período de desenvolvimento de nosso movimento socialdemocrata. Teria razão justamente no que diz respeito aos "economicistas", no que diz respeito a muitos (senão a maioria) dos militantes pragmáticos de 1898 a 1901, pois esses militantes pragmático-economicistas, de fato, *aplicaram* a agitação política (no grau em que, de maneira geral, eles a praticavam!), *quase que exclusivamente no terreno econômico*. Como vimos, *semelhante* agitação política era aceita, e até recomendada, tanto pelo *Rab. Mysl* como pelo "Grupo da Auto-Emancipação"! O *Rab. Dielo* devia *condenar veementemente* o fato de a agitação econômica, útil em si mesma, ter sido acompanhada de uma restrição nociva da luta política; mas, em vez disso, declara que o meio mais aplic*ado* (*pelos economicistas*) é o mais aplic*ável!* Não é de estranhar que essas pessoas, quando as chamamos de "economicistas", não encontrem outra defesa senão nos insultar até o cansaço, chamando-nos de "mistificadores", "desorganizadores", "núncios do papa", "caluniadores"[5]; e lamentar-se perante todo o mundo, dizendo que lhes infligimos uma afronta atroz; e declarar, em tom de jura, que, "hoje, nenhuma organização socialdemocrata peca por economicismo"[6]. Ah, esses caluniadores, esses malvados, esses políticos! O economicismo deve ser uma invenção deles só para infligir afrontas atrozes às pessoas, por simples ódio à humanidade.

Que sentido concreto, real, tem, na boca de Martynov, o fato de ele atribuir à socialdemocracia a tarefa de: "imprimir à própria luta econômica um caráter político"? A luta econômica é a luta coletiva dos operários contra os patrões para obter condições mais vantajosas na *venda de sua força de trabalho*, para melhorar suas condições de trabalho e de vida. Essa luta é necessariamente uma luta profissional, porque as condições de trabalho são extremamente variadas nas diferentes categorias e, portanto, a luta pela *melhoria* dessas condições deve ser forçosamente levada pela categoria (pelos sindicatos no Ocidente, pelas associações profissionais provisórias e por meio de panfletos na Rússia etc.). Imprimir "à própria luta econômica um caráter político" significa, portanto, procurar o atendimento das próprias reivindicações profissionais, dessa mesma melhoria das condições de trabalho das categorias por meio de "medidas legislativas e administrativas" (como afirma Martynov na página seguinte, 43, de seu artigo). É exatamente o que fazem e sempre fizeram todos os sindicatos operários. Leiam a obra do casal Webb[7], autênticos eruditos (e "autênticos" oportunistas), e verão que, há muito tempo, os sindicatos operários ingleses compreenderam e realizam a tarefa de "imprimir à própria luta econômica um caráter

---

[5] Expressões usadas na brochura *Dois congressos*, pp. 28, 30, 31 e 32. (N. do A.)
[6] *Dois congressos*, p. 32. (N. do A.)
[7] Referência ao livro de Sidney e Beatriz Webb, *Industrial democracy*. (N. de E.)

político"; há muito tempo lutam pela liberdade de greve, pela supressão de todos os obstáculos jurídicos que se opõem ao movimento cooperativista e sindical, pela promulgação de leis para a proteção da mulher e da criança, pela melhoria das condições de trabalho mediante uma legislação sanitária e industrial etc.

Portanto, a frase pomposa "imprimir à própria luta econômica um caráter político", "terrivelmente" profunda e revolucionária, oculta, no fundo, a tendência tradicional de *rebaixar* a política socialdemocrata ao nível da política trade-unionista! Sob o pretexto de corrigir o unilateralismo do *Iskra*, que prefere – vejam vocês – "revolucionar o dogma a revolucionar a vida"[8], nos oferecem como novidade *a luta por reformas econômicas*. Na realidade, a frase "imprimir à própria luta econômica um caráter político" não faz mais que defender a luta por reformas econômicas. E o próprio Martynov poderia ter chegado a essa simplíssima conclusão, se tivesse refletido devidamente sobre o significado de suas próprias palavras. "Nosso partido" – diz ele, apontando sua artilharia mais pesada contra o *Iskra* – "poderia e deveria exigir do governo medidas legislativas e administrativas concretas contra a exploração econômica, o desemprego, a fome etc." (*Rabótcheie Dielo*, nº 10, pp. 42-43). Reivindicar medidas concretas não significa, por acaso, reivindicar reformas sociais? E mais uma vez perguntamos ao leitor imparcial se é calúnia nossa chamar os *rabotchediélentsi* (com o perdão dessa infeliz palavra em voga!) de bernsteinianos disfarçados, quando eles próprios lançam a tese sobre a necessidade de lutar por reformas econômicas a fim de explicar sua *divergência* com o *Iskra*.

---

[8] *Rabótcheie Dielo*, nº 10, p. 60. Trata-se de uma variante da tese, já citada aqui, segundo a qual "cada passo do movimento real é mais importante que mil programas", que Martynov aplica à situação caótica por que atravessa nosso movimento. No fundo, não passa de uma tradução da famosa frase de Bernstein: "O movimento é tudo; o objetivo final, nada". (N. do A.)

A socialdemocracia revolucionária sempre incluiu, e continua a incluir, na órbita de suas atividades, a luta por reformas. Mas usa a agitação "econômica" não apenas para exigir do governo medidas de toda espécie, mas também (e acima de tudo) para exigir que deixe de ser um governo autocrático. Além disso, considera que é seu dever apresentar essa reivindicação ao governo *não apenas* no terreno da luta econômica, mas também no terreno de todas as manifestações, quaisquer que sejam, da vida política e social. Em uma palavra, subordina a luta pelas reformas, como a parte ao todo, à luta revolucionária pela liberdade e pelo socialismo. Martynov, ao contrário, ressuscita a teoria das etapas sob outra aparência, tentando prescrever à luta política a via unicamente econômica. Ao defender, num momento de impulso revolucionário, a luta por reformas como uma pretensa "tarefa em si", ele força o partido a retroceder e faz o jogo do oportunismo "economicista" e liberal.

Continuemos. Depois de ocultar pudicamente a luta por reformas atrás da pomposa tese de "imprimir à própria luta econômica um caráter político", Martynov apresenta *as simples reformas econômicas* (e até as reformas estritamente fabris) como algo de especial. Ignoramos por que ele fez isso. Por negligência, talvez? Mas, se tivesse levado em conta apenas as reformas "fabris", toda a sua tese, que acabamos de expor, perderia todo o sentido. Talvez porque, da parte do governo, julgue possíveis e prováveis apenas as "concessões" no terreno econômico[9]? Se for por isso, teríamos aqui um erro estranho: as concessões são possíveis e também ocorrem no terreno da legislação sobre castigos corporais, passaportes, pagamento de resgates, seitas, censura etc., etc. As concessões (ou pseudoconcessões) "econômicas" são evi-

---

[9] P. 43: "Naturalmente, se recomendamos aos operários que façam determinadas reivindicações econômicas, é porque no terreno *econômico* o governo autocrático está disposto, por necessidade, a fazer certas concessões." (N. do A.)

dentemente as menos dispendiosas e as mais vantajosas para o governo, pois, dessa forma, ele espera ganhar a confiança das massas operárias. Mas é precisamente por isso que nós, os social-democratas, *não devemos* de nenhum modo e por motivo algum ceder à opinião (ou ao equívoco) de que as reformas econômicas pretensamente nos agradam e que as consideramos as mais importantes etc. "Tais reivindicações" – diz Martynov, falando das medidas legislativas e administrativas concretas que mencionou anteriormente – "não seriam um gesto vazio, pois, ao prometer certos resultados tangíveis, poderiam ser apoiadas ativamente pela massa operária"... Não somos economicistas, longe de nós! Apenas nos arrastamos aos pés da "tangibilidade" de resultados concretos, tão servilmente como o fazem os senhores Bernstein, Prokopovitch, Struve, R. M., e *tutti quanti*! Apenas damos a entender (com Nartsis Tuporylov) que tudo aquilo que "não promete resultados tangíveis" não passa de um "gesto vazio"! Apenas nos expressamos como se a massa operária fosse incapaz (como se ela não tivesse provado sua capacidade, apesar de todos aqueles que lhe imputam seu próprio filisteísmo) de dar sustentação ativa a *todo* protesto contra a autocracia, *mesmo aquele que não lhe promete absolutamente qualquer resultado tangível!*

Tomemos, então, os próprios exemplos citados por Martynov sobre as "medidas" contra o desemprego e a fome. Enquanto o *Rabótcheie Dielo* trabalhava, segundo ele dá a entender, para elaborar e desenvolver "reivindicações concretas (na forma de projetos de lei?) sobre medidas legislativas e administrativas", que prometessem "resultados tangíveis", o *Iskra*, que "invariavelmente coloca a revolução do dogma acima da revolução da vida", se dedicava a explicar o estreito laço entre o desemprego e o regime capitalista, alertando para a "fome iminente", denunciando a "luta da polícia contra os famintos", bem como o escandaloso e "inquisitorial regulamento provisório", e a *Zariá* lançava em número especial, como folheto de agitação, uma parte de sua "Revista de Política Interior"[10], dedicada à fome. Mas, meu Deus, como foram "unilaterais", nesse caso, os ortodoxos incorrigivelmente estreitos, esses dogmáticos surdos aos imperativos da... "própria vida"! Nenhum de seus artigos contém – que horror! – uma só, vejam bem, uma única "reivindicação concreta", "prometendo resultados tangíveis"! Os infelizes dogmáticos! É preciso enviá-los à escola de Kritchévsky e Martynov para convencê-los de que a tática é um processo de crescimento, do que cresce etc., e que é preciso conferir à própria luta econômica um caráter político!

> A luta econômica dos operários contra os patrões e o governo ("luta *econômica* contra o governo"!!), além de seu significado diretamente revolucionário, tem também o de levar constantemente os operários a pensarem na privação de seus direitos políticos (Martynov, p. 44).

Citamos essa frase, não para repetir pela enésima vez o que dissemos acima, mas para agradecer especialmente a Martynov essa nova e excelente formulação: "A luta econômica dos operários contra os patrões e o governo". Perfeito! Que talento para, eliminando todas as divergências parciais e diferenças de matizes entre os economicistas, resumir numa expressão clara e concisa *toda a essência* do economicismo! Começa conclamando os operários à "luta política em nome do interesse geral, para melhorar a situação de todos os operários"[11], continua com a teoria das etapas e termina com a resolução do Congresso sobre o "meio mais amplamente aplicável" etc. "A luta econômica contra o governo" é justamente política trade-unionista, que está longe, muito longe da política socialdemocrata.

---

[10] Ver V. I. Lenin, *Obras completas*, t. V. (N. de E.)
[11] *Rabótchaia Mysl*, "Suplemento especial", p. 14. (N. do A.)

b) Como Martynov aprofundou Plekhanov

"Quantos Lomonossovs socialdemocratas surgiram em nosso país nos últimos tempos!", observou um dia um camarada, referindo-se à extraordinária inclinação de muitos adeptos do economicismo para chegar a grandes verdades graças apenas à "sua própria inteligência" (como, por exemplo, aquela de que a luta econômica leva os operários a pensarem sobre sua situação de párias), ignorando, com desdém próprio de gênios inatos, tudo o que o desenvolvimento anterior do pensamento e do movimento revolucionários já produziu. Um gênio desse tipo é justamente Lomonossov-Martynov. Leiam seu artigo "As questões imediatas" e verão como ele *se aproxima*, com "sua própria inteligência", do que, tempos atrás, Axelrod (sobre quem nosso Lomonossov, naturalmente, guarda silêncio absoluto) expôs; como *começa*, por exemplo, a compreender que não podemos ignorar o espírito de oposição desse ou daquele estrato da burguesia (*Rabótcheie Dielo,* nº 9, pp. 61, 62, 71; comparem com a "Resposta" da redação do *Rabótcheie Dielo* a Axelrod, pp. 22, 23, 24) etc. Mas – oh! – apenas "se aproxima" e somente "começa", não passa disso; pois, apesar de tudo, compreendeu tão pouco do pensamento de Axelrod que fala da "luta econômica contra os patrões e o governo". Por três anos (de 1898 a 1901) o *Rabótcheie Dielo* esforçou-se para entender Axelrod, e, no entanto, não o compreendeu! Talvez isso ocorra também porque a socialdemocracia, "assim como a humanidade", sempre se propõe tarefas realizáveis?

Mas os Lomonossovs distinguem-se não apenas por ignorar muitas coisas (isso seria apenas meia desgraça!), mas por ignorar sua própria ignorância. Isso já é uma completa desgraça, e é ela que os leva a empreender a tarefa de "aprofundar" Plekhanov.

Desde que Plekhanov escreveu o citado opúsculo *Sobre as tarefas dos socialistas na luta contra a fome na Rússia*, muita água passou debaixo da ponte – diz Lomonossov-Martynov. Os socialdemocratas que no decorrer dos anos dirigiram a luta econômica da classe operária [...] ainda não tiveram tempo de dar uma ampla fundamentação teórica à tática do partido. Hoje essa questão amadureceu, e, se quiséssemos dar esse fundamento teórico, deveríamos, sem dúvida, aprofundar de forma considerável os princípios táticos outrora desenvolvidos por Plekhanov [...]. Deveríamos diferenciar propaganda de agitação, de modo distinto do que o fez Plekhanov. (Martynov acaba de citar as palavras de Plekhanov: "O propagandista inculca muitas idéias numa única pessoa ou num pequeno número de pessoas, enquanto o agitador inculca uma única idéia ou um pequeno número de idéias, mas, em compensação, inculca-as em toda uma massa de pessoas".) Por propaganda entenderíamos a explicação revolucionária de todo o regime atual ou de suas manifestações parciais, indiferentemente se de forma acessível a poucos ou às grandes massas. Por agitação, no sentido estrito da palavra (sic!), entendemos o apelo dirigido às massas para determinadas ações concretas, a contribuição para a intervenção revolucionária direta do proletariado na vida social.

Nossas congratulações à socialdemocracia russa – e internacional – por essa nova terminologia martynoviana, mais rigorosa e mais profunda. Até agora, pensávamos (com Plekhanov e todos os chefes do movimento operário internacional) que um propagandista, quando trata, por exemplo, do problema do desemprego, deve explicar a natureza capitalista das crises, apontar as causas de sua inevitabilidade na sociedade moderna, mostrar a necessidade de transformar a sociedade capitalista em socialista etc. Numa palavra, deve fornecer "muitas idéias", tantas, que todas elas, juntas, só poderão ser assimiladas de imediato por um número (relativamente) limitado de pessoas. Já o agitador, ao tratar dessa mesma questão, escolherá um exemplo, o mais destacado e conhecido por seus ouvintes – suponhamos, uma família de desempregados morta de fome, a miséria crescente etc. –, e, aproveitando o conhecimento geral desse fato, irá se empenhar ao máximo para dar à "massa" *uma única idéia*: a da absurda contradição entre o incremento da riqueza e o aumento da miséria; tratará de *despertar* na massa o descontentamento e a indignação contra essa flagrante injustiça, deixando ao propagandista a explicação completa da contradição. Por isso a atuação do propagandista se dá principalmente por meio da palavra *impressa*, enquanto o agitador intervém *de viva voz*. Não se exigem de um propagandista as mesmas qualidades de um agitador. Kautsky e Lafargue, por exemplo, são propagandistas; Bebel e Guesde, agitadores. Distinguir um terceiro domínio ou uma terceira função de atividade prática, função essa que consistiria no "apelo dirigido às massas para determinadas ações concretas", é o maior dos absurdos, pois o "apelo", como ato isolado, ou é o complemento natural e inevitável do tratado teórico, do panfleto de propaganda e do discurso de agitação, ou é uma pura e simples função de execução. Tomemos, por exemplo, a luta atual dos socialdemocratas alemães contra a taxação alfandegária dos cereais. Os teóricos, em suas pesquisas sobre a política alfandegária, "apelam", digamos assim, para que se lute por tratados comerciais e pela liberdade de comércio; o propagandista faz o mesmo numa revista, e o agitador em seus discursos públicos. A "ação concreta" da massa é, nesse caso, o apoio a um abaixo-assinado dirigido ao Reichstag contra o aumento da taxação alfandegária dos cereais. O apelo a essa ação parte indiretamente dos teóricos, dos propagandistas e dos agitadores, e diretamente dos operários que passam o abaixo-assinado nas fábricas e nas casas. Segundo a "terminologia de Martynov", Kautsky e Bebel seriam propagandistas, e os portadores do abaixo-assinado seriam agitadores. Não é?

O exemplo dos alemães me fez lembrar a palavra alemã *Verballhornung*, literalmente "ballhornização". Johann Ballhorn foi um editor de Leipzig que viveu no século XVI; publicou um abecedário onde, segundo o costume, havia uma gravura representando um galo; mas, em vez do desenho habitual do galo com esporas, aparecia um sem esporas e com dois ovos ao lado. Na página de rosto do abecedário constava: "Edição *corrigida* por Johann Ballhorn". Desde então, os alemães chamam de *Verballhornung* uma "correção" que, na verdade, piora o corrigido. É impossível não lembrar de Ballhorn quando se vê como os Martynov "aprofundam" Plekhanov...

Por que será que nosso Lomonossov "inventou" essa mixórdia? Para mostrar que o *Iskra*, "assim como Plekhanov fez há uns quinze anos, considera apenas um lado da questão" (p. 39). "Segundo o *Iskra*, ao menos agora, as tarefas de propaganda relegam as de agitação a um segundo plano" (p. 52). Se traduzirmos essa última frase da língua de Martynov para a língua comum (pois a humanidade ainda não teve tempo de adotar essa terminologia recém-descoberta), teremos o seguinte: segundo o *Iskra*, as tarefas de propaganda e de agitação política relegam a um segundo plano a tarefa de "levar ao governo reivindicações concretas de medidas legislativas e administrativas" que "anunciem certos resultados tangíveis" (ou, em outras palavras, a reivindicação de reformas sociais, se ainda nos permitirem empregar mais uma vez a velha terminologia da velha humanidade, que ainda não chegou à altura de Martynov). Proponho que o leitor compare essa tese com a seguinte passagem:

> O que mais nos espanta nesses programas (os programas dos socialdemocratas revolucionários) é o fato de colocarem eternamente em primeiro plano as vantagens da atuação dos operários no parlamento (inexistente em nosso país), ignorando por completo (devido a seu niilismo revolucionário) a importância da participação dos operários nas assembléias legislativas patronais, essas, sim, existentes em nosso país, para discutir questões das fábricas... ou a importância da participação dos operários mesmo que seja apenas na administração municipal [...].

O autor desse parágrafo expressa, de maneira um pouco mais direta, clara e franca, a mesma idéia a que Lomonossov-Martynov chegou por sua própria inteligência. Seu autor é R. M., no "Suplemento especial do *Rabótchaia Mysl*" (p. 15).

c) As denúncias políticas e a "educação para a atividade revolucionária"

Ao lançar contra o *Iskra* sua "teoria" da "elevação da atividade da massa operária", Martynov, na realidade, revelou sua tendência a *rebaixar* essa atividade, pois declarou que o meio preferencial, o de particular importância, "o mais amplamente aplicável" para despertá-la e o campo dessa atividade, era essa mesma luta econômica a cujos pés se arrastam todos os economicistas. Erro característico, porque não exclusivo de Martynov. Na realidade, a "elevação da atividade da massa operária" *somente* será possível se *não nos restringirmos* à "agitação política no campo econômico". E uma das condições essenciais para essa indispensável ampliação da agitação política é organizar denúncias políticas que abranjam *todos os campos*. A consciência política e a atividade revolucionária das massas *só podem* ser educadas por meio dessas denúncias. Por isso essa atividade é uma das funções mais importantes de toda a socialdemocracia internacional, pois mesmo a liberdade política não exclui a necessidade de denúncias, apenas desloca um pouco a esfera a que elas se dirigem. O partido alemão, por exemplo, vem fortalecendo suas posições e ampliando sua influência justamente graças à persistência e energia de suas campanhas de denúncias políticas. A consciência da classe operária não será uma consciência verdadeiramente política se os operários não se acostumarem a reagir contra *todos* os casos de arbitrariedade e opressão, de violência e abuso *de toda espécie, quaisquer que sejam as classes* atingidas; a reagir, além disso, do ponto de vista socialdemocrata, e não de qualquer outro. A consciência das massas operárias não pode ser uma verdadeira consciência de classe se os operários não aprenderem, com base em fatos e acontecimentos políticos concretos e atuais, a observar *cada uma* das outras classes sociais em *todas* as manifestações da vida intelectual, moral e política; se não aprenderem a aplicar na prática a análise e a apreciação materialista de *todos* os aspectos da atividade e da vida de *todas* as classes, categorias e grupos da população. Quem dirige a atenção, o senso de observação e a consciência da classe operária exclusiva ou preponderantemente para ela própria não é um socialdemocrata, pois o conhecimento de si própria, por parte da classe operária, está indissociavelmente ligado à completa clareza não apenas dos conceitos teóricos... ou melhor: não tanto dos conceitos teóricos, como das idéias elaboradas com base na experiência da vida política, sobre as relações recíprocas de *todas* as classes da sociedade contemporânea. Eis por que a pregação de nossos economicistas de que a luta econômica é o meio mais amplamente aplicável para integrar as massas ao movimento político é tão profundamente nociva e tão profundamente reacionária em seu resultado prático. Para tornar-se um socialdemocrata, o operário deve ter uma idéia clara da natureza econômica e da fisionomia política e social do grande proprietário de terras e do padre, do dignitário e do camponês, do estudante e do vagabundo, conhecer seus pontos fortes e seus pontos fracos, saber decifrar as fórmulas correntes e sofismas de toda espécie com que cada classe e cada estrato social *encobre* seus apetites egoístas e sua verdadeira "natureza", saber distinguir que instituições e leis refletem esses ou aqueles interesses e como os refletem. E não é nos livros que se encontra essa "idéia clara", mas na própria vida, nas denúncias recentes de tudo o que acontece num determinado momento à nossa volta, do que todos falam ou cochicham entre si, do que se manifesta em determinados fatos, números, veredictos etc., etc. As denúncias políticas que abrangem todos os aspectos da vida são a condição necessária e *fundamental* para educar as massas para a atividade revolucionária.

Por que o operário russo ainda manifesta tão pouca atividade revolucionária diante do tratamento selvagem que a polícia dispensa ao povo, da perseguição das seitas, dos castigos corporais impostos aos camponeses, dos abusos da censura, dos maus-tratos infligidos aos soldados, da perseguição das mais inofensivas iniciativas culturais etc.? Não será porque a "luta econômica" não o "faz pensar" nisso, porque lhe "promete" poucos "resultados tangíveis", porque não lhe oferece nada de "positivo"? Não.

Essa explicação, repetimos, não passa de uma tentativa de jogar a própria culpa nas costas do outro, atribuindo à massa operária o próprio filisteísmo (ou bernsteinismo). A culpa cabe a nós mesmos, a nosso atraso em relação ao movimento de massas, a ainda não termos organizado campanhas de denúncia suficientemente amplas, ruidosas e rápidas contra todas essas infâmias. Se o fizermos (e devemos e podemos fazê-lo), o operário mais atrasado compreenderá ou *sentirá* que o estudante e o membro de uma seita, o mujique e o escritor são humilhados e perseguidos pela mesma força tenebrosa que tanto o oprime e o subjuga a cada passo de sua vida; e, ao senti-lo, ele mesmo desejará reagir, de maneira irresistível. E saberá então organizar, hoje, um protesto contra os censores; amanhã, uma manifestação diante da casa do governador que sufocou uma revolta camponesa, e, depois de amanhã, dar uma lição aos policiais de batina que agem como inquisidores etc. Até agora fizemos muito pouco, quase nada, para *lançar* entre as massas operárias denúncias atuais sobre todas essas questões. Muitos de nós nem sequer têm consciência dessa nossa *obrigação* e se arrastam espontaneamente atrás da "luta cotidiana e obscura", no estreito marco da vida fabril.

Nessas condições, dizer que "o *Iskra* tende a subestimar a importância do avanço gradual da luta cotidiana e obscura, em comparação com a propaganda de idéias brilhantes e acabadas (Martynov, p. 61)" significa fazer o partido retroceder, significa defender e exaltar nossa falta de preparo, nosso atraso.

Quanto ao apelo às massas para a ação, ele surgirá por si mesmo sempre que houver uma vigorosa agitação política, denúncias vivas e ruidosas. Apanhar alguém em flagrante delito e acusá-lo diante de todos e em toda parte é mais eficaz do que qualquer "apelo" e, muitas vezes, leva a tais resultados que, depois, é impossível estabelecer quem propriamente lançou o "apelo" à multidão e quem lançou esta ou aquela proposta de manifestação etc. Só se pode fazer o apelo à massa para a ação – não no sentido geral, mas no sentido concreto da palavra – no próprio lugar da ação; não se pode incitar os outros a agir sem dar imediatamente o próprio exemplo. Cabe a nós, publicistas socialdemocratas, aprofundar, ampliar e intensificar as denúncias políticas e a agitação política.

E já que estamos falando em "apelos": *o único órgão* que, *antes* dos acontecimentos da primavera, lançou um *apelo* aos operários para intervirem ativamente numa questão que não lhes *prometia* absolutamente nenhum *resultado tangível*, como a do recrutamento militar dos estudantes, *foi o Iskra*. Imediatamente depois da publicação do decreto de 11 de janeiro sobre "a incorporação de 183 estudantes às fileiras do exército", o *Iskra* publicou um artigo sobre o assunto (nº 2, fevereiro)[12], *antes* de qualquer outra manifestação, fazendo um *apelo* direto "ao operário para apoiar o estudante", fazendo um apelo ao "povo" para contestar abertamente o insolente desafio do governo. Perguntamos a todos: como se explica o fato notável de Martynov, que fala tanto dos "apelos", destacando-os até mesmo como uma forma especial de atuação, nada ter dito sobre esse apelo? Depois disso, não será filisteísmo, da parte de Martynov, declarar que o *Iskra* é *unilateral* por não fazer "apelos" suficientes à luta pelas reivindicações "que prometem resultados tangíveis"?

Nossos economicistas, aí incluído o *Rabótcheie Dielo*, tinham êxito porque se adaptavam à mentalidade dos operários atrasados. Mas o operário socialdemocrata, o operário revolucionário (e o número desses operários aumenta dia após dia) repudiará com indignação todo esse arrazoado sobre a luta pelas reivindi-

---

[12] Ver V. I. Lenin, *Obras completas*, tomo IV. (N. de E.)

cações "que prometem resultados tangíveis" etc., pois compreenderá que são apenas variações sobre o velho tema do aumento de um copeque por rublo. Esse operário dirá a seus conselheiros do R. *Mysl* e do R. *Dielo*: não vale a pena vocês se empenharem em intervir com tanto zelo em assuntos que nós mesmos podemos resolver, negligenciando o cumprimento de suas verdadeiras obrigações. Não é muito inteligente dizer, como vocês dizem, que a tarefa dos socialdemocratas é imprimir um caráter político à própria luta econômica; isso é apenas o começo e não constitui a tarefa essencial dos socialdemocratas, pois na Rússia, como no mundo inteiro, *é a própria polícia que muitas vezes começa a imprimir* à luta econômica um caráter político, e os operários aprendem por si mesmos a entender de que lado está o governo[13]. De fato, essa "luta econômica dos operários contra os patrões e o governo", que vocês ostentam como um novo descobrimento da América, é levada a mil lugares distantes da Rússia pelos próprios operários, que já ouviram falar em greves, mas talvez nada saibam sobre socialismo. Essa "atividade", que vocês querem apoiar apresentando reivindicações concretas que prometam resultados

---

[13] A exigência de "imprimir à própria luta econômica um caráter político" traduz com o máximo relevo o *culto da espontaneidade* no campo da atividade política. A luta econômica muitas vezes adquire um caráter político *de maneira espontânea*, isto é, sem a intervenção desse "bacilo revolucionário que são os intelectuais", sem a intervenção dos socialdemocratas conscientes. Por exemplo, a luta econômica dos operários na Inglaterra adquiriu também um caráter político, sem nenhuma participação dos socialistas. Mas a tarefa dos socialdemocratas não se limita apenas à agitação política no campo econômico: sua tarefa é transformar essa política trade-unionista em uma luta política socialdemocrata, aproveitar os lampejos de consciência política que a luta econômica fez penetrar no espírito dos operários para elevá-los à consciência política *socialdemocrata*. Pois bem, em vez de elevar e promover a consciência política que desperta espontaneamente, os Martynov *se prostram diante da espontaneidade* e repetem, repetem até a náusea, que a luta econômica "faz os operários pensarem" na usurpação de seus direitos políticos. É uma pena, senhores, que esse despertar espontâneo da consciência política trade-unionista não os "faça pensar" em suas tarefas socialdemocratas! (N. do A.)

tangíveis, já existe entre nós, operários, e no nosso trabalho cotidiano, pequeno, trade-unionista, nós mesmos estamos encaminhando essas reivindicações concretas, no mais das vezes sem qualquer ajuda dos intelectuais. Mas *essa* atividade não nos basta; não somos crianças que podem ser alimentadas apenas com a papinha da política "econômica"; queremos saber tudo o que os outros sabem, queremos conhecer em detalhe *todos* os aspectos da vida política e participar *ativamente* de todos e de cada um dos acontecimentos políticos. Para isso, é preciso que os intelectuais deixem de repetir o que já sabemos[14] e que nos dêem mais do que ainda não sabemos, daquilo que nunca poderemos saber por nossa experiência fabril e "econômica", ou seja: o conhecimento político. Esse conhecimento só vocês, intelectuais, podem adquirir, e é seu *dever* que o forneçam a nós mil vezes mais do que

---

[14] Para provar que todo esse discurso dos operários aos economicistas não é um mero fruto da nossa imaginação, citamos aqui duas testemunhas que, sem dúvida, conhecem de perto o movimento operário e que, por outro lado, não poderiam ser suspeitos de parcialidade conosco, os "dogmáticos", pois uma delas é um economicista (que chega mesmo a considerar o *Rabótcheie Dielo* um órgão político!) e o outro, um terrorista. A primeira testemunha é o autor de um artigo notável por sua vivacidade e veracidade: "O movimento operário petersburguês e as tarefas práticas da socialdemocracia", publicado no nº 6 do *Rabótcheie Dielo*. Ele divide os operários em: 1º) revolucionários conscientes; 2º) estrato intermediário e 3º) o resto da massa. O estrato intermediário "interessa-se freqüentemente mais por questões da vida política do que por seus interesses econômicos diretos, cuja ligação com as condições sociais gerais já foi compreendida há muito"... O *Rab. Mysl* é "duramente criticado": "sempre a mesma coisa, há muito que sabemos disso, há muito que lemos sobre isso"; "na crônica política, também não há nada de novo" (pp. 30-31). Mas até o terceiro estrato, "a massa operária mais sensível, mais jovem, menos corrompida pela taverna e pela Igreja, que quase nunca tem a possibilidade de conseguir um livro de conteúdo político, fala a torto e a direito dos acontecimentos da vida política e reflete sobre as notícias fragmentadas que lhe chegam sobre uma revolta estudantil" etc. O terrorista, por sua vez, escreve: "lêem uma ou duas vezes alguns fatos miúdos sobre a vida das fábricas em cidades que não conhecem, e logo largam a leitura... Acham uma chatice... Não falar sobre o Estado, em um jornal operário, é tratar o operário como criança... O operário não é uma criança" (*Svoboda* [Liberdade], órgão do grupo revolucionário socialista, pp. 69 e 70). (N. do A.)

fizeram até agora; além disso, nos devem fornecer esse conhecimento não apenas sob a forma de discursos, brochuras e artigos (que costumam ser, muitas vezes – desculpem-me a franqueza! –, um pouco maçantes), mas também sob a forma de *denúncias vivas* sobre o que fazem, neste exato momento, nosso governo e nossas classes dominantes, em todos os aspectos da vida. Portanto, ocupem-se mais ciosamente da tarefa que lhes cabe e *falem um pouco menos na "elevação da atividade da massa operária".* Temos uma capacidade de ação muito maior do que vocês imaginam, e sabemos sustentar, por meio da luta aberta na rua, até as reivindicações que não prometem nenhum "resultado tangível"! E não serão vocês que "elevarão" nossa atividade, pois *é exatamente dessa atividade que vocês carecem.* Vocês deveriam se curvar um pouco menos à espontaneidade e pensar um pouco mais em elevar sua *própria* atividade!

d) O que há de comum entre o "economicismo" e o terrorismo?

Confrontamos acima, em uma nota, um economicista e um terrorista não-socialdemocrata que, por acaso, mostraram coincidências. Mas, em termos genéricos, existe entre eles um elo não casual, mas intrínseco e necessário, do qual falaremos mais adiante e ao qual é preciso referir-se ao tratar da educação para a atividade revolucionária. Os economicistas e terroristas contemporâneos têm uma raiz comum, a saber: o *culto da espontaneidade,* a que nos referimos no capítulo anterior como um fenômeno geral e cuja influência no terreno da atividade e da luta políticas examinaremos agora. À primeira vista, nossa afirmação pode parecer paradoxal, dada a grande diferença que parece existir entre os que colocam em primeiro plano "a luta cotidiana e obscura" e os que preconizam a luta mais abnegada, a luta do indivíduo isolado. Mas não estamos diante de um paradoxo. "Economicistas" e terroristas rendem culto a dois pólos opostos da corrente espontânea: os "economicistas", à espontaneidade do "movimento operário puro", e os terroristas, à espontaneidade e à mais ardente indignação dos intelectuais que não sabem ou não podem conjugar trabalho revolucionário e movimento operário. De fato, é difícil para os que perderam a fé nessa possibilidade, ou que nunca a tiveram, encontrar outra saída para sua indignação e para sua energia revolucionária que não seja o terrorismo. Assim, nessas duas tendências, o culto da espontaneidade é apenas o *começo da realização* do famoso programa do "Credo": os operários levam a sua "luta econômica contra os patrões e o governo" (que o autor do "Credo" nos perdoe expressar suas idéias na língua de Martynov! Julgamo-nos no direito de fazê-lo, uma vez que no "Credo" também se fala que na luta econômica os operários "entram em choque com o regime político") e os intelectuais levam a luta política graças às suas próprias forças, naturalmente por meio do terror! Essa é uma *conclusão* absolutamente lógica e inevitável, sobre a qual não será demais insistir, *mesmo quando aqueles* que começam a realizar esse programa *não perceberam* que essa conclusão é inescapável. A atividade política tem sua lógica, independente da consciência daqueles que, com as melhores intenções do mundo, apelam ao terror ou pedem que se imprima à própria luta econômica um caráter político. De boas intenções o inferno está cheio e, nesse caso, as boas intenções não são suficientes para salvar da paixão espontânea pela "linha do mínimo esforço", pela linha do programa *puramente burguês* do "Credo". Porque também não é por mero acaso que muitos liberais russos – tanto os liberais assumidos quanto os que se ocultam sob uma máscara marxista – simpatizam de todo o coração com o terror e tratam de apoiar o avanço do espírito terrorista neste momento.

O aparecimento do "grupo revolucionário-socialista *Svoboda*", que justamente se atribuiu a tarefa de cooperar, por todos os meios, com o movimento operário, mas incluiu *no programa* o terror, emancipando-se, por assim dizer, da socialdemocracia, confirmou mais uma vez a notável perspicácia de P. Axelrod, que, já no final de 1897, *previu com toda exatidão* esse resultado das hesitações da socialdemocracia ("A propósito das tarefas e da tática atuais"), e esboçou suas célebres "duas perspectivas". Todas as discussões e divergências posteriores entre os socialdemocratas russos estão contidas, como a planta na semente, nessas duas perspectivas[15].

Desse ponto de vista, também se entende que o *Rabótcheie Dielo*, não tendo resistido à espontaneidade do economicismo, tampouco conseguiu resistir à espontaneidade do terrorismo. É muito interessante assinalar aqui a argumentação especial de *Svoboda* em defesa do terrorismo. "Nega por completo" o papel intimidador do terror (*Renascimento do revolucionarismo*, p. 64), mas, em compensação, ressalta sua "função de incitamento". Isso é característico, em primeiro lugar, de uma das fases de desagregação e decadência desse círculo tradicional de idéias (pré-socialdemocrata) que fez com que se mantivesse a ligação com o terrorismo.

---

[15] Martynov "imagina outro dilema, mais real [?]" (*A socialdemocracia e a classe operária*, p. 19). "Ou a socialdemocracia assume a direção imediata da luta econômica do proletariado e a transforma, por isso mesmo [!], em luta revolucionária de classe"... "Por isso mesmo", isto é, evidentemente, pela direção imediata da luta econômica. Martynov deveria nos mostrar onde viu ser possível que, *pelo puro e simples fato* de dirigir a luta profissional, o movimento trade-unionista se transformasse em movimento revolucionário de classe. Será que ele não percebe que, para realizar essa "transformação", devemos assumir ativamente a "direção imediata" da agitação política *em todos os seus aspectos*?... "Ou visto de outro ângulo: a socialdemocracia abandona a direção da luta econômica dos operários e, com isso... corta as próprias asas"... Segundo a opinião do *Rabótcheie Dielo* acima citada, é o *Iskra* que "abandona" essa direção. Como vimos, porém, o *Iskra* faz *muito mais* do que o *Rab. Dielo* para dirigir a luta econômica; e, além do mais, não se limita a ela, nem *restringe*, em nome dela, suas tarefas políticas. (N. do A.)

Admitir que agora é impossível "intimidar" o governo – e, por conseguinte, desorganizá-lo – por meio do terror significa, no fundo, condenar completamente o terrorismo como método de luta, como esfera de atividade consagrada por um programa. Em segundo lugar, o que ainda é mais característico como exemplo de incompreensão de nossas tarefas prementes, no que diz respeito à "educação para a atividade revolucionária das massas", *Svoboda* propagandeia o terror como meio de "incitar" o movimento operário, de transmitir-lhe um "forte impulso". Difícil imaginar uma argumentação que melhor se refute a si mesma! Cabe perguntar se, por acaso, a vida russa carece de abusos, para que seja preciso inventar meios especiais de "incitamento". Por outro lado, é evidente que aqueles que não são incitáveis, nem mesmo pela arbitrariedade russa, continuarão observando o duelo entre o governo e um punhado de terroristas, sem dar a menor importância a ele. Acontece que as infâmias da vida russa incitaram muito as massas operárias, mas nós não sabemos recolher, se é que se pode falar assim, e concentrar todas as gotas e riachos da efervescência popular, que a vida russa verte em quantidade infinitamente maior do que possamos imaginar e que é preciso reunir numa única torrente gigantesca. Uma prova incontestável de que essa é uma tarefa possível é o prodigioso crescimento do movimento operário e a sede, anteriormente assinalada, dos operários pela literatura política. Por isso o apelo ao terror, assim como o apelo a imprimir um caráter político à própria luta econômica, são apenas pretextos diferentes para se *esquivar* do dever mais imperioso dos revolucionários russos: organizar a agitação política sob todas as suas formas. A *Svoboda* quer substituir a agitação pelo terrorismo, reconhecendo abertamente que, "quando tiver início uma agitação forte e intensa das massas, a função de incitamento do terror terá fim"

(p. 68 do *Renascimento do revolucionarismo*). Isso mostra precisamente que tanto os terroristas como os "economicistas" *subestimam* a atividade revolucionária das massas, apesar da prova evidente dos acontecimentos da primavera[16]. Uns lançam-se à procura de "incitamentos" artificiais, outros falam de "reivindicações concretas". Tanto uns como outros não prestam atenção suficiente ao desenvolvimento de *sua própria atividade* em matéria de agitação política e de organização das denúncias políticas. E não há nada que possa *substituir* isso, nem agora, nem nunca.

e) A classe operária como combatente de vanguarda pela democracia

Vimos que a agitação política mais ampla e, por conseguinte, a organização de grandes campanhas de denúncias políticas constituem uma tarefa absolutamente necessária, a tarefa *mais imperiosamente* necessária à atividade, se essa atividade for verdadeiramente socialdemocrata. Mas chegamos a essa conclusão partindo *unicamente* da urgentíssima necessidade que a classe operária tem de conhecimentos políticos e de educação política. Ora, esse modo de formular a questão seria demasiado restrito se ignorasse as tarefas democráticas de toda a socialdemocracia em geral e da socialdemocracia russa atual, em particular. Para esclarecer essa tese, da maneira mais concreta possível, tentaremos abordar a questão do ponto de vista mais "familiar" aos "economicistas", do ponto de vista prático. "Todo o mundo está de acordo" que é preciso desenvolver a consciência política da classe operária. A questão é saber *como* fazer isso e o que é necessá-

---

[16] Trata-se da primavera de 1901, quando tiveram início as grandes manifestações de rua. (Nota de Lenin para a edição de 1907. – N. de E.)

rio para fazê-lo. A luta econômica leva os operários "a pensar" na atitude do governo unicamente em relação à classe operária; por isso, *por mais que nos esforcemos* por "imprimir à própria luta econômica um caráter político", nunca poderemos, mantendo-nos nesses limites, desenvolver a consciência política dos operários (até o nível da consciência política socialdemocrata), pois *os próprios limites são muito estreitos*. A fórmula de Martynov é preciosa, não como ilustração do confuso talento de seu autor, mas porque realça o erro capital de todos os "economicistas", a saber, a convicção de que se pode desenvolver a consciência política de classe operária *de dentro*, por assim dizer, de sua luta econômica, isto é, tomando como ponto de partida apenas (ou, ao menos, principalmente) essa luta, baseando-se apenas (ou, ao menos, principalmente) nessa luta. Essa perspectiva é radicalmente falsa e é justamente por os "economicistas", furiosos por nossa polêmica contra eles, não quererem refletir seriamente sobre a origem de nossas divergências que acabamos literalmente por não nos compreender, por falar línguas diferentes.

A consciência política de classe *só* pode ser levada ao operário *de fora*, isto é, de fora da luta econômica, de fora da esfera das relações entre operários e patrões. A única esfera em que se esses conhecimentos podem ser encontrados é o das relações de *todas* as classes e estratos da população com o Estado e o governo, a esfera das relações de *todas* as classes entre si. Por isso, à questão "Que fazer para levar aos operários os conhecimentos políticos?" não se poderia simplesmente dar a resposta com a qual se contentam, na maioria dos casos, os militantes dedicados ao trabalho prático, sem falar daqueles que se inclinam para o economicismo, a saber: "é preciso ir até os operários". Para levar os conhecimentos políticos *aos operários*, os socialdemocratas devem *ir a todas as classes da população*, devem enviar destacamentos de seu exército *a todos os lugares*.

Se empregamos deliberadamente essa fórmula tosca e nos expressamos de maneira propositalmente simplificada e taxativa, não é, de modo algum, pelo prazer de dizer paradoxos, mas para "fazer os economicistas pensarem" nas tarefas que eles imperdoavelmente desprezam, na diferença que existe entre a política trade-unionista e a política socialdemocrata, diferença essa que eles não querem compreender. Por isso, pedimos ao leitor que não se impaciente e acompanhe atentamente até o final.

Tomemos por exemplo o tipo de círculo socialdemocrata mais difundido nesses últimos anos e examinemos sua atividade. "Está em contato com os operários" e se conforma com isso, editando panfletos que denunciam os abusos cometidos nas fábricas, a parcialidade do governo com os capitalistas e a violência da polícia; nas reuniões com os operários, a conversa, em geral, gira em torno desses mesmos temas; as conferências e os debates sobre a história do movimento revolucionário, sobre a política interna e externa de nosso governo, sobre a evolução econômica da Rússia e da Europa, sobre a situação das diversas classes na sociedade contemporânea etc., são extremamente raros, e ninguém pensa em estabelecer e desenvolver sistematicamente relações com as outras classes da sociedade. No fundo, para os membros de tal círculo, o ideal do militante aproxima-se, na maioria dos casos, muito mais ao do secretário de sindicato do que do dirigente político socialista. De fato, o secretário de um sindicato inglês, por exemplo, ajuda constantemente os operários a manter a luta econômica, organiza a denúncia sobre os abusos cometidos na fábrica, explica a injustiça das leis e disposições que restringem a liberdade de greve e a liberdade dos piquetes (para avisar que a greve começou); explica a parcialidade dos juízes pertencentes às classes burguesas etc., etc. Em uma palavra, todo secretário de sindicato mantém e ajuda a manter a "luta econômica contra os patrões e o governo". E nunca será demais insistir que *isso ainda não é* socialdemocratismo, que o ideal do socialdemocrata não deve ser o secretário de *sindicato*, e sim o *tribuno popular*, que sabe reagir contra toda manifestação de arbitrariedade e de opressão, onde quer que se produza, qualquer que seja a classe ou o estrato social atingido; que sabe resumir todos esses fatos para compor um quadro completo da violência policial e da exploração capitalista; que sabe aproveitar a menor oportunidade para expor suas convicções socialistas e suas reivindicações democratas *perante todos*; para explicar a *todos* e a cada um a importância histórico-mundial da luta emancipadora do proletariado. Comparemos, por exemplo, homens como Robert Knight (famoso secretário e líder da União dos Caldeireiros, um dos sindicatos mais poderosos da Inglaterra) e Wilhelm Liebknecht, e tentemos aplicar-lhes as teses opostas às quais Martynov reduz suas divergências com o *Iskra*. Veremos – começo a folhear o artigo de Martynov – que R. Knight "conclamou" muito mais "as massas a realizar determinadas ações concretas (p. 39), e que W. Liebknecht ocupou-se principalmente em "apresentar de um ponto de vista revolucionário todo regime atual ou suas manifestações isoladas" (pp. 38-39); que R. Knight "formulou as reivindicações imediatas do proletariado e apontou os meios de vê-las atendidas" (p. 41), e que W. Liebknecht, ocupando-se igualmente dessa tarefa, não se recusou a "dirigir ao mesmo tempo a intensa atividade de diversos setores da oposição", a "ditar-lhes um programa positivo de ação"[17] (p. 41); que R. Knight dedicou-se justamente a "imprimir, na medida do possível, um caráter político à própria luta econômica" (p. 42) e soube perfeitamente "levar ao

---

[17] Assim, durante a guerra franco-prussiana, Liebknecht ditou um programa de ação *para toda a democracia*. O mesmo foi feito por Marx e Engels em 1848, mas em escala muito maior. (N. do A.)

governo reivindicações concretas que prometiam resultados tangíveis" (p. 43), enquanto W. Liebknecht se ocupou muito mais, "de forma unilateral", de "denunciar os abusos" (p. 40); que R. Knight deu muito mais importância ao "avanço gradual da luta cotidiana e obscura" (p. 61), e Liebknecht à "propaganda de idéias brilhantes e acabadas" (p. 61); que Liebknecht fez do jornal que dirigia precisamente "um órgão de oposição revolucionária que denuncia nosso regime, e principalmente nosso regime político, que se choca frontalmente com os interesses dos mais diversos estratos da população" (p. 63), enquanto Knight "trabalhou pela causa operária em estreito contato orgânico com a luta proletária" (p. 63) – se entendermos por "estreita ligação orgânica" o culto da espontaneidade que analisamos mais acima, nos exemplos de Kritchévsky e de Martynov – e "restringiu a esfera de sua influência" naturalmente persuadido, como Martynov, de que "com isso aprofundava essa influência" (p. 63). Em uma palavra, verão que, *de fato*, Martynov rebaixa a socialdemocracia ao nível do trade-unionismo, embora, é claro, de modo algum o faça por não querer o bem da socialdemocracia. Mas, simplesmente, porque se apressou um pouco em aprofundar Plekhanov, em vez de se dar ao trabalho de compreendê-lo.

Mas voltemos à nossa exposição. Como dissemos, se o socialdemocrata é adepto do desenvolvimento integral da consciência política do proletário, não só em palavras, deve "ir a todas as classes da população". A questão que se coloca é: como fazê-lo? Temos forças suficientes para isso? Existe um campo para esse trabalho em todas as outras classes? Um trabalho como esse não implicará abandono ou não levará a que se abandone o ponto de vista de classe? Examinemos essas questões.

Devemos "ir a todas as classes da população" como teóricos, como propagandistas, como agitadores e como organizadores.

Ninguém duvida de que o trabalho teórico dos socialdemocratas deva orientar-se para o estudo de todas as particularidades da situação social e política das diferentes classes. Mas muito pouco fazemos nesse sentido, muito pouco em comparação com o trabalho levado a cabo para o estudo das particularidades da vida na fábrica. Nos comitês e nos círculos, encontramos pessoas que se especializam até no estudo de um ramo da siderurgia, mas quase não encontramos exemplos de membros de organizações que (obrigados por alguma razão, como ocorre freqüentemente, a deixar a ação prática) se ocupem especialmente em reunir material sobre uma questão de atualidade de nossa vida social e política que pudesse motivar um trabalho socialdemocrata com outros setores da população. Quando se fala do pouco preparo da maior parte dos atuais dirigentes do movimento operário, não se pode deixar de lembrar, também, o preparo nesse sentido, pois está igualmente ligado à compreensão "economicista" da "estreita ligação orgânica com a luta proletária". Mas o principal, evidentemente, é a *propaganda* e a *agitação* em todos os estratos da população. Para o socialdemocrata da Europa ocidental, essa tarefa é facilitada pelas reuniões e assembléias populares às quais compareçem *todos* os que desejam fazê-lo; é facilitada, também, pela existência do Parlamento, onde o representante socialdemocrata fala perante os deputados de *todas* as classes. Em nosso país não temos Parlamento, nem liberdade de reunião, mas sabemos, no entanto, organizar reuniões com os operários que querem ouvir um *socialdemocrata*. Da mesma forma, devemos saber organizar reuniões com os representantes de todas as classes da população que queiram ouvir um *democrata*. Pois não é socialdemocrata quem, na prática, esquece que os "comunistas apóiam todo movimento revolucionário", que, portanto, devemos expor e ressaltar nossos *objetivos democráticos gerais perante todo o povo*, sem ocultar nem um instante sequer nossas convicções socialistas. Não é socialdemocrata quem, na prática, esquece que seu dever é ser o *primeiro* a formular, enfatizar e resolver *toda* questão democrática de ordem geral.

"Mas se todos, sem exceção, concordam com isso!" – nos interromperá o leitor impaciente –, e as novas instruções à redação do *Rab. Dielo*, aprovadas no último Congresso da "União", dizem claramente: "A propaganda e a agitação política devem valer-se de todos os fenômenos e acontecimentos da vida social e política que afetam o proletariado, seja diretamente, como uma classe à parte, seja como *vanguarda de todas as forças revolucionárias em luta pela liberdade*" (*Dois congressos*, p. 17, grifo meu). De fato, essas palavras são precisas e excelentes, e ficaríamos muito satisfeitos se o *Rabótcheie Dielo* as *compreendesse, se ao mesmo tempo não dissesse outras que as contradizem*. Não basta se intitular "vanguarda", destacamento avançado; é preciso também agir de modo que todos os outros destacamentos se dêem conta disso e sejam obrigados a reconhecer que marchamos à frente. Perguntamos ao leitor: os representantes dos outros "destacamentos" seriam tolos a ponto de acreditar que somos "vanguarda" só porque assim nos declaramos? Imaginemos uma situação concreta: o "destacamento" de radicais russos ou de constitucionalistas liberais ilustrados vê um socialdemocrata se aproximar e dizer: Somos a vanguarda; "nossa tarefa agora é, na medida do possível, imprimir um caráter político à própria luta econômica". O radical ou o constitucionalista, por menos inteligente que seja (e há muitos homens inteligentes entre os radicais e os constitucionalistas russos), ao ouvir isso, sorrirá e dirá (para si mesmo, bem entendido, pois na maioria dos casos é um diplomata experiente): "Essa 'vanguarda' é muito ingênua! Não percebeu nem sequer que cabe a nós, representantes avançados da democracia burguesa, a tarefa de imprimir um caráter político à *própria* luta econômica dos operários. Somos nós, assim como todos os burgueses do Ocidente, que queremos integrar os operários à política, *mas apenas à política trade-unionista, nunca à política socialdemocrata*. A política trade-unionista da classe operária é justamente a *política burguesa* da classe operária. E a tarefa que essa 'vanguarda' propõe é justamente a de uma política trade-unionista! Portanto, eles que se auto-intitulem socialdemocratas quanto quiserem. Não sou criança para dar importância a rótulos! Mas que não se deixem levar por esses nefastos dogmáticos ortodoxos; que deixem 'a liberdade de crítica' para os que inconscientemente arrastam a socialdemocracia para a trilha trade-unionista!".

E o leve sorriso do nosso constitucionalista se transformará em gargalhada homérica, quando perceber que os socialdemocratas que falam em vanguarda da socialdemocracia, num momento em que o espontaneísmo prevalece em nosso movimento, temem acima de tudo "enfraquecer o elemento espontâneo", temem "diminuir a importância do avanço gradual da luta cotidiana e obscura, à custa da propaganda de idéias brilhantes e acabadas" etc., etc.! Uma "vanguarda" que teme ver a consciência prevalecer sobre a espontaneidade, que teme formular um "plano" ousado o bastante para ser aceito até pelos que pensam de modo diferente! Não estarão confundindo "vanguarda" com "retaguarda"?

Com efeito, examinemos o seguinte raciocínio de Martynov. Na página 40, ele diz que a tática de denúncias do *Iskra* é unilateral; que, "por mais que semeemos a desconfiança e o ódio contra o governo, não atingiremos nosso objetivo enquanto não conseguirmos desenvolver uma energia social suficientemente ativa para derrubá-lo". Aí está, diga-se de passagem, a preocupação – que já conhecemos – de intensificar a atividade das massas e querer restringir a sua própria. Mas a questão agora não é essa. Martynov fala aqui de energia *revolucionária* ("para derrubar o governo"). Porém, a que conclusão chega? Como, em tempos normais, os diferentes estratos sociais agem inevitavelmente de forma dispersa, "é claro, portanto, que nós, socialdemocratas, não podemos simultaneamente dirigir a intensa atividade dos diversos setores da oposição, não podemos ditar-lhes um programa positivo de ação, não podemos indicar-lhes os meios de lutar, dia após dia, por seus interesses... Os setores liberais se preocuparão, por si mesmos, com essa luta ativa por seus interesses imediatos, luta que os confrontará com nosso regime político" (p. 41). Assim, depois de falar de energia revolucionária, de luta ativa para derrubar a autocracia, Martynov logo se desvia para a energia sindical, para a luta ativa por interesses imediatos! É claro que não podemos dirigir a luta dos estudantes, dos liberais etc. por seus "interesses imediatos". Mas não era disso que se tratava, respeitável "economicista"! Tratava-se da participação possível e necessária dos diferentes estratos sociais na derrocada da autocracia. E, se quisermos ser "vanguarda", não só *podemos* como devemos, sem falta, dirigir *essa* "atividade intensa dos diversos setores da oposição". Quanto ao fato de nossos estudantes, nossos liberais etc. "se confrontarem com nosso regime político", essa preocupação não será apenas deles, mas, principalmente e antes de tudo, da polícia e dos funcionários da autocracia. Mas "nós", se quisermos ser democratas avançados, devemos nos preocupar em *sugerir*, àqueles cujo descontentamento se restringe ao regime universitário ou aos *zemstva* etc., a idéia de que o regime político inteiro é ruim. *Nós* devemos assumir a tarefa de organizar a luta política, de forma tão ampla, sob a direção de *nosso* partido, que todas as camadas da oposição, quaisquer que sejam, possam prestar e prestem efetivamente a essa luta, assim como a nosso partido, a ajuda de que são capazes. *Nós* devemos transformar os militantes práticos social-democratas em chefes políticos que saibam dirigir todas as manifestações dessa luta ampla, que saibam, no momento certo, "ditar um programa positivo de ação" aos estudantes em agitação, aos descontentes dos *zemstva*, aos membros de seitas indignados, aos professores lesados em seus interesses etc., etc. Por isso é *completamente falsa* a afirmação de Martynov de que, "em relação a eles, *só podemos* desempenhar um papel *negativo* de denunciadores do regime... *Só podemos* dissipar suas esperanças nas diferentes comissões governamentais" (grifo meu). Ao dizer isso, Martynov mostra *não entender absolutamente nada* do verdadeiro papel da "vanguarda" revolucionária. Se o leitor levar isso em conta, entenderá o *verdadeiro sentido* da seguinte conclusão de Martynov:

> O *Iskra* é um órgão da oposição revolucionária que denuncia nosso regime, e sobretudo nosso regime político, pois está em conflito com os interesses dos mais diversos setores da população. Quanto a nós, trabalhamos e trabalharemos pela causa operária em estreita ligação orgânica com a luta proletária. Ao restringir a esfera de nossa influência, aprofundamos sua complexidade (p. 63).

O verdadeiro sentido dessa conclusão é: o *Iskra* deseja *elevar* a política trade-unionista da classe operária (política à qual, por equívoco, despreparo ou convicção, freqüentemente se limitam muitos dos nossos militantes práticos) ao nível da política social-democrata. Em compensação, o *Rab. Dielo* deseja *rebaixar* a política socialdemocrata ao nível da política trade-unionista. E, como se não bastasse, ainda garante a todo mundo que "essas duas posições são perfeitamente compatíveis com a obra comum" (p. 63). Santa ingenuidade!

Prossigamos. Temos forças suficientes para levar nossa propaganda e nossa agitação a *todas* as classes da população? Claro que sim. Nossos economicistas, que tanto se empenham em negá-lo, se esquecem do gigantesco progresso realizado pelo nosso movimento de 1894 (aproximadamente) a 1901. Verdadeiros "seguidistas", costumam ter idéias próprias do período inicial do nosso movimento, há muito superado. Na época nossas forças eram realmente mínimas, portanto era natural e legítima a decisão de nos dedicarmos inteiramente ao trabalho entre os operários e de condenar severamente todo desvio dessa linha, pois nossa tarefa se resumia a consolidarmos a presença junto à classe operária. Agora, uma gigantesca massa de forças foi incorporada ao movimento; vemos chegar até nós os melhores representantes da jovem geração das classes instruídas; por toda parte, nas províncias, se vêem condenadas à inação pessoas que já participam ou querem participar do movimento e que simpatizam com a socialdemocracia (ao passo que, em 1894, podia-se contar nos dedos os socialdemocratas russos). Um dos mais graves defeitos de nosso movimento, tanto do ponto de vista político como de organização, é que *não sabemos* empregar todas essas forças, atribuir-lhes o trabalho adequado (voltaremos a tratar desse assunto mais detalhadamente no próximo capítulo). A imensa maioria dessas forças encontra-se na impossibilidade absoluta "de ir até os operários", por isso não se coloca a questão do perigo de desviar as forças de nossa tarefa essencial. E, para fornecer aos operários uma verdadeira iniciação política, múltipla e prática, é preciso que tenhamos "homens nossos", socialdemocratas, em toda parte, em todos os estratos sociais, em todas as posições que permitem conhecer as forças internas do mecanismo estatal. E precisamos desses homens, não apenas para a propaganda e a agitação, mas principalmente para a organização.

Existe um campo para a ação em todas as classes da população? Os que não vêem isso demonstram, mais uma vez, que sua consciência está atrasada com relação ao movimento de ascenso espontâneo das massas. Em alguns, o movimento operário suscitou e continua a suscitar o descontentamento; em outros, desperta a esperança quanto ao apoio da oposição; para outros, enfim, dá a consciência da impossibilidade do regime autocrático, de sua falência inevitável. Se não tivéssemos consciência de nosso dever de utilizar todas as manifestações de descontentamento, de reunir e elaborar todos os elementos de protesto, por embrionários que sejam, seríamos "políticos" e socialdemocratas apenas de nome (como, com efeito, acontece freqüentemente). Deixemos de lado o fato de que a massa de milhões de camponeses trabalhadores, de artesãos, de pequenos produtores etc. sempre escutará avidamente a propaganda de um socialdemocrata, por mais inábil que seja. Mas existirá uma só classe da população onde não haja homens, círculos e grupos descontentes com o desrespeito aos direitos e com a arbitrariedade e, portanto, sensíveis à propaganda do socialdemocrata, porta-voz das mais prementes aspirações democráticas? Para quem quiser ter uma idéia concreta dessa agitação política do socialdemocrata em *todas* as classes e categorias da população, indicaremos a *denúncia dos abusos políticos*, no sentido amplo da palavra, como o principal meio dessa agitação (mas não o único, naturalmente).

> despertar em todos os estratos populares medianamente conscientes a paixão por denunciar as arbitrariedades de ordem *política*. Não devemos nos deixar abalar pelo fato de as vozes que se levantam para denunciar as arbitrariedades políticas serem agora tão fracas, esparsas e tímidas. A razão disso não é, de modo algum, um conformismo generalizado com as arbitrariedades da polícia. O motivo reside no fato de as pessoas capazes

e dispostas a denunciar carecerem de uma tribuna onde possam falar e de um auditório que escute com avidez os oradores e os anime; não vêem no povo nenhuma força à qual valha a pena dirigir uma queixa contra o "onipotente" governo russo [...] Agora podemos – e devemos – criar uma tribuna para denunciar perante todo o povo o governo czarista; e essa tribuna tem de ser um jornal socialdemocrata[18].

O auditório ideal para as denúncias políticas é justamente a classe operária, que necessita, antes de tudo e acima de tudo, de conhecimentos políticos amplos e vivos, e que é a mais capaz de transformar esses conhecimentos em luta ativa, mesmo que ela não prometa nenhum "resultado tangível". Ora, a tribuna para essas denúncias *perante todo o povo*, só pode ser um jornal para toda a Rússia. "Sem um órgão político, seria inconcebível na Europa atual um movimento que merecesse o nome de político"; e, nesse sentido, a "Europa atual" deve sem dúvida incluir a Rússia. Não é de hoje que a imprensa se tornou uma força em nosso país; caso contrário, o governo não investiria dezenas de milhares de rublos para suborná-la e subvencionar os Katkovs e Mechtcherskis. E não é nenhuma novidade, na Rússia autocrática, a imprensa clandestina romper as barreiras da censura e *obrigar* os órgãos legais e conservadores a falar dela abertamente. Assim aconteceu na década de 1870, e mesmo em meados do século. Ora, hoje são mais amplos e profundos os setores populares dispostos a ler a imprensa clandestina e, para empregar a expressão de um operário, autor de uma carta publicada no número 7 do *Iskra* [32], aí aprender "a viver e a morrer". As denúncias po-

---

[18] Ver "Por onde começar?", nesta mesma edição. (N. de E.)

líticas são uma declaração de guerra *ao governo*, da mesma forma que as denúncias econômicas são uma declaração de guerra aos patrões. E essa declaração de guerra tem um significado moral tanto maior quanto mais vasta e vigorosa for a campanha de denúncias, quanto mais decidida e numerosa for a classe social que *declara a guerra para iniciá-la*. Por isso, as denúncias políticas constituem, por si mesmas, um meio poderoso para *desagregar* o regime contrário, separar do inimigo seus aliados fortuitos ou temporários, semear a hostilidade e a desconfiança entre os participantes permanentes do poder autocrático.

Só o partido que *organizar* campanhas de denúncias que realmente *interessem a todo o povo* poderá se tornar, em nossos dias, a vanguarda das forças revolucionárias. As palavras "a todo o povo" encerram um grande conteúdo. A imensa maioria dos denunciadores que não pertencem à classe operária (pois para ser vanguarda é preciso justamente atrair outras classes) é de políticos realistas e pessoas sensatas e práticas. Eles sabem muito bem que, se é perigoso "queixar-se" até de um modesto funcionário, é muito mais perigoso enfrentar o "onipotente" governo russo. Por isso, só trarão suas queixas *a nós* quando tiverem certeza de que elas podem surtir efeito, que nós representamos uma *força política*. Para nos tornarmos uma força política aos olhos do público é preciso trabalhar muito e com persistência para *elevar* nosso grau de consciência, nossa iniciativa e nossa energia; não basta colar o rótulo de "vanguarda" sobre uma teoria e uma prática de retaguarda.

Mas – perguntam e perguntarão os ferrenhos partidários da "estreita ligação orgânica com a luta proletária" –, se devemos nos incumbir de organizar as denúncias dos abusos cometidos pelo governo que realmente interessem a todo o povo, onde se manifestará, então, o caráter de classe do nosso movimento?

Ora, justamente no fato de que seremos nós, os socialdemocratas, os organizadores dessas campanhas de denúncias que interessam a todo o povo; de que todos os problemas levantados pelo trabalho de agitação serão esclarecidos de um ponto de vista invariavelmente socialdemocrata, sem nenhuma concessão a deformações, intencionais ou não, do marxismo; de que essa agitação política multiforme será conduzida por um partido que reúna a ofensiva contra o governo em um todo indivisível, em nome de todo o povo, com a educação revolucionária do proletariado, preservando ao mesmo tempo sua independência política, e com a direção da luta econômica da classe operária e a utilização de seus conflitos espontâneos com seus exploradores, conflitos que sem cessar levantam e trazem para o nosso campo novos estratos do proletariado!

Mas um dos traços mais característicos do economicismo é justamente não compreender essa relação. E mais: não compreender o fato de que a necessidade mais urgente do proletariado (educação política em todos os aspectos, por meio da agitação política e das campanhas de denúncias) coincide com idêntica necessidade do movimento democrático como um todo. Essa incompreensão fica patente não apenas nas frases de Martynov, mas também em diferentes passagens de significado idêntico, nas quais os economicistas se referem a um pretenso ponto de vista de classe. Vejamos, por exemplo, como se expressam os autores da carta "economicista" publicada no número 12 do *Iskra*[19]:

---

[19] A falta de espaço não nos permitiu dar no *Iskra* uma resposta completa e detalhada a essa carta, extraordinariamente característica, dos economicistas. Sua publicação foi motivo de grande alegria para nós, pois fazia muito tempo que ouvíamos dizer que faltava ao *Iskra* um ponto de vista de classe conseqüente, e só estávamos esperando a ocasião propícia ou a formulação precisa dessa acusação em voga, para então apresentar nossa resposta. E é nosso hábito responder aos ataques não na defensiva, mas com um contra-ataque. (N. do A.)

> Esse mesmo defeito essencial do *Iskra* [superestimar a ideologia] é a causa de sua incoerência na questão da postura da socialdemocracia diante das diversas classes e tendências sociais. Resolvendo por meio de construções teóricas [...] [e não se baseando no "crescimento das tarefas do partido, que crescem junto com ele..."] passar imediatamente à luta contra o absolutismo, mas, provavelmente, se dando conta da dificuldade dessa tarefa para os operários nas atuais circunstâncias [...] [e não apenas se dando conta, mas sabendo muito bem que essa tarefa parece menos difícil aos operários do que aos intelectuais "economicistas" que os tratam como crianças, pois os operários estão dispostos a lutar inclusive pelas reivindicações que não prometem, para usar os termos do inesquecível Martynov, nenhum "resultado tangível"], e sem paciência para esperar pela acumulação de forças necessárias para essa luta, o *Iskra* começa a procurar aliados entre os liberais e os intelectuais [...].

Claro! De fato perdemos toda "paciência" para "esperar" os dias felizes que há muito nos prometem os "conciliadores" de toda espécie, quando nossos economicistas deixarão de jogar a culpa de *seu próprio* atraso nas costas dos operários, de justificar sua própria falta de energia com uma pretensa insuficiência de forças dos operários. Então perguntamos aos nossos economicistas: em que deve consistir a "acumulação de forças pelos operários para essa luta"? Não é evidente que consiste na educação política dos operários, em pôr a nu, diante deles, *todos* os aspectos de nossa infame autocracia? E não está claro que, *justamente para esse trabalho*, precisamos de "aliados nas fileiras dos liberais e dos intelectuais", "aliados" prontos a nos trazer suas denúncias sobre a campanha política contra os *zemstva*, os professores, os estatísticos, os estudantes etc.? Será que é tão difícil assim compreender esse "sábio mecanismo"? P. Axelrod não repete, desde 1897, que "a conquista pelos socialdemocratas russos de partidários e aliados diretos ou indiretos entre as classes não proletárias é determinada, antes de tudo e principalmente, pelo caráter que a propaganda assume entre o próprio proletariado?" Mas Martynov e os outros "economicistas", no entanto, continuam pensando que os operários primeiro devem acumular forças "por meio da luta econômica contra os patrões e o governo" (para a política trade-unionista) e só *depois*, como parece, "passar" da "educação" trade-unionista da "atividade" à atividade socialdemocrata!

> Em suas indagações – continuam os economicistas –, o *Iskra* abandona com muita freqüência o ponto de vista de classe, escamoteando os antagonismos de classe e colocando em primeiro plano o descontentamento comum contra o governo, apesar de as causas e o grau deste descontentamento serem muito diferentes entre os "aliados". Essa é, por exemplo, a atitude do *Iskra* com os *zemstva* [...] O *Iskra* [segundo os economicistas] "promete aos nobres, descontentes com as esmolas governamentais, o apoio da classe operária, sem dizer uma palavra sobre o antagonismo de classe que separa esses dois setores da população".

Se o leitor se remeter aos artigos "A autocracia e os *zemstva*" (números 2 e 4 do *Iskra*)[20], aos quais, *pelo visto*, os autores da carta fazem alusão, verá que são dedicados à atitude do *governo* em relação "à inócua agitação do *zemstvo* burocrático censitário" e em relação "à atividade independente das classes proprietárias". O artigo diz que o operário não pode permanecer indiferente à luta do governo contra o *zemstvo*; convida os *zemstva* a deixar de lado seus discursos inócuos e a pronunciar-se com palavras firmes e categóricas quando a socialdemocracia revolucionária se

---

[20] No intervalo entre a publicação desses artigos, foi veiculado (*Iskra*, nº 3) um especialmente dedicado aos conflitos de classe no campo. Ver V. I. Lenin, *Obras completas*, tomo IV. (N. de E.)

levantar com toda sua força contra o governo. Por que isso é tão inaceitável para os autores da carta, ninguém sabe. Pensam que o operário "não compreenderá" as palavras "classes proprietárias" e "*zemstvo* burocrático censitário"? Acreditam que o fato de *impelir* os *zemstva* a passar dos discursos inócuos às palavras categóricas é "superestimar a ideologia"? Como imaginam que os operários possam "acumular forças" para lutar contra o absolutismo, se não souberem como ele trata *inclusive* os *zemstva*? Isso, também, ninguém sabe. A única coisa clara é que os autores têm apenas uma idéia muito vaga das tarefas políticas da socialdemocracia, o que se evidencia ainda mais na seguinte frase: "O *Iskra* tem uma atitude idêntica em relação ao movimento estudantil" (ou seja, que também "escamoteia os conflitos de classe"). Em vez de exortar os operários a afirmar em uma manifestação pública que a verdadeira origem da violência, da arbitrariedade e da depravação não é a juventude universitária, mas o governo russo (*Iskra*, nº 2)[21], deveríamos, ao que parece, publicar as análises inspiradas do *R. Mysl*! E tais idéias são expressas por socialdemocratas no outono de 1901, depois dos acontecimentos de fevereiro e de março, às vésperas de um novo impulso do movimento estudantil, impulso que mostra bem que, também nesse aspecto, o protesto "espontâneo" contra a autocracia atropela a direção consciente do movimento pela socialdemocracia. A aspiração espontânea que leva os operários a interceder a favor dos estudantes espancados pela polícia e pelos cossacos atropela a atividade consciente da organização socialdemocrata!

"Entretanto, em outros artigos – continuam os autores da carta –, o *Iskra* condena severamente todo compromisso e defende, por exemplo, a posição de intolerância dos 'guesdistas'." Aconselhamos

---

[21] Ver V. I. Lenin, *Obras completas,* tomo IV. (N. de E.)

aos que costumam afirmar, com tanta presunção e ligeireza, que as divergências atuais entre os socialdemocratas não são essenciais e não justificam uma cisão, que reflitam seriamente nessas palavras. Aqueles que afirmam que não fizemos quase nada para demonstrar a hostilidade da autocracia em relação às mais diferentes classes, para revelar aos operários a oposição dos mais diferentes setores da população à autocracia, podem militar eficazmente numa mesma organização com quem vê nessa tarefa "um compromisso", evidentemente um compromisso com a teoria da "luta econômica contra os patrões e o governo"?

No quadragésimo aniversário da libertação dos camponeses, falamos da necessidade de levar a luta de classes ao campo (*Iskra*, nº 3)[22]; a propósito do relatório secreto de Witte, demonstramos (nº 4) a incompatibilidade que existe entre a administração local autônoma e a autocracia; em relação à nova lei (nº 8)[23], atacamos o feudalismo dos proprietários de terras e do governo a seu serviço, e saudamos o Congresso clandestino dos *zemstva* (nº 8), encorajando os *zemstva* a abandonar os humilhantes abaixo-assinados e passar à luta; encorajamos os estudantes (nº 3, por ocasião do manifesto de 25 de fevereiro do Comitê Executivo dos Estudantes de Moscou) que, entendendo a necessidade da luta política, trataram de empreendê-la, e, ao mesmo tempo, fustigamos a "bárbara incompreensão" dos partidários do movimento "puramente universitário" que exortam os estudantes a não participarem das manifestações de rua; denunciamos (nº 5) os "sonhos absurdos", a "mentira e a hipocrisia" dos liberais espertalhões do jornal *Rossia* [33] [*Rússia*], e ao mesmo tempo estigmatizamos a furiosa repressão governamental "contra pacíficos literatos, contra velhos professores e cientistas, contra conhecidos liberais dos *zemstva*" ("Investida policial contra a literatura", nº 5);

---
[22] Ver V. I. Lenin, *Obras completas*, tomo IV. (N. de E.)
[23] Ver V. I. Lenin, *Obras completas*, tomo V. (N. de E.)

revelamos (n⁰ 6)²⁴ o verdadeiro sentido do programa "assistencial do Estado para a melhoria das condições de vida dos operários", e demos destaque à "preciosa confissão" de que "mais vale prevenir com reformas de cima as reivindicações de reformas de baixo, do que esperar por essa última eventualidade"; encorajamos (n⁰ 7) os funcionários da Estatística em seu protesto e condenamos os funcionários fura-greves (n⁰ 9). Aquele que vê essa tática como um obscurecimento da consciência de classe do proletariado e *um compromisso com o liberalismo* revela não compreender absolutamente nada do verdadeiro programa do "Credo" e *aplica, de fato, esse programa*, por mais que o negue! Porque, *com isso*, arrasta a socialdemocracia à "luta econômica contra os patrões e o governo" e *recua diante do liberalismo*, renunciando a intervir ativamente e a definir *sua própria* postura, a postura socialdemocrata, diante de cada um desses problemas de caráter "liberal".

f) Mais uma vez "caluniadores", mais uma vez "mistificadores"

Essas palavras amáveis são do *Rab. Dielo*, que assim responde à nossa acusação de "ter indiretamente preparado o terreno para fazer do movimento operário um instrumento da democracia burguesa". Em sua ingenuidade, o *Rab. Dielo* decidiu que essa acusação constituía apenas um recurso retórico. Aqueles dogmáticos malvados – parece ter pensado – resolveram nos dizer uma porção de coisas desagradáveis; porque o que pode haver de mais desagradável do que ser instrumento da democracia burguesa? E imprime, em grandes caracteres, um "desmentido": "Uma calúnia sem atenuantes" (*Dois congressos*, p. 30), "uma mistificação" (p. 31), "uma farsa" (p. 33). Como Júpiter (embora se pareça pou-

---
²⁴ Op. cit. (N. de E.)

co com ele), o *Rab. Dielo* se ofende justamente porque não tem razão, provando com suas injúrias precipitadas que é incapaz de acompanhar o raciocínio de seus adversários. E, no entanto, não é preciso refletir muito para compreender a razão por que *todo* culto da espontaneidade do movimento de massa, *todo* rebaixamento da política socialdemocrata ao nível da política trade-unionista se resume justamente em preparar o terreno para transformar o movimento operário em um instrumento da democracia burguesa. O movimento operário espontâneo, por si mesmo, só pode criar (e inevitavelmente o fará) o trade-unionismo, e a política trade-unionista da classe operária é precisamente a política burguesa da classe operária. A participação da classe operária na luta política, e mesmo na revolução política, não faz, de modo algum, de sua política uma política socialdemocrata. O *Rabótcheie Dielo* poderá negar isso? Poderá, enfim, expor diante de todo o mundo, sem rodeios nem disfarces, sua concepção das questões candentes da socialdemocracia internacional e russa? Não, nunca fará nada parecido, pois se aferra firmemente ao expediente de "se fazer de desentendido". Não somos economicistas, o *Rabótchaia Mysl* não é o economicismo; de maneira geral, não existe economicismo na Rússia. Trata-se de um expediente muito hábil e "político", que tem apenas o pequeno inconveniente de atrair, para os órgãos de imprensa que dele fazem uso, a pecha de "sim-senhor".

Para o *Rab. Dielo*, a democracia burguesa em geral é, na Rússia, apenas uma "quimera" (*Dois congressos*, p. 32)[25]. Que homens

---

[25] Invocam-se aqui mesmo as "condições concretas russas, que levam fatalmente o movimento operário ao caminho revolucionário". Essas pessoas não querem entender que o caminho revolucionário do movimento operário pode não ser o caminho socialdemocrata! Toda a burguesia ocidental sob o absolutismo "impelia", impelia conscientemente os operários para o caminho revolucionário. Mas nós, socialdemocratas, não podemos nos contentar com isso. E se, de um modo ou de outro, rebaixamos a política socialdemocrata ao nível da política espontânea, trade-unionista, favorecemos, com isso, exatamente a democracia burguesa. (N. do A.)

felizes! Como a avestruz, escondem a cabeça sob a asa e imaginam que tudo o que os cerca desapareceu. Uma série de publicistas liberais que, todos os meses, anunciam triunfalmente que o marxismo está em decomposição e até que acabou; uma série de jornais liberais (*Sankt-Petersburgskie Viédomosti* [34], *Rússkie Viédomosti* [*Notícias da Rússia*] e muitos outros) cujas colunas encorajam os liberais a levar aos operários a concepção *brentaniana*[26] da luta de classes e uma concepção trade-unionista da política; a plêiade de críticos do marxismo cujas verdadeiras tendências foram tão bem reveladas no "Credo" e cuja mercadoria literária é a única que circula pela Rússia, sem impostos nem taxas; o ressurgimento das tendências revolucionárias *não* socialdemocratas, sobretudo após os acontecimentos de fevereiro e de março, tudo isso, pelo visto, é uma quimera! Tudo isso não tem absolutamente nada a ver com a democracia burguesa!

O *Rabótcheie Dielo*, assim como os autores da carta economicista, no número 12 do *Iskra*, deveriam "se perguntar por que os acontecimentos da primavera provocaram um tal ressurgimento das tendências revolucionárias não socialdemocratas, em vez de reforçar a autoridade e o prestígio da socialdemocracia". A razão é que não estávamos à altura de nossa tarefa, que a atividade das massas operárias ultrapassou a nossa, que não tínhamos dirigentes e organizadores suficientemente preparados, que conhecessem perfeitamente o estado de espírito de todas as camadas da oposição e soubessem colocar-se à frente do movimento, transformar uma manifestação espontânea em manifestação política, ampliar-lhe o caráter político etc. Dessa forma, os revolucionários não socialdemocratas mais dinâmicos e mais enérgicos continuarão inevitavelmente se aproveitando de nosso atraso, e

---

[26] Lujo Brentano: economicista burguês alemão que pregava a conciliação de classes, a conciliação de interesses de capitalistas e trabalhadores. (N. de E.)

os operários, por maiores que sejam sua energia e abnegação nos combates contra a polícia e contra as tropas, por mais revolucionária que seja sua ação, serão apenas uma força de sustentação desses revolucionários, da retaguarda da democracia burguesa, e não a vanguarda socialdemocrata. Vejamos o caso da socialdemocracia alemã, da qual nossos economicistas querem imitar apenas as falhas. Por que não existe *nem um único* acontecimento político na Alemanha que não contribua para reforçar cada vez mais a autoridade e o prestígio da socialdemocracia? Porque a socialdemocracia é sempre a primeira a fazer a análise mais revolucionária de cada acontecimento, a defender todo protesto contra a arbitrariedade. Não alimenta a ilusão de que a luta econômica levará os operários a pensar na usurpação de seus direitos e que as condições concretas conduzem fatalmente o movimento operário ao caminho revolucionário. Intervém em todos os aspectos e em todas as questões da vida social e política: quando Guilherme recusa-se a ratificar a nomeação de um progressista burguês para prefeito (nossos "economicistas" ainda não tiveram tempo de explicar aos alemães que isso é, no fundo, um compromisso com o liberalismo!), quando se vota uma lei contra imagens e obras "imorais", quando o governo faz pressão para obter a nomeação de certos professores etc. etc. A socialdemocracia sempre está na linha de frente, incitando o descontentamento político em todas as classes, sacudindo os adormecidos, estimulando os atrasados, fornecendo farto material para desenvolver a consciência política e a atividade política do proletariado. O resultado de tudo isso é que o lutador político de vanguarda merece o respeito até dos inimigos declarados do socialismo, e não é raro que um documento importante, não só das esferas burguesas, mas também das burocráticas e palacianas, venha parar, não se sabe como, na redação do *Vorwärts*.

Aí está a chave da aparente "contradição" que supera a capacidade de compreensão do *Rabótcheie Dielo* a tal ponto que este se limita a erguer os braços para o céu e exclamar: "Farsa!". De fato, imaginemos o seguinte: nós, o *Rabótcheie Dielo*, vemos o movimento operário *de massas* como *pedra angular* (e imprimimos isso em letras garrafais!), alertamos todo o mundo contra o perigo de subestimar a importância do elemento espontâneo, queremos imprimir *à própria, própria, própria* luta econômica um caráter político; queremos permanecer em estreita ligação orgânica com a luta proletária! E vêm nos dizer que preparamos o terreno para fazer do movimento operário um instrumento da democracia burguesa. E quem diz isso? Os homens que têm "compromisso" com o liberalismo, imiscuindo-se em todos os problemas "liberais" (que incompreensão da "ligação orgânica com a luta proletária"!), dando enorme atenção aos estudantes e até (que horror!) aos *zemstva*! Homens que querem consagrar uma porcentagem maior (em relação aos "economicistas") de suas forças à atuação entre as classes não proletárias da população! E isso não é uma "farsa"?

Pobre *Rabótcheie Dielo*! Conseguirá um dia penetrar no segredo desse complicado mecanismo?

IV. Os métodos artesanais de trabalho dos economicistas e a organização dos revolucionários

As afirmações do *Rab. Dielo* examinadas há pouco, quando se diz que a luta econômica é o meio de agitação política mais amplamente aplicável e que nosso desafio atual consiste em conferir à própria luta econômica um caráter político etc., revelam uma concepção estreita de nossas tarefas, não apenas no campo político, mas também no de *organização*. Para "a luta econômica contra os patrões e o governo", não é absolutamente necessária uma organização centralizada para toda a Rússia (que, por isso mesmo, não se pode constituir no decorrer dessa luta), uma organização que reunisse em um único impulso comum todas as manifestações de oposição política, de protesto e de indignação, uma organização de revolucionários profissionais, dirigida por verdadeiros chefes políticos de todo o povo. E isso é perfeitamente compreensível. O caráter da estrutura natural de qualquer instituição é natural e inevitavelmente determinado pelo conteúdo da própria instituição. Por isso, nas afirmações aqui analisadas, o *Rab. Dielo* consagra e legitima a estreiteza não apenas da ação política, mas também do trabalho de organização. Nesse caso, como em todos, revela-se um órgão de imprensa cuja consciência capitula ante a espontaneidade. E, no entanto, seu culto às formas de organização surgidas espontaneamente, sua inconsciência quanto à limitação e ao primitivismo de nossos métodos de organização, sua cegueira do quanto ainda somos "artesãos" nesse campo tão importante, tudo isso constitui uma verdadeira doença do nosso movimento. Não uma doença senil, claro, mas de crescimento. Mas é justamente agora, quando a onda de indignação espontânea se avoluma e, digamos, cobre a todos nós, dirigentes e organizadores do movimento, que se faz mais necessária a luta intransigente contra toda defesa do atraso, contra toda legitimação da estreiteza de visão nesse sentido; que se faz mais urgente despertar, em todos os que participam ou pensam participar do trabalho prático, o descontentamento com os *métodos primitivos de trabalho* reinantes entre nós e a firme decisão de nos desvencilharmos dele.

a) Que são os métodos artesanais de trabalho?

Tentaremos responder a essa pergunta esboçando em poucas palavras o quadro da atividade de um típico círculo socialdemocrata, entre 1894 e 1901. Já falamos do entusiasmo geral que a juventude estudantil desse período tinha pelo marxismo. Claro que esse entusiasmo não correspondia apenas, nem predominantemente, ao marxismo como teoria, mas como resposta à questão "que fazer?", como apelo para marchar contra o inimigo. E os novos combatentes marchavam com um preparo e um equipamento extremamente primitivos. Em muitos casos, praticamente não dispunham de nenhum equipamento nem preparo. Partiam para a guerra como autênticos mujiques, armados apenas de um bordão. Sem nenhuma relação com os círculos de outros lugares e até de outros pontos da cidade (ou de outros estabelecimentos de ensino), sem organização alguma das diferentes partes do trabalho revolucionário, sem qualquer plano sistemático de ação para um período mais ou menos prolongado, um círculo de estudantes entra em contato com os operários e começa a trabalhar. Paulatinamente, desenvolve uma agitação e uma propaganda cada vez mais vasta e, graças a sua intervenção, conquista a simpatia de setores bastante amplos do operariado, a simpatia de uma parte da sociedade ilustrada, que lhe fornece dinheiro e põe à disposição do "Comitê" mais e mais grupos de jovens. Aumenta o prestígio do comitê (ou da união de luta), e este vai ampliando a envergadura de sua atividade de uma maneira absolutamente espontânea: as mesmas pessoas que, um ano ou poucos meses antes, intervinham nos círculos estudantis e respondiam à questão "para onde ir?", que estabeleciam e mantinham relações com os operários, compunham e distribuíam panfletos, estabeleciam contato com outros grupos de revolucionários, essas mesmas pessoas criam publicações, dedicam-se à produção de um jornal local, começam a falar em organizar uma manifestação e, por fim, passam às operações francamente militares (que podem ser, conforme as circunstâncias, o primeiro panfleto de agitação, o primeiro número de um jornal, a primeira manifestação). Em geral, mal se iniciam, essas operações fracassam fragorosamente. Isso porque tais operações militares não resultam de um plano sistemático, premeditado, minuciosamente calculado para uma luta longa e sustentada, mas apenas do desenvolvimento espontâneo de um trabalho de círculo calcado na tradição; também porque a polícia, como é natural, quase sempre conhece todos os principais líderes do movimento local, que já "deram o que falar" nos bancos da universidade, e só espera a hora mais propícia para apanhá-los, deixando intencionalmente que o círculo se alargue e desenvolva o bastante para dispor de uma prova tangível, sempre poupando alguns indivíduos dela conhecidos, "como semente" (expressão técnica empregada, pelo que sei, tanto pelos nossos como pela polícia). Impossível não comparar essa guerra com uma investida de camponeses armados de bordões contra um exército moderno. Impossível também deixar de admirar o vigor de um movimento que se alargou, cresceu e obteve vitórias, apesar da completa ausência de preparação de seus combatentes. É verdade que, do ponto de vista histórico, o caráter primitivo do equipamento era de início não apenas inevitável, *mas até legítimo*, como uma das condições que permitia atrair grande número de combatentes. Mas, assim que começaram as operações militares sérias (e, na realidade, elas começaram com as greves do verão de 1896), as deficiências de nossa organização militar já se fizeram sentir, cada vez mais. Depois de um primeiro momento de desconcerto, depois de cometer uma série de erros (como inventar desmandos dos socialistas para divulgá-los junto à opinião pública, ou deportar operários das capitais para os centros industriais das províncias), o governo logo se adaptou às novas condições de luta, distribuindo estrategicamente seus destacamentos de provocadores, espiões e policiais perfeitamente aparelhados. As detenções se tornaram tão freqüentes, estenderam-se a tantas pessoas, esvaziaram a tal ponto os círculos locais, que a massa operária perdeu literalmente todos os seus líderes, o movimento tomou um caráter tão esporádico que se tornou absolutamente impossível estabelecer qualquer continuidade e coordenação no trabalho. A extraordinária dispersão dos militantes locais, a composição fortuita dos círculos, o despreparo e a estreiteza de horizontes teóricos, políticos e de organização foram a conseqüência inevitável das condições descritas. A situação chegou a tal ponto que, em alguns lugares, os operários, diante de nossa falta de firmeza e habilidade, passaram a desconfiar dos intelectuais e a evitá-los, achando que tantas detenções eram por culpa deles e de sua imprudência.

Qualquer pessoa que conheça minimamente o movimento sabe que, hoje, nenhum socialdemocrata razoável deixa de ver no primitivismo dos métodos de trabalho uma doença. Mas, para que o leitor não-iniciado não pense que "construímos" artificialmente uma etapa ou uma doença particular do movimento, recorreremos ao testemunho já mencionado aqui. E nos desculpamos pela longa citação.

> Se a passagem gradual a uma atividade prática mais ampla – escreve B-v [Savinkov] no n⁰ 6 do *Rab. Dielo* –, passagem que depende do período geral de transição que o movimento operário russo atravessa, é um traço característico [...], também existe, no conjunto do mecanismo da revolução operária russa, um outro traço não menos interessante. Referimo-nos à *escassez geral de forças revolucionárias aptas para a ação*[1], que se faz sentir não apenas em São Petersburgo, mas em toda a Rússia. À medida que o movimento operário se intensifica, que a massa operária se desenvolve, à medida que as greves se tornam mais freqüentes, que a luta de massa dos operários avança de forma mais declarada, o que faz recrudescer a perseguição governamental, as prisões, expulsões e deportações, essa *escassez de forças revolucionárias de alta qualidade torna-se cada vez mais sensível* e, sem dúvida, *não deixa de influir na profundidade e no caráter geral do movimento*. Muitas greves se desenrolam sem que as organizações revolucionárias exerçam sobre elas uma ação direta e enérgica [...], percebe-se a escassez de panfletos de agitação e de publicações clandestinas [...], a falta de agitadores nos círculos operários [...] Por outro lado, nota-se a permanente falta de recursos. Em uma palavra, *o crescimento do movimento operário supera o crescimento e*

---

[1] Grifos meus. (N. do A.)

o desenvolvimento das organizações revolucionárias. O efetivo dos revolucionários em ação mostra-se insignificante para concentrar a influência sobre toda a massa operária em agitação, para transmitir a todos os distúrbios ao menos uma sombra de coerência e de organização [...] Com os círculos dispersos, os revolucionários não estão unidos, não estão agrupados, não constituem uma organização coerente, forte e disciplinada, com partes metodicamente desenvolvidas [...]

E, depois de formular a ressalva de que, se, no lugar daqueles círculos desfeitos, surgem imediatamente novos círculos, isso prova apenas a vitalidade do movimento [...], mas não demonstra a existência de uma quantidade suficiente de militantes revolucionários perfeitamente aptos,

o autor conclui:

A falta de preparo prático dos revolucionários de São Petersburgo também tem reflexos sobre os resultados de seu trabalho. Os últimos processos, especialmente os dos grupos "Auto-Emancipação" e "Luta do Trabalho Contra o Capital" [35], mostraram claramente que um jovem agitador que não conheça a fundo as condições do trabalho e, por conseguinte, da agitação em uma determinada fábrica, que ignore os princípios da clandestinidade e só tenha assimilado [assimilado?] os princípios gerais da socialdemocracia, pode trabalhar por quatro, cinco, no máximo seis meses. Então o militante é preso, o que muitas vezes provoca o esfacelamento de todo o círculo, ou pelo menos de uma parte dele. Pode um grupo trabalhar com êxito, dar resultados, quando sua existência se limita a uns poucos meses? É evidente que não se pode atribuir todas as falhas das organizações existentes ao período de transição [...]; é evidente que a quantidade e, sobretudo, a qualidade do efetivo das organizações em atividade desempenham aqui um papel nada desprezível, e a tarefa primordial de nossos socialdemocratas [...] deve consistir em *realmente unificar as organizações, com uma rigorosa seleção de seus membros.*

b) *Os métodos artesanais de trabalho e o economicismo*

Agora trataremos de uma questão em que todos os leitores certamente já pararam para pensar: é possível estabelecer uma relação entre esses métodos primitivos de trabalho, entendidos como doença de crescimento que afeta *todo* o movimento, e o economicismo, entendido como *uma* das tendências da socialdemocracia russa? Acreditamos que sim. A falta de preparo prático, a falta de habilidade no trabalho de organização são, de fato, problemas comuns a *todos nós*, mesmo àqueles que desde o início vêm sustentando de forma inflexível o ponto de vista do marxismo revolucionário. E é verdade que seria descabido recriminar os próprios militantes dedicados ao trabalho prático por esse despreparo. Mas, além do despreparo, o "método primitivo de trabalho" implica outro problema: o alcance limitado de todo o trabalho revolucionário, a incompreensão de que, alicerçada nesse trabalho de horizontes estreitos, é impossível construir uma boa organização de revolucionários. Por último – e isso é o principal – implica a tentativa de justificar essa estreiteza e de elevá-la a "teoria" particular, isto é, a capitulação ante a espontaneidade também nesse terreno. As primeiras tentativas nesse sentido evidenciaram que os métodos artesanais têm uma vinculação direta com o economicismo e que jamais nos livraremos de nossa estreiteza no trabalho de organização, se antes não nos livrarmos do economicismo em geral (isto é, de uma concepção estreita, tanto da teoria do marxismo como do papel da socialdemocracia e de suas tarefas políticas). Essas tentativas tomaram duas direções. Uns começaram a dizer que a massa operária ainda não formulara, ela própria, tarefas políticas tão amplas e combativas quanto as que os revolucionários lhe "impunham", que ela ainda deve lutar pelas reivindicações políticas *imediatas*, realizar "uma luta econômica contra os patrões e o governo"[2] (e a essa luta "acessível" ao movimento de massas corresponde, naturalmente, uma organização "acessível" até mesmo à juventude menos preparada). Outros, negando qualquer "gradualismo", começaram a dizer que era possível e necessário "realizar a revolução política", mas que, para tanto, não havia nenhuma necessidade de criar uma forte organização de revolucionários que educasse o proletariado para uma luta firme e sustentada e que, para tanto, bastava que todos empunhássemos o bordão já conhecido e "acessível". Falando sem alegorias: deveríamos organizar a greve geral[3] ou estimular o movimento operário "adormecido" por meio de "um terrorismo incitador"[4]. Ambas as tendências, a oportunista e a "revolucionarista", capitulam ante os métodos artesanais dominantes, não crêem na possibilidade de se libertar deles, não vêem nossa primeira e mais urgente tarefa prática: criar *uma organização de revolucionários* capaz de transmitir energia, firmeza e continuidade à luta política.

---

[2] *Rab. Mysl* e *Rab. Dielo*, principalmente a "Resposta" a Plekhanov. (N. do A.)
[3] *Quem fará a revolução política?*, brochura publicada na Rússia, na recopilação *A luta proletária*, e reeditada pelo Comitê de Kiev. (N. do A.)
[4] *Renascimento do revolucionarismo e Svoboda*. (N. do A.)

Acabamos de citar as palavras de B-v: "O crescimento do movimento operário supera o crescimento e o desenvolvimento das organizações revolucionárias". Esse "valioso testemunho de um observador direto" (comentário da redação do *Rabótcheie Dielo* ao artigo de B-v) tem para nós, de fato, um duplo valor. Prova que tínhamos razão em considerar que a causa fundamental da crise atual da socialdemocracia russa reside no *atraso dos dirigentes* ("ideólogos", revolucionários, socialdemocratas) em relação ao *crescimento do impulso espontâneo das massas*. E prova também que todo o arrazoado dos autores da carta economicista (*Iskra*, nº 12), B. Kritchévsky e Martynov, sobre os riscos de minimizar a importância do elemento espontâneo, da obscura luta cotidiana, da tática-processo etc., não passa da defesa e do elogio dos métodos primitivos de trabalho. Essas pessoas incapazes de pronunciar a palavra "teórico" sem disfarçar seu desprezo, que chamam "senso de realidade" seu culto ao despreparo e ao atraso, demonstram sua incompreensão de nossas tarefas *práticas* mais imperiosas. Àqueles que vão ficando para trás, eles gritam: "Mantenham a marcha! Não se apressem!". Àqueles que, no trabalho de organização, padecem de falta de energia e de iniciativa, de "planos" mais amplos e corajosos, eles falam em "tática-processo"! Nosso pecado capital é *rebaixar* nossas tarefas políticas *e de organização* ao nível dos interesses imediatos, "tangíveis", "concretos" da luta econômica cotidiana, mas eles insistem com sua cantilena: é preciso conferir à luta econômica um caráter político! E nós tornamos a repetir: isso é literalmente o mesmo "senso de realidade" revelado por aquele personagem da épica popular que gritava, à passagem de um cortejo fúnebre: "Tomara que vocês sempre tenham o que levar!".

Recorde-se a incomparável presunção, verdadeiramente digna de Narciso, com que esses sábios repreendiam Plekhanov: "As tarefas políticas, no sentido real e prático da palavra, isto é, no sentido de uma luta prática, conveniente e eficaz para as reivindicações políticas, são em geral [sic!] inacessíveis aos círculos operários" ("Resposta da redação do *Rab. Dielo*", p. 24). Mas, senhores! Há círculos e círculos! É evidente que as tarefas políticas serão inacessíveis a um círculo que empregue métodos primitivos de trabalho, enquanto seus membros não reconhecerem o caráter primitivo de tais métodos e não os abandonarem. Mas quando, além disso, esses artesãos estão apegados a seus métodos primitivos, se sempre enfatizam a palavra "prático", convencidos de que a prática exige o rebaixamento de suas tarefas ao nível de compreensão das camadas mais atrasadas das massas, então esses artesãos são sem dúvida incuráveis e, de fato, *as tarefas políticas são em geral inacessíveis a eles*. Mas, para um círculo de corifeus como Alexeiev e Mychkin, Khalturin e Jeliabov, as tarefas políticas são acessíveis no sentido mais real, mais prático da palavra, e justamente porque sua mensagem ardorosa encontra eco na massa, que desperta espontaneamente; porque sua energia fervilhante é secundada e apoiada pela energia da classe revolucionária. Plekhanov tinha mil vezes razão não só quando apontou qual era essa classe revolucionária e provou que seu despertar espontâneo para a ação era inexorável e inelutável, mas também quando propôs aos "círculos operários" uma alta e grandiosa tarefa política. O contrário de vocês, que invocam o movimento de massas desenvolvido desde então para *rebaixar* essa tarefa, para *reduzir* a energia e o alcance da atividade dos "círculos operários". Que é isso senão a egolatria do artesão, apegado a seus métodos primitivos? Vocês se vangloriam de seu espírito prático e fecham os olhos para o fato conhecido por todos os militantes russos dedicados ao trabalho prático: os milagres que pode operar no movimento revolucionário, não só a energia de um círculo, mas até de um único indivíduo. Ou vocês acham que no nosso movimento não pode haver corifeus como os da década de 1870? Por quê? Porque estamos pouco preparados? Mas nós estamos nos preparando, continuaremos a nos preparar e estaremos preparados! É verdade que, infelizmente, essa água parada da "luta econômica contra os patrões e o governo" nos cobriu de limo: muitos vêm se ajoelhar aos pés da espontaneidade para lhe render culto, contemplando em êxtase (segundo a expressão de Plekhanov) as "partes traseiras" do proletariado russo. Mas saberemos nos livrar desse limo. É justamente agora, quando o revolucionário russo, guiado por uma teoria verdadeiramente revolucionária e apoiando-se numa classe verdadeiramente revolucionária, desperta de maneira espontânea, que ele pode afinal – afinal! – erguer-se em toda sua estatura e empregar toda a sua força de gigante. Para tanto, é preciso apenas que, entre a massa de militantes práticos e a massa ainda mais extensa de pessoas que sonham com a ação prática desde os bancos escolares, se despreze e se escarneça de toda tentativa de rebaixar nossas tarefas políticas e de limitar o alcance do nosso trabalho de organização. E fiquem tranqüilos, senhores, nós o conseguiremos!

No artigo "Por onde começar?" escrevi contra o *Rabótcheie Dielo*:

> Em 24 horas é possível mudar detalhes de execução tática da organização partidária, mas alterar, nem digo em 24 horas, mas em 24 meses, o ponto de vista sobre a questão da necessidade geral, permanente e absoluta da organização de combate e da agitação política junto às massas, é algo que só pode ser feito por gente sem princípios[5].

---
[5] Ver V. I. Lenin, *Obras completas*, t. V. (N. de E.)

A resposta do *Rabótcheie Dielo* foi:

> Essa acusação do *Iskra*, a única pretensamente baseada na realidade, não tem nenhum fundamento. Os leitores do *Rabótcheie Dielo* sabem muito bem que nós não apenas exortamos à agitação política desde o início, sem esperar o aparecimento do *Iskra* [...] [afirmando que "é impossível propor como primeira tarefa política, não só aos círculos operários, mas a todo o movimento operário de massas, a derrubada do absolutismo", havendo lugar apenas para a luta pelas reivindicações políticas imediatas, e que estas "tornam-se acessíveis à massa depois de uma ou, em todo caso, algumas greves"], mas também, por meio de nossas publicações editadas no estrangeiro, fornecemos aos camaradas que militam na Rússia *os únicos* materiais de agitação política social-democrata [...] [e, nesses "únicos materiais", vocês não apenas limitavam a agitação política mais ampla ao terreno da luta estritamente econômica, mas também sustentaram que, afinal, essa agitação limitada era "a mais amplamente aplicável". Será que vocês não percebem que seu argumento vem justamente provar a necessidade do *Iskra* – em vista da mera existência desses materiais *únicos* – e a necessidade de ele se contrapor ao *Rabótcheie Dielo*?] [...] Por outro lado, nossa atividade editorial preparava, na prática, a unidade tática do partido [...] [a unidade de acreditar que a tática é o processo de crescimento das tarefas do partido, que crescem juntamente com ele? Bela unidade!] e, por isso mesmo, possibilitava a criação de uma "organização de combate", para a qual a União fez tudo que era possível a uma organização sediada no estrangeiro (*Rabótcheie Dielo*, nº 10, p. 15).

Uma inútil tentativa de se safar! Nunca me passou pela cabeça negar que vocês tenham feito tudo que podiam. O que eu afirmei, e continuo a afirmar, é que os *limites* do que para vocês é "acessível" são estreitados pela miopia de suas concepções. Chega a ser risível a simples menção de "organizações de combate" para lutar em favor das "reivindicações políticas imediatas", ou para "a luta econômica contra os patrões e o governo".

Mas o leitor, se quiser apreciar as melhores pérolas do deslumbramento "economicista" pelos métodos artesanais, deve deixar de lado o eclético e vacilante *Rab. Dielo* e ler o conseqüente e resoluto *Rab. Mysl*.

> Duas palavras, agora, sobre a chamada, com acerto, "intelectualidade revolucionária" [escrevia R. M. no "Suplemento especial" do *Rab. Mysl*, p. 13]. É verdade que, em mais de uma ocasião, ela provou estar pronta para "a luta decisiva contra o czarismo". O único problema é que, perseguida sem trégua pela polícia política, nossa intelectualidade revolucionária passou a confundir a luta contra essa polícia como a própria luta política contra a autocracia. Por isso permanece sem resposta a questão "De onde tirar forças para lutar contra a autocracia?".

Não é realmente admirável esse olímpico desprezo pela luta contra a polícia, vindo de um admirador (no pior sentido da palavra) do movimento *espontâneo*? Ele está disposto a *justificar* nossa inabilidade para o trabalho conspirativo afirmando que, em um movimento espontâneo de massas, a luta contra a polícia é no fundo irrelevante!! Pouquíssimos hão de endossar essa monstruosa conclusão, pois é com muita dor que reconhecemos as deficiências de nossas organizações revolucionárias. Mas, se ela não é endossada, por exemplo, por Martynov, é só porque ele não sabe (ou não tem coragem de) levar seu argumento até as últimas conseqüências. De fato, propondo-se a "tarefa" de que as massas formulem reivindicações concretas apontando a resultados tangíveis, é cabível afirmar que essa "tarefa" exige uma preocupação especial no sentido de criar uma organização sólida, centralizada e combativa? Essa "tarefa" não seria também realizada por uma massa que de maneira alguma "luta contra a polícia política"? E mais: essa tarefa seria de fato realizável se, além de meia dúzia de dirigentes, também não fosse abraçada pelos operários (em sua imensa maioria) absolutamente *incapazes* de "lutar contra a polícia política"? Esses operários, os homens médios da massa, são capazes de, numa greve, demonstrar uma energia e uma abnegação gigantescas na luta com a polícia e as tropas nas ruas, e eles podem (e são os únicos que podem) *decidir* o desfecho de todo o nosso movimento, mas já a luta contra a polícia *política* exige qualidades especiais, exige revolucionários *profissionais*. E nós não devemos nos preocupar apenas com que a massa operária "formule" reivindicações concretas, mas também com que a massa de operários "destaque" um número cada vez maior desses revolucionários profissionais. Chegamos, assim, ao problema das relações entre a organização dos revolucionários profissionais e o movimento puramente operário. Nós, "políticos", já dedicamos muito tempo, em conversas e discussões com camaradas mais ou menos inclinados ao economicismo, a essa questão pouco desenvolvida nas publicações. Vale a pena nos determos nela. Mas antes traremos outra citação, para ilustrar nossa tese sobre a relação entre os métodos primitivos de trabalho e o "economicismo".

"O grupo 'Emancipação do Trabalho' – escrevia o sr. N. N. [36] em sua 'Resposta' – conclama à luta direta contra o governo, sem pensar onde está a força material para essa luta, sem indicar *que caminhos ela há de seguir*." E, depois de frisar essa última expressão, o autor fez a seguinte observação sobre a palavra "caminho":

> Essa circunstância não pode ser explicada pelos fins da conspiração, pois no programa não se trata de uma conjuração, e sim de um *movimento de massas*. E as massas não podem avançar

por caminhos secretos. Por acaso é possível uma greve secreta? É possível realizar uma manifestação ou encaminhar um abaixo-assinado em segredo?" (*Vade-mécum*, p. 59).

O autor tocou em cheio tanto na "força material" (os organizadores das greves e das manifestações) como nos "caminhos" por onde essa luta deve avançar; mas não passou disso, "ajoelhando-se" ante o movimento de massas, isto é, considera-o um fator que nos *exime* de nossa atividade, da atividade revolucionária, e não algo que deve encorajar e *impulsionar* nossa atividade revolucionária. Uma greve secreta é sem dúvida impossível para seus participantes e todos aqueles que têm alguma relação direta com ela. Mas, para a massa dos operários russos, essa greve pode ser (e na maioria das vezes é de fato) "secreta", pois o governo tratará de cortar todo o contato com os grevistas, tratará de impossibilitar a divulgação de qualquer informação sobre o movimento. É aí que se faz necessária a "luta contra a polícia política", uma luta especial, uma luta que nunca poderá ser travada e sustentada ativamente por uma massa tão ampla como a que participa das greves. Essa luta deve ser organizada, "segundo todas as regras da arte", por pessoas que tenham por profissão a atividade revolucionária. E o fato de, agora, as massas se incorporarem espontaneamente ao movimento não torna a organização dessa luta *menos necessária*. Ao contrário, ela se torna *mais necessária* por isso mesmo, porque nós, socialistas, faltaremos com nossa obrigação primordial para com as massas se não soubermos impedir que a polícia transforme em segredo (e se nós mesmos, por vezes, não prepararmos em segredo) qualquer greve ou manifestação. E nós *saberemos* fazê-lo, justamente porque as massas que despertam espontaneamente para a ação *também destacarão* um número crescente de "revolucionários profissionais" (isso se não conclamarmos os operários, em todos os tons, a marcarem passo sempre no mesmo atoleiro).

c) *A organização dos operários e a organização dos revolucionários*

Se, para o socialdemocrata, o conceito de "luta política" abrange o de "luta econômica contra os patrões e o governo", é natural esperar que o conceito de "organização de operários" também inclua, mais ou menos, o de "organização de revolucionários". É isso que de fato ocorre, e, portanto, quando falamos em organização, falamos literalmente em idiomas diferentes. Lembro como se fosse hoje, por exemplo, uma conversa que tive um dia com um economicista bastante conseqüente que eu acabara de conhecer. A conversa girou em torno da brochura *Quem fará a revolução política?* Não demoramos a concluir, juntos, que o principal erro dessa brochura era não levar em conta a questão da organização. Os dois pensávamos já estar de acordo, mas... continuando a conversa, logo se viu que falávamos de coisas diferentes. Meu interlocutor acusava o autor de não levar em conta as caixas de auxílio para as greves, as sociedades de socorros mútuos etc.; enquanto eu estava falando da organização de revolucionários indispensável para "fazer" a revolução política. Depois de revelada essa divergência, não me recordo de ter concordado em nenhuma questão de princípio com esse economicista!

Qual era, então, a razão de fundo das nossas discrepâncias? Justamente o fato de os economicistas constantemente se desviarem do social-democratismo para o trade-unionismo, tanto nas tarefas de organização como nas tarefas políticas. A luta política da socialdemocracia é muito mais ampla e mais complexa que a luta econômica dos operários contra os patrões e o governo. Do mesmo modo (e em conseqüência disso), a organização de um partido socialdemocrata revolucionário deve ser *de outro gênero* que a organização dos operários para a luta econômica. A organização dos operários deve ser, em primeiro lugar, profissional; em segundo lugar, deve ser o mais extensa possível; em terceiro lugar, deve ser o menos clandestina possível (aqui e a seguir me refiro, claro, apenas à Rússia autocrática). Ao contrário, a organização dos revolucionários deve incluir, acima de tudo e principalmente, homens cuja profissão é a ação revolucionária (por isso, quando falo de uma organização de *revolucionários*, penso nos revolucionários socialdemocratas). Em face dessa característica geral dos membros de tal organização, *deve desaparecer por completo toda distinção entre operários e intelectuais,* sem falar da distinção entre as várias profissões de uns e outros. Essa organização de modo algum pode ser muito extensa e deve ser o mais clandestina possível. Detenhamo-nos sobre esses três pontos diferenciais.

Nos países onde há liberdade política, a diferença entre as organizações sindicais e as organizações políticas é perfeitamente clara, como também as diferença entre o trade-unionismo e a socialdemocracia. Evidentemente, as relações desta com aquele variam de lugar para lugar, segundo as condições históricas, jurídicas etc., podendo ser mais ou menos estreitas, complexas etc. (do nosso ponto de vista, devem ser o mais estreitas e o menos complexas possível), mas o fato é que nos países livres é impensável identificar a organização dos sindicatos com a organização do partido socialdemocrata. Na Rússia, ao contrário, o jugo da autocracia apaga, à primeira vista, toda distinção entre a organização socialdemocrata e o sindicato operário, pois *todo* sindicato operário e *todo* círculo revolucionário são proibidos, e a greve, principal manifestação e arma da luta econômica dos operários, é considerada um crime comum (e às vezes até um crime político!). As condições da Rússia, portanto, por um lado "incitam" os operários que lutam no terreno econômico a pensarem nas questões políticas e, por outro, "incitam" os socialdemocratas a confundirem o trade-unionismo com o socialdemocratismo (e nossos Kritchévsky, Martynov e companhia, que falam sem parar na "incitação" do primeiro gênero, não enxergam a "incitação" do segundo gênero). Pois imaginemos agora as pessoas absorvidas 99% pela "luta econômica contra os patrões e o governo". Uns, durante *todo* o período de sua atividade (de quatro a seis meses), nem sequer chegarão a pensar na necessidade de uma organização mais complexa de revolucionários. Outros talvez "topem" com a literatura bernsteiniana, relativamente mais difundida, e daí extrairão a certeza de que o mais essencialmente importante é a "marcha gradual da obscura luta cotidiana". Outros, por fim, talvez sejam seduzidos pela idéia de dar ao mundo um novo exemplo da "estreita ligação orgânica com a luta proletária", da ligação entre o movimento sindical e o movimento socialdemocrata. Essa gente pensará que, quanto mais tarde um país entrar na arena do capitalismo, e, por conseguinte, na do movimento operário, mais os socialistas poderão participar do movimento sindical e apoiá-lo, e menos condições haverá para a existência de sindicatos nãosocialdemocratas. Até aqui esse raciocínio é irretocável; o problema é que essas pessoas vão além, chegando a sonhar com a completa fusão do socialdemocratismo com o trade-unionismo. Logo veremos, no exemplo dos Estatutos da "União de Luta" de São Petersburgo, a influência perniciosa desses sonhos sobre nossos planos de organização.

    As organizações operárias para a luta econômica devem ser organizações sindicais. Todo operário socialdemocrata deve, sempre que possível, apoiar essas organizações e trabalhar nelas ativamente. Até aí, todos concordamos. Mas exigir que só os socialdemocratas possam integrar as "associações de classe" contraria totalmente nossos interesses, pois isso limitaria nossa influência sobre as massas. Deixemos participar das associações de classe todo operário que compreenda a necessidade de se unir para lutar contra os patrões e o governo. O próprio objetivo das associações de classe não seria alcançado se elas não agrupassem todos os operários capazes de compreender ao menos essa idéia elementar e se essas associações não fossem organizações muito *amplas*. E, quanto mais amplas essas organizações, mais ampla será nossa influência sobre elas, exercida não apenas pelo desenvolvimento "espontâneo" da luta econômica, mas também pela ação consciente e direta dos membros socialistas dos sindicatos sobre seus camaradas. Mas, numa organização ampla, a clandestinidade rigorosa é impossível (pois exige muito mais preparo que o necessário para participar da luta econômica). Como conciliar essa contradição entre a necessidade de contar com efetivos numerosos e de observar uma rigorosa clandestinidade? Que fazer para que as associações de classe sejam o menos clandestinas possível? De maneira geral, há apenas dois caminhos: ou a legalização das associações de classe (que em certos países precedeu a legalização das associações socialistas e políticas), ou a manutenção da organização secreta, porém tão "livre", tão pouco regulamentada, tão *lose*[6], como dizem os alemães, que, para a massa dos filiados, a clandestinidade fique praticamente reduzida a nada.

A legalização dos sindicatos operários não-socialistas e não-políticos já começou na Rússia, e não resta a menor dúvida de que cada passo do nosso movimento operário socialdemocrata, em rápida progressão, multiplicará e encorajará as tentativas dessa legalização, realizadas sobretudo pelos partidários do regime vigente, mas também pelos próprios operários e pelos intelectuais liberais. A bandeira da legalização já foi hasteada pelos Vassíliev e os Zubátov; enquanto os Ozerov e Worms já lhes pro-

---

[6] Livre, ampla. (N. de E.)

meteram e ofereceram seu apoio, e a nova corrente já vai arrebanhando adeptos entre os operários. E nós não podemos deixar de levar em conta essa corrente. Quanto à forma como ela deve ser levada em conta, dificilmente se encontrará, entre os socialdemocratas, outra opinião além desta: nosso dever é desmascarar incansavelmente toda participação dos Zubátov, dos Vassíliev, dos policiais e dos popes nessa corrente, mostrando aos operários quais são as verdadeiras intenções desses elementos. Nosso dever é também desmascarar todo apelo à conciliação e à "harmonia" que se insinue nos discursos dos liberais nas reuniões públicas dos operários, quer sejam feitos por pessoas sinceramente convencidas de que a colaboração pacífica das classes é desejável, quer venham de pessoas empenhadas em bajular as autoridades, ou simplesmente ineptas. Temos, enfim, o dever de pôr os operários de sobreaviso contra as ciladas da polícia, que nessas reuniões públicas e nas associações autorizadas procura identificar os "cabeças loucas" e valer-se das organizações legais para infiltrar provocadores também nas organizações ilegais.

Mas fazer tudo isso não significa de modo algum esquecer que, *afinal de contas*, seremos nós os beneficiários da legalização do movimento operário, e não os Zubátov. Ao contrário, justamente com nossa campanha de denúncia conseguimos separar o joio do trigo. Já mostramos onde está o joio. O trigo está em atrair a atenção de setores operários ainda mais amplos, dos setores operários mais atrasados, para as questões políticas e sociais; está em nos livrarmos, nós, revolucionários, de funções que no fundo são legais (difusão de obras legais, socorros mútuos etc.), cujo desenvolvimento necessariamente nos fornecerá cada vez mais material para a agitação. Nesse sentido, podemos e devemos dizer aos Zubátov e aos Ozerov: Trabalhem, senhores, trabalhem! Enquanto vocês armam uma cilada para os operários (com a provocação direta ou valendo-se do "struvismo", o meio "honesto" de corromper os operários), nós nos encarregamos de desmascará-los. Enquanto vocês dão de fato um passo à frente – ainda que seja sob a forma do mais "tímido ziguezague", mas um passo à frente, enfim –, nós lhes diremos: Avante! Avante! Um passo à frente será sempre uma ampliação efetiva, ainda que mínima, do campo de ação dos operários. E qualquer ampliação nesse sentido há de nos beneficiar, precipitando o surgimento de associações legais onde não sejam os provocadores que pesquem os socialistas, e sim os socialistas que pesquem adeptos. Trocando em miúdos, nossa tarefa agora é combater o joio, e não cultivar o trigo em vasos. Arrancando o joio, limpamos o terreno para que o trigo possa vingar. E enquanto os Afanasi Ivánovitch e as Pulquéria Ivánovna[7] se dedicam à lavoura familiar, nós devemos preparar os ceifeiros que saibam, hoje, arrancar a cizânia e amanhã colher o trigo[8].

Assim, portanto, *nós* não podemos *resolver*, por meio da legalização, o problema da criação de uma organização sindical o menos clandestina e o mais ampla possível (mas adoraríamos que os Zubátov e os Ozerov nos oferecessem a possibilidade, ainda que parcial, de resolver o problema desse modo, e por

---

[7] Afanasi Ivánovitch e Pulquéria Ivánovna: família patriarcal de pequenos fazendeiros descrita no romance de Nikolai Gógol, *Um casal à moda antiga*. (N. de E.)

[8] A luta do *Iskra* contra a cizânia provocou esta resposta indignada de parte do *Rabótcheie Dielo*: "Para o *Iskra*, esses grandes acontecimentos (os da primavera) são menos característicos de seu tempo que os pífios esforços dos agentes de Zubátov para 'legalizar' o movimento operário. O *Iskra* não vê que esses fatos justamente depõem contra ele, provando que, aos olhos do governo, o movimento operário assumiu proporções muito ameaçadoras" (*Dois congressos*, p. 27). A culpa de tudo cabe ao "dogmatismo" desses ortodoxos, "surdos às imperiosas exigências da vida". Teimam em não enxergar o trigo de um metro de altura para lutar contra a cizânia ao rés do chão! E isso não é uma "distorção do senso de perspectiva em relação ao movimento operário russo?" (op. cit., p. 27). (N. do A.)

isso mesmo devemos combatê-los com o máximo vigor!). Resta-nos o caminho das organizações sindicais secretas, e *devemos* prestar toda nossa ajuda aos operários que (segundo consta) já enveredaram por ele. As organizações sindicais não apenas podem ter enorme utilidade para o desenvolvimento e o fortalecimento da luta econômica, mas também podem se transformar em auxiliar da maior importância para a agitação política e a organização revolucionária. Para chegar a esse resultado, para orientar o movimento profissional nascente pelo rumo desejável para a socialdemocracia, é preciso antes de tudo compreender bem o absurdo do plano de organização preconizado, desde há cerca de cinco anos, pelos economicistas petersburgueses. Esse plano foi exposto nos "Estatutos da Caixa Operária", de julho de 1897 (*Listok Rabótnika*, nº 9-10, p. 46, no nº 1 do *Rab. Mysl*) e nos "Estatutos da organização operária sindical", de outubro de 1900 (boletim especial, impresso em São Petersburgo e citado no nº 1 do *Iskra*). O defeito essencial desses estatutos consiste em expor todos os detalhes de uma vasta organização operária e confundi-la com a organização dos revolucionários. Tomemos o segundo estatuto, que é o mais bem elaborado. É composto de 52 artigos: 23 expondo a estrutura, o modo de administração e os limites de competência dos "círculos operários" a serem organizados em cada fábrica ("dez homens, no máximo"), que elegerão os "grupos centrais" (de fábrica). "O grupo central – diz o artigo 2 – observa tudo o que se passa na fábrica e faz a crônica dos acontecimentos." "O grupo central presta contas mensalmente da situação da caixa a todos os contribuintes" (artigo 17) etc. Dez artigos são dedicados à "organização de bairro" e 19 à intrincadíssima relação entre o "Comitê da Organização Operária" e o "Comitê da União de Luta de São Petersburgo" (delegados de bairro e dos "grupos executivos": "grupos de propagandistas para as relações com as províncias, para as relações com o exterior, para a administração dos depósitos, das edições, dos fundos").

A socialdemocracia reduzida a "grupos executivos" voltados à luta econômica dos operários! Difícil encontrar uma prova mais cabal de como o pensamento do economicista se desvia da socialdemocracia para o trade-unionismo: até que ponto lhes é estranha a idéia de que o socialdemocrata deve, acima de tudo, pensar numa organização de revolucionários capazes de dirigir *toda* a luta emancipadora do proletariado! Falar da "emancipação política da classe operária", da luta contra a "arbitrariedade czarista" e redigir semelhantes estatutos de uma organização é não ter a menor idéia de quais são as verdadeiras tarefas políticas da socialdemocracia. Nenhum dos 50 parágrafos revela o mais remoto traço de compreensão da necessidade da mais ampla agitação política entre as massas, de uma agitação que lance luz sobre todos os aspectos do absolutismo russo, bem como sobre a fisionomia das diversas classes sociais da Rússia. Por outro lado, com semelhantes estatutos, não apenas os fins políticos, mas também os fins trade-unionistas do movimento seriam irrealizáveis, uma vez que estes exigem uma organização dividida por *profissão*, da qual os estatutos nada dizem.

Mas talvez o mais característico seja a espantosa lerdeza de todo esse "sistema" com que se pretende ligar cada fábrica ao "Comitê", por meio de uma série de regras uniformes, minuciosas até o ridículo, com um sistema eleitoral em três graus. Fechado no estreito horizonte do economicismo, o pensamento se perde em detalhes que exalam um bafio de papelada e burocracia. Na realidade, três quartos desses artigos, naturalmente, jamais serão aplicados; em compensação, uma organização tão "clandestina", com um grupo central em cada fábrica, facilita aos policiais realizar prisões em enorme escala. Os camaradas poloneses já passaram por essa fase do movimento; houve um período em que todos eles estavam entusiasmados com a idéia de fundar caixas operárias por toda parte, mas logo desistiram da idéia, ao perceberem que isso só faria fornecer presas fáceis para a polícia. Se o que queremos são amplas organizações operárias, e não amplas detenções de operários, se não queremos fazer o jogo da polícia, devemos trabalhar de modo a que essas organizações não sejam regulamentadas. Mas elas poderão funcionar assim? Vejamos quais são suas funções: "Observar tudo o que se passa na fábrica e fazer a crônica dos acontecimentos" (artigo 2 dos estatutos). Isso realmente precisa de alguma regulamentação? Não se obteriam melhores resultados por meio das crônicas na imprensa ilegal, sem criar grupos especiais para essa finalidade? "Dirigir a luta dos operários para a melhoria de sua situação na fábrica" (artigo 3 dos estatutos); isso tampouco pede regulamentação. Para qualquer agitador, por menos inteligente que seja, basta uma conversa com os operários para saber quais são suas reivindicações, que depois podem ser transmitidas a uma organização restrita, e não ampla, de revolucionários, que editará num panfleto apropriado. "Criar uma caixa [...] com a contribuição de dois copeques por rublo" (artigo 9) e prestar contas mensalmente da situação da caixa a todos os contribuintes (artigo 17); excluir os membros que não pagarem sua contribuição (artigo 10) etc. Esse é um verdadeiro presente para a polícia, pois nada mais fácil do que arrombar a "caixa central da fábrica", confiscar o dinheiro e prender os elementos mais atuantes. Não seria melhor emitir cupons de um ou dois copeques com o carimbo de uma determinada organização (muito reduzida e muito secreta), ou até sem qualquer símbolo, e organizar coletas cujos resultados seriam divulgados por um jornal clandestino, em linguagem cifrada? Com isso se atingiriam os mesmos objetivos, e a polícia teria muito mais trabalho para rastrear e desmantelar a organização.

Eu poderia prosseguir na análise dos estatutos, mas acho que já disse o bastante. Um núcleo pequeno e coeso, composto dos operários mais seguros, mais experientes e testados na prática, com delegados nos principais bairros e em contato rigorosamente clandestino com a organização de revolucionários, poderá perfeitamente, com o amplo apoio da massa e sem nenhuma regulamentação, realizar *todas* as funções que competem a uma organização sindical e, além disso, realizá-las exatamente segundo as aspirações da socialdemocracia. Somente assim poderemos *consolidar* e desenvolver, apesar de toda a polícia, o movimento sindical *socialdemocrata*.

Alguém dirá que uma organização tão *lose*, sem nenhuma regulamentação, sem membros declarados e registrados, nem merece o nome de organização. É possível; para mim, sua denominação não tem a menor importância. Mas essa "organização sem membros" fará tudo o que for necessário e garantirá, desde o início, um contato sólido entre nossas futuras *trade-unions* e o socialismo. Aqueles que – sob o absolutismo – querem uma *ampla* organização de operários, com eleições, atas, relatórios, sufrágio universal etc., não passam de utopistas incuráveis.

A moral dessa história é simples: se começarmos por estabelecer uma forte organização de revolucionários, poderemos garantir a estabilidade do movimento em seu conjunto e realizar, ao mesmo tempo, os objetivos socialdemocratas e os objetivos propriamente trade-unionistas. Mas, se começamos por constituir uma organização operária ampla, pretensamente a mais "acessível" à massa (na realidade, mais acessível à polícia e que tornará os revolucionários mais vulneráveis), não realizaremos nenhum desses objetivos, não nos livraremos de nossos métodos artesanais e, por causa de nossa fragmentação e de nossos constantes fracassos, apenas tornaremos mais acessíveis à massa as *trade-unions* ao gosto de Zubátov e Ozerov.

Assim sendo, em que devem consistir exatamente as funções dessa organização de revolucionários? Trataremos disso em detalhe. Mas antes examinaremos outro raciocínio bem típico do nosso terrorista, que, mais uma vez (triste destino!), torna a marchar lado a lado com o economicista. A revista para operários *Svoboda* (em seu nº 1) traz um artigo intitulado "A organização", cujo autor tenta defender seus amigos, os economicistas operários de Ivánovo-Voznessensk.

> É muito ruim [diz ele] uma multidão silenciosa, inconsciente; é deplorável um movimento que não nasce da própria massa. Vejam o que acontece em uma capital universitária: quando os estudantes, nas férias ou nos feriados, voltam para casa, o movimento operário se paralisa. Um movimento operário sob estímulo externo pode constituir uma força verdadeira? De modo algum... Ainda não aprendeu a caminhar por conta própria, é conduzido num andador. O quadro se repete em toda parte: os estudantes partem, e o movimento cessa; os elementos mais capazes, a nata, são presos, e o leite azeda; captura-se o "Comitê", e, enquanto um novo "Comitê" não se forma, volta a calmaria; e não se sabe ainda como será o novo "Comitê", que pode não se assemelhar em nada ao antigo: este dizia uma coisa, aquele dirá o contrário. Rompeu-se o vínculo entre ontem e hoje, a experiência do passado não beneficia o futuro. E tudo porque o movimento não tem raízes profundas na multidão; porque o trabalho é feito não por cem tolos, mas por dez

sábios. E dez homens sempre são mais fáceis de apanhar; mas, quando a organização incluir a multidão, quando tudo vier da multidão, ninguém, faça o que fizer, conseguirá destruir o movimento (p. 63).

A descrição é precisa. Tem-se aí um bom retrato dos nossos métodos primitivos. Mas, por sua falta de lógica e tato político, as conclusões são dignas do *Rabótchaia Mysl*. É o cúmulo da falta de lógica, pois o autor confunde a questão filosófica, histórica e social das "raízes profundas" do movimento com o problema de organização técnica de uma luta mais eficaz contra a polícia. É o cúmulo da falta de tato político, pois, em vez de investir contra os maus dirigentes em contraste com os bons, o autor investe contra os dirigentes em geral em contraste com a "multidão". Trata-se de uma tentativa de nos fazer retroceder no campo da organização, assim como a idéia de substituir a agitação política pelo terror incitativo nos faz retroceder no campo político. Na verdade, estou diante de um *embarras de richesses*[9], sem saber por onde começar a análise do galimatias com que a *Svoboda* nos brinda. Para maior clareza, tentarei começar por um exemplo: o dos alemães. Ninguém há de negar, imagino, que a organização deles inclui a multidão, que entre eles tudo vem da multidão, que seu movimento operário aprendeu a caminhar com as próprias pernas. E, no entanto, como essa multidão de milhões de homens aprecia sua "dezena" de chefes políticos experimentados! Como os segue! Quantas vezes, no Parlamento, os deputados dos partidos adversários provocaram os socialistas dizendo: "Grandes democratas vocês são! Para vocês, o movimento operário só existe em palavras: na realidade, é sempre

---

[9] Dificuldades da fartura. (N. de E.)

o mesmo grupo de chefes que faz tudo. Durante anos, durante dezenas de anos, é sempre o mesmo Bebel, o mesmo Liebknecht! Mas seus delegados, supostamente eleitos pelos operários, são mais permanentes que os funcionários nomeados pelo imperador!". Mas os alemães sempre responderam com um sorriso de desdém a essas tentativas demagógicas de pôr a "multidão" contra os "chefes", de nela insuflar maus instintos de vaidade, de privar o movimento de sua solidez e estabilidade, minando a confiança da massa nesses "dez sábios". Os alemães são suficientemente desenvolvidos do ponto de vista político, têm bastante experiência política para compreender que, sem uma "dezena" de chefes talentosos (os talentos não surgem às centenas), experientes, profissionalmente preparados e instruídos por um longo aprendizado, bem compenetrados de sua tarefa, é impossível empreender com firmeza qualquer tipo de luta na sociedade contemporânea. Os alemães também tiveram seus demagogos, que adulavam as "centenas de tolos", pondo-os acima dos "dez sábios"; que exaltavam o "punho potente" da massa, empurravam (como Most ou Hasselmann) essa massa a atos "revolucionários" inconseqüentes, semeando a desconfiança para com os chefes firmes e resolutos. E foi somente graças a uma luta obstinada e intransigente contra demagogos de toda espécie em seu interior que o socialismo alemão cresceu e se fortaleceu tanto. E agora que toda a crise da socialdemocracia russa é explicada pela carência, à frente das massas que despertam espontaneamente, de chefes suficientemente preparados, inteligentes e experientes, agora nossos grandes sábios sentenciam a lapalissada: "É muito ruim o movimento não nascer da base!".

"Um comitê formado de estudantes não é bom para o movimento, porque é instável." Perfeito! Mas a conclusão a extrair disso é que devemos contar com um comitê de *revolucionários profissionais*, pouco importando se os sujeitos capazes de se forjar como tais são operários ou estudantes. Vocês, ao contrário, concluem daí que o movimento operário não pode ser estimulado por elementos externos! Na sua ingenuidade política, vocês nem sequer percebem que com isso fazem o jogo de nossos economicistas e estimulam nossos métodos primitivos. Permitam-me uma pergunta: como é que nossos estudantes têm "estimulado" nossos operários até agora? *Apenas* levando-lhes o pouco conhecimento político que eles próprios tinham, as poucas idéias socialistas que conseguiram recolher (pois o principal alimento espiritual do estudante contemporâneo, o marxismo legal, pode apenas oferecer-lhe os rudimentos). *Esse* "estímulo externo", longe de ser profuso, foi escandalosa e vergonhosamente insignificante em nosso movimento, pois não fizemos mais do que nos curtirmos com todo zelo em nosso próprio molho, rendendo-nos servilmente à elementar "luta econômica dos operários contra os patrões e o governo". Nós, revolucionários profissionais, devemos dar *esse* "estímulo", mas multiplicado por cem, e é o que faremos. Mas, justamente porque vocês empregam essa infame expressão de "estímulo externo", que inevitavelmente inspira no operário (pelo menos o operário tão pouco desenvolvido quanto vocês) a desconfiança em relação a *todos* os que lhe trazem conhecimentos políticos e experiência revolucionária externos, suscitando o desejo instintivo de rejeitar *todos* eles, justamente por isso vocês agem como *demagogos*, e os demagogos são os piores inimigos da classe operária.

Isso mesmo! E, antes que comecem a esbravejar contra meus "procedimentos" polêmicos e minha "falta de camaradagem", esclareço que não estou pondo em dúvida a pureza de suas intenções. Como já disse, basta a ingenuidade política para tornar-se um demagogo. Mas acabo de demonstrar que vocês caíram na demagogia e não me cansarei de repetir que os demagogos são os piores inimigos da classe operária. São os piores justamente por atiçarem os piores instintos da multidão, sendo impossível para os operários pouco desenvolvidos reconhecer esses inimigos que se apresentam, e às vezes sinceramente, como seus amigos. São os piores porque, nesse período de dispersão e de hesitação, quando a fisionomia do nosso movimento ainda está se definindo, nada mais fácil do que arrastar demagogicamente a multidão, que só perceberá seu erro depois de sofrer as mais amargas provações. É por isso que o lema do momento para os socialdemocratas russos deve ser a luta decidida contra a *Svoboda* e o *Rabótcheie Dielo*, que se deixam levar pela demagogia. (Mais adiante, voltaremos a tratar dessa questão.[10])

"É mais fácil apanhar dez sábios do que cem tolos." Essa grande máxima (que sempre receberá o aplauso dos cem tolos) só parece pertinente porque, durante sua argumentação, vocês pularam de um problema para outro. Começaram falando na captura do "Comitê" e da "organização", mas de repente pularam para outra questão, para a captura das "raízes profundas" do movimento. Sem dúvida, nosso movimento só é indestrutível porque tem centenas de milhares de raízes fincadas profundamente, mas não é essa a questão. Mas, ainda que, apesar de todos os nossos métodos artesanais, seja impossível destruir nossas "raízes profundas", todos deploramos, e não podemos deixar de deplorar, a captura das "organizações", o que impossibilita toda continuidade no movimento. Pois bem, já que vocês tocaram no problema da captura das organizações e insistem em tratar dela, afirmo que é muito mais difícil apanhar dez sábios do que cem tolos; e continuarei a sustentar essa convicção sem fa-

---

[10] Só registraremos aqui que tudo que dissemos sobre o "estímulo externo", assim como todos os argumentos ulteriores da *Svoboda* sobre a organização, aplicam-se *inteiramente* a *todos* os economicistas, incluídos os partidários do *Rab. Dielo*, ou porque pregaram e defenderam ativamente esses pontos de vista sobre as questões de organização, ou porque se desviaram na direção deles. (N. do A.)

zer caso dos seus esforços para incitar a multidão contra o meu "antidemocratismo" etc. Como já disse em várias ocasiões, deve-se entender por "sábios" em matéria de organização somente os *revolucionários profissionais*, sejam eles estudantes ou operários. Pois bem, eu afirmo que: 1) é impossível um movimento revolucionário sólido sem uma organização de dirigentes estável, capaz de garantir sua continuidade; 2) quanto mais numerosa a massa espontaneamente integrada à luta, massa que constitui a base participante do movimento, mais premente será a necessidade dessa organização e mais sólida terá de ser (do contrário, será mais fácil para os demagogos de todo tipo arrastar os setores atrasados da massa); 3) essa organização deve ser formada principalmente por homens dedicados profissionalmente às atividades revolucionárias; 4) na pátria da autocracia, quanto mais *restrito* for o contingente dessa organização, a ponto de incluir apenas os filiados dedicados profissionalmente às atividades revolucionárias e adestrados na arte de enfrentar a polícia política, mais difícil será "caçar" essa organização; e 5) *maior* será o número de pessoas, tanto da classe operária como das demais classes sociais, que poderão participar do movimento e colaborar para ele de forma ativa.

Convido nossos economicistas, nossos terroristas e nossos "economicistas-terroristas"[11] a refutarem essas teses, dentre as

---

[11] Esse termo seria talvez mais apropriado que o anterior para referir-se à *Svoboda*, pois em *O renascimento do revolucionarismo* defende-se o terrorismo, enquanto, no artigo em questão, o economicismo. "As uvas estão verdes" pode-se dizer a respeito da *Svoboda*. Esse órgão tem boas aptidões e as melhores intenções, e, no entanto, só consegue produzir confusão. Uma confusão que resulta, acima de tudo, do declarado desprezo da *Svoboda* pela continuidade do pensamento revolucionário e da teoria socialdemocrata. Esforçar-se para ressuscitar o revolucionário profissional (*O renascimento do revolucionarismo*), propondo, primeiro, o terror incitativo, e, depois, a "organização dos operários médios" (*Svoboda*, nº 1, p. 66 e seguintes), excluindo os tais "estímulos externos", equivale, na verdade, a demolir a própria casa a fim de ter lenha para aquecê-la. (N. do A.)

quais agora só tratarei de desenvolver as duas últimas. A questão sobre se é mais fácil apanhar "dez sábios" ou "cem tolos" nos remete ao problema já analisado antes: se uma *organização* de massas é compatível com um regime estritamente clandestino. Nunca poderemos dar a uma organização ampla o caráter clandestino indispensável para uma luta firme e sustentada contra o governo. E a concentração de todas as funções clandestinas nas mãos do menor número possível de revolucionários profissionais não significa, de modo algum, que estes "pensarão por todos", que a multidão não tomará parte ativa no *movimento*. Ao contrário, cada vez mais a multidão fará surgir esses revolucionários profissionais de dentro dela, pois saberá que não basta alguns estudantes e operários militantes no campo econômico se reunirem para constituir um "comitê", mas que é preciso forjar-se durante muitos anos como revolucionário profissional; e a multidão então deixará de "pensar" apenas nos métodos primitivos e passará a se preocupar justamente com essa formação. A centralização das funções clandestinas da *organização* de maneira alguma implica a centralização de todas as funções do *movimento*. A colaboração ativa das massas nas publicações ilegais, longe de diminuir, deverá se *decuplicar* quando "dez" revolucionários profissionais centralizarem a edição clandestina dessa literatura. Então, e somente então, conseguiremos que a leitura das publicações ilegais, a colaboração nelas e, até certo ponto, sua difusão *quase deixem de ser atividades clandestinas*, pois a polícia logo perceberá o absurdo e a impossibilidade de perseguir, judicial e administrativamente, cada possuidor ou propagador de publicações impressas aos milhares. Isso vale não apenas para a imprensa, mas também para todas as funções do movimento, incluídas as manifestações. A participação mais ativa e mais ampla das massas numa manifestação, não apenas não será prejudicada, mas, ao contrário, terá muitas mais chances de êxito se "dez" revolucionários profissionais, experimentados, bem adestrados, ou pelo menos tanto quanto nossos policiais, centralizarem todo o trabalho clandestino: edição de panfletos, esboço de um plano, nomeação dos dirigentes para cada bairro da cidade, cada grupo de fábrica, cada estabelecimento de ensino etc. (Alguém dirá, eu sei, que minhas concepções são "antidemocráticas", mas logo refutarei detalhadamente essa objeção, nada inteligente.) A centralização das funções mais clandestinas pela organização dos revolucionários não enfraquecerá, mas enriquecerá a amplitude e o conteúdo da atividade de um grande número de outras organizações destinadas ao grande público e, por conseguinte, o menos regulamentadas e o mais clandestinas possível: sindicatos operários, círculos operários de instrução e de leitura de publicações ilegais, círculos socialistas, círculos democráticos para todos os demais setores da população etc., etc. Esses círculos, sindicatos e organizações são necessários em toda parte; é preciso que eles sejam *o mais numerosos,* e suas funções, o mais variadas possível, mas é absurdo e contraproducente *confundir* essas organizações com a dos *revolucionários,* apagar as fronteiras entre elas, extinguir na massa a consciência, já incrivelmente embotada, de que, para "servir" a um movimento de massas, são necessários homens que se dediquem especial e inteiramente à luta socialdemocrata, e que esses homens devem ser *forjados* com paciência e persistência, até se converterem em revolucionários profissionais.

Sim, essa consciência está incrivelmente embotada. *Com nossos métodos primitivos de trabalho comprometemos o prestígio dos revolucionários na Rússia:* aí reside nosso erro capital em matéria de organização. Um revolucionário frouxo, vacilante nas questões teóricas, com horizontes estreitos, que justifica sua inércia com a espontaneidade do movimento de massas, que mais parece um secretário de *trade-union* que um tribuno popular, incapaz de apresentar um plano amplo e audacioso, que imponha respeito aos próprios adversários, um revolucionário inexperiente e inepto em seu ofício (a luta contra a polícia política) não é um revolucionário, mas um mísero artesão!

Que nenhum militante dedicado ao trabalho prático se ofenda com esse duro epíteto, pois, no que tange ao despreparo, eu o aplico a mim mesmo em primeiro lugar. Militei em um círculo [37] que se atribuía tarefas amplas, ilimitadas, e todos nós, membros desse círculo, sofremos muito ao perceber que não passávamos de artesãos num momento histórico sobre o qual, parafraseando a célebre máxima, se poderia dizer: Dêem-nos uma organização de revolucionários e abalaremos as estruturas da Rússia! E quanto mais sou obrigado a recordar esse agudo sentimento de vergonha que então experimentamos, mais sinto crescer em mim a amargura contra esses pseudo-socialdemocratas, cuja propaganda "desonra o nome de revolucionário" e que não compreendem que nossa tarefa não é propugnar o rebaixamento do revolucionário ao nível do artesão, e sim a *elevação* do artesão ao nível do revolucionário.

d) Envergadura do trabalho de organização

Como vimos, B-v fala da "escassez de forças revolucionárias aptas para a ação, sensível não apenas em São Petersburgo, mas em toda a Rússia". Duvido que alguém conteste esse fato. O problema, porém, é como explicá-lo. B-v escreve:

> Não tentaremos aqui esclarecer as razões históricas desse fenômeno; apenas diremos que, desmoralizada por uma longa reação política e dividida pelas mudanças econômicas ocorridas

e em curso, a sociedade tem fornecido *um número extremamente reduzido de pessoas aptas para o trabalho revolucionário*; a classe operária completa, em parte, as fileiras das organizações ilegais, fornecendo-lhes revolucionários operários, mas o número desses revolucionários não corresponde às exigências do momento. Ainda mais quando a situação do operário, ocupado onze horas e meia por dia na fábrica, não lhe permite desempenhar de fato mais do que as funções de agitador; já a propaganda e a organização, a reprodução e a distribuição da literatura ilegal, a publicação de panfletos etc., querendo ou não, são em geral assumidas por um número extremamente reduzido de intelectuais (*Rab. Dielo*, nº 6, pp. 38-39).

Discordamos de B-v em muitos pontos dessa argumentação; especialmente daquela frase que grifamos, a qual mostra às claras que, depois de ter sofrido muito por causa de nossos métodos primitivos (como todo militante prático que pense um pouco), B-v, subjugado como está pelo economicismo, não consegue achar uma saída para essa situação insuportável. Mas, diferentemente do que ele afirma, a sociedade tem fornecido um número extremamente alto de pessoas aptas para a "causa"; nós é que não sabemos aproveitar todas elas. Nesse sentido, o estado crítico, o estado de transição do nosso movimento pode ser formulado da seguinte maneira: *não há homens, e há uma infinidade de homens*. Há uma infinidade de homens porque tanto a classe operária quanto setores cada vez mais variados da sociedade têm fornecido a cada ano um número maior de descontentes, desejosos de protestar, dispostos a cooperar naquilo que puderem na luta contra o absolutismo, cujo caráter insuportável ainda não foi reconhecido por todo o mundo, mas é sentido por massas cada vez mais amplas e cada vez mais agudamente. Mas, ao mesmo tempo, não há homens, porque não há dirigentes, não há chefes políticos, não há talentos capazes de organizar um trabalho ao mesmo tempo amplo e unificado, coordenado, que permita aproveitar todas as forças, até as mais insignificantes. "O crescimento e o desenvolvimento das organizações revolucionárias" estão defasados, não apenas em relação ao movimento operário, coisa que o próprio B-v reconhece, mas também em relação com o crescimento do movimento democrático geral em todos os setores do povo. (Aliás, é provável que hoje B-v subscrevesse esse complemento a sua conclusão.) O alcance do trabalho revolucionário é muito limitado quando comparado com a grande base espontânea do movimento, tolhido que está pela pobre teoria da "luta econômica contra os patrões e o governo". Mas hoje não são apenas os agitadores políticos, mas também os social-democratas organizadores que devem "procurar todas as classes da população"[12]. Acredito que nenhum militante dedicado ao trabalho prático duvidará que os socialdemocratas poderão perfeitamente distribuir as mil funções fragmentárias de seu trabalho de organização entre os diversos representantes das mais diversas classes. A falta de especialização, que B-v, com tanta razão, lamenta amargamente, constitui um dos maiores defeitos de nossa técnica de trabalho. Quanto mais específicas, miúdas, forem as diferentes "operações" da ação comum, tanto maior será o número de pessoas capazes de executar uma delas (quando, na maioria dos casos, essas pessoas seriam completamente incapa-

---

[12] Entre os militares, por exemplo, tem-se observado um inegável retorno do espírito democrático, em parte devido à freqüência, sempre maior, dos combates de rua contra "inimigos" como operários e estudantes. E, na medida de nossas forças, devemos prestar a mais séria atenção à propaganda e à agitação entre os soldados e os oficiais, à criação de "organizações militares" filiadas ao nosso partido. (N. do A.)

zes de serem revolucionários profissionais); quanto mais difícil for para a polícia "caçar" todos esses "militantes que desempenham funções fragmentárias", mais difícil será montar, a partir do crime insignificante de um indivíduo, um "caso" de importância que justifique as despesas do Estado em serviços secretos. Quanto ao volume de gente disposta a colaborar conosco, já comentamos no capítulo anterior a gigantesca mudança ocorrida nos últimos cinco anos. Mas, por outro lado, também é verdade que, para agrupar todas essas mínimas facções em um todo único, para não fragmentar o movimento com suas próprias atividades e para infundir no militante que executa as tarefas menores a fé na necessidade e na importância de seu trabalho, sem a qual ele jamais se prestará a realizá-las[13], para tudo isso é necessária uma forte organização de revolucionários experimentados. Contando com tal organização, a fé na força do partido será tanto mais intensa e extensa quanto mais sua ação for clandestina; e na guerra, como se sabe, o mais importante é não apenas inspirar no exército a confiança em suas próprias forças, mas tam-

---

[13] Recordo que um camarada certa vez me contou que um inspetor de fábrica, que ajudara a socialdemocracia e estava disposto a continuar a ajudá-la, queixava-se amargamente de não saber se seus "relatórios" chegavam a um verdadeiro organismo revolucionário central, se sua colaboração era necessária nem em que medida seus pequenos serviços podiam ser aproveitados. Todo militante poderia citar inúmeros casos semelhantes, onde nossos métodos artesanais nos fizeram perder aliados. E não apenas entre os funcionários das fábricas, mas também entre os dos correios, das ferrovias, da alfândega, entre a nobreza, o clero e em *todas* as demais instituições. Até a polícia e os tribunais poderiam prestar-nos e nos prestariam "pequenos" serviços que em seu conjunto teriam um valor inestimável! Se agora contássemos com um verdadeiro partido, com uma organização de revolucionários verdadeiramente combativa, não nos precipitaríamos em relação a esses "auxiliares", não nos apressaríamos em integrá-los sempre e necessariamente ao coração da "ação ilegal"; ao contrário, teríamos um cuidado especial com eles e até prepararíamos especialmente pessoas para essas funções, tendo sempre em mente que muitos estudantes poderiam ser mais úteis como funcionários "auxiliares" do que como revolucionários "a curto prazo". Mas, repito, essa tática só pode ser aplicada por uma organização já perfeitamente consolidada e que disponha de forças ativas em quantidade suficiente. (N. do A.)

bém impressionar o inimigo e todos os elementos *neutros*; uma neutralidade amistosa pode às vezes ser decisiva para a vitória. Com tal organização, construída sobre uma base teórica firme e contando com um órgão socialdemocrata, não caberá temer que o movimento seja desencaminhado pelos numerosos elementos "estranhos" que a ele tenham aderido (ao contrário, justamente agora, quando predominam os métodos primitivos de trabalho, vemos muitos socialdemocratas, pretendendo ser os únicos verdadeiros socialdemocratas, empurrarem o movimento para o lado do "Credo"). Trocando em miúdos, a especialização implica necessariamente a centralização, a exige de forma absoluta.

Mas o próprio B-v, que tão bem demonstrou a necessidade da especialização, parece não lhe dar o devido valor na segunda parte de seu arrazoado. Diz ele que o número de revolucionários vindos dos meios operários é insuficiente. Essa observação é acertadíssima, e tornamos a sublinhar que o "valioso testemunho de um observador direto" confirma plenamente nossa opinião sobre as causas da crise que a socialdemocracia vem atravessando e, portanto, sobre as maneiras de remediá-la. Não são apenas os revolucionários em geral, mas também os próprios operários revolucionários, que estão atrasados em relação ao impulso espontâneo das massas operárias. E esse *fato* confirma com toda a evidência, mesmo do ponto de vista "prático", não apenas o absurdo, mas também o caráter *político reacionário* da "pedagogia" com que freqüentemente somos brindados quando se trata do problema de nossos deveres para com os operários. Esse fato atesta que nossa obrigação mais primordial e imperiosa é contribuir para a formação de revolucionários operários que, *do ponto de vista de sua atividade no partido*, estejam no mesmo nível dos revolucionários intelectuais (frisamos: do ponto de vista de sua atividade no partido, porque em outros aspectos não é nem tão fácil nem tão urgente, embora necessário, que os operários atinjam o mesmo nível). Por isso, nossa atenção deve voltar-se *principalmente a elevar* os operários ao nível dos revolucionários, não a *nos rebaixarmos* ao nível da "massa operária", como querem os economicistas, ou ao nível do "operário médio", como quer a *Svoboda* (que, nesse sentido, ascende ao segundo grau da "pedagogia" economicista). Longe de mim negar a necessidade de uma literatura popular para os operários e de outra literatura especificamente popular (mas não vulgar, é claro) para os operários mais atrasados. Mas o que me revolta é essa constante intromissão da pedagogia nos problemas políticos, nas questões de organização. Porque vocês, senhores paladinos do "operário médio", no fundo insultam os operários com seu desejo de se *rebaixarem* até ele, em vez de lhe falarem de política operária ou de organização operária. Levantem-se, então, e falem de coisas sérias, deixando a pedagogia para os pedagogos, pois não é coisa para políticos nem organizadores! Por acaso não há também entre os intelectuais elementos avançados, elementos "médios" e uma "massa"? Por acaso não é notório que os intelectuais também necessitam de uma literatura popular? E por acaso essa literatura não é publicada? Mas suponham vocês que, em um artigo sobre a organização de estudantes universitários ou colegiais, o autor, em tom de quem faz uma grande descoberta, põe-se a martelar que é necessário, acima de tudo, desenvolver uma organização de "estudantes médios". Sem dúvida, esse autor seria ridicularizado, e com toda a razão. Certamente lhe diriam: o senhor nos dê algumas pequenas idéias de organização, se é que as tem, que nós mesmos veremos quem aqui é "médio", superior ou inferior. Se vocês não tiverem idéias *próprias* sobre a organização, todos os seus discursos sobre "a massa" e os elementos "médios" não passarão de um palavrório enfadonho. Tratem de entender, de uma vez por todas, que as questões de "política" e de "organização" são, por si sós, tão sérias que só podem ser tratadas com extrema seriedade: é possível e necessário *preparar* os operários (bem como os estudantes universitários e secundaristas) para *poder abordar essas questões diante deles;* mas, depois de abordá-las, ofereçam verdadeiras respostas, não retrocedam para os "elementos médios" ou a "massa", não se esquivem com historietas ou frases de efeito[14].

O operário revolucionário que queira preparar-se plenamente para seu trabalho deve tornar-se também um revolucionário profissional. Por isso B-v não tem razão ao dizer que, estando o operário ocupado durante onze horas e meia na fábrica, as outras funções revolucionárias (salvo a agitação), "querendo ou não, são em geral assumidas por um número extremamente reduzido de intelectuais". Isso não acontece *"querendo ou não"*, mas por causa do nosso atraso, por não compreendermos que é nosso dever ajudar todo operário que se destaque por suas capacidades a se tornar um agitador *profissional*, um organizador, propagandista, distribuidor etc. etc. Nesse sentido, desperdiçamos vergonhosamente nossas forças, não sabemos cuidar do que precisa ser cultivado e desenvolvido com o maior zelo. Vejam o caso dos alemães: eles têm cem vezes mais forças do que nós, mas compreendem perfeitamente que os operários "médios" não fornecem com a devida freqüência agitadores realmente capazes etc.

---

[14] *Svoboda,* nº 1, artigo "A organização", p. 66: "A massa operária apoiará em peso todas as reivindicações encaminhadas em nome do Trabalho da Rússia" ("Trabalho" com maiúscula, claro). E o autor ainda exclama: "Não sou de forma alguma hostil aos intelectuais, mas... [este é o *mas* que Chendrine traduziu pelo ditado: as orelhas não crescem acima da testa!] ... mas fico terrivelmente furioso quando alguém vem me dizer uma porção de coisas muito boas e bonitas, exigindo que as aceite por sua [dele?] beleza e demais atributos" (p. 62). Pois também a mim isso "me deixa terrivelmente furioso"... (N. do A.)

Por isso, ao reconhecer um operário especialmente capaz, tratam logo de oferecer-lhe as condições para o pleno desenvolvimento e aplicação de suas aptidões: fazem dele um agitador profissional, encorajam-no a alargar seu campo de ação, a estendê-lo de uma única fábrica a toda uma categoria profissional, de uma localidade a todo o país. Assim, o operário adquire experiência e habilidade profissional; alarga seu horizonte e seus conhecimentos, observa de perto os chefes políticos eminentes de outras localidades e de outros partidos; procura elevar a si mesmo até o nível desses líderes e reunir em sua própria pessoa o conhecimento do operário médio e o ardor das convicções socialistas com a competência profissional, sem a qual o proletariado *não pode* sustentar a luta contra inimigos altamente instruídos. Assim, e somente assim, é que surgem os Bebel e os Auer da massa operária. Mas o que em um país politicamente livre se faz praticamente por conta própria, entre nós deve ser feito sistematicamente por nossas organizações. Todo agitador operário com algum talento, que "prometa", *não deve* trabalhar onze horas na fábrica. Devemos fazer de tudo para que ele seja sustentado pelo partido e possa, quando necessário, passar à clandestinidade, mudar de localidade, pois, do contrário, ele não ganhará grande experiência, não alargará seu horizonte, não conseguirá sustentar a luta contra a polícia nem por poucos anos. Quanto mais amplo e profundo for o impulso espontâneo das massas operárias, mais agitadores de talentos se destacarão dela, e não só agitadores, mas organizadores, propagandistas e militantes "práticos" de talento, no melhor sentido da palavra (tão raros entre nossos intelectuais, em sua maioria um tanto apáticos e desleixados, à maneira russa). Quando tivermos destacamentos de operários revolucionários especialmente preparados (e, bem entendido, em "todas as armas" da ação revolucionária) por um longo aprendizado, nenhuma polícia política do mundo poderá com eles, porque esses destacamentos de homens, entregues de corpo e alma à revolução, gozarão igualmente de uma confiança ilimitada por parte das mais amplas massas operárias. E é um *erro* inegável não "empurrarmos" decididamente os operários em direção a esse caminho, que é comum a eles e aos "intelectuais", o caminho da aprendizagem revolucionária profissional, muitas vezes puxando-os para trás, com discursos tolos sobre o que é "acessível" à massa operária, aos "operários médios" etc.

Nesse sentido, como nos demais, o alcance limitado do trabalho de organização tem estreita e inegável relação (embora a imensa maioria dos economicistas e dos militantes práticos novatos não o reconheçam) com a limitação do alcance de nossa teoria e nossas tarefas políticas. O culto da espontaneidade dá origem a uma espécie de temor de nos afastarmos, ainda que um só passo, daquilo que é "acessível" às massas, um temor de subir alto demais, acima da simples satisfação de suas necessidades diretas e imediatas. Não tenham medo, senhores! Lembrem que, em matéria de organização, estamos a um nível tão baixo que chega a ser absurda a idéia de que *possamos subir alto demais*!

e) A organização "de conspiradores" e o "democratismo"

Há entre nós muitas pessoas tão sensíveis à "voz da vida", que temem, acima de tudo, justamente isso, acusando os que compartilham da visão exposta acima de serem adeptos de "A Vontade do Povo", de não compreenderem o "democratismo" etc. Vale determo-nos nessas acusações, obviamente endossadas pelo *Rabótcheie Dielo*.

O autor destas linhas está careca de saber que os economicistas petersburgueses já acusavam a *Rabótchaia Gazeta* de seguir

"A Vontade do Povo" (algo compreensível quando se compara essa publicação com o *Rabótchaia Mysl*). Por isso não nos espantamos quando um camarada nos informou que, pouco depois da fundação do *Iskra*, os socialdemocratas da cidade X tacharam nossa publicação de órgão de "A Vontade do Povo". Tal acusação, evidentemente, é para nós um elogio, pois não existe socialdemocrata digno desse nome que não tenha sido acusado disso pelos economicistas.

Essas acusações devem-se a uma dupla confusão. Em primeiro lugar, a história do movimento revolucionário é tão mal conhecida entre nós que qualquer referência a uma organização de combate centralizada e em guerra declarada contra o czarismo é associada a "A Vontade do Povo". Mas a excelente organização de que dispunham os revolucionários da década de 1870, que deveria servir de modelo para todos nós, não foi criada pelos partidários de "A Vontade do Povo", mas pelos partidários de "Terra e Liberdade"[15], que mais tarde se dividiriam entre os partidários de "A Distribuição Total" e os próprios seguidores de "A Vontade do Povo". Por isso é um absurdo, do ponto de vista histórico e lógico, ver numa organização revolucionária de combate uma herança específica dos seguidores de "A Vontade do Povo", pois *toda* tendência revolucionária, se realmente pensa numa luta sé-

---

[15] Partidários de "Terra e Liberdade", ou populistas: membros da organização pequeno-burguesa "Terra e Liberdade", surgida em 1876. Seus adeptos partiam da idéia equivocada de que a principal força revolucionária do país era, não o operário urbano, mas os camponeses; que o caminho para o socialismo passava pelo campesinato, que era possível ameaçar o poder do czar e dos latifundiários apenas por meio de "revoltas" camponesas. Para incitá-las, foram para o campo, "para o povo" (daí o nome de "populistas"), onde propagaram seus pontos de vista. Os camponeses, porém, não os entenderam nem os seguiram. Eles, então, decidiram continuar a luta contra a autocracia sem o povo, com suas próprias forças, por meio do assassinato isolado de representantes do governo. O conflito dentro das fileiras desse movimento, entre os partidários dos novos métodos de luta e os adeptos da velha tática populista, levou, em 1876, à cisão em dois grupos: "A Vontade do Povo" e "A Distribuição Total". (N. de E.)

ria, não pode prescindir de semelhante organização. O erro dos seguidores de "A vontade do Povo" não foi tentar atrair *todos* os descontentes para sua organização e orientá-la para a luta declarada contra a autocracia. Ao contrário, esse é o seu grande mérito histórico. Seu erro foi apoiar-se numa teoria que, no fundo, não era nada revolucionária e em não ter sabido, ou podido, estabelecer um nexo firme entre seu movimento e a luta de classes travada no interior da sociedade capitalista em desenvolvimento. Só a mais grosseira incompreensão do marxismo (ou sua "compreensão" no sentido "struvista") pode ter dado lugar à crença de que o surgimento de um movimento operário de massas espontâneo nos *exime* da obrigação de criar uma organização revolucionária tão boa, ou incomparavelmente melhor, que a de "Terra e Liberdade". Esse movimento, ao contrário, nos *impõe* justamente essa obrigação, pois a luta espontânea do proletariado não se transformará numa verdadeira "luta de classes" enquanto não for dirigida por uma forte organização de revolucionários.

Em segundo lugar, muitos – entre os quais, pelo visto, inclui-se L. Kritchévsky (*R. D.*, nº 10, p. 18) – não entendem por completo a crítica que os socialdemocratas sempre fizeram à concepção da luta política como uma luta "de conspiradores". Sempre protestamos e continuaremos a protestar, evidentemente, contra a *redução* da luta política às dimensões de uma conspiração[16], mas isso não significa absolutamente, como se pensa, que neguemos a necessidade de uma forte organização revolucionária. Por exemplo, na brochura citada na nota, junto à crítica àqueles que desejariam restaurar a luta política como uma conspiração, encontra-se o esquema de uma organização (como ideal dos socialdemocratas) suficientemente forte para recorrer tanto à "insurreição" como a

---

[16] Ver *As tarefas dos socialdemocratas russos*, p. 21, a polêmica contra P. L. Lavrov. (N. do A.) (V. I. Lenin, *Obras completas*, t. II – N. de E.)

qualquer outra "forma de ataque", para "desfechar o golpe mortal no absolutismo"[17]. Por sua *forma*, uma organização revolucionária com essa força em um país autocrático pode ser qualificada como organização "de conspiradores", pois o caráter conspirativo é absolutamente imprescindível para tal organização. E este é a tal ponto uma condição indispensável dessa organização, que todas as demais (número de filiados, sua escolha, suas funções etc.) devem ajustar-se a ela. Seria, portanto, uma extrema ingenuidade temer que nos acusem, a nós, socialdemocratas, de querermos criar uma organização de conspiradores. Todo inimigo do economicismo deve se orgulhar dessa acusação, bem como da acusação de seguir a "Vontade do Povo".

Alguém poderá dizer que uma organização tão poderosa e tão rigorosamente secreta, tendo nas mãos todos os fios que controlam a atividade conspirativa, uma organização necessariamente centralizada, poderia facilmente lançar um ataque prematuro, empurrando o movimento de maneira inconseqüente, antes que a investida fosse possibilitada e exigida pela pressão do descontentamento político, da agitação e da insatisfação da classe operária etc. Nós responderemos que, falando em termos abstratos, evidentemente não se pode negar que uma organização de combate *poderia* engajar-se irrefletidamente em uma batalha que *poderia* terminar em derrota, algo que não seria inevitável em outras condições. Mas em face desse problema é impossível ficar

---

[17] *As tarefas dos socialdemocratas russos*, p. 23. (V. I. Lenin, *Obras completas*, t. II – N. de E.) Tem-se aqui, aliás, outro exemplo de como o *Rabótcheie Dielo* ou não sabe muito bem o que diz, ou muda de opinião "conforme o vento". Em seu número 1 lê-se a seguinte afirmação, em itálico: "O conteúdo deste folheto coincide inteiramente com o programa da redação do *Rabótcheie Dielo*" (p. 142). Será mesmo? Por acaso as "tarefas" coincidem com a idéia de que é impossível propor como primeiro objetivo do movimento de massas a derrubada da autocracia? E coincidem com a teoria da "luta econômica contra os patrões e o governo"? E com a teoria das etapas? Cabe ao leitor julgar a firmeza de princípios de um órgão com uma compreensão tão original do que seja "coincidência". (N. do A.)

em considerações abstratas, pois todo e qualquer combate implica possibilidades abstratas de derrota, e não existe outro meio de *reduzir* essa possibilidade, senão preparando-se sistematicamente para o combate. E, se levarmos a questão ao terreno concreto das condições atuais da Rússia, chegaremos à seguinte conclusão positiva: uma forte organização revolucionária é absolutamente necessária exatamente para dar estabilidade ao movimento e *preservá-lo* da possibilidade de ataques irrefletidos. Justamente agora, quando carecemos dessa organização e o movimento revolucionário cresce espontânea e rapidamente, já *se observam* duas tendências situadas em extremos opostos (que, logicamente, "se tocam"): de um lado, um economicismo completamente inconsistente, acompanhado do apelo à moderação; do outro, um "terrorismo incitador" não menos inconsistente, que, diante de "um movimento que se está desenvolvendo e consolidando, mas que ainda está mais perto de seu nascimento que de sua morte", tenta "produzir artificialmente os sintomas de sua agonia" (V. Zassulitch, *Zariá*, n° 2-3, p. 353). O exemplo do *Rabótcheie Dielo* mostra que já existem socialdemocratas capitulando diante de ambos os extremos. Isso nada tem de surpreendente, pois, abstraindo-se as demais circunstâncias, "a luta econômica contra os patrões e o governo" *nunca* satisfará um revolucionário, e, aqui e ali, sempre surgirão as tendências extremas. Somente uma organização de combate centralizada, que aplique com firmeza a política socialdemocrata e satisfaça, por assim dizer, a todos os instintos e aspirações revolucionárias, estará em condições de preservar o movimento de um ataque irrefletido e preparar um ataque com possibilidades de êxito.

Alguém também poderá dizer que nosso ponto de vista sobre a organização atenta contra os "princípios democráticos". Enquanto a acusação anterior é de origem especificamente russa, esta tem um caráter *especificamente estrangeiro*. Somente uma organização sediada no estrangeiro (a "União dos Socialdemocratas Russos") poderia dar à sua redação, entre outras, a seguinte instrução:

> *Princípio de organização.* A fim de favorecer o desenvolvimento e a unificação da socialdemocracia, há que ressaltar, desenvolver, propugnar um amplo princípio democrático em sua organização partidária, algo que se tornou absolutamente imprescindível em face das tendências antidemocráticas que têm surgido nas fileiras do nosso Partido (*Dois congressos*, p. 18).

No próximo capítulo, veremos justamente como o *Rabótcheie Dielo* luta contra as "tendências antidemocráticas" do *Iskra*. Agora examinemos mais de perto esse "princípio" proposto pelos economicistas. Como todos certamente concordarão, o "amplo princípio democrático" implica duas condições *sine qua non*: que tudo seja feito publicamente às claras e que todos os cargos sejam eletivos. Sem transparência pública, não restrita aos membros da organização, seria ridículo falar em democratismo. Chamaremos democrática a organização do partido socialista alemão porque tudo nele é feito publicamente, até as sessões de seus congressos; mas ninguém qualificará de democrática uma organização que, para todos os que não sejam membros dela, permanece encoberta pelo véu do segredo. Sendo assim, qual o sentido de propor um "*amplo* princípio democrático", quando a condição fundamental desse princípio é *irrealizável* para uma organização secreta? Esse "amplo princípio" não passa de uma frase de efeito, sonora, porém vazia. E mais: essa frase demonstra uma total incompreensão das tarefas urgentes do movimento em matéria de organização. Todo mundo sabe até que ponto a indiscrição em matéria conspirativa é difundida entre a grande "massa" de revolucionários. Já vimos quão amargamente B-v se queixa disso, exigindo, com toda razão, uma "rigorosa seleção dos filiados" (*Rab. Dielo*, nº 6, p. 42). E de repente vêm uns sujeitos se vangloriar de seu "senso de realidade" e, em semelhante situação, *proclamar,* não a necessidade da mais severa discrição conspirativa e de uma seleção mais rigorosa (e, portanto, mais restrita) dos filiados, mas um "*amplo* princípio democrático"! Uma completa aberração!

A defesa da segunda marca distintiva de democracia, o princípio eletivo, tampouco resiste à análise. Nos países que desfrutam de liberdade política, essa condição existe por si mesma. "Considera-se membro do partido todo aquele que reconhece os princípios de seu programa e o apóia na medida de suas forças", diz o primeiro artigo dos estatutos do partido socialdemocrata alemão. E, como a arena política é visível a todos, como o palco de um teatro para os espectadores, todos sabem pelos jornais e assembléias públicas se esta ou aquela pessoa reconhece ou não esses princípios, apóia ou deixa de apoiar o partido. Todo o mundo sabe que este ou aquele político começou sua militância de tal ou qual maneira, teve essa ou aquela evolução, tal ou qual comportamento em um momento difícil da vida, que se distingue por estas ou aquelas qualidades. É natural, portanto, que *todos* os membros do partido possam, com conhecimento de causa, eleger ou não determinado militante para um determinado cargo do partido. O controle geral (no sentido literal da palavra) de todos os passos dos filiados do partido, ao longo de sua carreira política, cria um mecanismo automático, que assegura o que em biologia recebe o nome de "sobrevivência dos mais aptos". É graças a essa "seleção natural", resultado da absoluta publicidade, da elegibilidade e do controle geral, que cada militante "encontra seu lugar", assume a tarefa mais afim a suas forças e aptidões, arca ele próprio com as conseqüências de seus erros e dá mostras públicas de sua capacidade de assumi-los e evitá-los.

Mas tentemos agora encaixar esse quadro na moldura de nossa autocracia! Seria possível entre nós que "todo aquele que reconhece os princípios do programa do partido e o apóia na medida de suas forças" controlasse cada passo do revolucionário clandestino? Que todos elegessem este ou aquele revolucionário, quando, pelos imperativos de seu trabalho clandestino, ele é *obrigado* a esconder de quase todos quem ele realmente é? Pensem um minuto que seja no verdadeiro sentido das frases de efeito do *Rabótcheie Dielo* e vocês verão que o "amplo democratismo" de uma organização partidária mergulhada nas trevas da autocracia, quando é a polícia que faz a seleção, não passa de uma *futilidade vã e perniciosa*. Vã porque, na prática, nenhuma organização revolucionária jamais aplicou nem nunca poderá aplicar um *amplo* democratismo, por mais que o deseje. E prejudicial porque as tentativas para se aplicar de fato o "princípio de uma ampla democracia" só fizeram facilitar as detenções em massa, perpetuar o reinado dos métodos primitivos de trabalho e distrair o pensamento dos militantes práticos da séria e imperiosa tarefa de se forjarem como revolucionários profissionais, desviando-o para a redação de minuciosos regulamentos "burocráticos" sobre os sistemas de eleições. Somente no estrangeiro, onde muitas vezes se reúnem pessoas impossibilitadas de realizar um trabalho verdadeiro e real, é que pôde se desenvolver aqui e ali, sobretudo nos diversos grupelhos, essa mania de "brincar de democratismo".

Para mostrar ao leitor quão indigno é o modo como o *Rabótcheie Dielo* costuma preconizar um "princípio" tão nobre como o "democratismo" no trabalho revolucionário, citaremos um novo testemunho. Neste caso, o de E. Serebriakov, diretor da revista londrina *Nakanunie*, que nutre franca simpatia pelo *Rabótcheie Dielo* e antipatia igualmente franca por Plekhanov e os "plekhanovistas". Nos artigos sobre a cisão da "União dos socialdemocratas russos no estrangeiro", a *Nakanunie* tomou decididamente o partido do *Robótcheie Dielo* e despejou uma verdadeira enxurrada de palavras lamentáveis contra Plekhanov. Por isso, seu testemunho sobre essa questão é mais precioso ainda. No nº 7 de *Nakanunie* (julho de 1899), no artigo intitulado "A propósito do apelo do 'Grupo de auto-emancipação operária'", E. Serebriakov afirmava ser "indigno" alegar questões de "prestígio, de primazia do que se costuma chamar 'areópago' num movimento revolucionário sério", dizendo entre outras coisas:

> Mychkin, Rogatchev, Jeliabov, Mikhailov, Peróvskaia, Figner e outros nunca se consideraram dirigentes, não foram eleitos nem nomeados por ninguém e, no entanto, eram líderes, pois, tanto em período de propaganda como de luta contra o governo, assumiram o trabalho mais difícil, foram aos lugares mais perigosos, e sua atividade era a mais frutífera. A primazia deles não resultava de seu desejo, mas da confiança dos camaradas em sua inteligência, sua energia e sua lealdade. Seria muita ingenuidade temer um areópago (e, se ninguém o teme, não há razão para falar nele) que pudesse dirigir o movimento de forma autoritária. Quem obedeceria a ele?

Pois agora perguntamos ao leitor: qual a diferença entre o "areópago" e as "tendências antidemocráticas"? Não é óbvio que o princípio de organização aparentemente verdadeiro do *Rabótcheie Dielo* é tão ingênuo quanto indecoroso? Ingênuo porque ninguém há de obedecer sinceramente ao "areópago" ou às pessoas com "tendências antidemocráticas", uma vez que "os camaradas" não terão confiança "em sua inteligência, sua energia e sua lealdade". Indecoroso, como expediente demagógico que tira proveito da presunção de alguns e do desconhecimento de outros quanto ao verdadeiro estado do nosso movimento, da falta de preparo e até da ignorância da história do movimento revolucionário. Para nossos militantes, o único princípio sério em matéria de organização deve ser: o mais severo sigilo conspirativo, a mais rigorosa seleção dos filiados e o preparo de revolucionários profissionais. Contando com essas qualidades, teremos assegurado algo muito mais importante que "democratismo"; teremos a mais plena e fraternal confiança entre os revolucionários. E essa confiança é algo imprescindível para nós, pois na Rússia não haveria a possibilidade de substituí-la por um controle democrático amplo e público. E seria um grande erro acreditarmos que, sendo impossível um controle realmente "democrático", os filiados da organização revolucionária tornam-se incontroláveis. A bem da verdade, eles não têm tempo de pensar nas formas fictícias da democracia (no interior de um pequeno e cerrado núcleo de camaradas entre os quais há plena confiança), mas sentem sua *responsabilidade* com toda a força e também sabem, por experiência própria, que uma organização de verdadeiros revolucionários não hesitará em se livrar de um membro indigno. Além disso, nós, do meio revolucionário russo (e internacional), contamos com uma opinião pública bem desenvolvida, que tem uma longa história e castiga com rigor implacável qualquer falta aos deveres de camaradagem (e o "democratismo", o verdadeiro, não o fictício, fica incluído, como a parte no todo, nesse conceito de camaradagem!). Levem tudo isso em conta e vocês perceberão o quanto essas arengas e resoluções sobre as "tendências antidemocráticas" recendem o bafio repugnante dos emigrados com pretensões a generais!

Observe-se também que a outra fonte dessa arengada, isto é, a ingenuidade, também se alimenta da confusão de idéias acerca do que é a democracia. O livro do casal Webb sobre as *trade-unions* inglesas traz um capítulo curioso, intitulado "Democracia primitiva". Os autores narram nele que os operários ingleses, no primeiro período de existência de seus sindicatos, consideravam uma condição necessária da democracia a participação de todos os membros em todos os detalhes da gestão: não apenas todas as questões eram resolvidas pelo voto de todos os filiados, mas os próprios cargos eram exercidos por todos, sucessivamente. Foi necessária uma longa experiência histórica para os operários perceberem o absurdo dessa concepção da democracia e a necessidade, por um lado, de instituições representativas e, por outro, de funcionários profissionais. Foi preciso ocorrer a falência de muitas caixas de sindicatos para os operários entenderem que a relação entre as cotas arrecadadas e os subsídios concedidos não podia ser decidida apenas pelo voto democrático, exigindo o parecer de um perito em seguros. Leiam também o livro de Kautsky sobre o parlamentarismo e a legislação popular, e vocês verão que as conclusões desse teórico marxista coincidem com as lições extraídas da longa prática dos operários "espontaneamente" unidos. Kautsky protesta veementemente contra a concepção primitiva que Rittinghausen faz da democracia, zomba das pessoas dispostas a exigir, em nome da democracia, que "os jornais populares sejam redigidos diretamente pelo próprio povo", prova a necessidade de contar com jornalistas *profissionais*, com parlamentares *profissionais* etc., para dirigir de um modo social-democrata a luta de classe do proletariado; ataca o "socialismo dos anarquistas e literatos" que, como "jogada de efeito", defendem a legislação diretamente popular, sem atentarem à sua duvidosa aplicação na sociedade contemporânea.

Qualquer pessoa que tenha desenvolvido um trabalho prático em nosso movimento sabe até que ponto a concepção "primitiva" da democracia está difundida entre a massa da juventude estudantil e dos operários. Não é de estranhar que essa concepção se infiltre tanto nos estatutos quanto na literatura. Os economicistas do tipo bernsteiniano escreviam em seus estatutos: "§ 10. Todos os casos que afetem os interesses de toda a organização serão decididos pelo voto majoritário de todos seus membros". Os economicistas do tipo terrorista ecoam: "É imprescindível que os acordos dos comitês passem por todos os círculos, para só então serem efetivados" (*Svoboda*, nº 1, p. 67). Observem que esse apelo à ampla aplicação do sistema de referendo é feito *depois* de se exigir que *toda* a organização se baseie no princípio eletivo! Longe de nós, é claro, recriminar por isso os militantes dedicados ao trabalho prático, que tiveram poucas chances de conhecer a teoria e a prática das organizações realmente democráticas. Mas quando, em semelhante circunstância, o *Rab. Dielo*, que se arroga um papel de dirigente, limita-se a emitir uma resolução sobre um "amplo princípio democrático", que é isso senão uma "jogada de efeito"?

f) O trabalho em escala local e em toda a Rússia

Se as objeções ao plano de organização aqui exposto, criticado por sua falta de democratismo e seu caráter conspirativo, carecem de qualquer fundamento, resta ainda examinar outra questão levantada com freqüência: o problema da relação entre o trabalho local e o trabalho em escala nacional. Paira o temor de que, ao criar uma organização centralista, o centro de gravidade se desloque do primeiro trabalho para o segundo, o temor de que isso prejudique o movimento, abale a solidez dos vínculos que nos unem à massa operária e, de maneira geral, a estabilidade da agitação local. Nossa resposta é lembrar que, nos últimos anos, nosso movimento tem-se ressentido justamente do fato de os militantes locais estarem excessivamente absorvidos pelo trabalho local; que, por isso mesmo, não resta dúvida quanto à necessidade de deslocar um pouco o centro de gravidade para o trabalho no plano nacional; que esse deslocamento não enfraquecerá, mas, ao contrário, fortalecerá nossos vínculos com a massa e a estabilidade de nossa agitação local. Tomemos o caso do órgão central e dos órgãos locais, pedindo ao leitor que não se esqueça de que a imprensa, para nós, é apenas um *exemplo* ilustrativo do trabalho revolucionário em geral, infinitamente mais amplo e diverso.

No primeiro período do movimento de massas (1896-1898), os militantes locais tentaram criar um órgão para toda a Rússia: a *Rabótchaia Gasieta*; no período seguinte (1898-1900), o movimento deu um passo gigantesco, mas a atenção dos dirigentes estava totalmente voltada para os órgãos locais. Fazendo um levantamento de todos esses órgãos locais[18], veremos que se publicava, em média, um número por mês. Isso não é uma prova cabal do primitivismo dos nossos métodos de trabalho? Não é uma prova cabal do atraso de nossa organização revolucionária em relação ao impulso espontâneo do movimento? Se a *mesma quantidade* de números de jornais tivesse sido publicada, não por grupos locais dispersos, mas por uma organização unificada, não apenas teríamos poupado uma enormidade de forças, mas também teríamos garantido ao nosso trabalho uma estabilidade e continui-

---

[18] Ver o "Relatório ao Congresso de Paris" [38], p. 14: "Desde então (1897) até a primavera de 1900, foram publicados em diversos locais 30 números de diferentes jornais. [...] Em média, mais de um número por mês". (N. do A.)

dade infinitamente maiores. Essa consideração simplicíssima é muitas vezes esquecida, tanto pelos militantes dedicados às tarefas práticas, que trabalham *de maneira ativa* quase que exclusivamente nos órgãos locais (infelizmente, na imensa maioria dos casos, a situação permanece inalterada), como pelos publicistas, que nesse aspecto dão mostras de um espantoso quixotismo. O militante dedicado ao trabalho prático costuma contentar-se com a justificativa de que "é difícil"[19] para os militantes locais dedicar-se à criação de um jornal de alcance nacional e que é melhor ter jornais locais do que não ter nenhum. Essa consideração é sem dúvida muito pertinente, e nós somos os primeiros, antes de qualquer militante prático, a reconhecer a grande importância e a utilidade dos jornais locais em geral. Mas não é disso que se trata, e sim de encontrar um modo de nos livrarmos da fragmentação e dos métodos primitivos de trabalho, gritantemente evidenciados nos 30 números de jornais locais publicados em toda a Rússia em dois anos e meio. Meu apelo é para que vocês não se limitem ao princípio indiscutível, mas demasiado abstrato, da utilidade das publicações locais em geral; tenham também a coragem de reconhecer abertamente seus aspectos negativos, evidenciados em dois anos e meio de experiência. Essa experiência prova que, nas condições em que nos encontramos e na maioria dos casos, os jornais locais se mostram em princípio instáveis, carentes de importância política, e, no que tange ao dispêndio de energias revolucionárias, são muito custosos, além de totalmente insatisfatórios do ponto de vista técnico (não me refiro, é claro, à técnica tipográfica, mas à freqüência e regularidade da publicação). Todos esses defeitos apontados não são obra do acaso, mas

---

[19] Essa dificuldade é apenas aparente. Na realidade, em qualquer círculo local é possível preencher uma ou outra função do trabalho em escala nacional. "Querer é poder." (N. do A.)

a conseqüência inevitável da fragmentação que, por um lado, explica o predomínio dos jornais locais no período em questão e, por outro lado, *é reforçada* por esse predomínio. Uma organização local, por si só, *não tem* de fato *condições* de garantir a estabilidade de princípios de seu jornal e colocá-lo à altura de um órgão político; *não tem condições* de reunir e utilizar material suficiente para enfocar toda a nossa vida política. Quanto ao argumento a que se costuma recorrer nos países livres para justificar a necessidade de numerosos jornais locais – seu baixo custo, por serem confeccionados por operários locais, e a possibilidade de oferecerem informações mais diretas e rápidas à população –, a experiência tem demonstrado que, em nosso país, esse *argumento* acaba voltando-se *contra* os próprios jornais locais. Isso porque eles têm um custo altíssimo em termos de energia revolucionária e, além disso, são publicados *muito* de vez em quando, pela simples razão de que um jornal *ilegal*, por menor que seja, exige um enorme aparelho clandestino, só possível no interior de uma grande indústria, nunca na oficina do artesão. Um aparelho clandestino primitivo permite à polícia (todo militante dedicado ao trabalho prático conhece muitos exemplos desse tipo) aproveitar a publicação e divulgação de um ou dois números para empastelar o jornal e fazer detenções *em massa*, obrigando a recomeçar tudo da estaca zero. Um bom aparelho clandestino exige um bom preparo profissional dos revolucionários e a mais perfeita divisão do trabalho, duas condições absolutamente irrealizáveis em uma organização local isolada, por mais forte que ela seja num dado momento. Isso sem falar dos interesses gerais do nosso movimento (a educação socialista e política dos operários baseada em princípios sólidos); também os interesses especificamente locais *são mais bem atendidos por órgãos não-locais*. À primeira vista, mas só à primeira vista, isso pode parecer um paradoxo, mas na realidade é um fato irrefutavelmente comprovado pela experiência de dois anos e meio que estamos analisando. Todo o mundo há de concordar que, se todas as forças locais que publicaram aqueles 30 números de jornais locais tivessem trabalhado para um único órgão, ele teria facilmente chegado a 60, quando não a cem números e, por conseguinte, teria refletido de forma mais completa todas as particularidades do movimento estritamente local. Claro que não é nada fácil atingir esse nível de coordenação, mas é preciso, de uma vez por todas, reconhecermos sua necessidade; é preciso que cada círculo local pense e *trabalhe ativamente* nesse sentido, sem esperar um empurrão de fora, sem se deixar seduzir pelas facilidades proporcionadas pela proximidade do órgão local, facilidades que – como nossa experiência revolucionária tem demonstrado – são em grande parte ilusórias.

Assim, os publicistas prestam um desserviço à militância prática, da qual se consideram especialmente próximos, quando, sem perceberem essa ilusão, brandem um argumento tão espantosamente fácil quanto vazio: há necessidade de jornais locais tanto quanto de jornais regionais e de alcance nacional. Claro que, falando em termos abstratos e genéricos, todos eles são necessários, mas, quando abordamos um problema concreto de organização, temos de levar em conta também as condições objetivas, tanto do meio como do tempo. Pois então me digam se não estamos, de fato, diante de um caso de quixotismo quando a *Svoboda* (nº 1, p. 68), "detendo-se" especificamente no *"problema do jornal"*, escreve: "Acreditamos que todo centro operário minimamente considerável deve contar com um jornal operário. Não trazido de fora, mas feito por ele próprio". Se esse publicista se nega a pensar no sentido de suas palavras, ao menos pense você por ele, leitor: quantas dezenas, se não centenas de "centros operários minimamente consideráveis" há na Rússia, e até que ponto nossos métodos primitivos de trabalho seriam perpetuados se toda organização local de fato se dedicasse a editar seu próprio jornal! Quanto essa fragmentação não facilitaria à polícia estourar – sem nenhum esforço "minimamente considerável" – os círculos locais ainda em gestação, antes de os militantes chegarem a ser verdadeiros revolucionários! Em um jornal destinado a toda a Rússia – continua o autor –, não haveria maior interesse nos desmandos dos patrões nem "nas miudezas da vida operária em outras cidades que não a do leitor", mas "o morador de Orel não achará nem um pouco desinteressante ler sobre os fatos ocorridos em Orel. Assim, ele poderá saber com quem 'anda se metendo', a quem 'deu seu merecido', e assim se envolverá de corpo e alma" (p. 69). Se o morador de Orel se envolve de corpo e alma, nosso publicista também "envolve" demais sua imaginação. O que ele deveria pensar é na pertinência de semelhante defesa do amesquinhamento de esforços. Nós somos os primeiros a reconhecer a importância e a necessidade das denúncias sobre os abusos cometidos nas fábricas, mas devemos lembrar que chegamos a um ponto em que os habitantes de São Petersburgo já estão cansados de ler as cartas petersburguesas do jornal petersburguês *Rabótchaia Mysl*. Para denunciar os abusos cometidos nas fábricas, sempre contamos e *devemos continuar a contar com* os panfletos, mas o *jornal* deve ser elevado, e não rebaixado ao nível de um panfleto de fábrica. Em um "jornal", cabe denunciar não tanto as "miudezas", mas os defeitos típicos da vida fabril, baseando-se em exemplos particularmente relevantes que possam interessar a *todos* os operários e todos os dirigentes do movimento, que possam realmente enriquecer seus conhecimentos, alargar seus horizontes, ajudar a despertar uma região, uma categoria de operários.

> Além disso, um jornal local permite recolher imediatamente, ainda quentes, todos os desmandos dos patrões ou das autoridades.

Ao contrário, até a notícia chegar a um jornal nacional, distante, o fato já estará esquecido em seu lugar de origem: "Quando foi que isso aconteceu? Quem é que se lembra disso?!" (op. cit.).

Exatamente: quem é que se lembra disso? Segundo a mesma fonte, os 30 números publicados em dois anos e meio correspondem a seis cidades. Portanto, a cada cidade corresponde, em média, *dois números por ano*! Mesmo que nosso ligeiro publicista triplicasse o rendimento do trabalho local (coisa absolutamente impensável em uma cidade média, já que, trabalhando com os métodos primitivos, é impossível um aumento considerável do rendimento), não publicaríamos mais do que um número a cada dois meses, muito longe, portanto, da periodicidade que permitiria "recolher as notícias ainda quentes". Contudo, bastaria reunir dez organizações locais e delegar a seus membros funções ativas na elaboração de um jornal comum, para tornar possível "recolher" *em toda a Rússia*, não simples miudezas, mas os desmandos mais gritantes e típicos, denunciando-os a uma freqüência quinzenal. Quem conhece a situação em que se encontram nossas organizações sem dúvida concordará comigo. Quanto a apanhar o inimigo em flagrante delito, se levarmos isso a sério e não o considerarmos uma simples frase de efeito, veremos que um jornal ilegal não pode nem sequer pensar nisso. Trata-se de algo que pode ser feito por meio de panfletos clandestinos, pois o prazo para surpreender o inimigo geralmente se esgota, quando muito, em um ou dois dias (pensemos, por exemplo, no caso de uma greve-relâmpago, da ocupação de uma fábrica, de uma manifestação etc.).

"O operário não vive somente na fábrica, mas também na cidade", prossegue nosso autor, passando do particular para o geral com um senso de concatenação lógica de fazer inveja ao mesmíssimo Boris Kritchévsky. E em seguida aponta uma série de problemas municipais como o das dumas, dos hospitais, das escolas, proclamando a necessidade de o jornal operário tratar de todas dessas questões. Uma exigência em tese muito pertinente, mas que ilustra bem o tipo de abstração vazia a que se costuma recorrer no debate sobre os jornais locais. Em primeiro lugar, se em "todo centro operário minimamente considerável" de fato se publicasse um jornal com uma seção municipal tão detalhada como quer a *Svoboda*, a coisa inevitavelmente degeneraria, dadas as nossas atuais condições, num festival de mesquinharias que debilitaria nossa consciência sobre a importância de uma investida revolucionária de toda a Rússia contra a autocracia czarista e fortaleceria os focos ainda muito vivos, mais dissimulados ou reprimidos do que realmente extintos, daquela tendência celebrizada pela famosa frase dos revolucionários que falam demais em um parlamento inexistente e muito pouco das dumas municipais existentes. Se acima dissemos "inevitavelmente", foi para ressaltar que sabemos não ser esse o desejo da *Svoboda*, e sim o contrário. Mas não bastam as boas intenções. Para que a tarefa de esclarecimento sobre os problemas urbanos se organize em consonância com a orientação do conjunto do movimento, é preciso, *para começar*, definir claramente essa orientação e estabelecê-la com firmeza; não apenas mediante arrazoados, mas com um sem-fim de exemplos concretos, para que assim adquira a solidez da *tradição*. Ainda estamos muito longe disso, mas é exatamente disso que precisamos *para começar*, antes que possamos pensar e falar em uma imprensa local fértil.

Em segundo lugar, para escrever com verdadeiro acerto e de modo interessante sobre problemas municipais, é preciso conhecê-los a fundo, e não apenas pelos livros. Acontece que *em toda a Rússia* há pouquíssimos socialdemocratas com esse conhecimento. Para escrever em um jornal (e não em folhetos populares) sobre questões municipais ou de Estado, é imprescindível dispor de material fresco e variado, recolhido e elaborado por pessoas entendidas no assunto. Para recolher e elaborar esse material, não basta a "democracia primitiva" de um círculo primitivo, em que todos fazem de tudo e se divertem brincando de referendo. Isso só é possível com um Estado-maior de escritores especializados, com correspondentes especializados, com um exército de repórteres socialdemocratas que estabeleçam contatos por toda a parte, que saibam penetrar em todos os "segredos de Estado" (dos quais tanto se vangloria o funcionário russo e tão facilmente os divulga), infiltrar-se em todos os "bastidores"; um exército de homens obrigados "pelo cargo" a serem onipresentes e oniscientes. E nós, partido de luta contra *toda* opressão econômica, política, social e nacional, podemos e devemos encontrar, reunir, formar, mobilizar e pôr em marcha esse exército de homens oniscientes. Mas tudo isso ainda está para ser feito! E mais: nós não apenas não avançamos nem um passo nessa direção, como na imensa maioria dos lugares não existe nem sequer a *consciência* de que a caminhada é necessária. Procurem em nossa imprensa socialdemocrata artigos vivos e interessantes, crônicas e denúncias sobre nossas questões e questiúnculas diplomáticas, militares, eclesiásticas, municipais, financeiras etc., etc. Vocês encontrarão muito pouco ou *quase nada*[20]. Por isso,

---

[20] Por essa razão, mesmo o caso excepcional de órgãos locais de ótima qualidade confirma inteiramente nosso ponto de vista. *Yuzhni Rabotchi* ("O Operário do Sul"), por exemplo, é um excelente jornal, que não pode ser acusado de tibieza de princípios. Mas como ele é publicado muito raramente e é alvo de freqüentes investidas policiais, nunca conseguiu oferecer ao movimento local tudo o que pretendia dar. A tarefa mais urgente para o partido no momento atual – definir os problemas fundamentais do movimento e promover a agitação política em todos os sentidos – superou as forças desse órgão local. E aquilo que ele ofereceu de melhor, como os artigos sobre o congresso dos proprietários de minas, o desemprego etc., não era material de caráter estritamente local, de interesse exclusivo do Sul, mas *necessário para toda a Rússia*. Não houve artigos como esses em toda a nossa imprensa socialdemocrata. (N. do A.)

"fico terrivelmente furioso quando alguém vem me dizer uma porção de coisas muito boas e bonitas" sobre a necessidade de haver, "em todo centro operário minimamente considerável", jornais que denunciem as arbitrariedades perpetradas tanto nas fábricas como na administração municipal e no Estado!

O predomínio da imprensa local sobre a central pode ser sinal tanto de penúria como de luxo. De penúria, quando o movimento ainda não gerou forças para o trabalho em grande escala, quando ainda vegeta nos métodos primitivos e chafurda nas "miudezas da vida operária". De luxo, quando o movimento já *domina por completo* as tarefas de denúncia e agitação, em todos os sentidos, de tal maneira que, além do órgão central, há a necessidade de contar com numerosos órgãos locais. Cabe a cada um de vocês decidir qual o significado do atual predomínio dos órgãos locais entre nós. Quanto a mim, para não dar lugar a confusões, irei me limitar a formular de forma precisa minha conclusão. Até o momento, a maioria de nossas organizações locais pensa quase que exclusivamente nas publicações locais, trabalhando de forma ativa quase que só para elas. Isso não é normal. Teria de ser justo o contrário: a maioria das organizações locais deveria pensar, acima de tudo, em um órgão para toda a Rússia e trabalhar principalmente para ele. Enquanto não for assim, não conseguiremos publicar *nem um único* jornal capaz, pelo menos, de efetivamente proporcionar ao movimento uma agitação *em todos os sentidos* na imprensa. Quando isso ocorrer, as relações entre o órgão central indispensável e os indispensáveis órgãos locais logo se normalizarão por si sós.

* * *

À primeira vista, a conclusão quanto à necessidade de deslocar o centro de gravidade do trabalho local para o trabalho em escala nacional pode parecer inaplicável ao terreno da luta especificamente econômica. Nesse caso, o inimigo imediato dos trabalhadores é representado pelos patrões isolados, ou por grupos de patrões não ligados entre si numa organização que lembre, nem remotamente, uma organização militar, rigorosamente centralista, dirigida nos mínimos detalhes por uma vontade única, como é a organização do governo russo, nosso inimigo imediato na luta política.

Mas não é assim. A luta econômica – como já dissemos muitas vezes – é uma luta profissional e por isso exige a união dos operários por ofícios, e não só pelo local de trabalho. E essa união profissional é tanto mais imperiosa quanto maior a velocidade com que os patrões se organizam em todo tipo de associações e sindicatos. Nossa dispersão e nossos métodos primitivos de trabalho são um empecilho direto a essa união, que necessita de uma única organização de revolucionários para toda a Rússia, capaz de assumir a direção de sindicatos de trabalhadores espalhados por todo o país. Já comentamos aqui que tipo de organização seria desejável para essa finalidade, e agora acrescentaremos algumas breves palavras sobre o problema de nossa imprensa.

Ninguém discordará, acredito, de que todo jornal socialdemocrata deveria trazer uma *seção* dedicada à luta sindical (econômica). Mas o crescimento do movimento sindical nos obriga a pensar também numa imprensa sindical. Parece-nos, porém, que na Rússia, salvo raras exceções, ainda não se pode nem sequer falar em jornais sindicais: são um luxo, e nós muitas vezes carecemos do pão de cada dia. A forma dessa imprescindível imprensa sindical mais adequada às condições da militância clandestina seria, entre nós, a *brochura sindical*. Nela se deveria recolher e agrupar sistematicamente o material *legal*²¹ e ilegal sobre a questão das condições de trabalho nesta ou naquela categoria, nesta ou naquela região da Rússia, sobre as principais reivindicações dos trabalhadores de um determinado setor, sobre as falhas da legislação que lhe diz respeito, sobre os exemplos mais representativos da luta econômica dos operários desta ou daquela categoria, sobre o princípio, a situação atual e as necessidades de sua organização sindical etc. Essas brochuras, em primeiro lugar, aliviariam nossa imprensa socialdemocrata de uma imensa quantidade de detalhes sindicais que só interessassem especificamente aos operários de uma determinada categoria. Em segundo lugar, registrariam a experiência e os resultados de nossa luta profissional, conservariam o material coletado, que hoje literalmente se perde na infinidade de folhas e crônicas soltas, e sintetizariam todo esse material. Em terceiro lugar, poderiam servir como uma

---

[21] O material legal tem grande importância nesse sentido, mas estamos muito longe de saber coletá-lo e utilizá-lo de forma sistemática. Não há exagero em afirmar que só com material legal é possível confeccionar um folheto sindical, ao passo que é impossível fazê-lo só com material ilegal. Recolhendo material ilegal entre os operários sobre problemas como os abordados no *Rabótchaia Mysl*, desperdiçamos uma quantidade absurda de forças do revolucionário (que poderia muito bem ser substituído nesse trabalho por um militante legal), sem que isso nos garanta um bom resultado. Isso porque os operários, que em geral conhecem apenas uma seção de uma grande fábrica e quase sempre conhecem apenas o lado estritamente econômico, mas não as normas nem as condições gerais de seu trabalho, não têm acesso a informações a que costumam ter os gerentes de fábrica, os inspetores, os médicos etc., e que estão em grande parte dispersas em crônicas jornalísticas e publicações específicas de caráter industrial, sanitário, dos *zemtsva* etc. Eu me lembro como se fosse hoje de minha "primeira experiência", que não desejaria repetir. Passei várias semanas interrogando "com afinco" um operário que me procurou; eu queria saber de todos os detalhes da vida da imensa fábrica onde ele trabalhava. É verdade que, com enorme dificuldade, consegui compor uma descrição sumária (de uma única fábrica!), mas às vezes, no final de nossa conversa, o operário me dizia sorrindo e enxugando a testa: "É mais fácil fazer hora extra do que responder às suas perguntas!". Quanto mais energicamente conduzirmos a luta revolucionária, mais o governo se verá obrigado a legalizar uma parte do trabalho "sindical", aliviando-nos assim de uma parte da carga que pesa sobre nós. (N. do A.)

espécie de guia para os agitadores, já que as condições de trabalho se alteram com relativa lentidão e as reivindicações fundamentais dos trabalhadores de uma determinada categoria são extraordinariamente estáveis (comparem-se as reivindicações dos tecelões de Moscou, em 1885, com as dos de São Petersburgo, em 1896). Um resumo dessas reivindicações e necessidades poderia servir, durante muitos anos, como um excelente manual para a agitação econômica em localidades atrasadas ou entre camadas atrasadas de operários; exemplos de greves vitoriosas em determinada região, dados sobre um nível de vida mais elevado, sobre melhores condições de trabalho em certa localidade, animariam os operários de outros lugares a empreenderem novas lutas. Em quarto lugar, tomando a iniciativa de sintetizar a luta sindical e, assim, fortalecendo os vínculos do movimento sindical russo com o socialismo, a socialdemocracia ao mesmo tempo contribuiria para que nosso trabalho trade-unionista ocupasse um lugar nem muito reduzido nem muito grande no conjunto do nosso trabalho socialdemocrata. Para uma organização local, isolada das de outras cidades, é muito difícil, quase impossível, manter o senso de proporção nesse aspecto (e o exemplo do *Rabótchaia Mysl* mostra até que monstruoso exagero de trade-unionismo se pode chegar). Mas uma organização de revolucionários que abranja toda a Rússia, que sustente com firmeza o ponto de vista do marxismo, que dirija toda a luta política e conte com um Estado-maior de agitadores profissionais não terá maiores dificuldades para determinar essa proporção com acerto.

V. "Plano" de um jornal político para toda a Rússia

"O maior erro do *Iskra* nesse sentido – escreve B. Kritchévsky (*R. D.*, nº 10, p. 30), imputando-nos a tendência a 'transformar a teoria numa doutrina morta, isolando-a da prática' – é seu 'plano' de organização de um partido único" (referindo-se a nosso artigo "Por onde começar?"[1]). Martynov ecoa essa sentença, declarando que

> a tendência do *Iskra* a diminuir a importância do avanço gradual da luta cotidiana e obscura, em comparação com a propaganda de idéias brilhantes e acabadas [...], foi coroada pelo plano de organização do partido, apresentado no número 4 desse jornal, no artigo "Por onde começar?" (op. cit., p. 61).

Por fim, recentemente, as fileiras de indignados contra esse "plano" (as aspas devem indicar ironia) foram engrossadas por L. Nadejdine, que em sua brochura *Às vésperas da revolução*, que acabamos de receber (editada pelo "grupo revolucionário-socialista" *Svoboda*, nosso conhecido), declara que "falar agora numa organização cujos fios partam de um jornal para toda a Rússia é conceber idéias e trabalho de gabinete" (p. 126), é dar provas de "literatismo" etc.

---

[1] Ver V. I. Lenin, *Obras completas*, t. V. (N. de E.)

Não espanta que nosso terrorista concorde com os partidários do "avanço gradual da obscura luta cotidiana"; já vimos as raízes desse parentesco nos capítulos sobre a política e sobre a organização. Mas desde logo devemos registrar que L. Nadejdine, e só ele, tentou honestamente apreender o sentido do artigo que tanto o desagradou; tentou respondê-lo a fundo, ao contrário do *Rab. Dielo*, que só fez embolar a questão com um amontoado de indignas jogadas demagógicas. E, por mais desagradável que isso seja, devemos, antes de mais nada, perder nosso tempo limpando os estábulos de Augias.

a) Quem se ofendeu com o artigo "Por onde começar?"

Comecemos enfeixando as expressões e exclamações com que o *Rabótcheie Dielo* nos ataca. "Não cabe a um jornal criar a organização do partido, mas o contrário", "Um jornal que se coloque *acima* do partido, *fora de seu controle* e que não dependa dele, contando com sua própria rede de agentes", "Por obra de que milagre o *Iskra* se esqueceu das organizações socialdemocratas, já existentes de fato, do partido ao qual ele próprio pertence?", "Esses possuidores de um plano sob medida de seus princípios férreos seriam também os reguladores supremos do partido, impondo-lhe a execução desse plano", "O plano relega nossas organizações, reais e vitais, ao reino das trevas, e pretende dar vida a uma fantástica rede de agentes", "Se o plano do *Iskra* fosse posto em prática, varreria por completo o Partido Operário Socialdemocrata da Rússia, em formação em nosso país", "Um órgão de propaganda exclui a si mesmo de todo controle, erigindo-se em legislador absoluto de toda a luta revolucionária prática", "Que atitude nosso partido deve adotar vendo-se *totalmente* submetido a uma redação autônoma?" etc. etc.

Como o leitor pode constatar pelo conteúdo e o tom dessas citações, o *Rabótcheie Dielo sentiu-se ofendido*. Mas não em seu próprio nome, mas no de organizações e comitês do nosso partido que o *Iskra* supostamente pretenderia não apenas relegar ao reino das trevas, mas varrer por completo. Vejam que horror! Mas há uma coisa estranha. O artigo "Por onde começar?" foi publicado em maio de 1901, e os artigos do *Rabótcheie Dielo*, em setembro do mesmo ano. Agora já estamos em meados de janeiro de 1902, e durante todos esses cinco meses (tanto antes como depois de setembro) não houve *um único* comitê, *uma única* organização do partido que tenha protestado formalmente contra esse monstro que pretende relegar comitês e organizações ao reino das trevas! E cabe registrar que, ao longo desse período, tanto o *Iskra* como muitos outros órgãos, locais ou não, publicaram dezenas ou centenas de manifestações vindas dos quatro cantos da Rússia. Será possível que toda essa gente que o *Iskra* pretende relegar ao reino das trevas não se tenha dado conta nem se ressentido desse suposto absurdo, que tanto ofendeu a terceiros?

A explicação é simples: os comitês e as demais organizações estão ocupados em realizar um trabalho autêntico e sério, não em brincar de "democratismo". Os comitês leram o artigo "Por onde começar?", reconheceram nele uma tentativa de "esboçar um plano para a organização *que permita iniciar sua estruturação por todas as suas partes*", e, tendo entendido perfeitamente que *nenhuma* de "todas as suas partes" pretende "iniciar a estruturação" antes de se convencer de sua necessidade e da justeza do plano arquitetônico, nem sequer cogitaram "ofender-se" com a terrível ousadia dos que no *Iskra* declararam: "Dada a urgência do problema, decidimos submeter à consideração dos camaradas o esboço de um plano que desenvolveremos de forma mais detalhada em uma brochura já em preparação". Parece impossível que alguém possa, honestamente, não entender que, caso os camaradas *aceitem* o plano submetido à sua consideração, passarão a executá-lo não por "subordinação", mas movidos pela convicção de que ele é necessário para nossa causa comum e que, se *não aceitarem* esse "esboço" (que palavra mais pretensiosa, não é?), ele não passará disso mesmo: de um esboço. Por acaso não é demagogia atacar o esboço de um plano, não apenas "demolindo-o" e aconselhando os camaradas a repudiá-lo, mas *incitando* pessoas com pouca prática revolucionária contra os autores do texto, *pelo simples fato de terem ousado* "legislar", agindo como "legisladores supremos", por terem ousado *propor* um esboço de plano? Será que nosso partido poderá realmente se desenvolver e avançar quando uma tentativa de elevar os militantes locais a idéias, tarefas e planos mais amplos esbarra não apenas em objeções que põem em questão a justeza dessas idéias, mas também em um sentimento de "ofensa" pelo fato de que se "pretenda" *elevá-los*? Também L. Nadejdine "demoliu" nosso plano, mas ele nunca desceu a tão baixa demagogia, que só a ingenuidade ou o primitivismo de certas idéias políticas pode explicar. Desde o primeiro momento, ele repudiou com veemência a acusação de "fiscalização do partido". Por isso podemos e devemos responder em profundidade à crítica que Nadejdine faz ao plano, enquanto a do *Rabótcheie Dielo* não merece mais que o nosso desprezo.

Mas o desprezo por quem desceu ao ponto de nos atacar, gritando palavras como "autocracia" e "subordinação", não nos exime do dever de desfazer a confusão criada no leitor. E aqui podemos mostrar com clareza o real valor das frases correntes sobre um "amplo democratismo". Acusam-nos de preterir os comitês, de querer ou tentar relegá-los ao reino das trevas etc. Como responder a essas acusações, quando, por motivos de discrição conspirativa, *não podemos* expor ao leitor quase *nenhum fato real* concernente a nossas efetivas relações com os comitês? As pessoas que lançam uma acusação dessa gravidade, capaz de provocar muita revolta, levam vantagem sobre nós por sua leviandade, por seu desdém pelos deveres do revolucionário, que oculta cuidadosamente aos olhos do mundo as relações e ligações que tem, estabelece ou tenta estabelecer. Nós nos negamos terminantemente a competir com esses desclassificados no terreno do "democratismo". Mas como fica o leitor não iniciado em todas as questões do partido? O único modo de cumprirmos nosso dever para com ele é expor, não os fatos presentes ou *im Werden*[2], mas uma *pequena parte* daqueles que já ocorreram, dos quais podemos falar como coisas passadas.

O Bund acusa-nos indiretamente de "impostura"[3]; a "União" no estrangeiro acusa-nos de tentarmos varrer por completo o partido. Alto lá! Vocês ficarão plenamente satisfeitos assim que expusermos de público *quatro fatos* do passado.

Primeiro[4] fato. Os membros de uma das "Uniões de luta", que participaram diretamente na formação de nosso partido e no envio de um delegado ao congresso de sua fundação, procuraram um dos membros do grupo do *Iskra* para criar uma editora operária especializada, com o objetivo de atender às necessidades de todo o movimento. O projeto da editora operária não se concretizou, e as brochuras escritas para serem publicadas por ela – *As tarefas dos socialdemocratas russos* e *A nova lei de fábricas*[5] – chegaram, por caminhos tortuosos e por meio de terceiros, ao estrangeiro, onde foram impressas. [40]

Segundo fato. Os membros do Comitê Central do Bund propuseram a um dos membros do grupo *Iskra* a organização con-

---

[2] Em processo de gestação, de surgimento. (N. de E.)
[3] *Iskra*, nº 8, resposta do Comitê Central da União Geral dos Judeus da Rússia e da Polônia ao nosso artigo sobre a questão nacional. (N. do A.)
[4] Deliberadamente, não apresentaremos esses fatos em ordem cronológica. (N. do A.) [39]
[5] Ver V. I. Lenin, *Obras completas*, t. II. (N. de E.)

junta de um "laboratório de literatura", como então era chamado pelo próprio Bund, indicando que, se o projeto não se realizasse, nosso movimento poderia sofrer um sério retrocesso. O resultado dessas negociações foi levado a público na brochura *A causa operária na Rússia*[6].

Terceiro fato. O Comitê Central do Bund, por intermédio de uma pequena cidade de província, propôs a um dos membros do grupo do *Iskra* assumir a direção da *Rabótchaia Gazeta*, então em via de retomar sua publicação. O convite foi aceito de imediato, mas, algum tempo depois, a proposta foi modificada: devido a um remanejamento na redação, o *Iskra* apenas colaboraria com a revista. Naturalmente, a nova proposta também foi aceita [41]. Os artigos (que conseguimos conservar) foram enviados: "Nosso programa", um protesto enérgico contra a "bernsteiniada" e contra a guinada ocorrida na literatura legal e no *Rabótchaia Mysl*; "Nossas tarefas mais urgentes" ("a organização de um órgão do partido que tenha freqüência regular e esteja estreitamente ligado a todos os grupos locais", os defeitos dos "métodos primitivos de trabalho" imperantes); "Um problema vital" (analisando a objeção de que seria necessário, *primeiro,* desenvolver a atividade dos grupos locais para só depois tratar da criação de um órgão comum, insistindo-se na importância primordial da "organização revolucionária", na necessidade de "elevar a organização, a disciplina e a técnica da conspiração ao mais alto grau de perfeição")[7]. A proposta de retomar a publicação da *Rabótchaia Gazeta* não chegou a se concretizar, e os artigos permaneceram inéditos.

---

[6] O autor dessa brochura, aliás, me pediu para divulgar que ele a enviou para a "União", como fizera com seus trabalhos anteriores, supondo que o grupo "Emancipação do Trabalho" estivesse à frente da redação (dadas as circunstâncias, ele não tinha como saber das mudanças na redação naquele momento, isto é, em fevereiro de 1899). Essa brochura logo será reeditada pela Liga. (N. do A.)

[7] Ver V. I. Lenin, *Obras completas*, t. IV. (N. de E.)

Quarto fato. Um membro do comitê organizador do segundo congresso ordinário de nosso partido revelou o programa do congresso a um membro do grupo do *Iskra* e propôs a candidatura desse grupo para a redação da *Rabótchaia Gazeta*, então em vias de retomar sua publicação. Essa gestão, por assim dizer, preliminar foi logo endossada pelo comitê ao qual aquela pessoa pertencia, bem como pelo comitê central do Bund [42]; o grupo do *Iskra* foi informado do local e da data do congresso, mas o grupo (não tendo, por certos motivos, a certeza de poder enviar um delegado a esse congresso) também redigiu um relatório escrito para o mesmo. Nesse relatório defendeu-se a idéia de que a simples eleição do comitê central não resolverá em absoluto o problema da unificação em um momento como o atual, de completa dispersão; ao contrário, ainda corremos o risco de comprometer a grande idéia de criação do partido, caso ocorram novas ondas de prisões, o que é mais do que provável quando impera a indiscrição conspirativa; que, por isso, devia-se começar convidando todos os comitês e todas as demais organizações a apoiar o órgão comum quando fosse retomada sua publicação, órgão esse que *realmente* ligaria todos os comitês com um laço *efetivo* e *realmente* prepararia um grupo de dirigentes de todo o movimento; que, em seguida, os comitês e o partido poderiam facilmente transformar esse grupo criado pelos comitês em um Comitê Central, a partir do momento em que esse grupo crescesse e se fortalecesse. O congresso, porém, não pôde ser realizado, por causa de uma série de batidas e detenções, e o relatório foi destruído por razões de segurança conspirativa, depois de ser lido por um número muito restrito de camaradas, entre eles os delegados de um comitê.

Cabe ao leitor agora julgar por si mesmo a natureza de procedimentos como a acusação de impostura por parte do Bund ou o argumento do *Rabótcheie Dielo*, que nos imputa o propósito de relegar os comitês ao reino das trevas, "substituindo" a organização do partido por uma organização que difunda as idéias de um só jornal. Pois foi justamente perante esses comitês, *atendendo a reiterados convites da parte deles*, que informamos sobre a necessidade de adotar um determinado plano de trabalho comum. E foi justamente para a organização do partido que elaboramos esse plano em nossos artigos enviados à *Rabótchaia Gazeta* e no relatório para o congresso do partido, e repetimos que fizemos isso a convite de pessoas que ocupavam uma posição tão influente no partido, que tomavam a iniciativa de reconstruí-lo (de fato). E foi só depois de fracassadas as *duas* tentativas feitas, *juntamente conosco*, pela organização do partido no sentido de renovar *oficialmente* o órgão central da agremiação, que julgamos ser nosso dever inescapável apresentar um órgão *não-oficial* a fim de que, na *terceira* tentativa, nossos camaradas já pudessem ver alguns resultados da *experiência*, e não meras conjecturas. Agora todo o mundo já pode apreciar certos resultados dessa experiência, e todos os camaradas podem julgar se compreendemos acertadamente nossos deveres e a opinião que merecem as pessoas que, incomodadas com o fato de que demonstremos, a umas, sua inconseqüência na questão "nacional", e, a outras, quão imperdoáveis são suas vacilações sem princípios, tentam induzir ao erro aqueles que desconhecem o passado mais recente.

b) *Um jornal pode ser um organizador coletivo?*

O cerne do artigo "Por onde começar?" é *justamente* a formulação dessa pergunta e sua resposta afirmativa. Até onde sabemos, L. Nadejdine foi a única pessoa que tentou analisar a questão a fundo e provar que sua resposta é negativa. A seguir, reproduzimos seus argumentos na íntegra:

> Muito nos agrada que o *Iskra* (nº 4) venha abordar a questão da necessidade de um jornal para toda a Rússia, mas de maneira alguma podemos concordar com que essa discussão seja pautada pela pergunta que intitula o artigo: "Por onde começar?". Trata-se, sem dúvida, de um assunto de máxima importância; mas não será com esse jornal, nem com um rosário de folhetos populares, nem com uma montanha de panfletos que se plantarão os alicerces de uma organização de combate para um momento revolucionário. É imprescindível começar pela formação de fortes organizações políticas locais. Se carecemos delas, é porque nosso trabalho vem-se desenvolvendo sobretudo entre os operários cultos, enquanto as massas se voltaram quase que exclusivamente para a luta econômica. *Sem a educação de fortes organizações políticas locais, de que valeria um jornal para toda a Rússia, mesmo que perfeitamente organizado?* Seria uma sarça ardente queimando sem se consumir, mas sem transmitir seu fogo a ninguém! O *Iskra* acredita que o trabalho em torno desse jornal bastará para reunir e organizar o povo. *Ora, mas se é muito mais fácil reunir-se e organizar-se em torno de uma tarefa mais concreta!* Ela pode, e deve, consistir na elaboração de jornais locais em grande escala, na preparação imediata das forças operárias para as manifestações, com um trabalho constante das organizações locais junto aos desempregados (difundindo entre eles, com persistência, volantes e panfletos, convocando-os às reuniões, exortando-os a opor resistência ao governo etc.). É preciso iniciar um trabalho político ativo no plano local, e, quando surgir a necessidade de união sobre essa base real, ela não será uma coisa artificial, não ficará apenas no

papel. Não será com jornais que se conseguirá unificar o trabalho local em uma obra comum para toda a Rússia (*Às vésperas da revolução*, p. 54).

Grifamos nessa passagem eloqüente os trechos que permitem melhor apreender a falsa idéia que o autor faz de nosso plano e, em geral, a falsidade do ponto de vista que ele opõe ao *Iskra*. Sem organizações políticas locais fortes e bem treinadas, de nada valeria para a Rússia contar com o melhor jornal que se pudesse fazer. Isso é absolutamente correto. Mas o fato, justamente, é que *não existe outro modo de educar* fortes organizações políticas, a não ser por meio de um jornal para toda a Rússia. O autor passou por alto da declaração mais importante do *Iskra*, feita *antes* de iniciar a exposição de seu "plano"; a declaração de que é preciso

> exortar para a construção de uma organização revolucionária capaz de reunir todas as forças e dirigir o movimento, *não apenas nominalmente*, mas de fato, isto é, uma organização *sempre pronta a apoiar todo protesto e toda explosão de revolta*, aproveitando-os para engrossar e fortalecer um exército apto para o combate decisivo.

Depois dos acontecimentos de fevereiro e março, todo o mundo, em princípio, há de concordar com isso – continua o *Iskra* –; mas o que nós necessitamos não é *resolver o problema* em princípio, e sim na prática. Necessitamos traçar imediatamente um plano preciso da estrutura, para que todos possam, agora mesmo e *em todas as partes,* iniciar a construção. Mas eis que, quando estamos diante da solução prática do problema, vêm tentar nos arrastar novamente para trás, rumo a essa grande verdade, em princípio justa e incontestável, mas absolutamente insuficiente, incompreensível para a grande massa dos trabalhadores: "a educação de organizações políticas fortes". Agora não se trata disso, respeitável autor, mas *justamente* de *como* se há de educar, e educar com sucesso!

Não é verdade que "nosso trabalho vem-se desenvolvendo sobretudo entre os operários cultos, enquanto as massas se voltaram quase que exclusivamente para a luta econômica". Assim exposta, a tese se aproxima da tendência majoritária na *Svoboda*, e radicalmente equivocada, de opor os operários cultos à "massa". Pois, nos últimos anos, também os operários cultos "se voltaram quase que exclusivamente para a luta econômica". Isso, por um lado. Por outro lado, as massas nunca aprenderão a conduzir a luta política se não ajudarmos a *formar* dirigentes para essa luta, tanto entre os operários instruídos como entre os intelectuais; e esses dirigentes *só podem* ser educados mediante a apreciação cotidiana e metódica de *todos* os aspectos de nossa vida política, de *todas as tentativas* de protesto e de luta das diversas classes e por diferentes motivos. Por isso é simplesmente ridículo falar em "educar organizações políticas" e ao mesmo tempo *opor* "o trabalho no papel" de um jornal político ao "trabalho político real na base"! Mas se o *Iskra* tem, justamente, adaptado o "plano" de seu jornal ao "plano" de criar uma "disposição combativa" que permita apoiar tanto um movimento de trabalhadores desempregados como uma revolta camponesa, o descontentamento dos *zemstsva*, "a indignação da população contra os arrogantes *bachibuzuque* czaristas" etc. De resto, qualquer pessoa que conheça o movimento sabe muito bem que a grande maioria das organizações locais nem sequer pensa nisso; que muitos dos projetos de "trabalho político vivo" aqui propostos ainda não foram executados por nenhuma organização; que, por exemplo, a tentativa de chamar a atenção para o recrudescimento do descontentamento e dos protestos entre os intelectuais dos *zemstva* também é recebida com desconcerto e perplexidade por Nadejdine ("Meu Deus! Será aos membros dos *zemstva* que esse órgão está dirigido?", *Às vésperas da Revolução*, p. 129), pelos economicistas (carta no nº 12 do *Iskra*) e por muitos ativistas. Nessas condições, pode-se "começar" *apenas* incitando as pessoas a *pensarem* em tudo isso, a reunirem e sintetizarem todos e cada um dos indícios de efervescência e de luta ativa. Num momento como o nosso, em que a importância das tarefas socialdemocratas vem sendo rebaixada, o "trabalho político vivo" de fato *só pode ser iniciado* pela agitação política viva, algo impossível sem um jornal destinado a toda a Rússia, com periodicidade regular e ampla distribuição.

Quem considera o "plano" do *Iskra* uma manifestação de "literatismo" não o compreendeu em sua essência, interpretando como fim aquilo que se propõe como o meio mais adequado no momento atual. Essas pessoas não se deram ao trabalho de refletir sobre as duas comparações que ilustram e resumem esse plano. A elaboração de um jornal político para toda a Rússia – escrevia-se no *Iskra* – deve ser o *fio condutor* por meio do qual poderemos desenvolver, aprofundar e ampliar essa organização (isto é, a organização revolucionária sempre pronta a apoiar todo protesto e explosão de revolta). Façam o favor de nos dizer: quando os pedreiros vão calçando em vários pontos as pedras de uma obra grandiosa e sem precedentes, é por acaso uma tarefa "de papel" esticar o fio de prumo que os ajuda a encontrar a disposição correta das pedras, que lhes indica a finalidade da obra comum, que lhes permite calçar não apenas cada pedra, mas até cada pequena lasca, que, somada às precedentes e às seguintes, formará a linha acabada e total? É por acaso um trabalho "de papel"? Não é evidente que hoje atravessamos em nosso partido um período em que, possuindo as pedras e os pedreiros, falta-nos exatamente esse fio de prumo visível para todo o mundo e ao qual cada um possa se ater? Pouco importa se alguns gritam que, esticando o fio, o que queremos é mandar: se fosse assim, senhores, não teríamos chamado nosso jornal de *Iskra* nº 1, e sim *Rabótchaia Gazeta* nº 3, como nos fora proposto por alguns camaradas e *como teríamos todo o direito*, em vista dos fatos relatados aqui. Se não o fizemos, foi porque queríamos ter as mãos livres para combater sem piedade todos os pseudo-socialdemocratas: a partir do momento em que nosso fio fosse esticado corretamente, queríamos que fosse respeitado por sua própria retidão, e não por ter sido esticado por um órgão oficial.

"A unificação da atividade local em órgãos centrais é uma questão que se move em um círculo vicioso", diz sentenciosamente L. Nadejdine.

> Para conseguir tal unificação, necessitamos de elementos homogêneos, e essa homogeneidade não pode ser criada senão por um aglutinador; mas isso só pode aparecer como produto de fortes organizações locais que, no momento presente, estão longe de se notabilizar pela homogeneidade.

Verdade tão respeitável e inconteste como a de que é necessário educar organizações políticas fortes. E não menos estéril que esta última. *Toda* questão "se move em um círculo vicioso", pois toda a vida política é uma corrente sem-fim composta de um número infinito de elos. A arte do político consiste em encontrar e agarrar com força justamente aquele pequeno elo que não se pode deixar escapar, o mais importante naquele momento específico, o mais apto a possibilitar a posse de toda a corrente[8]. Se contássemos com uma turma de pedreiros experientes, trabalhando em tal consonância que, mesmo sem serem guiados

---

[8] Camarada Kritchévsky! Camarada Martynov! Chamo a atenção de vocês para essa escandalosa mostra de "autocracia", de "autoridade excluída de todo controle", de um "legislador absoluto" etc. Reparem bem: ele pretende ter a posse de toda a corrente! Corram a redigir seus protestos. Vocês têm assunto para dois editoriais do nº 12 do *Rabótcheie Dielo*! (N. do A.)

por um fio de prumo, fossem capazes de calçar as pedras com a devida precisão (falando de forma abstrata, isso não é impossível), quem sabe também pudéssemos agarrar-nos a um outro elo. Contudo, infelizmente ainda não dispomos de pedreiros tão experientes nem trabalhando em tal consonância; e no mais das vezes as pedras são colocadas ao acaso, sem o guia comum de um fio de prumo, de maneira tão desordenada que o inimigo as derruba com um sopro, como se fossem grãos de areia.

Outra comparação:

> O jornal não é apenas um propagandista coletivo e um agitador coletivo, mas também um organizador coletivo. Nesse sentido, *pode ser comparado com os andaimes* montados em volta de um edifício em construção, demarcando seus contornos, facilitando a comunicação entre os diversos construtores, permitindo-lhes distribuir as tarefas e observar o conjunto dos resultados obtidos com o trabalho organizado[9].

Isso faz pensar – não é verdade? – no literato, no homem de gabinete, exagerando a importância de seu papel. Os andaimes não são imprescindíveis à edificação em si; os andaimes são feitos com materiais de pior qualidade; os andaimes são erguidos por um breve período e depois, tão logo o prédio é terminado, são lançados ao fogo. No que toca à construção de organizações revolucionárias, a experiência demonstra que às vezes é possível construí-las até sem andaimes (lembrem-se do ocorrido na década de 1870). Mas agora não podemos nem sequer imaginar a possibilidade de construir sem andaimes o edifício de que necessitamos.

Nadejdine não concorda com isso e diz: "O *Iskra* acredita que o trabalho em torno desse jornal bastará para reunir e orga-

---

[9] Martynov, ao incluir a primeira frase dessa citação no *Rabótcheie Dielo* (nº 10, p. 62), curiosamente omitiu a segunda, como que ressaltando sua intenção de não tocar o fundo da questão ou sua incapacidade para compreendê-lo. (N. do A.)

nizar o povo. *Ora, mas se é muito mais fácil reunir-se e organizar-se em torno de uma tarefa mais concreta!*". Isso mesmo: "é muito mais fácil reunir-se e organizar-se em torno de uma tarefa *mais concreta*"... Há um provérbio russo que diz: "Não cuspa no poço, pois você terá de beber dessa água". Mas há quem não se importe em beber da água de um poço onde se cuspiu. Quantas infâmias já não foram ditas e escritas pelos nossos notáveis "críticos legais do marxismo" e pelos admiradores ilegais do *Rabótchaia Mysl* em nome dessa maior concretude. Quanto nosso movimento está limitado pela estreiteza de visão, pela falta de iniciativa e de ousadia, justificadas pelos argumentos tradicionais do tipo "é muito mais fácil [...] em torno de uma tarefa mais concreta"! E Nadejdine, que se pretende dotado de um especialíssimo senso de "realidade", que condena tão duramente os homens "de gabinete", que (com pretensa sagacidade) acusa o *Iskra* de uma mania de ver "economicismo" por toda parte, que se imagina muito acima dessa divisão entre ortodoxos e críticos, não percebe que, com seus argumentos, só faz favorecer essa mesma estreiteza de visão que tanto o indigna, e que ele também bebe de um poço transbordante de cusparadas! Não basta a indignação mais sincera contra a estreiteza nem o desejo mais ardente de levantar quem se ajoelha para cultuá-la, se aquele que se indigna erra à deriva, sem velas nem leme, e se aferra tão "espontaneamente" quanto os revolucionários da década de 1870 ao "terrorismo incitador", ao "terrorismo agrário", ao "toque a rebate" etc. Vejam em que consiste essa "tarefa mais concreta" em torno da qual, segundo o autor, "é muito mais fácil reunir-se e organizar-se": 1) jornais locais; 2) preparação de manifestações; 3) trabalho junto aos operários desempregados. Basta uma vista-d'olhos para perceber que tudo isso foi sacado ao acaso, só para dizer alguma coisa, pois, sob qualquer ponto de vista, seria um completo desatino ver nelas algo com especial poder de reunião e organização. O próprio Nadejdine declara algumas páginas à frente:

> Já é tempo de reconhecer este fato: na base, o trabalho é extremamente mesquinho, os comitês não fazem nem um décimo do que poderiam [...], os centros de unificação de que dispomos atualmente não passam de ficção, burocracia revolucionária, grupos para a mútua promoção dos membros, e assim será enquanto não se desenvolverem organizações locais fortes.

Não resta dúvida de que essas palavras, embora exageradas, encerram grandes e amargas verdades. Mas será que Nadejdine não percebe que a mesquinhez do trabalho na base tem diretamente a ver com a estreiteza de visão dos militantes, com o alcance limitado de suas atividades, coisas inevitáveis dado o despreparo dos militantes confinados no quadro das organizações locais? Será que ele se esqueceu, assim como o autor do artigo sobre a organização, publicado na *Svoboda*, de que a formação de uma grande imprensa local (a partir de 1898) foi acompanhada por uma particular intensificação do economicismo e dos "métodos primitivos de trabalho"? De mais a mais, mesmo que fosse possível organizar satisfatoriamente "uma grande imprensa local" (que já demonstramos ser impossível, salvo raríssimas exceções), ainda nesse caso, os órgãos locais tampouco poderiam "reunir e organizar" todas as forças dos revolucionários para uma ofensiva *geral* contra a autocracia, para dirigir a luta *única*. É bom não esquecer que aqui se trata *apenas* da função "aglutinadora" e organizadora do jornal, e que poderíamos devolver a Nadejdine, paladino da fragmentação, a mesma questão irônica que ele nos fez: "Por acaso herdamos de alguém 200 mil organizadores revolucionários?". Prossigamos. Não se pode *contrapor* a "preparação de manifestações" ao plano do *Iskra*, pela simples razão de que esse plano diz, justamente, que as manifestações mais amplas *são um de seus fins*; aqui se trata, no entanto, de escolher o *meio* prático. Aqui Nadejdine tornou a perder o rumo, sem atentar ao fato de que só um exército já "reunido e organizado" pode "preparar" manifestações (que até agora, em sua imensa maioria, foram totalmente espontâneas), quando o que nós *não sabemos* é, justamente, reunir e organizar. "Trabalho junto aos operários desempregados." Sempre a mesma confusão, pois isso também representa uma das ações militares de um exército mobilizado, e não de um plano para mobilizar esse exército. O exemplo a seguir mostra a que ponto Nadejdine subestima, também nesse sentido, o mal que nos causou nossa fragmentação, a falta dos tais "200 mil organizadores". Muitos (entre eles o próprio Nadejdine) têm recriminado o *Iskra* pela escassez de informações sobre o desemprego e pela intermitência da crônica sobre os fenômenos mais corriqueiros da vida rural. A recriminação procede, mas o *Iskra* é culpado sem ter culpa alguma. Nós procuramos "esticar nosso fio de prumo" também nas aldeias, mas o problema é que aí quase não há pedreiros, e é *forçoso* encorajar *todo o mundo* a fornecer informações até sobre os fatos mais corriqueiros, na esperança de que isso multiplique o número de colaboradores nessas áreas e nos *ensine, a todos nós*, a afinal escolher os fatos realmente relevantes. Contudo, o material para o ensino é tão escasso que, se não o elaborarmos em escala nacional, não haverá absolutamente nada com que aprender. Não resta dúvida de que alguém que tivesse ao menos parte da capacidade de Nadejdine como agitador e um pouco de seu conhecimento da vida dos desocupados poderia prestar inestimáveis serviços ao movimento, por meio da agitação entre os operários desempregados. Mas esse agitador desperdiçaria seu talento se não tratasse de manter *todos* os camaradas russos a par de cada passo de sua atuação, para que servisse de exemplo educativo às pessoas que, em sua grande maioria, ainda não sabem realizar essa nova tarefa.

Hoje todos, sem exceção, falam da importância da unificação, da necessidade de "reunir e organizar"; mas em geral falta uma noção exata de por onde começar e como realizar essa unificação. Todos certamente concordarão em que, se "unificássemos" os círculos de bairro de uma cidade, por exemplo, seria preciso contar com *organismos comuns*, isto é, não apenas a denominação comum de "união", mas um trabalho *realmente comum*, que envolvesse troca de materiais, de experiência, de forças, distribuição de funções para cada atividade dentro da cidade, não mais apenas por bairros, mas conforme as especialidades de toda a militância urbana. Todo mundo concordará que um aparelho clandestino sério não cobrirá suas despesas (se é que se pode empregar essa expressão comercial) apenas com os "recursos" (materiais e humanos, bem entendido) de um único bairro; que, num campo de ação tão limitado, não se poderá desenvolver o talento de um especialista. A mesma coisa acontece também em relação à união de várias cidades, pois o raio de ação de uma localidade isolada *mostra-se* extremamente limitado, como já se mostrou no passado, como atesta a própria história do nosso movimento socialdemocrata; um fato que já demonstramos aqui de forma detalhada, ao abordar o exemplo da agitação política e do trabalho de organização. É necessário, é imprescindível, antes de tudo, alargar esse raio de ação, criar um *efetivo* laço de união entre as cidades, com base em um trabalho *regular* e *comum*, pois a fragmentação deprime quem "está enterrado em seu buraco" (expressão do autor de uma carta ao *Iskra*), sem conhecimento do que se passa no mundo lá fora, sem saber o que tem a aprender, como adquirir experiência, como satisfazer seu desejo de uma atividade mais ampla. E eu continuo insistindo em que esse *efetivo* laço de união só pode *começar* a ser criado sobre a base de um jornal comum, que seja, para toda a Rússia, a única empresa regular a fazer o balanço de toda a atividade em seus mais variados aspectos, *incitando* assim as pessoas a avançarem incansavelmente, por todos aqueles numerosos caminhos que levam à revolução, assim como todos os caminhos levam a Roma. Se queremos nos unir não apenas de palavra, é preciso que cada círculo local *dedique de imediato*, digamos, um quarto de suas forças a um trabalho *ativo* na obra comum. E o jornal lhe mostrará prontamente[10] os contornos gerais, as proporções e o caráter dessa obra; mostrará quais as lacunas mais graves e notórias na atividade geral da Rússia, os locais carentes de agitação, onde os vínculos são fracos, quais as engrenagens do imenso mecanismo comum que um determinado círculo poderia reparar ou substituir por outras melhores. Um círculo que ainda não tenha trabalhado e que procura trabalho poderia começar já, não como artesão em sua pequena oficina isolada, sem conhecer nem a evolução da "indústria" anterior a ele nem o estado geral de certas formas de produção industrial, mas como o colaborador de uma grande empresa que *reflita* todo o impulso revolucionário geral contra a autocracia. E, quanto mais perfeito for o preparo de cada engrenagem isolada, quanto maior a quantidade de trabalhadores isolados participando da obra comum, mais densa será nossa rede e menos problemas causarão as inevitáveis perdas em nossas fileiras.

O vínculo *efetivo* já começaria a ser criado pela função de difusão do jornal (se este de fato merecer tal título, isto é, se tiver uma periodicidade regular no mínimo semanal, e não men-

---

[10] Com uma ressalva: sempre que simpatize com a orientação desse jornal e considere útil à causa tornar-se seu colaborador, entendendo por isso não apenas a colaboração literária, mas toda colaboração revolucionária em geral. *Nota para o Rabótcheie Dielo*: subtende-se esta ressalva para os revolucionários que gostam de trabalhar, e não de brincar de democratismo, que não vêem separação entre as "simpatias" e a participação mais ativa e real. (N. do A.)

sal, como as volumosas revistas). Atualmente, são muito raras as relações entre as cidades no que tange a questões revolucionárias, em todo caso, são uma exceção; então essas relações se tornariam regra e assegurariam, naturalmente, não apenas a difusão do jornal, mas também (o que é mais importante) o intercâmbio de experiências, materiais, forças e recursos. O trabalho de organização logo ganharia uma envergadura muito maior, e o êxito obtido numa localidade encorajaria constantemente o aperfeiçoamento do trabalho, incitaria o aproveitamento da experiência já adquirida pelos camaradas que militassem em outro extremo do país. O trabalho local seria mais rico e variado do que agora; as denúncias políticas e econômicas colhidas em toda a Rússia forneceriam alimento intelectual aos operários de todas as profissões e *de todos os graus de desenvolvimento*; forneceriam material e assunto para debates e conferências sobre as mais variadas questões, suscitadas, também, pelas alusões da imprensa legal, pelas conversas na sociedade e pelos "tímidos" comunicados do governo. Cada explosão de revolta, cada manifestação seriam avaliadas e examinadas sob todos seus aspectos, em todos os confins da Rússia, fazendo surgir o desejo de não ficar para trás, de fazer a coisa melhor que os outros – (nós, socialistas, não descartamos toda emulação, toda "concorrência"!) –, de preparar conscientemente o que antes foi feito de forma espontânea, de aproveitar as circunstâncias favoráveis de tempo ou de lugar para alterar o plano de ataque etc. Ao mesmo tempo, essa reanimação do trabalho local não provocaria o desespero "agônico" de *todas* as forças, nem a mobilização de *todos* os homens, como costuma acontecer agora, quando é preciso organizar uma manifestação ou publicar um número de jornal local: por um lado, a polícia teria dificuldades muito maiores para achar as "raízes", pois não saberia em que cidade rastreá-las; por outro lado, o trabalho comum regular ensinaria os homens a combinar, *em cada caso concreto*, a intensidade de um determinado ataque com o estado de forças de um ou outro destacamento do exército comum (agora quase ninguém pensa nessa coordenação, pois nove entre cada dez ataques ocorrem de maneira espontânea), além de facilitar o "transporte", não apenas das publicações, mas das forças revolucionárias.

Atualmente, na maioria dos casos, essas forças se exaurem no limitado trabalho local; então haveria a possibilidade e constantes oportunidades de trasladar de um extremo ao outro do país todo agitador ou organizador minimamente capacitado. Começando com uma pequena viagem para tratar de questões do partido, e à custa do próprio, os militantes se habituariam a viver inteiramente por conta do partido, a se tornar revolucionários profissionais, a se formar como verdadeiros dirigentes políticos.

E, se realmente conseguirmos que todos ou uma considerável maioria dos comitês, grupos e círculos locais se engajem ativamente na obra comum, em um futuro não muito distante estaremos em condições de publicar um semanário regularmente divulgado em dezenas de milhares de exemplares por toda a Rússia. Esse jornal seria uma pequena parte de um gigantesco fole de uma forja que atiçasse cada fagulha da luta de classes e da indignação popular, transformando-a em um grande incêndio. Em torno dessa obra, por si só ainda muito anódina e pequena, mas regular e comum no pleno sentido do termo, viria a se concentrar sistematicamente e a se instruir o exército permanente de lutadores experimentados. Sobre os andaimes desse edifício comum em construção, logo veríamos subir, saídos das fileiras de nossos revolucionários, os Jeliabov socialdemocratas; dentre nossos operários, os Bebel russos, que encabeçariam o exército mobilizado e levantariam todo o povo para acabar com a infâmia e a maldição da Rússia.

É com isso que é preciso sonhar!

* * *

"É preciso sonhar!" Acabo de escrever essas palavras e eu mesmo me assusto. Vejo-me sentado no "congresso de unificação", tendo à minha frente os redatores e colaboradores do *Rabótcheie Dielo*, quando então se levanta o camarada Martynov e se dirige a mim em tom ameaçador: "Permita-me que lhe pergunte: a redação autônoma ainda se dá ao direito de sonhar sem submeter a matéria à votação dos comitês?". Depois dele, levanta-se o camarada Kritchévsky e (aprofundando filosoficamente o camarada Martynov, que há muito já aprofundara o camarada Plekhanov), em tom ainda mais ameaçador, completa: "Eu vou além e lhe pergunto se um marxista em geral tem o direito de sonhar; se não se esqueceu de que, segundo Marx, a humanidade sempre encara tarefas realizáveis e que a tática é um processo de crescimento das tarefas que crescem com o partido".

Sinto arrepios só de imaginar essas perguntas ameaçadoras e logo penso onde eu poderia me esconder. Tentarei me esconder atrás de Pissarev.

> Há diferentes tipos de divergência [escrevia Pissarev sobre a divergência entre o sonho e a realidade]. Meu sonho pode transbordar o curso natural dos acontecimentos, ou desviar-se para um lado aonde o curso natural dos acontecimentos nunca poderá chegar. No primeiro caso, o sonho não causa mal algum; pode até sustentar e fortalecer a energia do trabalhador [...].

> Em sonhos dessa espécie, nada pode corromper ou paralisar a força de trabalho. Ao contrário. Se o homem estivesse completamente privado da capacidade de sonhar assim, se não pudesse de vez em quando se adiantar e contemplar em imaginação o quadro inteiramente acabado da obra que se esboça em suas mãos, eu decididamente não conseguiria entender o que faz o homem a iniciar e levar a termo vastos e penosos empreendimentos na arte, na ciência e na vida prática [...]. A divergência entre o sonho e a realidade nada tem de ruim, desde que o sonhador acredite seriamente em seu sonho sem deixar de atentar para a vida, comparando a observação desta com seus castelos no ar e trabalhando escrupulosamente na realização daquilo que imagina. Quando existe algum contato entre os sonhos e a vida, tudo vai bem. [43]

Infelizmente, há poucos sonhos dessa espécie em nosso movimento. E a culpa é sobretudo dos nossos representantes da crítica legal e do "seguidismo" ilegal, que tanto se orgulham de sua sensatez, de sua "proximidade" com o "concreto".

c) *De que tipo de organização necessitamos?*

O leitor pode ver, pelo que foi dito anteriormente, que nossa "tática-plano" consiste em rejeitar o *apelo* imediato ao assalto da fortaleza inimiga, em exigir que se organize "devidamente seu assédio", ou dito de outro modo: em exigir a concentração de todos os esforços para reunir, organizar e *mobilizar* um exército regular. Quando zombamos do *Rabótcheie Dielo* por seu salto do economicismo para os gritos sobre a necessidade da ofensiva (gritos em que prorrompeu em *abril* de 1901, no nº 6 do *Listok R. Diela*), esse jornal naturalmente revidou, acusando-nos de "doutrinarismo", de não compreendermos o dever revolucionário, de exortarmos à prudência etc. Naturalmente, em nada nos surpreendeu receber tais acusações da boca dessas pessoas, pois, não tendo nenhum princípio, sacam e brandem a filosófica "tática-processo"; tampouco nos surpreendeu a repetição dessas acusações pela boca de Nadejdine, que costuma demonstrar o mais olímpico desprezo pela firmeza dos princípios programáticos e táticos.

Dizem que a história não se repete. Mas Nadejdine faz de tudo para repeti-la e imitar Tkatchev, denegrindo "o cultismo revolucionário", vociferando sobre "o repicar dos sinos do *veche*"[11], alardeando um "ponto de vista" especial das "vésperas da revolução" etc. Pelo visto, Nadejdine esquece a famosa frase que diz: a história acontece como tragédia e se repete como farsa [44]. A tentativa de tomar o poder – preconizada pela propaganda de Tkatchev e realizada pelo terror "intimidador", e que na época de fato intimidava – era majestosa, enquanto o terrorismo "incitador" desse Tkatchev-mirim é simplesmente ridículo, sobretudo quando complementado com a idéia de organizar os operários médios.

> Se o *Iskra* [escreve Nadejdine] saísse um pouco de sua esfera de literatismo, veria que fatos como esse [a carta de um operário publicado no nº 7 do *Iskra* etc.] são sintomas e provas de que em breve, muito breve, começará o "assalto", e falar agora [sic!] numa organização cujos fios partissem de um jornal para toda a Rússia é conceber idéias e trabalho de gabinete.

Reparem que inacreditável confusão: por um lado, prega-se o terrorismo incitador e "a organização dos trabalhadores

---

[11] Assembléia popular na antiga Rússia, convocada a toque de sinos. (N. de E.)

médios", juntamente com a idéia de que é "muito mais fácil" reunir-se em torno de "uma tarefa mais concreta", por exemplo, em torno de jornais locais; e, por outro lado, alega-se que falar "agora" numa organização para toda a Rússia significa conceber idéias de gabinete, ou seja (para usar uma linguagem mais simples e direta), "agora" já é tarde! Mas será que também não é tarde, respeitabilíssimo L. Nadejdine, para a *"ampla* organização de jornais locais"? Agora comparemos a isso o ponto de vista e a tática do *Iskra*: o terrorismo incitador é uma bobagem; falar em organizar justamente os trabalhadores operários médios e numa *ampla* organização de jornais locais é escancarar as portas para o economicismo. Deve-se falar de uma única organização de revolucionários para toda a Rússia, e nunca será tarde para falar dela, até a hora em que começar o verdadeiro assalto, e não um assalto de papel:

> De fato [continua Nadejdine], no que tange à organização, nossa situação não é nada brilhante; de fato, o *Iskra* tem toda a razão ao dizer que o grosso de nossas forças militares é constituído de voluntários e insurretos [...]. Bom saber que vocês têm uma noção realista do estado de nossas forças, mas por que teimam em esquecer que *a multidão está longe de ser nossa* e, portanto, não nos perguntará quando é hora de abrir as hostilidades e lançar-se ao "motim"? [...]. Quando a própria multidão entrar em ação com sua arrasadora força espontânea, *poderá* superar e desalojar o tal "exército regular", que sempre se pretendeu organizar de forma extraordinariamente sistemática, mas que *não deu tempo de reunir.* (Grifo meu.)

Que lógica mais estranha! *Justamente porque* "a multidão não é nossa" é insensato e inconveniente conclamar ao "assalto" imediato, uma vez que o assalto é a ofensiva de um exército regular, não a explosão espontânea da multidão. Justamente porque a multidão *pode* superar e desalojar o exército regular, é absolutamente necessário que nosso esforço de "organização rigorosamente sistemática" do exército regular "marche a par" do impulso espontâneo, pois quanto mais perto estivermos de "conseguir" essa organização, maiores serão as possibilidades de o exército regular não ser superado pela multidão, e sim colocar-se à sua frente, liderando-a. Nadejdine confunde-se ao supor que esse exército sistematicamente organizado se dedica a uma tarefa que o afasta da multidão, quando, na realidade, ele se dedica exclusivamente a uma agitação política múltipla e geral, isto é, justamente da tarefa que *aproxima e funde em um todo* a arrasadora força espontânea da multidão e a arrasadora força consciente da organização de revolucionários. A verdade é que vocês jogam suas próprias faltas nas costas dos outros, pois foi justamente o grupo *Svoboda* que, ao introduzir o terrorismo no *programa*, exortou à criação de uma organização de terroristas, quando uma organização dessa índole é que afastaria nosso exército da multidão, que, infelizmente, ainda não é nossa e, também infelizmente, quase nunca nos pergunta como e quando abrir as hostilidades.

"Deixaremos passar a própria revolução" – continua Nadejdine intimidando o *Iskra* – "assim como aconteceu com os eventos em curso, que nos apanharam de surpresa." Essa frase, vinculada à citação anterior, mostra-nos claramente quão absurdo é o "ponto de vista" especial de "vésperas da revolução" exposto pela *Svoboda*[12]. Falando sem rodeios, esse "ponto de vista" especial se reduz a proclamar que "agora" já é tarde para delibe-

---

[12] *Às vésperas da revolução*, p. 62. (N. do A.)

rações e preparações. Mas nesse caso – oh, respeitabilíssimo inimigo do "literatismo"! – por que escrever 132 páginas impressas sobre "questões de teoria[13] e de tática"? O senhor não acha que, para as "vésperas da revolução", seria mais conveniente lançar 132 mil volantes com um breve apelo: "Ao ataque!"?

Precisamente corre menor risco de deixar a revolução passar quem, como o *Iskra,* toma como pedra angular de todo seu programa, de toda sua *tática*, de todo seu *trabalho de organização*, a agitação política entre todo o povo. As pessoas que, em toda a Rússia, se dedicam a trançar os fios de uma rede de organização partindo de um jornal para toda a Rússia, longe de deixarem passar os eventos da primavera, ofereceram a possibilidade de prevê-los. Não deixaram passar despercebidas as manifestações descritas nos números 13 e 14 do *Iskra;* ao contrário, tomaram parte delas, com viva consciência de que seu dever era respaldar o impulso espontâneo da multidão, ao mesmo tempo em que contribuíram, por meio de seu jornal, para que todos os camaradas russos tomassem conhecimento dessas manifestações e aprendessem com sua experiência. Os que continuam com vida não deixarão passar a revolução, que exigirá de todos nós, antes e acima de tudo, experiência de agitação, sabedoria em apoiar (à maneira socialdemocrata) todo protesto, em orientar o movi-

---

[13] L. Nadejdine, aliás, não diz quase nada sobre as questões teóricas em sua *Resenha de questões teóricas*, excetuando a seguinte passagem, extremamente curiosa do "ponto de vista das vésperas da revolução": "Neste momento, a bernsteiniada perde sua importância, dando na mesma para nós se o sr. Adamovitch afirma que o sr. Struve deve pedir demissão ou se, ao contrário, é o sr. Struve quem desmente o sr. Adamovitch e rejeita a demissão. E dá rigorosamente na mesma porque já bate a hora decisiva da revolução" (p. 110). Seria difícil ilustrar com maior clareza o infinito desprezo de L. Nadejdine pela teoria. Por proclamarmos já estar "às vésperas da revolução", *por isso* "dá na mesma" para nós se os ortodoxos conseguem ou não desalojar definitivamente os críticos! E o nosso sábio não percebe que é justamente durante a revolução que mais precisamos dos resultados de nossa luta teórica contra os críticos, para combater com energia suas posições *práticas*! (N. do A.)

mento espontâneo, preservando-o dos erros dos amigos e das ciladas dos inimigos!

Chegamos aqui à última consideração, que nos força a insistir particularmente no plano de organização em torno de um jornal para toda a Rússia, mediante o trabalho conjunto nesse jornal comum. Somente uma organização como essa poderia assegurar às forças combativas socialdemocratas a indispensável *flexibilidade*, isto é, a capacidade de se adaptar imediatamente às mais variadas e mutáveis condições de luta; saber,

> por um lado, evitar a batalha em campo aberto contra um inimigo em número esmagadoramente superior, quando concentra suas forças em um único ponto, mas sabendo aproveitar a lerdeza de movimentos desse inimigo, para atacá-lo onde e quando ele menos esperar[14].

Seria um erro gravíssimo estruturar a organização do partido contando apenas com as explosões de revolta e confrontos de rua, ou só com "o avanço gradual da luta obscura cotidiana". Devemos *sempre* desenvolver nosso trabalho cotidiano e devemos estar sempre prontos para tudo, porque muitas vezes é quase impossível prever a alternância dos períodos de explosão e de calma momentânea; e, mesmo quando é possível prevê-los, não se

---

[14] *Iskra*, nº 4: "Por onde começar?". "Os revolucionários cultistas não endossam o ponto de vista das vésperas da revolução e não se intimidam em face de um trabalho de longa duração", escreve Nadejdine (p. 62). A propósito disso, faremos a seguinte observação: se não soubermos elaborar uma tática política, um plano de organização que aponte sem vacilações para um *trabalho extremamente longo* e que, ao mesmo tempo, assegure, *pelo próprio processo desse trabalho*, a disposição de nosso partido a ocupar seu posto e cumprir seu dever em qualquer situação imprevista, por mais que os acontecimentos se precipitem, seremos sempre uns miseráveis aventureiros políticos. Somente Nadejdine, que se autoproclamou socialdemocrata ainda ontem, pode esquecer que o objetivo da socialdemocracia consiste na radical transformação das condições de vida de toda a humanidade, e que por isso é imperdoável um socialdemocrata se deixar "intimidar" pela duração do trabalho. (N. do A.)

poderia tirar partido disso para reconstruir a organização, pois, em um país autocrático, essas mudanças ocorrem com espantosa rapidez, às vezes bastando uma incursão noturna dos janízaros [45] czaristas para causar uma reviravolta. A própria revolução não deve ser pensada como um ato isolado (como parecem fazer os Nadejdine), mas como uma sucessão rápida de explosões mais ou menos violentas, alternadas com períodos de calma mais ou menos profunda. Por isso, o conteúdo capital das atividades de organização de nosso partido, o centro de gravidade dessas atividades, deve consistir em um trabalho possível e necessário tanto nos períodos de explosões mais violentas como nos da mais completa calma, ou seja, deve consistir em um trabalho de agitação política unificada para toda a Rússia, que ilumine todos os aspectos da vida e se dirija às grandes massas. Ocorre que esse trabalho é *inconcebível*, na Rússia atual, sem um jornal destinado a todo o país e que saia com boa freqüência. A organização que se formar por si mesma em torno desse jornal, a organização de seus *colaboradores* (na acepção mais ampla da palavra, isto é, todos aqueles que trabalhem para ele) estará pronta para *tudo*, desde salvar a honra, o prestígio e a continuidade no trabalho do partido nos momentos de maior "depressão" revolucionária, até preparar, fixar e realizar a *insurreição armada de todo o povo*.

Imaginemos uma grande onda de prisões, tão comum entre nós, em uma ou várias localidades. Se não houver em *todas* as organizações locais *um* trabalho comum e regular, esses reveses serão muitas vezes acompanhados da suspensão das atividades por meses a fio. Mas, se todas colaborassem numa única obra comum, mesmo em face de um grave golpe, bastariam algumas semanas e duas ou três pessoas enérgicas para restabelecer o contato do organismo central com os novos círculos de jovens, círculos que, como se sabe, mesmo agora surgem com extrema rapidez. E, se esse trabalho comum golpeado por uma grande onda de prisões se desenvolvesse à vista de todos, os novos círculos poderiam ressurgir e restabelecer contato com o organismo central ainda mais rapidamente.

Imaginemos, por outro lado, uma insurreição popular. Agora todo o mundo deve reconhecer essa possibilidade e a urgência de nos prepararmos para quando ela se realizar. Mas nos prepararmos *como*? Caberá ao Comitê Central designar agentes em todas as partes do país para preparar a insurreição? Mesmo que dispuséssemos de um Comitê Central, em vista das atuais condições da Rússia, ele não conseguiria absolutamente nada com essa medida. Ao contrário, uma rede de agentes[15] formada pela própria tarefa de organização e difusão de um jornal comum não "esperaria de braços cruzados" que ecoasse o lema chamando à insurreição, mas, ao contrário, se engajaria num trabalho regular que lhe possibilitaria maiores chances de êxito na hora da insurreição. Justamente a prática desse trabalho reforçaria os laços de união tanto com as grandes massas operárias como com todos os setores descontentes com a autocracia, o que tem enorme importância na insurreição. Justamente a prática desse trabalho desenvolveria a capacidade de avaliar com acerto a situação política geral e, por conseguinte, a capacidade de escolher o momento adequado para a insurreição. Justamente na prática desse traba-

---

[15] Mais uma vez – oh! – deixei escapar a terrível palavra "agente", que tanto fere os ouvidos democráticos dos Martynov! Só me estranha que essa palavra não tenha ferido os corifeus da década de 1870 e, ao contrário, melindre os "artesãos" da década de 1890. Gosto dessa palavra, pois ela indica de modo claro e direto a *causa comum* a que todos os agentes subordinam seus pensamentos e atos, e, se fosse preciso substituí-la por outra, eu escolheria "colaborador", se ela não cheirasse a um vago literatismo. O fato é que nós precisamos, sim, de uma organização militar de agentes. Diga-se de passagem que os Martynov, tão numerosos (sobretudo no estrangeiro), que tanto gostam de "se promover mutuamente a generais", poderiam dizer, em vez de "agente de passaportes", "comandante-em-chefe da unidade especial para o suprimento de passaportes aos revolucionários" etc. (N. do A.)

lho *todas* as organizações locais aprenderiam a reagir simultaneamente aos problemas, incidentes e eventos políticos que agitam toda a Rússia, a responder a esses "eventos" da forma mais uniforme e conveniente possível. Porque, no fundo, a insurreição constitui a "resposta" mais enérgica, uniforme e conveniente de todo o povo ao governo. Justamente a prática desse trabalho, por fim, ensinaria todas as organizações revolucionárias, em todos os pontos da Rússia, a manter entre si relações mais regulares e, ao mesmo tempo, mais conspirativas, relações que criariam a unidade *efetiva* do partido, sem as quais é impossível discutir coletivamente o plano de insurreição ou tomar, às vésperas dessa insurreição, as indispensáveis medidas preparatórias, que devem ser mantidas no mais rigoroso sigilo.

Numa palavra, "o plano de um jornal político para toda a Rússia", longe de ser fruto de um trabalho de gabinete, realizado por pessoas contaminadas de doutrinarismo e literatismo (como pareceu a pessoas que opinaram irrefletidamente), é, ao contrário, o plano mais prático para começarmos a nos preparar para a insurreição imediatamente e em toda a parte, mas sem negligenciar nem por um instante as tarefas cotidianas.

Conclusão

A história da socialdemocracia russa divide-se nitidamente em três períodos.

O primeiro compreende cerca de dez anos, de 1884 a 1894, aproximadamente. É o período do surgimento e da consolidação da teoria e do programa da socialdemocracia. Na Rússia, contavam-se nos dedos os adeptos da nova tendência. A socialdemocracia existia sem movimento operário, vivendo sua fase de gestação como partido político.

O segundo período compreende três ou quatro anos, de 1894 a 1898. A socialdemocracia aparece como movimento social, como despertar das massas populares, como partido político. É a fase da infância e da adolescência. Com a rapidez de uma epidemia, propaga-se o entusiasmo geral dos intelectuais pela luta contra o populismo e pela aproximação com o movimento operário e o entusiasmo geral dos operários pelas greves. O movimento faz grandes avanços. A maioria dos dirigentes é muito jovem, ainda está longe "dos 35 anos", idade que o sr. N. Mikhailóvski considerava uma espécie de limite natural. Devido a sua juventude, não estavam preparados para levar adiante as tarefas práticas, saindo de cena com espantosa rapidez. Contudo, em boa parte dos casos, realizavam um trabalho de enorme amplitude. Muitos deles começaram a pensar de um modo revolucionário como adeptos de "A Vontade do Povo". Na mocidade, quase todos rendiam um culto entusiasta aos heróis do terror, e não foi fácil para eles resistir ao encanto dessa tradição heróica; foi preciso romper com pessoas, todas elas muito respeitadas pelos jovens socialdemocratas, que insistiam, a todo custo, em permanecer fiéis à "A Vontade do Povo". A luta os obrigava a estudar, a ler obras proibidas de todas as tendências, a ocupar-se intensamente dos problemas do populismo legal. Formados nessa luta, os socialdemocratas aproximaram-se do movimento operário sem se esquecerem "um instante sequer" nem da teoria marxista que os iluminou com sua luz radiante nem da tarefa de derrubar a autocracia. A fundação do partido, na primavera de 1898, foi o ato mais importante, e ao mesmo tempo o *último*, dos socialdemocratas naquele período.O terceiro período se anuncia, como vimos, em 1897, e aparece substituindo definitivamente o segundo período em 1898 (1898-?). É a fase de dispersão, de desagregação, de vacilação. Assim como os adolescentes enrouquecem ao mudar de voz, também a voz da socialdemocracia russa desse período começou a fraquejar, a desafinar, por um lado, nas obras dos senhores Struve e Prokopovitch, Bulgakov e Berdiaiev e, por outro, nas de V. I.-n e R. M., de B. Kritchévsky e Martynov. Mas só os dirigentes se dispersavam, cada um por seu lado, e retrocediam: o movimento continuava a se ampliar e a fazer enormes avanços. A luta proletária abrangia novos setores operários e se espalhava por toda a Rússia, contribuindo, ao mesmo tempo, indiretamente para animar o espírito democrático dos estudantes e dos outros estratos da população. Mas a consciência dos dirigentes cedeu diante da amplitude e da força da ação espontânea. Nas fileiras socialdemocratas já predominava outro tipo de gente: os militantes formados quase que exclusivamente na literatura marxista "legal", coisa mais do que insuficiente, dado o alto nível de consciência que a espontaneidade das massas exigia deles.

Os dirigentes não só estão atrasados no plano teórico ("liberdade de crítica") como no campo prático ("métodos primitivos de trabalho"), mas tentam justificar seu atraso com todo tipo de argumentos grandiloqüentes. A socialdemocracia foi rebaixada ao nível do trade-unionismo, tanto pelos brentanistas da literatura legal como pelos "seguidistas" da literatura ilegal. O programa do "Credo" começa a ser posto em prática, sobretudo quando os "métodos primitivos de trabalho" dos socialdemocratas reavivam as tendências revolucionárias não-socialdemocratas.

Se o leitor me recriminar por ter dedicado demasiada atenção a um jornal como o *Rabótcheie Dielo*, responderei: *R. Dielo* adquiriu importância "histórica" por refletir muito bem o "espírito" desse terceiro período[1]. Não era o conseqüente R. M., mas justamente os Kritchévsky e Martynov, capazes de virar ao sabor do vento, os que melhor podiam expressar a dispersão e as oscilações, a disposição para fazer concessões à "crítica", ao "economicismo" e ao terrorismo. O que caracteriza esse período não é o olímpico desprezo pela prática por parte de algum admirador do "absoluto", mas justamente a junção de um pragmatismo mesquinho com a mais completa despreocupação com a teoria. Os heróis desse período, mais do que negar abertamente as "grandes palavras", as aviltavam: o socialismo científico deixou de ser uma teoria revolucionária coerente para tornar-se uma mixórdia, à qual se acrescentavam "livremente" líquidos extraídos de qualquer manualzinho alemão; o lema "luta de classes" deixava de

---

[1] Eu também poderia responder citando um ditado alemão: *Den Sack schlägt man, den Esel meint man*, que corresponde ao nosso: "Falo contigo, minha filha, mas escuta-me tu, minha nora". Não apenas o *Rabótcheie Dielo*, mas tanto a *grande massa* dos militantes dedicados ao trabalho prático como *os teóricos* se entusiasmaram com a "crítica" em voga, enredando-se na questão da espontaneidade e afastando-se da concepção socialdemocrata de nossas tarefas políticas e de organização para se aproximarem da concepção trade-unionista. (N. do A.)

conclamar a uma ação cada vez mais ampla e enérgica e passava a funcionar como desestimulador, uma vez que a "luta econômica está intimamente ligada à luta política"; a idéia de um partido não servia para estimular a criação de uma organização combativa de revolucionários, mas, ao contrário, justificava uma espécie de "burocratismo revolucionário" e a brincadeira infantil com as formas "democráticas".

Não saberíamos dizer quando é que o terceiro período acaba e começa o quarto (que, seja como for, já se faz anunciar por muitos sintomas). Do terreno da história, passamos aqui ao campo do presente e, em parte, do futuro. Mas acreditamos firmemente que o quarto período há de levar à consolidação do marxismo militante, que a socialdemocracia russa sairá da crise mais forte e vigorosa, que a retaguarda dos oportunistas será substituída por um verdadeiro destacamento de vanguarda da classe mais revolucionária.

A modo de exortação dessa "substituição" e resumindo o que acabamos de expor, podemos dar esta breve resposta à pergunta "que fazer?":

Terminar com o terceiro período.

Anexo [46]
Tentativa de fusão do *Iskra* com o *Rabótcheie Dielo*

Resta-nos esboçar a tática que o *Iskra* adotou e, conseqüentemente, aplicou nas relações de organização com o *Rabótcheie Dielo*, tática que já foi amplamente exposta no nº 1 do *Iskra*, no artigo sobre a "Cisão da 'União dos Socialdemocratas Russos no Estrangeiro'"[1]. Assumimos imediatamente a posição de que a *verdadeira* "União dos Socialdemocratas Russos no Estrangeiro", reconhecida pelo primeiro Congresso de nosso partido como seu representante no estrangeiro, *cindiu-se* em duas organizações; que a questão da representação do partido continuava sem solução, já que a escolha de dois representantes russos, um para cada parte da "União" dividida, junto ao Conselho Socialista Internacional Permanente, foi apenas uma saída provisória e condicional. Declaramos que, no fundo, o *Rabótcheie Dielo não tinha razão*; em relação aos princípios, posicionamo-nos claramente ao lado do grupo "Emancipação do Trabalho", mas ao mesmo tempo nos negamos a descer aos detalhes da cisão, ressaltando os méritos da "União" no campo do trabalho estritamente prático[2].

Nossa posição, portanto, era, até certo ponto, de expectativa: fazíamos uma concessão ao critério dominante entre a maioria dos socialdemocratas russos – de que mesmo os inimigos mais declarados do "economicismo" podiam trabalhar lado a lado

---
[1] Ver V. I. Lenin, *Obras completas*, t. IV. (N. de E.)
[2] Esse posicionamento em face da cisão baseava-se não apenas no conhecimento das publicações, mas também em dados colhidos no estrangeiro por alguns membros de nossa organização que lá estiveram. (N. do A.)

com a "União", já que esta declarou mais de uma vez que, em princípio, concordava com o grupo "Emancipação do Trabalho" e que não pretendia ter uma posição independente nas questões fundamentais da teoria e da tática. O acerto da posição que adotamos foi confirmado, indiretamente, pelo fato de que, quase ao mesmo tempo em que saía o primeiro número do *Iskra* (dezembro de 1900), três membros se separaram da "União", para formar o que se chamou "Grupo de Iniciadores", e se dirigiram: 1) à seção do estrangeiro da organização do *Iskra*, 2) à organização revolucionária "O Socialdemocrata" e 3) à "União", para oferecer sua mediação nas negociações de reconciliação. As duas primeiras organizações aceitaram imediatamente; *a terceira rejeitou a proposta*. A verdade é que, quando um orador expôs esses fatos no congresso de "unificação" do ano passado, um membro da administração da "União" declarou que tal recusa devia-se *exclusivamente* ao descontentamento com a composição do "grupo de iniciadores". Considerando que é meu dever reproduzir essa explicação, não posso, contudo, deixar de observar que a considero insuficiente: conhecendo a concordância das duas organizações em negociar, a "União" poderia dirigir-se a elas por meio de outro mediador ou até diretamente.

Na primavera de 1901, a *Zariá* (nº 1, abril) e o *Iskra* (nº 4, maio) deram início a uma polêmica direta contra o *Rabótcheie Dielo*[3]. O *Iskra* atacou sobretudo a "Guinada Histórica" do *Rabótcheie Dielo*, que, em sua edição de *abril*, ou seja, depois dos acontecimentos da primavera, mostrou-se hesitante quanto ao entusiasmo pelo terror e pelos apelos "sanguinários". Apesar dessa polêmica, a "União" aceitou a retomada das negociações para reconciliação por meio da mediação de um novo grupo de "conciliadores"[4]. A

---
[3] Ver V. I. Lenin, *Obras completas*, t. V. (N. de E.)
[4] Referência aos organizadores do grupo anti-iskrista *Borbá*. (N. de E.)

conferência preliminar de representantes das três organizações aqui citadas realizou-se no mês de junho e elaborou um projeto de pacto, baseado em um "acordo de princípios", bastante detalhado, publicado pela "União" na brochura *Dois congressos* e pela Liga na brochura *Documentos do congresso de "unificação"*.

O conteúdo desse acordo de princípios (ou resoluções da conferência de junho, como é chamado mais freqüentemente) mostra com toda clareza que exigíamos como condição indispensável para a unificação, que se repudiasse do modo *mais veemente* toda e qualquer manifestação de oportunismo em geral e de oportunismo russo em particular. Diz o primeiro parágrafo: "Repudiamos toda tentativa de levar o oportunismo à luta de classe do proletariado, tentativa que se traduz no chamado 'economicismo', bernsteinismo, millerandismo, etc."; "A atividade da socialdemocracia compreende [...] a luta ideológica contra todos os adversários do marxismo revolucionário" (4, letra c). "Em todas as esferas do trabalho de organização e de agitação, a socialdemocracia não deve perder de vista em nenhum instante a tarefa imediata do proletariado russo: derrubar a autocracia" (5, letra a); "a agitação não apenas no campo da luta cotidiana do trabalho assalariado contra o capital" (5, b); "não reconhecendo [...] a fase da luta puramente econômica e de luta por reivindicações políticas específicas" (5, c); "consideramos importante para o movimento a crítica das tendências que erigem em princípio [...] o elementar e a estreiteza das formas inferiores do movimento" (5, d). Mesmo a pessoa mais desinformada, depois de ler mais ou menos atentamente essas resoluções, verá pela própria maneira como foram formuladas que visam àqueles que se mostraram oportunistas e economicistas; que esqueceram, mesmo que só por um instante, a tarefa de derrubar a autocracia; que aceitaram a teoria das etapas, que erigiram em princípio uma visão esquemática etc. E quem conhece, ainda que pouco, a polêmica estabelecida contra o *Rabótcheie Dielo* pelo grupo "Emancipação do Trabalho", a *Zariá* e o *Iskra*, não pode duvidar nem sequer um instante que essas resoluções rejeitam, ponto por ponto, justamente as aberrações em que o *Rabótcheie Dielo* incorreu. Por isso, quando um dos membros da "União" declarou no congresso de "unificação" que os artigos publicados no nº 10 do *Rabótcheie Dielo* não eram conseqüência da nova "guinada histórica" da "União", mas do caráter excessivamente "abstrato"[5] das resoluções, um orador teve toda razão em ridicularizá-lo. As resoluções não só não são abstratas, respondeu ele, como são extremamente concretas: basta um simples olhar para perceber que se queria "caçar alguém".

Essa expressão daria origem, no congresso, a um episódio revelador. De um lado, B. Kritchévsky agarrou-se à palavra "caçar", acreditando que se tratava de um lapso que denunciaria má intenção de nossa parte ("armar uma cilada"), e disse em tom patético: "Quem é que se queria caçar?". "Isso mesmo, quem?", perguntou Plekhanov, ironicamente. "Eu ajudarei o camarada Plekhanov em sua perplexidade", respondeu B. Kritchévsky, "vou lhe dizer quem se queria caçar: *a redação do Rabótcheie Dielo.*" (Riso geral.) "Mas não nos deixamos caçar!" (Exclamações à esquerda: "Pior para vocês!".) De outro lado, um membro do grupo "Borbá" (grupo de conciliadores), falando contra as emendas da "União" às resoluções e desejoso de defender nosso orador, disse que a palavra "caçar" tinha sem dúvida escapado por acaso, no calor da polêmica.

De minha parte, imagino que o orador que usou a expressão não ficou muito satisfeito com essa "defesa". Penso que as pala-

---

[5] Essa afirmação se repete em *Dois congressos*, p. 25. (N. do A.)

vras "se queria caçar alguém" foram "ditas em tom de brincadeira, mas a sério": nós sempre acusamos o *Rabótcheie Dielo* de falta de firmeza, de hesitação, razão pela qual *devíamos*, naturalmente, tentar caçá-lo para impedir futuras vacilações. Não cabia falar aqui de má intenção, pois se tratava de falta de firmeza de princípios. E de fato conseguimos "caçar" a "União", mas como camaradas[6], tanto que as resoluções de junho foram assinadas pelo próprio B. Kritchévsky e por outro membro da administração da "União".

Os artigos publicados no número 10 do *Rabótcheie Dielo* (nossos camaradas só tiveram acesso a esse número ao chegar ao congresso, poucos dias antes da abertura das sessões) mostraram claramente que, entre o verão e o outono, a "União" dera uma nova "guinada": os economicistas haviam tomado a dianteira, outra vez, e a redação, dócil a toda nova "corrente", começou a defender de novo "os bernsteinianos mais declarados", a "liberdade de crítica" e a "espontaneidade", e a pregar, pela boca de Martynov, a "teoria da restrição" à esfera de nossa ação política (com o objetivo de pretensamente tornar essa ação mais complexa). Mais uma vez, confirmou-se a certeira observação de Parvus, de que é difícil caçar um oportunista com uma simples declaração, pois ele assinará facilmente *qualquer* declaração, e com a mesma facilidade irá renegá-la, já que o oportunismo

---

[6] A saber: na introdução às resoluções de junho, dissemos que o conjunto da socialdemocracia russa sempre manteve a posição de princípios do grupo "Emancipação do Trabalho" e que o mérito da "União" residia, sobretudo, em sua atividade no terreno das publicações e da organização. Em outras palavras, registramos nossa plena disposição de virar a página e reconhecer que o trabalho de nossos camaradas da "União" era útil à causa, *sob a condição* de que eles abandonassem de uma vez por todas suas vacilações, que eram o que perseguíamos em nossa "caça". Qualquer pessoa imparcial que leia as resoluções de junho só poderá entendê-las nesse sentido. Mas se, agora, a "União", depois de *provocar* ela própria a ruptura com sua nova "guinada" para o economicismo (nos artigos do nº 10 e nas emendas), acusa-nos solenemente de *faltar com a verdade* (*Dois congressos*, p. 30) ao lembrar nosso reconhecimento de seus méritos, essa acusação só pode ser recebida com sorrisos. (N. do A.)

consiste exatamente na falta de princípios minimamente definidos e firmes. Hoje os oportunistas rechaçam *qualquer* tentativa de introduzir o oportunismo, rechaçam *qualquer* restrição, prometendo solenemente "não esquecer um só instante a derrubada da autocracia", fazer "agitação não apenas no terreno da luta cotidiana do trabalho assalariado contra o capital" etc. etc. E amanhã mudarão o tom para retornar à velha senda, sob o pretexto de defender a espontaneidade, o avanço gradual da luta cotidiana e obscura, exaltando as reivindicações que prometem resultados tangíveis etc. Quando a "'União' insiste em afirmar que, nos artigos do nº 10, não viu nem vê qualquer abjuração herética dos princípios gerais do projeto da conferência" (*Dois congressos*, p. 26), ela só demonstra sua absoluta incapacidade de compreender o fundo das divergências ou sua recusa em fazê-lo.

Depois do nº 10 do *Rabótcheie Dielo*, só nos restava uma última alternativa: iniciar uma discussão geral para verificarmos se toda a "União" endossava esses artigos e sua redação. E é com isso que a "União" tanto se revolta, acusando-nos de querer semear a cizânia no interior dela, de nos imiscuirmos em assuntos alheios etc. Acusações absolutamente infundadas, porque, tendo uma redação eleita e que "vira" ao sabor da mais leve brisa, tudo depende justamente da direção do vento, e nós definimos essa orientação em sessões a portas fechadas, das quais só participaram os membros das organizações interessadas na unificação. As emendas introduzidas nas resoluções de junho, por iniciativa da "União", liquidaram nossas últimas esperanças de chegar a um acordo. Tais emendas são uma prova documental da nova "guinada" para o "economicismo" e da solidariedade da maioria da "União" com o nº 10 do *Rabótcheie Dielo*. Do conjunto de manifestações de oportunismo, eliminava-se o "chamado economicismo" (por causa da pretensa "indeterminação do sentido" dessas palavras, embora disso decorra apenas a necessidade de se definir com maior precisão a essência de uma aberração amplamente difundida); eliminou-se também o "millerandismo" (embora B. Kritchévsky o tenha defendido no *Rabótcheie Dielo* nº 2-3, pp. 83-84, e de forma ainda mais explícita no *Vorwärts*[7]). Apesar de as resoluções de junho indicarem terminantemente que a tarefa da socialdemocracia consistia em "dirigir todas as manifestações da luta do proletariado contra todas as formas de opressão política, econômica e social", exigindo com isso que se introduzisse método e unidade em todas essas manifestações de luta, a "União" acrescentava palavras completamente desnecessárias, dizendo que "a luta econômica é um poderoso estímulo para o movimento de massas" (palavras que, em si mesmas, estão fora de discussão, mas que, devido à existência de um "economicismo" estreito, deveriam forçosamente dar lugar a interpretações equivocadas). E mais: nas resoluções de junho, chegou-se a *restringir* a "política" de maneira direta, eliminando as palavras "por um instante" (quanto a não esquecer o objetivo de derrubar a autocracia), e acrescentando as palavras "a luta econômica é o meio *mais amplamente aplicável* para incorporar as massas à luta política ativa". Compreende-se que, depois da introdução dessas emendas, todos os nossos oradores se recusaram a falar, considerando que era totalmente inútil continuar as negociações com homens que de novo tendiam para o "economicismo" e asseguravam a liberdade de vacilar.

> Justamente o que a "União" considerou condição *sine qua non* para a solidez do futuro acordo, isto é, a preservação da feição própria do *Rabótcheie Dielo* e de sua autonomia, justamente isso foi o que o *Iskra* considerou um obstáculo para o acordo (*Dois congressos*, p. 25).

---

[7] No *Vorwärts* iniciou-se uma polêmica a esse respeito entre sua redação atual, Kautsky e a *Zariá*. Não deixaremos de expor essa polêmica aos leitores russos. [47] (N. do A.)

Nada mais longe da verdade. Nunca atentamos contra a autonomia do *Rabótcheie Dielo*[8]. Mas, de fato, *repudiamos veementemente* sua "feição própria" em questões de princípio de teoria e de tática: as resoluções de junho implicam justamente a negação categórica *dessa* feição própria, porque, na prática, tal "feição própria" sempre significou, repetimos, todo tipo de vacilações e o incentivo à dispersão em que nos encontramos, dispersão insuportável do ponto de vista do partido. Pelos seus artigos no nº 10 e por suas "emendas", o *Rabótcheie Dielo* demonstrou claramente seu desejo de preservar precisamente essa fisionomia própria, e esse desejo levou, natural e inevitavelmente, à ruptura e à declaração de guerra. Mas estávamos prontos a reconhecer a "fisionomia própria" do *Rabótcheie Dielo*, no sentido de que devia concentrar-se em determinadas funções literárias. A distribuição judiciosa dessas funções impunha-se por si própria: 1) revista científica, 2) jornal político e 3) compilações e brochuras de divulgação. Somente se concordasse com essa distribuição o *Rabótcheie Dielo* provaria seu *sincero* desejo de acabar de uma vez por todas com as aberrações contra as quais eram dirigidas as resoluções de junho; apenas essa distribuição eliminaria todos os atritos eventuais e garantiria de fato a solidez do acordo, servindo ao mesmo tempo de base a um novo impulso de nosso movimento e a novos sucessos.

Hoje, nenhum socialdemocrata russo pode duvidar de que a ruptura definitiva da tendência revolucionária com a oportunista se deu não por circunstâncias "de organização", mas pelo desejo desta última de fortalecer a feição própria do oportunismo e de continuar confundindo as mentes com os raciocínios dos Kritchévsky e dos Martynov.

---

[8] Isso se não tomarmos como restrição à autonomia as deliberações das redações, referentes à formação de um conselho supremo comum das organizações unidas, coisa que o *Rab. Dielo* também aceitou em junho. (N. do A.)

Emenda a *Que fazer?*

O "Grupo de Iniciadores", ao qual me referi na brochura *Que fazer?*, pede que eu acrescente a seguinte emenda à passagem sobre sua participação na tentativa de conciliar as organizações socialdemocratas no estrangeiro:

> Dos três membros desse grupo, apenas um deixou a "União", no final de 1900; os outros só saíram em 1901, depois de estar convencidos de que era impossível obter da "União" o apoio à sua proposta de uma conferência com a organização do *Iskra* no estrangeiro e com a "Organização Revolucionária O Socialdemocrata". Tal proposta foi inicialmente rejeitada pela administração da "União", sob a alegação de "incompetência" das pessoas que faziam parte do "Grupo de Iniciadores" mediador, e manifestando o desejo de estabelecer relações diretas com a organização do *Iskra* no estrangeiro. Contudo, pouco depois, a administração da "União" informava o "Grupo de Iniciadores" que, depois da publicação do primeiro número do *Iskra*, onde havia uma nota sobre a cisão da "União", mudara de opinião e não mais queria estabelecer relações com o *Iskra*. Como explicar, depois disso, a declaração de um membro da administração da "União", de que a recusa dessa última em participar da conferência devia-se *exclusivamente* ao fato de a "União" não estar satisfeita com a composição do "grupo de iniciadores"?

Na verdade, também não se compreende o fato de a administração da "União" ter concordado em realizar uma conferência em junho do ano passado, uma vez que a nota do primeiro número do *Iskra* continuava a ser válida e que a atitude "negativa" do *Iskra* em relação à "União" se afirmara ainda mais no primeiro fascículo da *Zariá* e no quarto número do *Iskra*, ambos publicados antes da conferência de junho.

N. Lenin

Iskra, nº 19, 1º de abril de 1902.
Conforme publicado no jornal *Iskra*.

Notas

[1] Organizadores e colaboradores da revista *Bes Saglavia* [*Sem título*], editada em São Petersburgo, em 1906, por S. N. Prokopovitch, E. D. Kuskova, V. I. Bogucharski e outros. Os *Bessaglavtsi* se declaravam abertamente partidários do revisionismo, apoiavam os mencheviques e liberais e se opunham à política independente do proletariado. Lenin chamou os *Bessaglavtsi* de "cadetes tipo menchevique", isto é, mencheviques tipo cadete.

[2] *Lassallianos* e *eisenachianos:* dois partidos do movimento operário alemão na década de 1860 e início da de 1870.

Os lassallianos eram partidários e seguidores de Ferdinand Lassalle. A "União Geral Operária Alemã", fundada por Lassalle em 1863, era o núcleo fundamental dos lassallianos. Considerando ser possível uma transformação pacífica do capitalismo em socialismo, com a ajuda das associações operárias apoiadas pelo governo capitalista, os lassallianos pregavam a substituição da luta revolucionária da classe operária pelo direito ao sufrágio universal e à atividade parlamentar pacífica.

Marx criticou duramente os lassallianos, observando que "durante muitos anos eles foram um obstáculo para a organização do proletariado e acabaram transformando-se em mero instrumento da polícia". Marx faz uma apreciação da tática e dos conceitos teóricos lassallianos em seus trabalhos *Crítica do programa de Gotha, Supostas divisões na Internacional* e em sua correspondência com Engels.

Os eisenachianos eram partidários do marxismo e se encontravam no campo de influência ideológica de K. Marx e F. Engels. Sob a direção de K. Liebknecht e A. Bebel, fundaram, no congresso de Eisenach, realizado em 1869, o Partido Operário Socialdemocrata da Alemanha.

Esses dois partidos lutaram encarniçadamente entre si.

No congresso realizado em Gotha, em 1875, sob a pressão do movimento operário em ascenso e a intensificação da repressão do governo, ambos os partidos se fundiram em um único Partido Operário Socialista Alemão, no qual os lassallianos representavam a ala oportunista.

Lenin descreve os lassallianos e os eisenachianos num artigo escrito em agosto de 1913, intitulado "August Bebel".

[3] *Guesdistas* e *possibilistas*. Foram correntes do movimento socialista francês, surgidas em 1882, depois da cisão do Partido Operário Francês.

Guesdistas (partidários de Jules Guesde): corrente marxista de esquerda que defendia a política revolucionária independente do proletariado; em 1901, os guesdistas fundaram o Partido Socialista da França.

Possibilistas: corrente reformista pequeno-burguesa que desviava o proletariado dos métodos revolucionários de luta. Os possibilistas propunham restringir a atividade da classe operária aos limites do "possível" no sistema capitalista. Em 1902, os possibilistas, juntamente com outros grupos reformistas, formaram o Partido Socialista Francês.

Em 1905, o Partido Socialista da França e o Partido Socialista Francês se unificaram. Durante a guerra imperialista de 1914-1918, J. Guesde e toda a direção do Partido Socialista Francês passaram à posição social-chauvinista.

[4] *Fabianos:* Membros da Sociedade dos Fabianos, organização reformista e oportunista inglesa, fundada em 1884 por um grupo de intelectuais burgueses. A sociedade tomou seu nome do general romano Fábio Máximo Cunctator (O Contemporizador), famoso por sua tática de postergação, que o levava a evitar os combates frontais. Os fabianos afastavam o proletariado da luta de classes e preconizavam a transição pacífica do capitalismo ao socialismo por meio de pequenas reformas.

Engels caracteriza os fabianos em sua carta a Sorge, de 18 de janeiro de 1893; Lenin também se refere a eles nas seguintes obras: "Prefácio à tradução russa do livro *Cartas de J. F. Becker, J. Dietzgen, F. Engels, K. Marx e outros a F. Sorge e outros*", *Programa agrário da socialdemocracia na revolução russa, O pacifismo inglês e o desprezo inglês pela teoria*, entre outras.

[5] Lenin cita uma passagem traduzida por ele do prefácio de F. Engels à terceira edição alemã de *O dezoito brumário de Luís Bonaparte*, de K. Marx. (Ver K. Marx e F. Engels, *Obras completas*, t. XXI.)

[6] D. I. Ilováiski (1832-1920). Historiador, autor de numerosos manuais oficiais de história, amplamente difundidos na escola primária e média da Rússia antes da revolução. Seus manuais apresentavam os fatos históricos como derivados fundamentalmente da vontade e da decisão pessoal dos czares e da nobreza, explicando o processo histórico por meio de circunstâncias secundárias e fortuitas.

[7] Uma das correntes da economia política burguesa, surgida na Alemanha nas décadas de 1870 e 1880. Os representantes dessa

tendência pregavam, a partir das cátedras universitárias, o reformismo liberal-burguês, dissimulado sob a aparência de socialismo. Os socialistas de cátedra sustentavam que o governo burguês está acima das classes e é capaz de conciliar as classes hostis e estabelecer gradualmente o "socialismo", levando em conta, tanto quanto possível, as reivindicações dos trabalhadores, sem afetar os interesses dos capitalistas. Os conceitos dos socialistas de cátedra foram difundidos na Rússia pelos "marxistas legais".

[8] Resolução sobre o problema dos "ataques aos conceitos fundamentais e à tática do partido", adotada pelo congresso da socialdemocracia alemã realizado em Hannover, de 27 de setembro a 2 de outubro (9 a 14 de outubro) de 1899. O exame desse problema e a resolução que sobre o particular se adotou no congresso baseavam-se no fato de os oportunistas, liderados por Bernstein, terem exigido a revisão da teoria marxista e um novo exame da política e da tática revolucionárias da socialdemocracia. Na resolução adotada pelo congresso, as exigências dos revisionistas foram recusadas, mas não se criticou nem se desmascarou o bernsteinismo. Os próprios partidários de Bernstein votaram a favor desse texto.

[9] Resolução aprovada no congresso da socialdemocracia alemã realizado em Lübeck, de 9 a 15 (22 a 28) de setembro de 1901. O ponto central do trabalho do congresso foi a luta contra o revisionismo, então já cristalizado na ala direita do partido com um programa próprio e um órgão de imprensa, o *Sozialistische Monatshefte* (*Revista mensal do socialismo*). O líder dos revisionistas, Bernstein, que já muito antes do congresso se pronunciara pela revisão do socialismo científico, exigiu em sua intervenção a "liberdade de crítica" ao marxismo. O congresso recusou o projeto de resolução

proposto pelos partidários de Bernstein. Na resolução aprovada pelo congresso, foi feita uma advertência direta a Bernstein, mas não se propôs como questão de princípio impedir que os bernsteinianos continuassem nas fileiras do partido operário.

[10] O congresso de Stuttgart da socialdemocracia alemã, realizado de 21 a 26 de setembro (3 a 8 de outubro) de 1898, examinou pela primeira vez o problema do revisionismo na socialdemocracia alemã. O congresso divulgou uma declaração de Bernstein, então ausente, na qual ele expunha e defendia os conceitos oportunistas presentes anteriormente em uma série de artigos seus. Entre os adversários de Bernstein que participaram do congresso não havia unidade de opinião. Alguns (Bebel entre outros) pronunciaram-se a favor da luta ideológica e da crítica aos erros de Bernstein, mas se opuseram à aplicação de medidas disciplinares. O setor minoritário, liderado por R. Luxemburgo, se declarou francamente contrário ao bernsteinismo.

[11] Starovier era o pseudônimo de A. N. Potresov, membro da redação do *Iskra*; posteriormente, passaria para as fileiras mencheviques.

[12] "O escritor envaidecido", título de um dos primeiros contos de Máximo Górki.

[13] Lenin se refere à coletânea intitulada *Materiais para a caracterização de nosso desenvolvimento econômico*, publicada com uma tiragem de 2.000 exemplares por uma gráfica legal, em abril de 1895. Na coletânea consta o artigo de V. I. Lenin (que assina com o pseudônimo de K. Tulin) intitulado "Conteúdo econômico do populismo e sua crítica no livro do sr. Struve (Reflexo do mar-

xismo na literatura burguesa)", dirigido contra os "marxistas legais". (Ver V. I. Lenin, *Obras completas*, t. I.)

[14] "O protesto dos socialdemocratas russos" foi escrito por Lenin no exílio, em 1899. Era dirigido contra o "Credo", manifesto do grupo dos economicistas (S. N. Prokopovich, E. D. Kuskova e outros, que mais tarde se tornaram cadetes). Lenin recebeu o "Credo" por intermédio de sua irmã, A. I. Elizárova, e escreveu um protesto duro e acusador.

O "Protesto" foi discutido e aceito por unanimidade na reunião de 17 exilados políticos marxistas convocada por Lenin em Erma Kóbskoie, aldeia do distrito de Minussinsk. A colônia de exilados de Turukhansk e de Orlov (da província da Viatka) também aderiu ao "Protesto".

"O protesto dos socialdemocratas russos" foi enviado por Lenin ao estrangeiro, ao grupo "Emancipação do Trabalho". No início de 1900, o "Protesto" foi reproduzido no livro de G. V. Plekhanov, *Vade-mécum para a redação do* Rabótcheie Dielo.

[15] *Bylóe* (*O Passado*). Revista histórica mensal, publicada em São Petersburgo entre 1906 e 1907. Em 1908, a revista mudou seu título para *Minuvshie Godi* (*Tempos Passados*) e foi proibida pelo governo czarista. Em julho de 1917, retomou sua publicação em Petrogrado, continuando até 1926.

[16] *Vade-mécum para a redação do* Rabótcheie Dielo. Coletânea de textos e documentos, com prefácio de G. V. Plekhanov denunciando os conceitos oportunistas da "União de Socialdemocratas Russos no Estrangeiro" e de seu órgão, *Rabótcheie Dielo*. Organizada e editada pelo próprio Plekhanov, foi publicada em 1900, em Genebra, pelo grupo "Emancipação do Trabalho".

[17] Panfleto redigido no final de 1899, expondo os conceitos oportunistas do comitê de Kiev. Seu conteúdo coincidia em muitos pontos com o conhecido "Credo" dos "economicistas". Lenin faz a crítica desse documento em seu artigo "A propósito de *Profession de foi*". (Ver V. I. Lenin, *Obras completas*, t. IV.)

[18] Brochura editada pela redação do jornal dos "economicistas" *R. Mysl*, em setembro de 1899. Nela, especialmente no artigo "Nossa realidade", assinado com as iniciais R. M., expunham-se abertamente os conceitos oportunistas do grupo.

[19] Ver K. Marx e F. Engels, *Obras completas*, t. XIX.

[20] Lenin cita, em tradução própria, um excerto do prefácio de Engels ao trabalho *A guerra camponesa na Alemanha*. (Ver K. Marx e F. Engels, *Obras completas*, t. XVIII.)

[21] *Russcaia Starina* (*A Antiguidade Russa*). Revista histórica mensal, publicada em São Petersburgo de 1870 a 1918.

[22] *San Petersburgski Rabotchi Listok* (*Folha Operária de São Petersburgo*). Órgão ilegal da "União de Luta pela Emancipação da Classe Operária" de São Petersburgo. Teve dois números publicados: o primeiro, impresso na Rússia em fevereiro (datado de janeiro) de 1897, rodado em mimeógrafo na Rússia com uma tiragem de 300 a 400 exemplares; o segundo, em Genebra, em setembro de 1897.

[23] *Rabótchaia Gazeta* (*Gazeta Operária*). Órgão ilegal do grupo socialdemocrata de Kiev. Teve dois números publicados: o primeiro, em agosto de 1897; o segundo, em dezembro (com data

de novembro) do mesmo ano. O Primeiro Congresso do POSDR proclamou a *Rabótchaia Gazeta* órgão oficial do partido. Depois do congresso, o jornal não voltou a sair, pois sua sede foi empastelada pela polícia e os membros do Comitê Central foram detidos.

[24] A reunião privada citada por Lenin realizou-se em São Petersburgo, entre 14 e 17 de fevereiro (26 de fevereiro e 1º de março) de 1897. Participaram dela V. I. Lenin, A. A. Vaniéiv, G. M. Krjijanovski e outros membros da "União de Luta pela Emancipação da Classe Operária" de São Petersburgo, ou seja, os "velhos", em liberdade provisória de três dias antes de serem deportados para a Sibéria, e os "jovens", que dirigiam a "União de Luta" depois da prisão de Lenin.

[25] *Listok Rabótnika* (*Folha do Operário*). Foi publicado em Genebra de 1896 a 1899 pela "União dos Socialdemocratas Russos no Estrangeiro".

Editaram-se dez números: os de 1 a 8 foram publicados sob a redação do grupo "Emancipação do Trabalho". Depois da guinada da maioria dos membros da "União" para o "economicismo", o grupo "Emancipação do Trabalho" negou-se a continuar à frente do órgão. Os números 9 e 10 foram publicados pela nova redação nomeada pela "União".

[26] Refere-se ao artigo de V. P. Ivanchin.

[27] *V. V.*: Pseudônimo de V. P. Vorontsov, um dos ideólogos do populismo liberal das décadas de 1880 e 1890. Lenin chama os "V. V. da socialdemocracia russa" os "economicistas", que representavam a tendência oportunista dentro da socialdemocracia russa.

[28] Os sindicatos de Hirsch e Duncker foram fundados em 1868 por esses dois liberais burgueses alemães, que pregavam a "harmonia entre os interesses de classe"; com isso desviavam os operários de sua luta revolucionária de classe contra a burguesia e limitavam as tarefas do movimento sindical à ação nas caixas de socorros mútuos e nas organizações de caráter cultural-educacional.

[29] *Nakanunie* (*A Véspera*), revista de orientação populista publicada em russo, em Londres, de janeiro de 1899 a fevereiro de 1902. Teve 37 números editados. Em torno dessa revista agruparam-se os representantes de diversos partidos pequeno-burgueses.

[30] Com o pseudônimo *N. Beltov*, G. V. Plekhanov publicou legalmente em 1895, em São Petersburgo, seu conhecido livro *Contribuição ao problema do desenvolvimento da concepção monista da história*.

[31] Refere-se à sátira em verso intitulada "Hino do moderno socialista russo", publicada no nº 1 da *Zariá* (abril de 1901), com a assinatura de "Nartsis Tuporylov", que ridicularizava os "economicistas" e sua facilidade para se adaptarem ao movimento espontâneo. O autor desses versos é I. O. Martov.

[32] No nº 7 do *Iskra* (agosto de 1901), na seção intitulada "Crônicas do movimento operário e cartas recebidas das fábricas", publicou-se a carta de um operário tecelão que testemunhava a enorme influência do *Iskra* leninista sobre os operários de vanguarda:

> mostrei o *Iskra* a tantos colegas de trabalho que o jornal quase desmanchou [...] e ele é tão valioso para nós [escrevia o autor da carta]. Nele se fala da nossa causa, da causa de todo o povo

russo, que não pode ser avaliada em moedas, nem estimada em tempo; ao ler suas páginas, vê-se claramente por que os guardas e a polícia têm medo de nós, operários, e dos intelectuais que nos lideram. Somos o terror não apenas do bolso do patrão, mas também do próprio patrão, do czar, de todos [...]. O povo operário pode agora explodir facilmente; já se avista a fumaça que vem de baixo; só falta a faísca que deflagre o incêndio. E está coberto de razão quem diz que da faísca nascerá a chama!... Antes, cada greve era um acontecimento, mas agora qualquer um pode ver que só a greve não significa nada, agora é necessário lutar pela liberdade, conquistá-la arriscando até nossa própria vida. Agora todos, os velhos e os jovens, todos querem ler, mas nossa desgraça é que não temos livros! Eu mesmo reuni no domingo passado 11 pessoas e li para elas "Por onde começar?", do princípio ao fim, de modo que já era noite quando nos despedimos. Como tudo está bem explicado nesse trabalho! Com que clareza se analisam todos os problemas [...]. Por isso quisemos escrever uma carta a esse seu *Iskra*, para que não nos ensine apenas como começar, mas também como viver e como morrer.

[33] *Rossia* (*Rússia*): jornal moderadamente liberal, publicado em São Petersburgo de 1899 a 1902.

[34] *Sankt-Petersburgskie Viédomosti* (*Notícias de São Petersburgo*). Jornal publicado em São Petersburgo desde 1728, como continuação do primeiro jornal russo *Viédomosti* (*Notícias*), fundado em 1703. De 1728 a 1874 o *Sankt-Petersburgskie Viédomosti* foi editado pela Academia de Ciências, e a partir de 1875 pelo Ministério de Educação Pública, e continuaria saindo até o final de 1917.

[35] Refere-se ao pequeno "Grupo de Operários para a Luta contra o Capital", organizado em São Petersburgo na primavera

de 1899, com idéias próximas às dos "economicistas". Esse grupo mimeografou o panfleto intitulado "Nosso programa", cuja distribuição não chegou a se realizar em conseqüência da queda do grupo nas mãos da polícia.

[36] Refere-se a S. N. Prokopovich, um dos ativos "economicistas", mais tarde cadete.

[37] Alusão de Lenin a sua militância revolucionária em São Petersburgo, entre 1893 e 1895.

[38] Refere-se à brochura intitulada *Relatório sobre o movimento socialdemocrata russo perante o Congresso Socialista Internacional de Paris, de 1900*. Esse relatório foi apresentado ao congresso pela redação do *Rabótcheie Dielo* a pedido da "União dos Socialdemocratas Russos no Estrangeiro" e publicado em 1901 pela "União" em Genebra, em forma de brochura. Nela incluiu-se também o relatório do Bund ("História do movimento operário judeu na Rússia e na Polônia").

[39] Lenin incluiu essa nota por razões de clandestinidade, pois os fatos estão, sim, expostos em sua ordem cronológica.

[40] Refere-se às conversações realizadas entre a "União de Luta para a Emancipação da Classe Operária", de São Petersburgo, e Lenin, que na segunda metade de 1897 escreveu as duas brochuras citadas no texto.

[41] Alusão às negociações entre o C. C. do Bund e Lenin.

[42] Ao falar em "quarto fato", Lenin refere-se à tentativa da "União do Socialdemocratas Russos no Estrangeiro" e do Bund

de convocar, na primavera de 1900, o segundo congresso do partido. O "membro do comitê" mencionado por Lenin é I. J. Lalaiantz (membro do comitê socialdemocrata de Ekaterinoslav), enviado a Moscou em fevereiro de 1900 para as negociações com Lenin.

[43] Lenin citou o artigo "O erro da idéia pouco amadurecida" de D. I. Pissarev. (Ver D. I. Pissarev, *Obras escolhidas,* em dois tomos, t. II, pp. 124-125, 1935, edição russa.)

[44] Lenin se refere à seguinte passagem da obra de K. Marx, *O dezoito brumário de Luís Bonaparte*: "Hegel afirma em um de seus textos que todos os grandes fatos e personagens da história universal ocorrem duas vezes. Mas se esqueceu de acrescentar: a primeira como tragédia e a segunda como farsa". (Ver K. Marx e F. Engels, *Obras completas*, t. VIII.)

[45] *Janízaros,* infantaria privada do sultão da Turquia, dissolvida em 1826, famosa por sua ferocidade nos assaltos e saques contra a população. Lenin chama a polícia czarista de janízaros.

[46] Este anexo foi omitido por Lenin em 1907, na reedição de *Que fazer?* na coletânea *Em doze anos.*

[47] Em *Iskra,* nº 18, de 10 de março de 1902, na seção intitulada "Do partido", publicou-se a nota "Polêmica da *Zariá* com a redação de Vorwärts" resumindo as conclusões dessa polêmica.

Índice remissivo

ação militar, 97-8
agitação, 88, 90, 92-93, 95-97, 100, 131, 135-36, 151, 154n, 157, 164, 167-70, 173-75, 177-81, 183-85, 189-91, 196-97, 200-2, 205, 207, 215, 217, 219-20, 225-6, 234, 236, 237, 241, 250, 254, 259, 268, 275, 276, 279, 292, 297-9, 306-7, 309, 319, 322
Alemanha, 24, 33, 35, 39, 50, 63, 114, 124-5, 129-30, 147, 156, 162, 213, 328-9, 333
aliança, 48, 58, 73, 75, 118-9
armistício, 108
autocracia, 11, 33-4, 46, 87, 96, 104, 129, 136-7, 153, 167, 174, 199, 206-9, 227, 231, 245, 257-9, 263, 274, 284, 293, 296, 299, 310, 314, 319, 322-3
auto-emancipação, 150-1, 153, 164, 170, 220, 264
Axelrod, 48, 128, 151-2, 176, 189, 206

Bakunin, 130
Bebel, 115n, 178-9, 242, 255, 301, 328, 331
Belinski, 129
Bernstein, 13, 23-32, 42, 108-9, 115, 120, 123-4, 156, 172, 174, 330-1
bernsteinismo, 25, 109, 113, 115-7, 119, 122, 159, 183, 319, 330-1
bolcheviques, 82, 86

brochura, 57, 82, 85, 89-93, 99, 126, 136, 151-2, 165, 171, 187, 222, 230, 258, 277-8, 281, 283, 285-6, 319, 324-5, 333, 337
Bund, 170, 285-7, 337-8
burguês, 17, 26, 51, 67, 108-10, 147, 188, 212-3, 330
burguesia, 26, 43, 66, 69-70, 82, 102, 112, 119, 147, 154, 176, 211, 335
burocracia, 63, 237, 296

camaradas, 99, 114, 139, 151-2, 226, 228, 233, 238, 264-5, 283-4, 287-8, 293, 297, 300, 307, 321
camponês, 103, 182
capital, 12-3, 26n, 27, 53, 67, 69, 150, 220, 319, 322, 336-7
capitalismo, 22, 26-31, 38, 43, 46, 48, 50, 59, 65-7, 69, 77-8, 125, 145, 165, 232, 327, 329
censura, 33, 54, 74, 96, 118-9, 125, 127, 173, 182, 203
centralização, 46-7, 49-51, 246-7, 252
chefes, 39, 131, 177, 200, 215, 241-2, 250-5
ciência, 39, 43, 73, 75, 107, 111, 131, 145, 146n, 303
clandestino, 56, 209, 238-9, 246-7, 263, 270, 273, 298
classe(s)
    consciência de, 59, 65-7, 76, 165, 181, 210

luta de, 14, 16, 22, 25, 37, 42-3, 51, 56, 65-6, 108-9, 113-5, 120, 135, 144-6, 209, 212, 258, 266, 301, 315, 319, 329
operária, 21, 30, 36, 41, 52, 55, 59-60, 85, 101-2, 119, 135-7, 139, 148, 166-7, 177, 181, 189, 191-2, 198, 200-1, 203-5, 207, 211, 237, 243, 245, 249, 259, 327-8, 333-4, 337
comitê(s), 24n, 51-2, 60, 103n, 122, 137, 196, 209, 217, 222, 236-7, 240, 242, 244, 246, 267, 283-8, 296, 301-2, 310, 333-4, 338
conspiração, 50, 228, 258, 286
corrupção, 110, 117, 168
"Credo", 121-2, 143, 146, 152, 188, 210, 212, 252, 315, 332-3
crítica(s), 10, 12-3, 16, 24, 27, 29, 34, 37-8, 47-8, 50-1, 53, 55-6, 58, 60, 64-5, 72, 77, 79, 81, 88, 93, 107-28, 152n, 162, 198, 258, 284, 303, 315, 319, 321, 327, 330-1, 333
czar(es), 15, 33-4, 38, 49-50, 54, 63, 110, 257n, 329, 336
czarismo, 14, 22, 32, 54, 56, 70, 168n, 227, 257

democracia, 17, 26-7, 34, 44, 50, 63, 78, 110, 120, 191, 194n, 197, 210-4, 262-3, 265-7, 275
ditadura do proletariado, 25, 37, 108, 120, 154
direção, 31, 35, 40, 42, 47, 52, 67, 117, 189, 199, 205, 208, 244n, 256, 275, 277, 286, 322, 328
divisão do trabalho, 46, 103, 270
dogmatismo, 53, 107, 109, 126, 235n

economia, 10, 12, 142, 149, 154, 165, 168, 329
economicismo, 23, 81, 83, 89, 91-2, 94, 96, 120-4, 139-41, 143, 149, 152, 159-60, 166, 171, 175-6, 187, 189, 192, 205, 211, 221-2, 228, 237, 245, 249, 259-60, 295-6, 303, 305, 315, 317, 319, 321n, 322-3, 334
educação, 70, 102, 166, 180, 187, 190-1, 205-7, 270, 289, 336
eisenachianos, 108n, 327-8
"Emancipação do Trabalho", 81, 126, 136, 160n, 228, 286n, 317-8, 320, 321n, 332, 334
Engels, 26, 27n, 31, 38-9, 41, 59, 61, 68, 78-9, 109, 114n, 126, 129, 132, 135, 154n, 164n, 194n, 327-9, 333, 338
espontaneidade, 42, 46, 68, 70, 125, 133-5, 137-9, 141-3, 145-50, 153, 155-6, 158, 161-2, 185n, 187-9, 195, 198, 211, 215, 221, 225, 247, 256, 314-5n, 321-2
esquerda, 10-1, 16-7, 19-20, 23, 27, 54, 66, 69-70, 75-6, 320, 328

Figner, 264
França, 24n, 25, 33, 39, 109, 114, 328

governo, 11, 17, 24n, 26, 41, 44, 71, 100-1, 103, 108, 110, 118, 135, 149, 169, 172-6, 179, 184-5, 187-8, 190, 192-5, 198-9, 203-5, 207-10, 213, 215, 218, 222, 225, 227-30, 232-3, 235n, 243, 246, 250, 257, 259-60, 264, 277-8, 289, 300, 311, 327-8, 330, 332
Gotha, 37, 127, 327-8
guerra, 24, 28-9, 35, 39, 45, 63, 82, 93, 110, 129n, 134, 164-5, 194, 204, 216-7, 251, 257, 324, 328, 333
russo-japonesa, 54-5, 82
Guesde, 178, 328

Hertzen, 129

ideologia, 11, 42-3, 58-9, 68, 122, 144, 146-9, 151, 206, 208

imprensa, 33, 84, 100, 118, 121, 203, 211, 215, 238, 246, 268, 274-8, 296, 300, 330
Inglaterra, 144, 185, 194
insurretos, 99, 305
intelectuais, 11, 13, 16, 28, 41, 43n, 45-6, 52, 58, 67, 70, 75, 112, 135-7, 143, 146, 161, 168, 185-6, 188, 206, 218, 231, 233, 249, 252-6, 291, 313, 329, 336
internacional, 11, 13, 18, 20, 25, 30, 38-9, 70, 90, 107-8, 112, 116, 128, 132, 156, 158, 177, 181, 211, 265, 327, 337
Iskra, 23-4, 54-5, 81-5, 87-9, 91-2, 96, 112, 116, 120, 122, 125, 133, 138n, 144n, 147, 154-5, 157-8, 160, 163-7, 172, 174, 179-80, 183-4, 189n, 194, 198, 200, 203-9, 212, 223, 226, 235-6, 257, 261, 281-3, 285-7, 289-98, 304-8, 317-20, 323, 325-6, 331-6, 338

jacobinismo, 49, 112n
Jeliabov, 224, 264, 301
jornal, 23, 24n, 36, 82, 86, 88, 90, 93, 100-2, 104, 133n, 136-7, 140, 186n, 195, 203, 209, 217, 238, 266, 269-78, 281-3, 288-94, 296, 298-301, 304, 307-11, 315, 324, 326, 333-6

Katkov, 203
Kautsky, 13, 25, 32, 42-3, 52, 144, 178-9, 266, 323n
Knight, 194-5
Kritchévsky, 112-3, 115, 153-4, 158, 175, 195, 223, 232, 258, 273, 281, 293, 302, 314-5, 320-1, 323

Lafargue, 178
lassallianos, 108n, 327-8

lema, 93, 107, 111, 120, 141, 244, 310, 315
liberdade de crítica, 24, 93, 107, 110-7, 120-7, 162, 198, 315, 321, 330
Liebknecht, 35n, 64, 96, 156, 194-5, 242, 328
Lomonossov, 176-7, 179-80

Martynov, 89, 154, 163, 165n, 167, 171-7, 179-80, 183-5, 188-9, 192, 194-5, 198-200, 205-7, 223, 227, 232, 281, 293-4, 302, 310, 314-5, 321, 324
Marx, 19-20, 22-3, 26-31, 37, 41, 58-61, 67-8, 73-5, 78-9, 109, 127-8, 135, 144, 154, 194n, 302, 327-9, 333, 338
marxismo, 15, 18-21, 24-6, 37, 49, 58-60, 67, 71, 74-5, 77-8, 108-9, 117-20, 123, 126-7, 142, 155-7, 159, 205, 212, 216, 221-2, 243, 258, 279, 295, 316, 319, 328, 330
marxista, 18-9, 23, 24n, 25, 27, 32, 42, 48, 52-3, 72-3, 77-8, 112-3, 118-9, 121, 134, 144, 159, 188, 266, 302, 314, 328, 330
marxistas, 21, 23, 32, 58, 74, 118-20, 124, 127, 142, 159, 330, 332
massas, 11-3, 16-7, 19, 30-1, 36, 39-40, 42, 46-7, 49, 53, 61, 63-4, 66-70, 72, 86, 93, 96, 98, 110, 131, 133, 136, 145-6, 153, 160-1, 167-70, 174, 177-8, 181-3, 190-1, 194, 202, 212, 214, 222-9, 232, 237, 242, 246-7, 250, 252, 255-6, 258-9, 268, 289, 291, 309-10, 313-4, 323
Mechtcherski, 203
menchevique(s), 82, 85, 88-9, 112, 327, 331
Mikhailov, 141n, 264
Millerand, 24, 108-9
ministerialistas, 108n
mujique(s), 45, 183, 216
Mychkin, 224, 264

operariado, 120n, 136, 217
opinião pública, 84, 117, 218, 265
oportunismo, 36-7, 81, 108, 110, 112, 116-7, 123-4, 128, 156, 161, 173, 319, 321-2, 324

Parvus, 82, 87, 321
Peróvskaia, 264
plano, 18, 30, 35, 46, 55, 91-3, 95, 97, 99, 103n, 108n, 119, 137, 141, 154-8, 163, 179-80, 187, 198, 207, 216-7, 223, 232, 236, 247-8, 267-8, 281-5, 287-93, 296-7, 300, 303, 308, 311, 315
Plekhanov, 25, 48, 60, 81-2, 88-9, 96, 112, 152, 176-7, 179, 195, 222, 224-5, 264, 302, 320, 332-3, 335
poder(es), 10-7, 27, 34, 51, 57, 59, 63, 70-2, 75, 78, 168n, 204, 257n, 296, 304
polícia(s), 14, 24n, 46, 81, 101, 110, 120, 137, 141, 143, 168-9, 174, 182, 185, 193, 199, 202, 208, 213, 217, 227-9, 234, 238-9, 241, 245-6, 248, 251, 255-6, 263, 270, 272, 300, 327, 334, 336-8
populismo, 32, 38, 119, 313-4, 331, 334
prática, 9, 14, 20, 26, 33, 37, 58, 63, 72-3, 87, 95, 102, 116-7, 120, 127-9, 131, 137, 156-7, 164, 168, 178, 181, 186, 196-7, 204, 219, 222-6, 239, 263, 266-7, 269, 271, 281-2, 284, 290, 303, 307n, 310-1, 315, 324
programático(a)(s), 84, 89, 95, 304
Prokopovitch, 120, 121n, 147-8, 174, 314
proletariado, 12, 14, 25-6, 32, 37-8, 40, 42-3, 48-9, 51, 53n, 58-60, 65, 67-8, 76, 85, 89, 101-2, 108, 112-5, 120, 127, 132-3, 144-5, 154, 163, 177, 189, 194, 197, 205, 207, 210, 213, 222, 225, 237, 255, 258, 266, 319, 323, 327-9

proletário(s), 26, 68, 76, 85-6, 89, 145, 195
propaganda, 15, 90, 100, 110, 139, 157, 166, 177-9, 183, 195-8, 201-2, 207, 217, 248-50, 264, 281-2
protesto, 16, 96, 99, 101, 118, 121-2, 152n, 174, 183, 202, 208, 210, 213, 215, 286, 290-3, 307, 332
Pulquéria, 235

Rabótchaia Gazeta, 92, 137, 151, 256, 286-8, 293, 333-4
Rabótchaia Mysl, 96, 122, 125, 139-43, 149-53, 156, 164-6, 175, 180, 185-6, 208, 211, 222n, 227, 236, 241, 257, 272, 278-9, 286, 295, 333
Rabótcheie Dielo, 91, 94-8, 111-3, 115-7, 120, 122-3, 126-7, 133, 136-7, 140, 143-4, 148n, 149-55, 157-63, 165n, 167-70, 172, 174, 176, 184-5, 186n, 189, 197, 200, 210-2, 214-5, 219, 222n, 224-7, 235, 244, 249, 256, 259n, 260-4, 267, 282-4, 288, 293n, 294n, 299, 302-3, 315, 317-24, 332, 337
reformismo, 31, 330
reformista(s), 25, 31, 109-10, 328-9
revisionismo, 23-5, 28, 32, 36-7, 58, 73, 108n, 327, 330-1
revolução, 13, 16, 21, 23-5, 27-8, 31-2, 34-7, 46, 48-50, 53, 56-7, 61, 64, 72-3, 83-4, 103, 108, 120, 154, 174, 211, 219, 222, 230, 256, 281, 290, 292, 299, 304, 306-9, 329
revolucionários profissionais, 41, 45-6, 49, 55, 62, 82-5, 215, 228-9, 242-3, 245-7, 251, 263, 265, 301
Rogatchev, 264
Rosa Luxemburgo, 13, 25, 31-2, 35n, 48, 50, 52, 60, 64, 77, 79, 331
Rússia, 13-4, 22-3, 31-5, 38, 41, 45-51, 56, 59, 64, 75, 81, 85-6, 93, 100-1,

103, 117, 119-20, 124-5, 134, 136-7, 140, 149-51, 154n, 161-2, 168n, 171, 177, 185, 193, 203, 209, 211-2, 215, 219, 222, 226, 231, 233, 237, 247-8, 254n, 260, 265, 267-9, 271-9, 281-3, 285n, 286, 289-90, 292, 298-305, 307-11, 313-4, 329-30, 333, 336-7

Serebriakov, 263-4
sindicato(s), 12, 28, 33, 41, 63, 89-90, 131, 135, 148, 171, 193-4, 231-3, 247, 266, 277, 335
socialdemocracia, 14, 23-7, 31, 36, 41-2, 44-5, 47, 49-51, 55, 63, 85-6, 88, 91-4, 97, 100, 107-10, 112, 114, 116, 119, 123, 128-9, 133, 135-7, 139-45, 147-8, 153-7, 159-62, 165-6, 168-9, 171, 173, 176-7, 181, 186n, 189, 191, 195, 198, 201, 206-8, 210-3, 220-3, 230-1, 236-7, 239, 242, 251-2, 261, 279, 308, 313-6, 319, 321n, 323, 329-31, 334
socialismo, 19n, 21-5, 27-9, 31-2, 39, 41-4, 53, 62, 65, 78-9, 85-6, 100, 107-8, 110, 114, 120, 130-1, 135, 142, 145-8, 150, 165, 169, 173, 185, 213, 239, 242, 257n, 266, 279, 315, 327, 329-30
social-reformismo, 109
Svoboda, 186n, 189-90, 222n, 240-1, 244-5, 253-4, 267, 271, 274, 281, 291, 296, 306

tática(s), 13, 21, 49, 50-1, 54-5, 72, 82-3, 96-7, 114-5, 117, 123-5, 138, 148, 151, 155-8, 161, 168, 175, 177, 189, 198, 210, 223, 225-6, 251, 257, 302-5, 307-8, 317-8, 324, 327, 329-30
Tchernichévski, 129

teoria, 9, 25-6, 28, 30, 35, 37-41, 48, 52, 58, 60, 68, 72-6, 108, 117-9, 123-4, 127-30, 134-6, 148n, 154n, 160-1, 169, 173, 175, 180, 204, 209, 216, 221-2, 225, 245n, 250, 256, 258-9, 267, 281, 307, 313-5, 318-9, 321, 324, 329-30
terror, 97-8, 156, 160, 188-90, 241, 245n, 304, 314, 318, 336
terrorismo, 34, 159-60, 187-90, 222, 245n, 260, 295, 304-6, 315
"Terra e Liberdade", 257-8
trabalho, 18, 33, 42, 45-6, 52, 56-7, 63, 66, 69, 72, 83, 87-8, 92-3, 95, 97, 99, 100, 102-4, 110, 123, 126, 138, 138n, 150, 157, 161-2, 164-6, 171-2, 186, 188, 192, 195-6, 201, 205-6, 215-25, 227-8, 239-40, 247-56, 263-4, 267-73, 276-9, 281, 283, 286, 288-92, 294-301, 303-4, 307-11, 313, 315, 317, 319, 321n, 322, 327, 330, 333, 335-6
trade-unionismo, 37, 43, 120, 135n, 142, 147-8, 157, 195, 211, 230-2, 237, 279, 315

União Operária Judaica. *Ver* Bund

Vaneiev, 136, 136n, 139
vanguarda, 38, 41, 44, 56, 129, 131-2, 191, 197-200, 204, 213, 316, 335
Vassíliev, 233-4
"Vontade do Povo", 108n, 118, 256-9, 313-4

zemstvo (pl. *zemstva*), 103, 199-200, 206-9, 214, 291-2
Zubátov, 120, 120n, 147, 150, 233-5, 240

1ª edição Outubro de 2006 | **Diagramação** Megaart Design | **Fonte** Palatino
Papel Alta Alvura Suzano | **Impressão e acabamento** Geográfica